凝视玛丽娜

朱文颖 作品

孟繁华　张清华/主编

身份共同体
70后作家大系

凝视玛丽娜

学术策划与支持

北京师范大学国际写作中心
沈阳师范大学中国文化与文学研究所

山东文艺出版社

总序
"70后"的身份之"迷"与文学处境

孟繁华　张清华

当我们决心要把一群"70后"作家装入一个笼子的时候,发现这是一件难事。因为这些人的创作确乎很难从总体上做出涵盖与评价。除了年龄相近,他们在文学上几乎再没有更多共同之处。

这恐怕与这代人的历史与文化记忆有关。总体上,比较而言,"60后"与"50后"作家之间没有太明显的界线或差异,因为他们都有着接近的历史经验与公共记忆。至于"80后"作家,几乎可以说没有什么"集体记忆",他们出生时社会已经开始剧变,走向差异与破碎了。而"70后"这一代,刚好处在历史的夹缝之间——对于历史,他们的印象是若隐若无似是而非;同时上世纪80年代以来急风暴雨式的文学革命与他们也几乎没有什么关系。当他们登上文坛的时候,80年代的文学革命已经落幕了;面对现实,"80后"又横空出世,遭遇网络文学大行其道,没有历史负担的这代人几乎可以为所欲为无所不能。"70后"就夹在这两代人之间,他们只能另辟蹊径展现他们的文学才能。因此,这一代的小说可以说一直游移于历史与现实之间,游移于个体的叙事与公共的记忆之间。

当然,这样的分析或许只是一孔之见。事实上,"70后"作家们用他们的方式仍然创作了许多新鲜而独特的各式小说。当总体性溃败之后,用"代际"概念来表达创作的差异性也许本身就是一个错误,但文学批评就是这样,虽然是临时性的概念,但要试图对之进行有效阐释时又不得不用之,而它的通约性也为我们提供了讨论问题的方便和可能。

或许这样表达不同代际作家的文化记忆或类型是合适的:"50后"、"60后"可以看作是一个"历史共同体"。他们有共同的历史记忆,以及大体相似的对于历史的认知方式和情感方式,在大体相似的历史经历中,完成了一代人的文化塑形。"80后"是一个以话语方式与关注对象形成的"情感共同体",特殊的情感认同是这一代人近似的文化性格特征。"70后"如前所述,他们隐约或模糊的历史记忆难以形成明确的历史共同体,同时又不像"80后"那样没有任何历史负担。因此,他们只形成了一个代际的"身份共同体"。这个共同体并不具有天然性,而是在文学实践过程中逐渐"建构"起来的。"70后"作家曹寇说:"在早已成名的'60后'和'80后'作家之间,确实存在一个灰色的写作群体,说白了,他们就是'70后'。虽然写作者大多讨厌将自己纳入某个代际或某个类别中去,但'70后'作为'60后'和'80后'之间的那一代亦为客观事实。而且考虑到每代作家的成长环境、知识结构对他们写作的影响,剔除清高和矫情而接受中间代这一说法也未为不可。此外,'70后'与上下两代人的差异也是有目共睹的。迄今没有一位'70后'能像'60后'作家那样获得广泛的文学认可,在'60后'已被誉为经典之际,'70后'仍然被视为没有让人信服的'力作'的一群。"[①]更重要的问题是,无论是"50后"、"60后"的"历史共同体","70后"的"身份共同体"还是"80后"的"情感共同体",他们都是"被想象"的共同体。一方面,这一划分方式有一定的合理性;一方面,这个合理性并

---

① 见《曹寇谈70后作家:适逢其时的"中间代"》,《南方都市报》2012年3月30日。

没有被充分证实。王安忆曾经说："我们这一代的人都有人进了天国，可是还没有来得及建立一个传统，所以，千万不要再说'读你们的书长大'的话，我们的书并不足以使你们长大，再有二十、三十年过去，回头看，我们和你们其实是一代人。文学的时间和现实的时间不同，它的容量是根据思想的浓度，思想的浓度也许又根据历史的剧烈程度。总之，它除去自然的流逝，还要依凭于价值。我们还没有向时间攫取更高的价值来提供你们继承，所以，还是和我们共同努力，共同进步，让二十年三十年以后的青年能真正读我们的书长大。"①如果是这样的话，"70后"的身份之"迷"完全是被杜撰出来的，现在的代际划分过二三十年后也将沦为子虚乌有。那时回头看现在，原来是一场毫无意义的白忙活。

然而另一方面，"70后"作家个体的独立或分散状态，也就是今日中国文学状态的缩影和写照。文学革命终结之后，统一的文学方向已不复存在。但是，70年代出生的作家还要特殊一些，这就是他们很难找到自己的历史定位。2009年诺奖获奖者赫塔·米勒说，她的写作是为了"拒绝遗忘"。类似的话还有许多作家说过，但是，这样正确的话对中国"70后"作家来说或许并不适用。普遍的看法也认为，"70后"是一个没有集体记忆的一代，是一个试图反叛但又没有反叛对象的一代。事实的确如此，当这一代人进入社会的时候，社会的大变动——急风暴雨式的社会与文学变革都已经成为过去。"文革"的终结、启蒙主义年代的终结，使中国社会生活以另一种方式展开，经济生活成为社会生活的主体。日常生活合法性的确立，使每个人都抛却了意义又深陷"关于意义的困惑"之中；同时，自80年代开始的"反叛"又日甚一日地遍及了所有的角落，90年代后，"反叛"的神话在疲惫和焦虑中无处告别，自行落幕。不知道是幸还是不幸，不论"反叛"的执行者是谁，可以肯

---

① 王安忆：《在同一时代之中》，见中国作家网，2013年9月24日。

定的是，这一切都与70年代无关或关系不大。这的确是一种宿命。于是，70年代便成了"夹缝"中生长的一代。这种尴尬的代际位置为他们的创作造成了困难，或者说，没有精神与历史依傍的创作是非常困难的。但是，任何事物都有例外。在我们看来，虽然很难对这代作家做出整体性的概括，但他们也确乎没有形成一代人文学的"同质化"倾向。换言之，他们生成了另一种难得的丰富性——他们之间是如此不同，除了一个"身份共同体"以外几乎很难找到他们之间任何两个人的相似性。正是这种不同，使他们在历史缝隙中的突围成为了可能。于是，我们在世纪之交或者新世纪以来，便看到了由魏微、戴来、朱文颖、金仁顺、乔叶、李师江、徐则臣、鲁敏、盛可以、计文君、付秀莹、冯唐、瓦当、路内、曹寇、慕容雪村、梁鸿、李修文、安妮宝贝、哲贵、阿乙、张楚、李浩、石一枫、李云雷、东君、黄咏梅、娜彧、朱山坡……这样一群人构成的"70后"小说家的主力群体。

关于"70后"作家的特征，宗仁发、施战军、李敬泽三位很早即发表过对话《被遮蔽的"70年代人"》。十几年前他们就发现了这一代人"被遮蔽"的现象，比如他们完全在"商业炒作"的视野之外，还有部分作家所负载的"白领"意识形态对大众的鼓惑诱导等等。但现在看来，之所以会有这些看法，一个很重要的原因，就是"50后"这代作家形成的"隐形意识形态"对他们的压抑和遮蔽。"'70年代人'中的一些女作家对现代都市中带有病态特征的生活的书写，不能不说具有真实的依托。问题不在于她们写的真实程度如何，而在于她们所持的态度。应该说1998年前后她们的作品是有精神指向的，并不是简单的认同和沉迷，或者说是有某种批判立场的。"这些看法确乎是有远见的，上一代作家在文坛建构起的统治地位和主流形象，作为一只"看不见的手"持续压抑和遮蔽了后来者，他们被早已形成的经典化秩序规定了自己的身份与姿态——"你是一个年轻的、生于70年代的作家,你就是'新新人类',否则你就什么都不是。"这一描述道出了"70后"的身份之"迷"和精神的困窘。

但是,许多年过去之后,"70后"仍然以他们的创作实绩,显示了他们令人不可忽略的文学地位。假如要让我们举出例证,那么例证是不胜枚举的。

魏微——她的中、短篇小说,因其所能达到的思想深度和艺术的独异性,已经成为这个时代中国高端艺术创作的一部分。魏微取得的成就与她的小说天分有关,更与她艺术的自觉有关——她很少重复自己的写作,对自己艺术的变化总是怀有高远的期待。盛可以,她一出现就显示了不同凡响的语言姿态,她语言的锋芒和奇崛,如列兵临阵刀戈毕现,她的长篇小说如《火宅》、《北妹》、《水乳》以及短篇小说《手术》等,都不是以触目惊心的故事见长,甚至也没有跌宕起伏刻意设置的情节或悬念,可以说,其最大的魅力就在于她锐利如刀削般的语言。在她那里,"怎么写"永远大于"写什么"。李师江,他几乎纠正了现代小说建立的"大叙事"的传统,个人生活、私密生活和文人趣味等被他重新镶嵌于小说之中。李师江似乎也不关心小说的"西化"或"本土化"的问题,但当他信笔由缰挥洒自如的时候,他确实获得了一种自由的快感。于是,他的小说与现代生活和精神处境密切相关,他的小说也是传统的,那里流淌着一种中国式的文人气息。鲁敏,她的小说既写过去也写现在,既有虚构也有写实,关于"东坝"的叙述,已经成为她小说创作的重要部分。这个虚构的所在,在今天已是只能想象而无从经验的了——就像当年的鲁镇、乌镇或其他类似的地方。现代化的进程决绝地剿灭了这些力不从心或没有抵抗能力的脆弱区域,那些渺小而令人心痛的生命。中国的小镇是一个奇异的存在,它在城乡交界处,是城乡的纽带,是过去中国的"市民社会"与乡绅文化存在的特殊空间。在那里,我们总会看到一些奇异的人物或故事，这些人物或故事是带着与都市和乡村的某些差异来到我们面前的。张楚，他的小说的魅力，就在于难以一眼望穿的模糊。这是一个有巨大野心的小说家，他的作品难以用谱系的方式找到来路，他的小说有诸多元素：深受西方十八九世纪文学、现代派文学和后现代文学的影响，也受到中国现代小说的影响，甚至受到《水浒传》以及其他明清白话小说的影响。经过杂糅吸收和重新铺排，诞生了这个奇异的张楚。看来他是真的理解了小说，他的每篇作品，在生活的层面几乎都无可挑剔，生活的质感、细节和真实性几乎达到了"非虚构"的程度，但是整体来看，其虚构性甚至诗性又都一目了然。在亦真亦幻、真假难辨之间，张楚的小说像幽灵一般在我们眼前飘过。哲贵，这个擅长集中书写富人的存在与精神状况的作家也是一个特例。他所描写的这个阶层在中国是如此特殊——他们是一个"成功者"的阶层，是一个被普通人羡慕乃至仰望的成功人群，但这个人群无所归依、空虚空洞的内心世界，在哲贵的讲述中可谓令人有难以言喻的震惊。东君的小说写的似乎都是与当下没有多大关系的故事，或者说是无关宏旨漫不经心的故事。但是，就在这些看似不经意的、暧昧模糊的故事中，他表达了对世俗世界无边欲望的批判。他的批判不是审判，而是在不急不躁的讲述中，将人物外部面相和内心世界逐一托出，在对比中表达了清浊与善恶。计文君，她的小说仿佛出自深宅大院：它典雅、端庄，举手投足仪态万方。因此她是一位带有中国古典文化气息和气质的作家。另一方面，它诡异、繁复、俏丽，修辞叙事云卷云舒。她的小说有西方 20 世纪以来小说的诸多技法和元素，但是计文君却又既不是传统的也不是西方的，她是现代的。付秀莹，作为一位后来居上的新秀，起初很长一段时间，她只以孙犁式简约而又清丽的笔触书写她记忆中的乡村，乡村的锦绣年华风花雪月曾让她迷恋不已。近年来，她的创作视野也逐渐转移到了城市，但她仍然写得温婉而跳脱、节制而耐心。娜彧的小说创作，在某种程度上接续了80年代现代主义的文学传统,接受了存在主义哲学的精神馈赠。作为潮流的现代主义虽然已成为了过去,但是,现代主义文学曾经揭示和呈现的关于人的惶惑、迷惘甚至反抗的精神状态和内心要求不仅依然存在,甚至在某些方面比80年代更加普遍和激烈。娜或显然发现或感受到了这一精神现象的存在,因此,以极端化的方式表达这一精神现象,显然是娜或刻意为之的。

……

就在我们梳理"70后"创作成绩的时候,另外一种批评的声音也如期而至。青年批评家张莉认为"70后"小说家的创作,是"在逃脱处落网"。她认为:"70后作家创作遇到的困境,也是新时期文学三十年发展的一个瓶颈:从先锋写作、新历史主义到新写实主义、晚生代/新生代写作,中国文学已经被剥除文学的'社会功能'和'思想特质',它逐渐面临沦为'自己的园地'的危险。70后作家参与建构了中国当代文学近十年来的创作景观——如果我们了解,九十年代以来,中国文学一直在强调'祛魅',即解除文化的神圣感、庄严感,使之世俗化、现实化、个人化,那么70后作家整体创作倾向于日常生活的描摹、人性的美好礼赞以及越来越喜欢讨论个人书写趣味则应该被视作一个文学时代到来的必然结果。"[1]这一提醒并非惘然。整体看"70后"作家的创作,历史全面隐退已经是不争的事实。这虽然切合了这代人的身份,但也从另一个方面暴露了他们难以与历史建构关系的真实困境。

显然,如果从一般性的常识来看,"70后"作家的多样性是一个非常大的优点,问题就在于他们迄今"经典化"程度的严重不尽如人意。到了应该"挑大梁"的年代,到了应该登堂入室的年纪,到了应该有普

---

[1]张莉:《在逃脱处落网——论70后小说家的写作》,《扬子江评论》2010年1期。

遍代表性的时候，一切却几乎还在镜子里，是一个"愿景"。中国文学中占据主要地位的仍然是"50后"和"60后"的一帮中年作家。究其原因，在我们看来，当然有各种难以言喻的外在因素，但如果从内部讲，恐怕就是因为个人经验书写与共同经验与集体记忆的接洽问题。在现阶段，否认个人经验或者经验的个人性当然都是幼稚的，但一代作家要想成为一代人的代言者，一代人的生命的记录者，如果不自觉地将个体记忆与一个时代的整体性的历史氛围与逻辑，与这些东西有内在的呼应与"神合"，恐怕是很难得到广泛的认可的。

或许这与作家的"抱负"有关，也许他们会说，去你们的狗屁"抱负"吧，只不过是一些历史的幻想狂或自大狂的假象，我们就是要写局部、碎片、个人情境。那谁也没办法，但是我们想提及的一点就是，任何人想进入历史都得有代价，这个代价就是如同当代法国的社会学家莫里斯·哈布瓦赫所说的，个人记忆是必须要有"社会框架"的，否则就会产生奇怪的失忆症。或许这代人过于无序的经验书写，也是某种社会与历史失忆症的表现吧。

另一方面，90年代以后的中国文学，带着西方文学的影响和记忆开始了整体性的"后退"，这个"后退"就是向传统文学和文化寻找资源，开始了又一轮的探索。值得注意的是，这个探索是在总体性瓦解之后的探索，因此它有更多的个人性。这也是"70后"作家整体风貌的一部分。"70后"隐约的历史记忆，使他们不得不更多地面对个人的心理现实——因为他们无家可归。但是，他们在矛盾、迷蒙和犹疑不决之间，却无意间形成了关于"70后"的文学与心路的轨迹。无论如何，这代作家的成就和问题，都是我们当下中国最典型的文学经验的一部分。因此，我们在注视这代人文学实践的时候，事实上也就是在关注当下的中国文学。

2014年2月25日于北京

目 录

宝贝儿 ………… 01

性·动词——一个日记 ………… 19

凝视玛丽娜 ………… 37

赖天明落魄记 ………… 63

危楼 ………… 79

贾老先生 ………… 91

花窗里的佘娜 ………… 107

倒影 ………… 137

繁华 ………… 181

禁欲时代 ………… 209

哈瓦那 ………… 225

哑 ………… 253

重瞳 ………… 273

浮生 ………… 287

万历年间的无梁殿 ………… 309

宝贝儿

一

这是城里非常普通的一个三口之家。男女主人都是公司职工，或者一个是职工，另一个是文员。他们的经济状况，并不比其他的工薪家庭更好，但也绝对不会更坏。总之没有什么太大的差别。多年的婚姻生活，更使得他们的相貌面容有了一种微妙的相似。这个家庭唯一的特别之处，其实根本就不能算特别，这夫妇当中有一个是潜在的理想主义者——更可能是那个女的，即便从名字上看来也应该是——她叫上官雨燕。长着一双风情而不安分的吊梢眼。今年的五月，她过三十九岁生日，在家庭晚餐上喝醉了酒。疯闹了一会儿。对此她的丈夫显得略微有点不高兴。他很爱他的妻子，但她身体里的某一个部分是他永远无法了解的。一想到这件事他就感到烦恼。

这位时常烦恼着的男人姓贝。单位同事叫他老贝，也有人叫他贝先生。大部分人还是叫他老贝。而上官雨燕老琢磨不清该怎么称呼他。在家里通常他们以语气词相称。

贝先生相貌忠厚，微黄的皮肤里透着点红，但基本也是健康的肤色。贝先生在家里也穿着白天上班的衣服——深灰色的裤子熨烫得相当得体，白衬衫的面料是混纺的——遮盖着底下微微发福的肚子。

他们的男孩子小贝已经十五岁了。除了长在男孩脸上略嫌妩媚的吊梢眼，他的身体器官找不到更多与父母的相似之处。他那尚未完全成形的精神世界更是奇怪。前几年的一个下雪天，小贝把家里养的绿毛红嘴鹦鹉扔进了放满冷水的浴缸。可怜的小鸟，给打捞起来以后，先是浑身哆嗦，后来又学着人的样子打了十几个喷嚏。这事情一开始只是被当作小小的笑料，但过了一段时间，夫妇两个发现鹦鹉又开始打喷嚏。这还不算，只要小贝那双臭烘烘的白球鞋一踏进屋子，鹦鹉就开始浑身抖个不停。连说话的事也全忘了。

贝先生非常生气。

每天晚饭过后，夫妇两个都要在巷子里散一会儿步。这个城市正在经历着一种巨大的变化。巷子另一头的房子已经拆了一大片。这一两年里，他们散步的路线也随着更改了好几次。有些时候，兴之所起，他们也会聊聊这座城市，这条巷子，聊聊上个礼拜单位体检的各项指标，晚饭的菜太咸了，而贝先生的小肚腩最近又很有继续膨胀的趋势……当然，就像所有将要或者已经步入中年的夫妻，他们聊得最多的还是自己的孩子。

"这孩子，你说他成天都在想些什么？"这是上官雨燕的声音。

"昨天的考试他又考砸了……唉，这样下去——"贝先生仍然非常生气。

"我不是指这个。我老觉得他在想些什么事。一些我们都不知道的事。"

贝先生顿了一下。他回味着上官雨燕这几句话的意思，突然觉得有些似曾相识的感受。

"这个孩子呵，也不知道为什么，老是心不在焉的。"上官雨燕并没有注意到贝先生不快的表情。就像在很多其他的时间，上官雨燕通常总是沉浸在自己的世界里面。

"反正,这孩子……反正他一点都不像我。"贝先生总是显得有些气鼓鼓的。他是一个简单的人。一个简单的人遇上了复杂难辨的事情时,通常就会有这样的表情。其实贝先生不喜欢这样。所以在他生气的神情里面,还夹杂了一丝丝的怨恨。归根到底,咱们的贝先生,他可是个老实人。

上官雨燕微微侧过头。

天越来越暗了,远处工地上的照明灯,这时已经变得有些晃眼起来。这条巷子大约有一两百米长,巷子的这一边只有几盏光线昏暗的老街灯,而在那一头,工地的照明灯彻夜通明……也不知道为什么,每次散步走到中间地段,上官雨燕都会有一种不太真实的感觉。

她抬起头,看了看旁边的贝先生……然后,把一句刚想说的话咽了回去。

贝家夫妇散步归来,一直到全家入睡以前,这是贝家秩序最为井然的一段时间。

一般来说,晚饭过后直到十点半,小贝就在自己房间里做功课。而贝先生呢,则坐在客厅一个半旧的咖啡色布艺沙发上,翻阅当天的报纸。要是时间尚早,电视里的晚间新闻还没播完,贝先生偶尔也会抬头瞅上几眼。这是一台比较老式的电视机,最近一些日子还时常会发出细小的嗡嗡声。贝先生皱着眉头辨别了一会儿,走近了,弯下腰,再用手拍打几下电视机的外壳……电视里正在播送一条邻省家庭暴力的新闻……然而近了来看,这位长发大眼的女播音员,她鼻翼边的毛孔仿佛很是粗大,粉也打得有些太厚了。贝先生摇了摇头。

电话在客厅的另一头。大部分是上官雨燕的。在接电话的时候,她经常会发出与实际年龄很不相称的惊叫声。这惊叫声,盖过了那时有时无的细小的嗡嗡声,盖过了贝先生拍打电视外壳的扑扑声,甚至还盖过了电视里面那位女播音员说话的声音。贝先生的眉头皱成了一个不确定的形状。波澜起伏着。

不过，贝先生也会有快乐的时候。有那么一些时候，贝先生的心情怡和平静，他就开始做一桩旁人看来有些不可思议的风雅事。比如说，坐在沙发上，安安静静地看一本小说。

现在，贝先生正翻到书的这一页。

"一个政府官员开始过一种不平常的生活……在他的别墅上有一个非常高的烟囱，绿色的长裤，一件蓝色的背心，一条染过毛发的狗，午夜的晚餐。不出一星期他就会放弃……"

贝先生停下来，想了一想。笑了。突然想到他们单位的一位胖科长……很快他便翻到了下一页。

平时贝先生的社交活动不多。只有很少的时间，晚上他从外面回来，带着星星点点的酒气。小贝已经睡了。而上官雨燕正在穿衣镜前试穿一件新买的连衣裙。

"回来了？"她没有回头，因此声音显得非常遥远。

或许是酒的缘故，或许是在玻璃镜子里看到她的影子……贝先生突然觉得面前这个女人有点陌生。贝先生一向不喜欢复杂的情感。和上官雨燕结婚以前，他也只经历过一次男女之情。要知道，贝先生之所以爱他的妻子，绝对不是因为她性格里那时有时无的复杂。不是这样。其实事情完全是反过来的——因为他爱她，所以才能做到对她的复杂装作视而不见。

还有一次，贝先生应酬回来时上官雨燕还没睡。她嘀嘀咕咕地对他讲一个女朋友的事。情感上意外的烦恼。也不知怎么的，贝先生的酒突然就醒了。也可能是借着酒意，贝先生很认真地对她说：

"我告诉你吧,上官雨燕,这世界上可没啥完美的事。所以咱们最好都不要自寻烦恼。"

贝先生忘了他的妻子当时是怎样回答的。她怎样回答已经不重要了。重要的是,他,贝先生,竟然说出了这样的话。要知道,贝家夫妇可一直是理智而美满婚姻的典范……天呐,他怎么能说这样的话?他又为什么会说这样的话呢?贝先生把自己都狠狠地吓了一大跳。

那天晚上,贝先生睡得半梦半醒,直到临近天亮才迷迷糊糊地睡了过去。天色大亮时,他被一个声色俱全的噩梦吓醒了。是个礼拜天,小贝一早就去补习班上外语课了。上官雨燕正在临着巷子的小院里晾衣服。透过客厅的窗户,贝先生发现院子中间的那棵石榴树已经开花了,红彤彤、厚嘟嘟的……空气里充满了一种不很真实的发疯的气味。

客厅的餐桌上放着一杯豆浆、一只鸡蛋和几片面包。豆浆还有点余温,而咬到第二口时,贝先生发现面包里面已经涂了一薄层果酱。好像还是草莓浆。贝先生使劲地咬了几口。他喜欢甜食。

二

夏天很快就到了。紧接着就是小贝的暑假。顶着烈日,贝先生从市中心最大的一家新华书店抱回一大堆复习资料,又在小贝的小房间里安上了一台低噪音的空调……一天早上,贝先生正在餐厅里吃着豆浆和面包,突然,他站起身来,把那只再也不会说话的鹦鹉从后窗扔了出去。

一个散步过后的晚上,小贝向父母提出了一个要求——他要出门旅行,而且是独自一人。

这回贝先生可是真的生气。然而上官雨燕却有些暗自窃喜,她看着小贝一声不吭走回房间时的背影,觉得终于找到了这个孩子与自己的共同之处:喜欢神秘与未知的事物。并且,从来都不解释理由。

十来天后，十五岁的小贝去了云南——那个传说中彩云之南的地方。

又过了十来天，小贝回来了。人晒得很黑，还背了只在旅游品商店买的帆布大挎包。他带回了一些稀奇古怪的昆虫标本，和一些被贝先生称为"花里胡哨"的扎染桌布和墙布。开始一两天，小贝的话倒是多了些。他告诉上官雨燕和贝先生，在高原上，他头一次看到血淋淋的宰牛的场景。另外，这次旅行也是他头一次乘坐飞机……两种强烈的印象混杂在一起，让小贝显得有点亢奋与奇怪。但几天过后，他变得更沉默了。

贝先生在饭后打着饱嗝，他坐在沙发上，一边用牙签剔着牙，一边和上官雨燕说着话："你说这孩子出了趟门，怎么倒像变了个人似的。"

上官雨燕瞥了眼贝先生，诧异地说："变了个人？我没觉得他变了个人。"

贝先生又打了个饱嗝，问道："你不觉得他这几天特别沉默吗？"

上官雨燕释然一笑，说："他原来话就不多。"

面对着原来话就不多的小贝，以及总有什么地方弄不明白的上官雨燕，接下来几天，贝先生莫名其妙的就觉得胃疼起来。晚饭过后，他一个人闷闷不乐地窝在沙发里，把多年不间断的散步也停掉了。

而小贝的房门总是关着的。除了空调发出极其细小的嗞嗞声，家里显得异常安静。自从鹦鹉不再说话以来，家里就一直是安静的。但毕竟……毕竟总有着那么一点点的不同。

为了弄清楚那一点点的不同究竟是什么，上官雨燕决定找小贝谈一谈。自从小贝出生以来，上官雨燕就发誓要做一个好母亲。一个有想象力的母亲。一个与众不同的母亲。而仿佛为了告慰她的良苦用心，贝先生家原先的那只鹦鹉，学舌时的头一句话竟然就是——"妈妈！"

在贝先生家的小院里，有一处相当不错的地方：那棵开过厚嘟嘟大红花的石榴树下，放着两只凉津津的石凳。现在，上官雨燕和小贝就坐在这两只石凳上。

"有什么事吗?"反倒是小贝开口先说话。

"别急,妈有话对你说。"小官雨燕手里拿了一把小小的折扇。这是一个以前的朋友送给她的。扇面上是一块假山石,旁边坐着一位宫装美人。

"这里有蚊子。"小贝说。

月亮已经升起来了。烟一样的月光很薄,很轻,透过石榴树密密麻麻的枝叶,显得有点懒散,有点怠慢,还有点心不在焉的困倦。

但上官雨燕的眼睛却在这样的月光里闪闪发亮着。她轻柔地问道:"这些日子……都还好吗?"

小贝耸了耸肩。仿佛听不大懂上官雨燕的话;也仿佛上官雨燕刚才说了句丝毫没有意义的话,一句废话。"好,"他面无表情地回答道:"挺好的。没什么好不好的。"

"你都十五岁了,可真是快呵。"

"下个月就十六了。"

小贝的声音显得浑厚结实。但仍然有种变声期的飘忽不定。在他刚刚开始变声的时候,上官雨燕经常会产生一种幻觉,觉得自己是在和一个孤僻的陌生人说话,很长的一段时间,她都在两种截然不同的感受间摇摆着。这一会儿,她觉得小贝即便再怎么变化,也是她十月怀胎生下的一只毛茸茸的小动物。而到了下一会儿,她又切切实实地感到,这孩子的神情老是在提醒她一件事。他的心不在焉,他的沉默,他那懵懵懂懂的精神世界……仿佛他一直在说,骄傲地说,坚持着说——我长大了。你们知道吗,我有一个自己的世界了。你们不懂,不懂,不懂。永远都不会懂。

她不知道应该怎样接近他。他的世界,对于她,是整个关闭的。就像那扇总是关着的房门。或者说,其实他根本就没打算让她接近他。

有些时候,那些满不在乎的从他嘴里蹦出来的话,甚至都能让她大吃一惊。

"我早就看出来了，你不爱爸爸。"

轻描淡写地讲完这句，小贝就从石凳上站了起来。他的脚上还是穿着那双臭烘烘的白色球鞋。月光黯淡，蜻蜓飞得很低。这种潮湿多雨的天气，脚气是很容易犯病的。但此刻，小贝的背影似乎又在说，非常肯定地说——好的，都挺好的，根本就没什么好不好的。

里屋隐约地传来了电视的声音。是贝先生。就是这样，贝先生在看电视。小贝回了自己的房间。而上官雨燕则坐在院里的石凳上，发了很长一会儿呆。

三

这是上官雨燕独自一人散步的第七天。天空飘着一种嫩嫩的阴郁。没有风，也不是很热。她在巷子里来回走了一遍，不知怎么就走远了，拐上了一条平时很少走的巷道。

白天的时候，上官雨燕去看了看新房。巷子里那拆了一大半的人家都搬了进去。近来还有种讲法，说剩下的一小半也要搬。而且就是不远的事情了。她原先是想叫上贝先生一起去的，贝先生，或者是小贝。但最后的结果，却是上官雨燕独自一人跳上了开往目的地的公共汽车。独自一人。

很多的房子都空着。有些甚至连门都没锁。上官雨燕随便推开了其中的一套，走了进去。

被隔成方格形的空荡荡的屋子，从这里到那里，依次分别是厨房、客厅、走廊、卧室、卫生间、走廊……或者再走回来，走廊、卧室、浴室、客厅、厨房……通向阳台的是一间朝南的卧室。

上官雨燕推开了卧室的移门。

天空显得很高。非常非常的高。高到最高的地方，它便失去了边际，同时也失去了色彩。就如同雾气升起时远方的海平面。上官雨燕记得，从自家小院里望到的天空就不是这样的。当然，不一样的东西还有一些。比如说，从阳台朝下看，这小区好像看不大见树，或者只是些很小很小的树。而今天早上，上官雨燕已经从院子里摘了两颗新结的石榴。那是两颗还没熟透的石榴，青汪汪的，还透着一股黄气。

　　上官雨燕一连走了三套空房。就在离开最后一套的时候，她拉开随身背着的小包拉链，从里面取出一支口红，旋开盖子……然后，就在客厅那面苍白的墙上随手画了一个形状。

　　那是一个奇形怪状的图案。可能是老树的一截枝干，给虫蛀过的半片叶子，被风吹晕过去的一只小粉蝶……不管它究竟是什么，那血淋淋的几笔鲜红，在白到刺眼的墙壁上，却显得更加醒目、更加刺眼。

　　上官雨燕后退几步，歪着头看了看。她满意地笑了。

　　而现在，上官雨燕就走在那条平时很少走的巷子里。月亮藏在很厚的云层后面，而云层正在慢慢地扩散、稀释、流动。云层成了扩散、稀释与流动的雾气。成了天空中望不到边际的海平面——成了一整块空无一物的白色墙壁。

　　就在这时，前面出现了店铺的灯光。渐渐的近了，明晰了，亮了。

　　是一家临街的宠物店。

　　上官雨燕在一只玻璃缸前停了下来。

　　"这是什么？"她好奇地问。

　　"蜥蜴。"宠物店老板欢快的声音。

　　"蜥蜴？"

　　很明显，上官雨燕对这个名词并不很熟悉。她重新弯下腰，久久地、仔细地、差不多是目不转睛地盯着玻璃缸里的那个小东西。

它几乎称得上是丑陋的。其实它就是丑陋的。长长的身体，三角形的小脑袋，绿莹莹、脏兮兮的鳞甲盖满了全身。它的尾巴简直比身体还要长，在宠物店刺眼的灯光下面，就像一根小小的、刚硬的鞭子。

此时，这个丑陋的小东西正趴在缸底的一块石头上打瞌睡。

"它……咬人吗？"

"咬人？不，它不咬人，"宠物店老板从一块挂着"美容室"牌子的小屋里探出头来，"它听话着呢，连胆小的小朋友都敢买。"

"平时它吃什么呢？"即便说话的时候，上官雨燕的眼睛也没有从它身上移开。

"吃虫子，一种叫面包虫的虫子。一次它能吃六条。"

"光吃虫子吗？"小东西可能被他们说话的声音吵醒了，微微地动了几下眼皮。上官雨燕也跟着眨了一下眼睛。

"有条件的话，可以捉几只蟋蟀。有时候它高兴了，也吃点生菜或者苹果。"

宠物店老板已经察觉出这女人的兴趣，他放下了手里的事情，也走到了女人正站着的玻璃缸前。

"怎么样？还喜欢吗？"他微笑着看着女人，用一种羽毛般轻柔的声音说："真的，我保证，它是一条非常非常棒的蜥蜴。"

玻璃缸的两个角上分别装着一只白炽灯，和一只紫外线灯管。上官雨燕的视线在上面停留了一会儿。

"哦，它怕冷，冷血动物嘛……一年四季都要用灯管照着。它还需要照射紫外线，然后在皮肤里合成一种叫维生素D3的东西。呵，不好意思呵，听别人说的，我也讲不清那到底是什么东西。所以呢，天气好的时候可以让它晒晒太阳，下雨天就用紫外线灯，"宠物店老板朝玻璃缸里的一只水盆加了点水，看了看，又加进去一点，"等它醒了呵，它就会在里面洗上一个澡。它可喜欢游泳呢，让它在里面泡泡、泡泡……"

"它在你这儿有多长时间了?"

"很长了。我都记不清具体的时间了。"宠物店老板一脸得意地说,"你真是很难见到这样的小乖乖,让它吃它就吃,叫它睡它就睡。它是这儿最漂亮的小家伙。你瞧——瞧它那条尾巴,它的鳞,你见过这样光亮的蜥蜴的鳞吗?还有它的后背,啧啧,挺得多高,多挺拔……"

难看的、脏兮兮的鳞甲,在刺眼的灯光下闪着光……突然,它睁开了眼睛。

那是一双怎样幽暗恐怖的眼睛呵。眼皮周围还有着刀刻一样的纹路。就像一个活了一百多岁的老怪物。但不知道为什么,上官雨燕觉得它在看她。它挺起了脖子,抬起了眼睛。它的鞭子一样的长尾巴轻轻地晃动着。她甚至还觉得它向她张开了两只尖尖的前爪……它在看她。温柔的。若有所思的。

它认识她。并且有话要对她说。

上官雨燕的嘴角露出了一丝浅浅的笑意。

"把它涂成红色。"

"什么?"宠物店老板像被蛇咬一样地怪叫起来,"你说什么?"

"我说在它身上涂上红色的颜料。"

"为什么?"

"不为什么。我喜欢它是红色的。"

"从来……没有过……从来。"

"把它涂成红色,"上官雨燕微微一笑,"每天给它吃面包虫、生菜和苹果,每天给它洗澡、晒太阳……一有时间我就会来看它的。"

宠物店老板不知所措地站在那儿。

"你要多少钱?"上官雨燕冷冷地、坚定地、完全不容置疑地看着他。

四

  一般来说，上官雨燕每三天去一次宠物店。大致是在晚上散步的时候。她还不知从哪里弄来了一张蜥蜴的食单——

  豆腐、紫甘蓝（包菜）、芜菁甘蓝、芥菜、芹菜、蒲公英、青豆角、青椒、韭菜、雪豆、葡萄、萝卜、梨。

  上菜市的时候，她就轮番地照着买一些。这次是豆腐和包菜，下一回就是萝卜和梨。她甚至想到过自家小院里的石榴。有一次，她还真的采了一个带去。剥了皮，露出里面亮晶晶的果肉。那只蜥蜴探出头，小心翼翼地吃了点。
  但上官雨燕一直弄不明白，为什么蜥蜴会喜欢吃蒲公英。
  "不吃也没事的。我就从来没让它吃过。"
  对于这位女客的奇怪行为，宠物店老板倒是好奇了几天，但很快也就见怪不怪了。她已经付了钱，买下了那条蜥蜴。只是和其他顾客不同的是，接下来她又付了一次钱。而补偿的结果就是：她可以不带走那条已经买下的蜥蜴。事情就是这样简单。一回生意做了两次。再没什么其他的了。
  "昨天它没睡好呢。"
  "来了？它等你很久了。"
  有时，他还会和她开开玩笑。这是个还算好看的女人。她在晚上来看望寄存在店里的宠物。这女人稍稍有点怪癖……至于其他，他便再也想象不出什么了。他解嘲似地撇撇嘴，从柜子里拿出一只软牙刷，用清水轻轻刷着蜥蜴那根长长的尾巴——排便的时候，它经常会不小心把自己的尾巴弄脏，然后就显得很不高兴的样子——他一边想着，一边不时抬眼看看门外。

这女人该来了。她已经有好几天没来了。

上一次她来的时候，还出了一件小事。那只蜥蜴突然从玻璃缸里爬出来了。三下两下的，它就爬到了房子横梁那个地方。一动不动地趴在那儿。他和女人连忙搬来一张椅子，在椅子上再叠上一张椅子。女人爬了上去，但很快就重重地摔了下来。他们改变方式，重新搬来一张桌子，把椅子放在桌子上……

宠物店里充满了桌子、椅子搬动的吱嘎声，以及那女人肆无忌惮的尖叫声。

"我来了。"

不知道为什么，听到那女人的声音，宠物店老板突然吓了一跳。他手里的软牙刷用力大了点，蜥蜴发出一声怪叫。

女人穿着一身黑色的衣服，手里拿了一把黑伞。

"下雨了？"

"刚才打了几声雷。我不放心，过来看看它。"

女人放下伞，径直走向那只装着蜥蜴的玻璃缸。她蹲了下来。

"宝贝儿，这几天过得好吗？"

女人的声音很轻，很快，像尖细的竹梢划过清亮的水面。每次她用这样的声音和玻璃缸里的蜥蜴说话时，宠物店老板总要忍不住偷偷地听上几句。那是一种说不清、道不明的奇怪心情：他总是被她突然冒出的声音吓上一跳；但又总是忍不住偷偷地听上几句。

通常总是这样的。她定时或者不定时地来宠物店，走到玻璃缸那儿和蜥蜴说话。有时她也会回头和宠物店老板聊上几句。但更多的时候她只和蜥蜴说话。

"能给我一杯水吗？还有一张小凳子……最好再有一把扇子。"

这是她通常会向宠物店老板提的要求。非常简单：一杯水，一张板凳和一把扇子。然后，她就坐在那只小板凳上，手里摇着扇子，高高兴兴地和玻璃缸里的蜥蜴聊着天。等到说累的时候，她就自己喝几口水，当然，也不会忘了给蜥蜴来上几口。

"今天它吃得多吗？"女人突然回头问他。

"呵，还可以，还可以，"他耸了耸肩膀，"早上它吃了点，下午睡了一小会儿，这天气实在是太热了……"

"下了雨就会好一点。"

"是呵，当然。那当然。"

外面一直传来闷闷的雷声。但不见风，更没有雨。

"这几天它好像瘦了。"女人并没有朝向他说话，所以听起来，她的声音显得越发细小、脆弱，好像马上就要折断似的。

"瘦了？不会吧。我每天都喂它虫子和苹果……"

"不是这个意思，"女人笑了笑。女人笑的时候，一双眼睛非常好看地舒展开来。宠物店老板愣住了。觉得她就像换了个人似的。

"我真的不是这个意思。"女人摇动着手里的扇子。那是刚才宠物店老板递给她的。一把白色的扇子，扇面上空无一物。"它这几天好像心情不太好。话也说得少了。"

"哦，是这样呵。哈，当然，哈哈，那当然……"

这时店里又进来了两个客人。宠物店老板迎了上去。说话寒暄的时候，他恰好背对着女人和那只装着蜥蜴的玻璃缸。也不知道为什么，他突然觉得脊背那儿有点凉，凉凉的，一丝一丝、一片一片的凉意直透上身来。

其实，那女人到底在和蜥蜴说些什么，宠物店老板从来就没听清楚过。除了开头那一两句，比如说："宝贝儿，昨晚睡得好吗？"或者"来，宝贝儿，我告诉你一件特别好玩的事。"这样的话是听明白的，但后来女人就越说越轻，声音越来越小，简直就像窸窸窣窣的耳语。但很显然，和蜥蜴说话的时候，女人是快乐的。因为在那些耳语里面，总是会夹杂了一点笑声。而等他再次屏息细听，那笑声和窸窸窣窣的微语又全都消失了。店堂里显得空荡荡的，只有一些吃吃睡睡的小动物，和一个付了两次钱的奇怪的女客。

有一次，他无意中发现，女人一脸笑意地和蜥蜴说话时，玻璃缸里的蜥蜴却正闭着眼睛呼呼大睡。总是这样的，天气很热的时候，它要睡上很长的时间。而天气很冷的时候则同样如此。不知怎么的，那天他有点生气，想把那只贪睡的小家伙弄醒——但就在这时，女人突然大声笑了起来。

她让他给她加点水："话说多了，口干得厉害。"她朝他一笑。她笑起来的时候真是很好看的。非常好看。

究竟是从什么时候开始的？她来了以后，就和它说会儿话，然后再心满意足地离开，他记不清楚了。只是宠物店老板渐渐养成了一个习惯：放好一杯凉水，搬好一张小凳子，然后，再在凳子上搁一把扇子。

还有一次，那天她该来的，但结果却没来。快要收工关门的时候，他下意识地走到玻璃缸前，探下头去。

"咳——"他叫它。

它好像听见了，也好像根本就没听见。它抬起头，懒洋洋地看了他一眼。还摇了摇尾巴。

那天他盯着它看了很久。

有那么几个瞬间，它好像真的开口说话了。他吓了一大跳。

五

秋天到了。贝家的石榴真的熟了。

石榴熟的时候，树上的叶子就一片一片、一片接着一片地掉下来。掉在院子里，掉在石凳上，也掉在贝先生微微秃顶的脑袋上。

经过一个夏天的酷热，贝先生显得黑黝黝的，在他混纺的白衬衫外面，也套上了一件黑黝黝的外衣。不知为什么，他显得更烦恼了。

早餐的时候，贝先生讲起了拆迁搬家的事情。新房的钥匙已经拿到了，但贝先生心里烦着呢，烦着要装修，烦着要搬家，烦着小贝的新学校，而最让贝先生烦心的是，上官雨燕竟然说了一句匪夷所思的话："你们先搬过去吧。"

"什么？"贝先生几乎不相信自己的耳朵。

"我晚点搬。"上官雨燕回答得很平静。

贝先生张大了嘴巴，差点把刚吃下去的果酱面包吐出来。

上官雨燕赶着先去上班了。接下来就是小贝。小家伙近来个子长得很厉害，就连相貌也有微妙的变化。而很多个微妙加在一起，乍一看几乎就快不认识了。此时，他换上了崭新但仍然臭烘烘的白球鞋，嘴里吹了声口哨，扬长而去。

贝先生闷闷不乐地继续吃早饭。

上官雨燕近来也变了。她变得安静，踏实，并且常常若有所思。有好几次，贝先生坐在沙发上翻报纸，猛一抬头，突然发现上官雨燕正一个人微微笑着，甜丝丝的。

"嗳。"贝先生叫她。

"怎么啦？"她像突然惊醒似的。并且不知道为什么要被惊醒。

"你怎么啦？"贝先生很生气。并且怀疑。只有一个陷于恋爱的女人才是这样的。

"我？我没怎么呵。"她显得很惊讶。并且不知道别人为什么要惊讶。

什么也没有发生。但好像已经发生了什么。总有什么地方不那么对。但又确实没有什么不对的。生活一如既往，虽然并不熠熠闪光。

有好几次，那句话已经涌到贝先生的喉咙口了——我告诉你吧，上官雨燕，这世界上可没啥完美的事。所以咱们最好都不要自寻烦恼——但突然他又不想说了。是的，贝先生很生气，但他实在是不知道应该对谁生气，又是为了什么才生气。

就像现在，贝先生拿起了桌上的一只玻璃杯。他想狠狠地把它摔在地上。摔碎它！摔出声响来！

但没有。他赌气地吃着早饭。而且又一连吞下去了两块面包。

就在这天晚上，或许还要再过一两天，甚至好几个礼拜，等到贝家小院里的叶子掉得七零八落的时候……有一天晚上，肥白的月亮老早老早就升起来了。它笑眯眯地挂在天上，带着一丝懒洋洋的喜气。

宠物店的门悄无声息地打开了。

"你？"宠物店老板低声叫了起来。那女人昨天刚来过。她从来没有连着两天来过这里。但确实是她。穿了一件橘红色的秋衣。脸上显得很平静。

"昨晚做了一个梦……"

她一边说着，一边向玻璃缸走去。也不知道是和梦境相似，还是相反，玻璃缸还在原来的地方，但里面是空的。

她愣住了。呆在那里。

"对不起，原来想过几天告诉你的。"宠物店老板搓着手，吞吞吐吐地说着："它……不见了，跑掉了。今天早上发现的。"

她一动不动地看着玻璃缸。一动不动。突然，她转过头来。

"宝贝儿……"

"它真的不见了。真的。我不骗你……"宠物店老板有点害怕。又是害怕，又是后悔。他讨好地、不知所措地看着她，"这样吧，我赔你一条，赔你一条更好的，我这儿有很多非常非常棒的蜥蜴，非常非常棒……"

她还是没说话,看着他。她的眼睛看着他,如同看着虚空。

"是叫你。"她打断了他的话。然后,她冷冷地、坚定地、几乎完全不容置疑地把刚才的话重复了一遍:"就是你。过来,到我这儿来,我的宝贝儿。"

性·动词——一个日记

6月12日　星期二

睡梦里电话铃响了，是章怀善。

他："在睡觉？"

我："嗯。"

他："一个人？"

我："嗯。"

我有点醒了。听见窗外第一声鸟叫。

章怀善去云南开会，还要十多天才能回来。昨天这时候他也打了电话，可能还要早些。一般来说，平时都是他醒得比我早，他总是在早上有欲望。临走那天早上，我迷迷糊糊推开他的手。他有点不高兴，在被子里翻几个身，起来了。我倒是有点醒了。我以为他会坚持一下的……但没有。我看着他在房间里走来走去，整理衣物、书本。我故意把一条光腿伸在被子外面。他好像没看到。于是我转过身去。

我转过身去，耳朵还在留意身后的情形。要是他能突然从背后扑过来，强迫我，反绑我的双手，嘴里说着粗话。但他没有。章怀善不是这样的人……那天接下来的时间我完全没精打采，心不在焉。杂志社主编在走廊里遇到我，脚步慢下来，盯着我的脸，突然问："你今天怎么啦？"

我说："没什么呀。"总不能说早上没和男朋友睡成觉？不过真奇怪，这从脸上能看出来？

我没那么爱章怀善。我知道。但我竟然因为一次没有实现的欢娱闷闷不乐。我有那么淫荡吗？而且接下来一连几晚我都没睡好。平时我穿睡衣，但这几天洗完澡后我就光着。

挂掉章怀善的电话后，我睡不着了。在床上翻来翻去。薄被很柔软。特别是裹在光溜溜的身体上。起来洗漱，然后继续写我的博士论文。章怀善一心希望我成为一个学者。他说等我通过博士论文答辩后，我们就准备结婚。我回答可以。反应不是很强烈。这好像和我们的关系有点相似，不热烈，但也不太冷。快两年了，已习惯。

后来接到妮妮电话，约吃晚饭。反正论文写得不顺，我答应了。翻了会儿书，看到一段有趣的文字：

> 学者，就是颓废派。下面的情况是我亲眼所见，一个才华横溢、思想自由的人，早在1830年代就"因读书而蒙受耻辱"，所剩下的东西就像火柴，需要摩擦才能产生火花（思想）。在天气破晓前的清晨，万物清新活泼，在朝霞映照中，人们精力旺盛，在这个时候去读书——我称之为品行不端……

就在这时，门铃响了。连忙穿上衣服下楼。是快递。

快递员是个帅气小伙。很熟了。我觉得他今天好像多看我两眼。错觉？他能看出来我刚才没穿衣服吗？

餐厅里。很多人朝我们看。看我？还是看妮妮？妮妮穿黑吊带，紧身仔裤。浑身上下紧绷绷的。我穿长裙。就那样看上去，我当然更像一个淑女。虽然有一次，章怀善有点诧异地看着我说：咦，你挺骚的呀。

两年前的今天，我认识了章怀善，妮妮认识了她现在的男朋友——妮妮一个礼拜后就搬到她男朋友家住了。她在电话里告诉我这事。我说：这么快呵。心里则想：我应该什么时候搬到章怀善那里去呢？我是知识女性。我是知识女性？知识女性应该是怎样的？

　　不管怎样，知识女性，表面上、公开场合应该是得体的，冷静理性的。我总不能像妮妮那样，什么话都敢说，什么事都敢做吧。

　　晚上我们两喝了一瓶白葡萄酒。

　　妮妮说："昨晚我和他来了三次。"

　　我吓了一跳。下意识环顾四周。餐厅是东南亚情调，点缀一些热烈的植物。客人不多不少，有些像在倾心交谈，有些像在侧耳旁听。

　　我压低声音说："你们……不是刚分手吗？"

　　妮妮的眼睛告诉我，我刚才说了一句愚蠢的话。于是我没有再说下去。当然，她也没有给予回答。

　　我又喝了点酒。旁边一桌的男女隔着桌子接吻。我突然烦躁起来。想起章怀善临走那天早上，我把一条光溜溜的腿伸在被子外面。空荡，一点点凉意。我探出身去，慢慢地，端庄地，不动声色地和妮妮说话。

　　我说："你来高潮了吗？"

6月13日　星期三

　　昨天晚饭后和妮妮去酒吧。灯光很暗，但角落里似乎总有目光如炬。啤酒。杜松子酒。啤酒。啤酒。黑加棕。可能是后来的那杯蓝色玛格丽特把我弄晕的。我第一次喝这种鸡尾酒。咸得出乎我意料，一定是调酒师放多了盐。

　　但妮妮眼睛里掉出来的盐，比蓝色玛格丽特还要多。她哭得鼻涕都流出来了。她和男朋友分开了，但前几天她又和男朋友睡觉了。最后他们还是分开……什么乱七八糟的世界。

哭着哭着，妮妮突然把这一切忘记了。有人走过去和她搭讪聊天。一个眼泪汪汪、身体紧绷绷的女人总是性感的。你是否需要安慰？到底发生了什么事？宝贝，我能再请你喝一杯吗？天晓得他们都在谈些什么。

我坐在吧台上，稍稍侧过一点身体。蓝色玛格丽特很刺激，在身体里奔涌，我觉得腰肢松软。我穿着长裙，盖住了美腿。空气真是闷热难耐，我撩起一点裙摆，露出纤细的脚踝。我的前男友Y告诉过我，女人的脚踝是最性感的。

远处有个男人在看我。

妮妮的笑声，像她的屁股一样曲线突出。有人向她献殷勤，她又高兴了。她的脸在灯光下闪来闪去，妆全化了，像一条穷凶极恶的发情的狗。妮妮有时候很像男人，让我怀疑，或许根本就没有爱情这种东西？但激情是有的——

那个男人还在看我。像一个黑暗深处的光点。到一个陌生的地方去，有没有光点，很快就会感觉到。这让我亢奋。书本上学不到这样的知识。在这方面，妮妮更像一个天才。很多时候，在她面前，我多少有点像个行事小心翼翼、只有一般公民道德水准的人。当然，我很清楚，我不是。就像现在很流行的一句话：能被看到的，通常都不是真相。

我站起身，到后面的卫生间去。这样，穿过大半个酒吧时，我摇曳的背影正好完全展现在那个男人的眼前。

我觉得我的屁股上燃着一把火。

疲倦、酒精，以及那把火的快感，让我昨晚睡得很香。今天醒过来时，我还想到了酒吧里的陌生男人。直到我和妮妮离开，我们连招呼都没打。但感觉就像上过床似的。他就那么一直远远的，坐在黑暗的深处。看着我。或许，其实根本就没看？完全是我的幻觉？天呐，有点离谱，但想起来觉得挺快乐。

上午头疼。下午感觉好些，写了一点论文。休息时在网上查蓝色玛格丽特的资料。主要是由龙舌兰酒和各类橙酒及青柠汁调制而成。龙舌兰长在热带，火辣辣的，像我屁股上的那把火？

后来章怀善打电话来。他说："咦，你今天心情不错嘛。"

我想着那个没头没尾的陌生男人，微微一笑。

6月14日　星期四

中午看了一档婚恋交友节目。没有人谈论性。他们都不谈论性问题。但那些女嘉宾会对男的说，你一走出来，我就觉得是我的款，我的菜。或者摇头，没感觉。潜意识里，这和性有关吗？有意思。

那些女的长得都还不错。但男人看起来可能会不一样。男人能看到另一种东西。

男人究竟是怎么看女人的？

有一天我拖着章怀善在街边小店喝了两杯。他渐渐放松了，开心起来，眼睛里放出光。他平时不是这样的。一本正经。喝两杯后有时变有趣些，还会说几个不太好玩的黄段子。后来，隔着玻璃窗，我让他看街边的女人。男人都喜欢看女人的。但章怀善不承认。章怀善就算在床上也是不声不响的。

我说：快看快看，那边广告牌下的女人，你看她臀部的轮廓。

那天我兴致很高。准备勾引他。我有点兴奋，所以我希望他也兴奋。我指引他看街上走着的、停着的、和其他男人手拉手的女人。眼睛大的，乳房大的，长发像海风中的波涛……

有的章怀善露出一丝不屑，有的瞥一眼，有的他的眼光停留久一点。他没告诉我最终他认为哪个性感。但我听到他嘴里咕噜了句粗话。他喝了酒，放松了，会说几句粗话。这就是章怀善最性感的时候了。趁着他的性感，我把他拖回家。我说："今天我扮护士吧？还是扮女警察？"制服诱惑。制服诱惑的根源，归根到底，因为人其实都想冒犯权威，享受快感。他嘿嘿地笑。喘气声粗起来。他对征服穿制服的女人还是有兴趣的。仿佛手里拿了鞭子。但仍然结束得很快。

我在他的呼噜声里睁大眼睛。他刚才确实很兴奋，嘴里骂骂咧咧的。但明天一早就会否认。可能确实忘记了。章怀善是个分裂的人。我知道，我也是。

还有一次，我穿上黑色吊带袜，一只脚跨在椅子上，模仿妮妮，摆出一个搔首弄姿的姿势。

"你觉得妮妮性感，还是我性感呢？"我半启朱唇，眼神迷茫。

章怀善抬了抬眼睛。

"你。"

"就是这个样子？"我眨眨左眼，再把一根手指放在嘴唇上。电影里的那些放荡女人，她们勾引男人的时候就是这样。

"不是。妮妮的样子不是你的样子。"

后来，那次我在床上说："叫我妮妮。"他顿住了，皱着眉头，问："你说什么？"我重复："叫我妮妮。"他的脸沉在黑暗里，我看不清他的表情，但感觉到动作变得猛烈粗暴起来。像一头漫无目的、四处奔窜的动物。他兴奋了。我也是。但我们避开不谈。

就是这样，章怀善一般在早上有欲望。例行公事的欲望。如果我们偶尔在晚上，他又总是比我早睡着。打着呼噜。我睁大眼睛想，如果他能稍稍慢一点，我或许能感受到爱这种东西？爱像植物多一些，爱是缓慢的。我想。我突然觉得忧伤起来。忧伤使我刚才得到的些许快感消失殆尽。我知道我这种女人无可救药。

下午去杂志社处理些事。然后采访荷花展和一个油画个展。在荷花池边拍照时暴雨将至。天空半边红，半边黑。那是我见过的最诡异最妖艳的荷花。油画个展里有几张女人体。其中一张，《丽达与天鹅》，一小抹的天鹅像个引诱的梦。女性盛放的阴部，仰起的下巴，微张的嘴唇。那是一个多么放肆的身体，天然，放肆，任性，下贱……

又想起妮妮了。妮妮说她最好的一次性爱，就是和她前男友临分手那次。在她最绝望，最恨，最反感的时候。她的身体和情感是背离的。但就像冰和火最近。爱和恨最近。生和死最近。妮妮说，那次她完全忘记自己的身体了，她也完全忘记了自己的灵魂……她比妓女更像妓女。

那次聊天时我们在快餐店。我想到了什么。我说："是的，必须完全忘记自己才行。"

妮妮说："忘记自己还不够。"

我抬抬眉毛。

妮妮说："那次我把他想象成了另一个人。"

我正吃着一个汉堡，张大了嘴巴，但只是保留了一种咀嚼食物的姿势。

其实妮妮说得很对。性，必须完全忘记自己，甚至也要忘记对方。所以，性在黑暗中。

6月15日　星期五

上午写了点论文。中途起来沏茶，伸懒腰，在阳台上看风景。黄梅天。暧昧的天气。昨晚我做了性梦。非常真切。但梦里那个男人的脸看不真切。他是谁？

有人在油菜花黄的时候食宿不宁，狂躁忧郁。有的人在黄梅天。柳絮飞扬。荷花开的时候，盛夏的电闪雷鸣……每个人都不一样。走在街上的每个人都有最深切的秘密。我现在知道的秘密很有限。章怀善，他总是在早上。他总是在清晨有欲望。这是现在，我和这个世界最深刻、最本质的联系。

街上的香樟树在除白蚂蚁。前几天满天飞。晚上的路灯周围飞得到处都是。像世界末日的仓皇逃窜。今天我终于知道是怎么回事了。关于白蚂蚁。今天防疫站的人来打药水，说好多白蚂蚁已经死了。它们一年大规模地飞出来一次，就是在它们交配的时候。在性这个方面，人和动物其实没什么区别。人高级些。但归根到底没什么区别。自然界由此生生不息。

薄雾里天鹅忧伤的颈项……孔雀开屏的瞬间……蜂蝶纷飞的春天，人们只看到采蜜的蜂蝶，漫天的花粉有一种暧昧的腥气……

求偶的前夕，在自然界总是最美。为什么反而在人类世界，有时候却如此丑陋？自然界，美丽的雄性向雌性开屏，舒展，引颈……阳台上望出去，街头却总是充斥着涂脂抹粉的女人，超短裙，假胸脯，长睫毛，春药……

论文要是能写这些就好了。但显然不行。有时我突然想，应该也写写白蚂蚁。大家都只是歌颂飞蛾，它扑火。但白蚂蚁在它春末夏初交配的时候，如此壮烈。像一种野蛮的摧毁一切的性。

写论文的时候连身体都是冷的，僵硬的。或许，拜伦的抱怨是正确的？——

"知识之树不是生命之树。"

下午和妮妮坐火车去H城。度周末。发现妮妮很憔悴，眼袋出来了，眼眶发黑。然而情绪却反常的高昂。她不停地说话，夸张地大笑，浓妆显示出了与她年龄不符的鱼尾纹。或许是睡眠不足的原因？无法判断。

妮妮失恋了？奇怪的是,失恋和纵欲过度的人常常有着相似的外貌。失恋等于纵欲过度？

黄昏时在临湖的小酒店吃饭。妮妮的客户请客。两男一女。一个男的略胖，声音磁性，眼睛晶亮。瘦的那个显得很干练。女的姿色平平。他们聊了几句生意，很快进入喝酒状态。很快失控。

妮妮一直在笑，不停地喝酒，胡乱拨打电话，有一次还拨到了我的手机上。我也跟着疯笑，但同时感到忧郁，危险，还有一点点的亢奋。

中途接到章怀善电话。周围太闹，他听不清我的声音，我也听不清他的。于是挂掉。他没有再打来。充满期待的几分钟里，那条伸在被子外面的光腿，一直在我眼前晃动。后来有短信，仍然并不热烈缠绵："有应酬？"……"少喝酒，早回。"……我把手机关掉，狠狠地扔进包里。过了大约十来分钟，我从手提包的夹层里把手机重新翻出来，开机，等待，亮屏。什么都没有。突然跳出来一条服务短信：

"你孤单寂寞吗？你怀疑彷徨吗？如果想知道他的一切行踪，请设置……"

妮妮的客户走了两个，剩下那个声音性感的胖子。后来又来了一个，高个，白T恤，面目不清，开一辆月光白的车。我们都上去。白T恤带我们飙车。湖边有环绕的山影，山路平坦而崎岖。车里放着非洲音乐。妮妮一直在尖叫。

车在半山的树林边停下来。月光洒在车窗玻璃上。中等规模的风。黏糊糊的。我在黑人舞蹈的幻觉中打了个盹。妮妮靠在一棵树上抽烟。隐约还有笑声。妮妮在失恋大哭和寻找下一个目标之间，几乎没有什么时差。她说忘掉前一个恋人最好的办法就是找个新的睡觉。有时候她会说出非常直接的话来："你跟他睡觉就好了。睡一觉，再迷上他，就好了。就是这么简单。"

我知道这是对的。当然，找到合适的目标不那么容易，再迷上他也不那么容易。但是我仍然知道，妮妮说的话是对的。妮妮万岁。

6月16日　星期六（上）

H城宾馆。早上三点被警笛惊醒。后来睡不着了。

妮妮躺在另一张床上。搭着一小角被子。她在说梦话，身体扭动着。声音时高时低，呻吟，眉毛蹙动。她梦里肯定有个男人。她爱的，也可能是恨的。因为她突然清晰地叫了起来："滚出去！你这个脏家伙，给我滚出去！"

我换上一条紧身短裙。

大街上空荡荡的。一般来说，这个时间，品格端正的人都已入睡。良家妇女戴着柔软的睡帽。母亲给哭闹的孩子加喂一次奶。这个时候在街上闲逛走动的女人，一般来说，不是品行有问题，就是精神不正常。一个骑摩托、戴钢盔的男人从远处驶近，慢下来，端详着我。他嘴里轻轻吹着口哨，像在琢磨、想象这个形迹可疑的女人。她是谁？

我和前男友Y，就是在午夜的大街上分手的。城市的天桥。头顶压着乌云。混凝土，钢结构，迷宫般的通道。置身此地，所有的感情必须棱角分明，清晰尖锐。我先走下来了，他还站在上面。天桥很高，我走了很多台阶才到达地面。站在上面，往下望，或者跳下去都是危险的。车来车往，粉身碎骨。

归根到底，我是不是因为缺少安全感而离开Y的呢？但是老天知道，只有老天才知道，其实，我是多么喜欢他的激情呵。凌晨四点半，他带我去城郊山里，赶上暴烈的黑雨。树冠巨大，雨溅起土地的腥味。我们在雨里狂奔。后来，他把我一把抱起，扔进车里。一切都湿透了。

和Y在一起的时候，我老是会听到警笛声。奇怪极了。我告诉他，他笑了，说是幻觉。我也知道是幻觉。但仍然会听到。很多时候我还会手足无措，在他狂暴有力的激情面前，我那些小情小调，锁骨脚踝，扭动的腰部胯骨，就如同烈日下暴晒的小草。

你放松点。再放松点。他说。一再地说。

我说好的，好的。我回答。一再地回答。

但是……我是个知识女性。得体的，体面的，矫饰的。我在文章里写"人都希望活在安全中。这其实是个巨大的错误。"但我仍然渴望安全感。所以我还是分裂的。Y老喝醉酒，Y爱和社会边缘人混在一起，Y甚至还有好几个妓女朋友，他喜欢听她们讲人生故事。Y待人处世总是一时冲动。一时冲动？我知道如果没有一时冲动，世界从哪里来？但同时我们又讨厌这样。这是个明显的贬义词。特别在知识界。

所以……Y唤醒了我的欲望，然后，我和风情不解的章怀善在一起了。我在章怀善面前腰肢摇曳，我在章怀善面前扮警察、扮护士，我穿着黑色吊袜带，把自己喝得醉醺醺的。生活，就是不管你怎么折腾，总是得不到满足？

所以……我穿着紧身短裙，半夜三更，站在城市的过街天桥上。我是今天的我。我是昨天的Y。但我知道，我们不可能再有交集了。正常人和生活的关系，就像永远不和谐的性？

章怀善不喜欢酒。喝也能喝，只是不爱好。他真正喜欢的是古典音乐。他说古典音乐能让人平静。有时我们上床，他也听古典音乐。我恨不得把音响统统砸掉，踩碎，从窗户扔出去！

一个男人，从天桥另一端走上来。他低着头，戴鸭舌帽，看不清眼睛。但他是男人，仍然让人感到恐惧。夜深人静，孤男寡女，总会让人联想到性。我稍稍有点紧张……野兽遇到天敌也是如此。身体绷紧些。背弓起。他从我身边经过时，仍然低头，鸭舌帽歪着。他几乎没有抬头看我一眼。但有一种奇怪的皮肤的感觉，酒气，或者体味。我紧张得一条腿发软，另一条完全失去知觉。

要是一个女人走上来就不会这样。没有性的紧张。然而会互相窥视。她是谁？她又是谁？在夜幕里，女人更容易互相认出。也像天敌。

妮妮对人总有一些直觉的判断。我讲章怀善的时候，她总是摇头："其实这不是爱情。"

讲到Y，她不说话，有时候会说："是性。"

还有些其他，她说："不，不，那些都不是爱情。"

妮妮觉得生命就是冒险。只要一感觉安全她就厌倦。我知道这是病态的。但或许是真理？妮妮说我喝了点酒的时候就比较精彩。我觉得她也是这样。她喝点酒后会精彩，但同时变得怪异和危险。有一次在酒吧，我无意中听到妮妮在和人谈性姿势。上？下？我非常吃惊，留意再听，确实是在讲性姿势。上位，还是下位。突然而尴尬。但妮妮的脸浸在灯光中，神色坦然。后来她还蹦到吧台上去，跳了一支热辣的拉丁舞。我注意到她肉感的臀部。做这一切妮妮自然无比。她确定，极致，不在半明半暗的幽暗中。她和Y真是一对，要是他们在一起，一定会互相搞死的。

有时妮妮让我觉得她更像一个男人。因为她肉欲，崇尚力量，这便更容易到达生活的本质。妮妮的一切都是动词。行动吧，去爱，或者恨！干我吧？干我吧！简洁，有力，毫不拖泥带水，所以反而干净。

我是什么？一个隐隐燃烧的背影？告诉别人我内心的骚动？干我吧？或者是上？让我们搞一次？妓女们有时会用这样的词。这话是谁说的？一个知识界的名人——"每个女人的心里都住着一个妓女。"女人多数都是分裂的。良家妇女，或者妓女。但很多时候，良家妇女并不比妓女更高尚。常常如此，往往如此。

我是形容词吗？知识女性经常会略带伤感地说：爱，是忧郁的，蓝色的……

回宾馆已经五点多了。迷迷糊糊又睡着。我做了一个奇怪的梦。下着大雨,我从街角走到对面房子里去。街道是我从没见过的样子。几乎是个热带丛林。乔木,藤本植物,附生植物,爬行类,两栖类和昆虫,还有倾天而下的雨水。我浑身湿淋淋的。而且完全叫不出声音。

6月16日　星期六（中）

接近中午的时候,我醒了。妮妮不在房间。

手机上有四个未接来电。三个章怀善的。一个Y的。给章怀善回了一个。他刚开完会,在自助餐厅。能听到盆子、筷子、勺子叮叮当当的声音。

我:"手机开静音了。刚起床。"

他:"哦。以后别睡那么晚。"

我:"嗯。"

他:"我给你买了两条裙子。"

我知道章怀善会带着两条新裙子回来,然后,在很多早上拥有差不多强度的欲望。和章怀善在一起的时候,我感觉不到这个世界有什么音乐感。节奏是一致的。平稳,匀速。如同波涛不惊的河边风景,是一个悠长而固定的名词。离开Y时完全不一样。我无以名状地恐惧。和他在一起时我就恐惧。飞速跌宕的过山车。就是因为要远离这种恐惧,所以我离开他。但离开后仍然恐惧。

我害怕生活里那些动词?那些撞击心脏的动词?我是知识女性。理性。中庸。我只在本能地远离危险时具备行动感。然后,我成为优美而缓慢的形容词,成为固定而悠长的名词……在这个匪夷所思的世界上,久久徘徊,荡漾。

我又看了眼Y的未接来电。我不会回的。妮妮在这一点上和我截然相反。她要么搞死别人,要么搞死自己。要么一起死。

让生命里充满动词的人好好活吧。

我去隔壁快餐店吃了点东西。邻桌一个男人一直盯着我看。他的神情介于友好、探询与冷眼之间。这神情让他不像个陌生人。预示某种可能的关联。很多熟人一辈子都没有这种关联的感觉。

有种不安在空气里。那是我熟悉的词汇。黏糊糊的、暧昧的词汇。

汉堡口味不错。吃冰淇淋时裙子上沾到一点,去洗手间擦掉。回来时那男人的座位空着了。

去街上逛了逛。书店。百货公司。一家洗脚房门前站着个姑娘,黑背心,牛仔短裤,黑色夹脚拖鞋。脚趾上涂着黑色甲油。我盯着她看了会儿。后来她也盯着我看。她的目光里有动作感。我先败下阵来。走开。

想去对面湖边坐坐。要穿过地下通道。脏兮兮的,加快脚步。但拐角处传来电子吉他的声音。果然有个盲人歌手。二三十岁,清清爽爽,白T恤仔裤。草帽扔在地上,里面有硬币和小钞。我突然紧张起来。身体绷紧,背微微弓起。有些音乐也是天敌?果然,吉他声响,一首摇滚激烈的开头。我整个人抖了一下。心里的动物醒了,伸懒腰,打哈欠,举起拳头,要行动!要破壁而出……

连忙逃走。

6月16日　星期六(下)

一个人晚餐。散步。想了些事。头脑很乱。然后回房间。妮妮一直不在。

感叹妮妮的体力。她比我精力旺盛,敢想敢干,自然和身体有关。我相信身体的力量。身体是神秘的,并且主宰一切。上个月感冒发烧的时候,我百无聊赖。那几天我不爱章怀善,不爱Y、X、W,不爱手里这个刚起了题目的博士论文,我觉得哲学和世界观就像感冒冲剂的包装纸。我不愿意上街,吃饭,睡不好觉。我连自己都不爱。很多事情其实没那么复杂。世界是身体性的。然后得到阐释。

一直记得刚离开Y的头一个礼拜。恰好杂志社有事出差。路过一座山,山上有座庙。几个人等在那里,等个和尚出来为我们祈福。过了会儿,和尚来了,为我们颂经。很奇怪的感觉,颂经到一半的时候,很明显觉得身体内部有一根线飞出去了。白晃晃穿过头顶。我感觉自己的身体明显晃了一下。头皮发麻。这是真的。对天发誓。

"好像真有灵魂出窍呵。"后来,我对章怀善描绘这种感觉。有什么东西远离身体的感觉。

"这是意念。"章怀善不动声色地说。

再后来,我坐在冷冰冰的书桌前,写着冷冰冰的论文。书房外面,章怀善礼貌地接听着电话。古典音乐。古典音乐。有一次章怀善一本正经地告诉我说,身体里激情不能平复的时候,多听一会儿古典音乐就好了。

但是——为什么要平复身体里面的激情?

穿过已经空无一人的地下通道,我终于坐在了湖边的木椅上。

夜色中,杨柳吹拂,蝴蝶纷飞。行人们三三两两地走着。世界充满了秩序。上个月我去城郊疗养院看望姑母和姨妈。那里也有湖。凉风吹过来,还有钟声。我坐在她们中间。姨妈是浪漫主义者,从年轻到年老,恋爱屡次,屡次恋爱,永不停歇。姑母年纪很轻时姑父去世,然后,她一直是坚定的"柏拉图"。现在,两个人都老了。坐在湖边,看风景。

H城的湖里漂了些夜游船。近湖岸的一只船上坐了对情侣。正在热烈接吻。女的半躺着,长头发快滑到水面了。船身在剧烈颠簸摇晃。船会翻吗?我盯着他们看。想到老了的姑母和姨妈。疗养院里的湖。那条固体般波澜不惊的湖。永恒的湖。

6月17日　星期日

中午和妮妮从H城回来。下午赶去杂志社加班统稿。主编对我的荷花展照片大加赞赏。他一只手扶着老花镜，眼睛里颇有深意："咦，你能拍出荷花的这种感觉，很性感……啧啧，嗯，有点意思，有点意思……"他冲我眨眨眼睛，表情很萌但又暧昧。说："晚上分管领导饭局，一起参加？"我皱眉，摇头："感冒了，得回去吃药。"然后冲主编调皮一笑，吐吐舌头。主编很受用。老男人的调情。欲望分配得好的时候，世界匀速行驶，有时还会感到一丝温馨。

杂志社事结束后赶着回家。觉得有点饿，下楼去街角那家料理店。

我吃生鱼片和芥末。在调料里多加了芥末。很多年前第一次吃芥末我呛出眼泪，现在放少了不过瘾。当然，也有人终身不适应这种刺激的调味品。

隔着玻璃窗，我看街景。和章怀善在一起的时候，我们看女人。独自一人时，我还是更愿意看女人。奇怪的事情。

还有更奇怪的事情。在鱼儿游动般的街角，我突然看到了静止而纠缠的两个人。我先认出了那个男人。师兄！此人早年写诗，后来下海经商，破产。结婚生子，离婚。再婚，又离婚。消失数年，后又突然出现。格纹衬衫，直筒裤，细边眼镜……有一次一声叹息，说："现在终于好了。"我问："什么好了？"他答："那些脏兮兮的，性欲望……现在终于不受它们控制了。"

这是大半年前的事。而现在，师兄在大街上紧紧抱着一个女人。天呐，他们移动角度时，我终于看清——那是妮妮！

他们在激吻。师兄的手摸着妮妮的臀部。动作凶猛。而一向凶猛的妮妮却有点羞涩。天呐。这个世界。

我愣了一下。一小会儿。然后微微一笑。

我回家。

九点不到。街头巷尾的酒吧刚刚热场,有人坐在角落里用目光扫店,有人买醉。活着都不容易。冲动一下,或者醉后直接躺倒。但我今天选择回家,安静,一个人。

我盯着手机看了一会儿。章怀善未必会打电话来。他不打我会失望……但他即便打来……男人总是男人。未必真正知道女人的需要。

呵。我想到Y了。那个动词Y。在这个满月的晚上,Y是安静的。他在我记忆深处,至少在今晚,是所有快感和危险的背景。

我洗澡。水温合适。微烫。细小的刺激。

躺到床上去。薄被柔软,香喷喷的。像永远都不会离弃我的一只手。

我关掉手机。平躺着,腰肢松软,内心甜蜜。

今晚,我要一个人。

一切,都在黑暗中。涌动,起伏。像开始时小心翼翼、意外却纷至沓来的旅程。海水倾斜过来,一个波浪,紧接着又是一个……我闭上眼睛。听到客厅的电话不断回响。我闭上眼睛。海浪裹挟了一切。我升起来了。又坠入水中……客厅里电话一直在响。

今晚,我要一个人。

我闭着眼睛。等待着即将到来的那一刻。

四周无人。万物花开。

凝视玛丽娜

一

2013年的春天，在一次只有两个女人参加的谈话中，李天雨漫不经心地讲起了1974年在意大利那不勒斯完成的那次《节奏0》的行为艺术。

"那女人叫玛丽娜·阿布拉莫维奇吧？"李天雨喝着一杯新茶。

"是的，好像是叫玛丽娜·阿布拉莫维奇。"戴灵灵发出很响的嗑瓜子声。

春雨绵绵的下午，两个中年女人——李天雨和戴灵灵，同岁，盘着同样一丝不苟的发髻，现在，她们各自经营着一个茶艺馆和小型艺术画廊。衣食无忧，云淡风轻。

"她是黑山共和国人……"

"前南斯拉夫。"戴灵灵纠正道。

短暂沉默。

"她母亲是军官吧，少校……还是中校？支持铁托的共产党游击队员。她和她母亲的关系好像不好，强硬的女人……不管怎样，她应该是革命者的后代。"

戴灵灵继续嗑着瓜子。

李天雨起身续上茶，站在窗前张望了一下，重新回到桌边，坐下。

"那次行为艺术表演持续了整整六个小时。她为观众提供了七十二个物品——随便用吧，她说；在我身上随意使用吧，摆布我吧，她说——随你怎么样都可以，我的身体是画布，桌上的七十二件东西是画具，你们当众画画吧。你们不用负任何责任，我自愿承担一切的后果。"

"啧啧，"戴灵灵摇晃着脑袋，"那些东西里好像有玫瑰花，羽毛和蜂蜜……"

"还有鞭子、剪刀和铁链！"不知怎么，李天雨突然加重了语气。

"哦，我倒是忘了——这件作品最后是怎么结束的？"

"一个家伙用上了膛的枪顶住了她的脑袋……而另一个人上去把枪夺下了。"李天雨冷冷地不动声色地说。

二

1993年，桃花开得很早的初春……两个形影不离的评弹学校学生李天雨和戴灵灵。两人的友谊缘于一次女孩子们热衷的玄妙游戏——类似于算命、血型和星座。

"你的生日究竟是什么时候？"戴灵灵好奇地问。

"4月27日。"李天雨说。

"那怎么会是你的生日呢，那明明是我的生日。"戴灵灵瞪大了眼睛。

"可是，那确实也是我的生日呀。"李天雨也笑了。

同月同日的生日让两人很快亲近了起来，但她们很快发现，对于生活的态度和性格，两人其实几乎有着天壤之别。

怎么说呢，打个比喻。戴灵灵就像一个猎人，每天清晨睁开眼睛后立刻四下寻找猎物，包括别人的称赞，漂亮的衣物鞋子，新大陆，有趣的男人，经验，爱……而李天雨则更倾向于一个佛教徒：试图放弃所有的东西，轻松经历生命。

李天雨和戴灵灵都是寻常人家的孩子。家境不算很好，但也绝不太坏。清晨她们在小花园里吊嗓子的时候，万物初醒，空气清新，一切都还是令人欣喜的。但到了晚上，有时候她们被叫去一些新开张的酒店，莺莺燕燕，三两曲弹词开篇——新描的浓妆，借来的不太合体的旗袍——从那个时候开始，戴灵灵突然明白了一个道理：贫穷是一个必须经过比较才能得到的感觉。并不仅仅是小时候书本上说的，受到地主欺负、吃不饱饭的人才叫做穷人。

戴灵灵从来没觉得自己很穷过。而当她看到这个世界上还存在另一种生活时，她知道自己其实是个穷人。

进入评弹学校以后，戴灵灵相处的第一个男朋友是新加坡人，第二个是台湾人，接下来又以闪电般的速度相处过一个丹麦人……戴灵灵天生像是给外面的世界准备的，她每天的生活，从熊熊燃烧的日出开始，直到淡蓝色的夜幕降临，每时每刻，她生活着，其实只是在为另一种生活做好准备。

至于李天雨，则是另一种情况。

李天雨的母亲去世很早，不久以后，父亲另外成了家，所以她基本是由姨父姨母带大的。她成绩还算不错地小学毕业，不好不坏地读完初中，在接下来的学业问题上姨父姨母产生了分歧。姨母顾念李天雨早逝母亲的情意，希望她能继续就读正规的全日制高中——姨父是反对的——后来姨母终于妥协，其实也并不是真正的妥协，这是一种接受现实的选择，李天雨很容易就被辨别出既无"落雁之貌"，也非"经纶之才"。"她和大街上的那些女孩子有什么区别呢？"她的姨父姨母暗暗思忖。"她实在是和大街上的那些女孩子没有什么区别呵！"他们很快得出了结论。

那么，既然如此——她又凭什么要向生活索取，或者争夺它所根本不能给予的东西呢?

于是事情就这样定下来了。

两个女孩子在评弹学校里学习发声原理、戏曲理论、化妆美容、甚至青春期心理。但是评弹学校不教宗教和哲学。如果她们知道,有人建议真正的艺术家生活中只要有九件东西就可以了,那一定是会大吃一惊的:一件夏天穿的衣服、一件冬天穿的衣服、一双鞋子、一个讨饭的碗、一顶蚊帐、一本祈祷书、一把雨伞、一个睡觉的垫子、一副眼镜(如果需要)。

三

就在春天快要结束的时候,发生了这样一件事情。

戴灵灵新结识了一位香港男朋友——舒先生。在她和舒先生确定以后,有一天,她告诉同月同日生日的同学李天雨——一位外貌清秀性情孤僻,却又与她比较亲密的南方姑娘——她说,她将介绍一位新男友给李天雨,此人四十来岁,长相周正,斯文有礼。他在苏州有点私人事务,所以接下来这半年他将长居此地,打点生意,游览名胜古迹……或许,应该,当然了,在一个陌生的地方,孤身一人的男子,他是需要一位端正可人的女伴的。

"他也是香港人呢。"这个信息是戴灵灵最后说出来的。她微微涨红了脸,努力按捺着口气里一种强烈的东西。

一个礼拜以后,两个人去学校后面的小花园散步。吞吞吐吐的,戴灵灵对李天雨说:"是这样的,我想,这件事情你还是应该要知道……那个要介绍给你的香港人……他,已经结过婚了。"

很快,戴灵灵跟着舒先生去了香港。临走时,她留给李天雨一张字条,上面写着那个香港男人的姓名和联络方式。她告诉李天雨,同样的字条也留给了那位香港人——他姓商，只不过上面换成了李天雨的姓名和联络方式。

"他很快会和你联系的呢……"戴灵灵说。

"当然，你也可以主动给他打个电话。"戴灵灵像是突然想到了什么，或者，她真正想说的其实只是下面这句话，她轻描淡写，声东击西，欲盖弥彰，其实只是想说出下面这句话。而只要说出来了，事情就可以像流水一样顺势而下，也可以如野火一般熊熊燃烧——但是——所有的一切，和她，戴灵灵，则是毫无干系了。

戴灵灵说："我也已经告诉过你了，他，是个结过婚的男人。"

四

2013年的春天和1993年的并没有什么不同。桃花开得张盛，鸟儿在这个地方少了，总会在另一个地方多起来。女人们有点老了，却仍然有着同月同日的生日。

这天正是她们四十周岁的生日。

两个人决定一起过生日。就她们——李天雨和戴灵灵，两个人。

为这次生日聚会，两人做了不少准备工作。李天雨在桌上摆酒杯，法国南部的葡萄酒，芝士蛋糕，巧克力，脐橙，苹果，一台小型微波烘烤炉，菲力牛排，刀，叉，琵琶，三弦……还有一把搁在桌边的明晃晃的水果刀。

"你还记得那位前南斯拉夫的女疯子……在桌子上放了多少东西吧？"李天雨随口一问。

"七十二种吧。"戴灵灵从旁边的陈列柜拿出一本画册，翻到其中一页，念了起来："枪、子弹、蓝漆、梳子、铃、鞭子、口红、刀、叉、香水、勺、棉花、花、火柴、玫瑰、蜡烛、水、丝巾、镜子、玻璃杯、宝丽来相机、羽毛、铁链、钉子、针、安全销、发夹、刷子、绷带、红漆、白漆、剪刀、圆珠笔、书、帽子、手帕、白纸、菜刀、锤子、锯、木头、斧子、棒子、羊骨头、报纸、面包、葡萄酒、蜂蜜、盐、糖、肥皂、蛋糕、金属管、手术刀、金属矛、钟、盘子、长笛、橡皮膏、酒、奖章、大衣、鞋、椅子、皮革带、纱、钢丝、硫黄、葡萄、橄榄油、迷迭香料、苹果。"

"要是让你先用一种，你会选择哪个呢？"李天雨把烘烤炉小心翼翼地通上电。

"嗯……我会先选玫瑰吧。"戴灵灵说："你呢？"

"我也会先选玫瑰。"李天雨垂下眼睛。

五

二十年前，李天雨和香港人商先生相识的第一个星期，就收到了她这一生里的第一枝玫瑰花。

那个星期，他们一共见了三次面。

第一次，李天雨带着商先生穿街走巷，还去了一个水巷深处的园林。在假山洞里绕来绕去时，商先生突然不见了。等到李天雨昏头昏脑钻出来，青天白日，洞口商先生摆出一个夸张的卡通熊动作，举起两只手，张大了嘴巴——

第二次见面，商先生请她吃饭。

"能喝点酒吗？"他问。

结果他们两个都喝了不少。商先生告诉她，其实他祖籍应该是上海浙江这一带的，祖父那一辈辗转去了马来西亚，再是香港；在学校里学的是艺术方面的专业，然而现在转行做了生意；十来年前他在一个爵士酒吧以及一个小型歌剧团里都干过一阵，结果当然也一样……总是觉得被一种莫名其妙的力量控制着，干不成自己真正想干的事情……

商先生倒是狠狠夸奖了晚餐时的新鲜活鱼。商先生说他吃惯了生猛海鲜，今天才明白湖鱼的细洁鲜美，就连那些小小的鱼刺也是伶俐可爱的。

李天雨则回忆说，在她很小的时候，与母亲一起去鱼市买回鱼，养在水缸里。因为父亲要晚上回来吃饭，所以鱼得以在水缸里幸存大半天。李天雨说她一直记得母亲的这些话——"那时你就隔着玻璃和鱼玩上好一会儿，后来困了，在床上睡着了。等再醒过来的时候，我和你父亲坐在餐桌前等你，桌上则放着一大盆香喷喷、冒着热气的美味鱼丸。"

商先生手里拿着酒杯，听得很仔细。

"后来呢？"他问。

"后来……我母亲问了我好几次……她说你真是个奇怪的小孩子，其他的孩子看到一起玩过的狗呵猫呵死了，都会哭的，但你一点表情都没有，洗了手就坐下来吃鱼丸了，冷静得让人心寒，没有感情，简直……简直就不像一个五六岁的小孩子……"

商先生听得入神，这时说："那时你还那么小，记不得鱼丸和水缸里那些鱼的联系的。"

李天雨摇了摇头，说："我母亲认为一定能记得的，特别是童年时代。"

商先生笑了，说："你母亲真是个敏感细腻的人。"

李天雨沉默了一会儿。

商先生又问："长大了以后，你是不是很像你母亲？"

李天雨轻声回答："她去世得很早，在我还读小学的时候。"

接下来的事李天雨说得就像一段背熟的评书——她父亲如何跟着一个眼梢吊得很高的女人走了。她养过的一只猫就是被那凤眼女人扔掉的。她有两颗假牙，凤眼女人给她吃过太多的糖。她父亲有一段时间嗓子突然哑了。还有，她那两个面目慈祥的姨父姨母……

商先生突然插话："那只猫——你说你养的猫被扔掉了，那时你哭了吗？"

李天雨说："还是没有。"

商先生皱皱眉头，说："不知道为什么，我总觉得你失去那只猫，应该是在鱼丸那件事的前面。"

"为什么？"

"不为什么，只是一种感觉。"商先生说。

李天雨和商先生的第三次见面是在两天后的晚上。他们一起去看了夜场电影，在灯火辉煌的大街上，商先生吻了李天雨。就在李天雨感觉天昏地暗的时候，那朵人生里馥郁艳丽的玫瑰出现了。它出现在商先生的手上，像一滴久旱过后的甘霖。

六

在后来交往的那段时间里，只有一次，在谈话时他们提起过戴灵灵。

商先生对她的评价简单明了："很漂亮的女孩子，喜欢物质。"

往下就没有话了。

李天雨隐约觉得，商先生对于戴灵灵的评价更类似于"物"，看似褒奖，其实不带情感，更没有精神。

这突然令她警醒。于是她尽量、几乎极少在商先生面前提到钱——这种态度有悖初衷，甚至有点刻意——但商先生的态度同样耐人寻味：他从不带李天雨去高档餐厅，李天雨收到的唯一礼物，是一条普通到不能再普通的长方形丝巾，外包装纸倒是质地考究印着花纹繁复的波斯图案——然而，这除了多少能够证明商先生具有含蓄优雅的品位，其他的，几乎什么都无法证明。

因为——商先生不愿意在她身上花钱？商先生本来就没有太多的钱？商先生认为她和戴灵灵是完全不同的两种人？商先生在悄悄试探她，就像一位富有经验的猎人？……李天雨记得，戴灵灵和香港人舒先生谈恋爱的时候，经常会把收到的礼物拿给她看。玫瑰也是有的。然后是香水，口红，高跟鞋……这些东西零零星星散落在评弹学校的寄宿宿舍里，半夜醒来，李天雨可以看到各种美丽的物体，闻到各种芳香的气味。李天雨突然觉得，或许，自己其实比戴灵灵更需要这些美丽的物体和气味，只不过由于自小的环境和身世，朴素的生活和刻板的性格，使得自己更像一个守株待兔的人。

倒是有那么一次，商先生突然对她说："这次来内地，现金带得不多……不过租的那套公寓里倒是添置了一些家具……等到走的时候，你让人一并拖走吧，不要客气。"

李天雨惊得连连摆手，说"这怎么行！这怎么行！"

于是这事搁下不论。

此时刚是初夏。距离商先生离开尚有一段时间。

他们经常在周末见面。李天雨穿得清纯中稍稍带点时髦，商先生则衬衫西裤烫得笔挺，胡子刮得溜光……他们面带笑意地走向对方。略带讨好的，试探的，小心翼翼的。

后来，在很长一段时间里，李天雨想：如果商先生对别人介绍自己，又会怎么说呢？一个"在社会主义单调的禁欲主义生活中成长的女孩子"？

七

"二十年前，我们躲在宿舍里，抽了平生第一根烟。"李天雨优雅地吐了个烟圈。

"像做贼的感觉……心都快要跳出来了。"戴灵灵也点了一根。

"任何事情,好像开始时总是小心翼翼的。"李天雨意味深长地停顿一下,"因为多少有禁忌。"

戴灵灵想说什么。突然沉默。

"你去烤一下牛排吧。时间不早了,你饿了吧……看到了吧,刀在那里,小心一点。"李天雨不紧不慢地说。

八

二十年前,事情的转折发生在又一次酒后。

其实就在和商先生交往后不久,李天雨就发现商先生有些嗜酒。好几次她都大吃一惊,一个西装革履、温文尔雅的中年男人,三杯两盏下肚,突然就像换了一个人——领带歪了,或者干脆拽下来,那用力的程度,仿佛下意识里想把自己勒死;眼眶有点泛红,眼珠子鼓出来……她发现商先生竟然还会说粗话,在他和她渐渐熟起来以后——

他先是抓住她的手,说些温情脉脉的话。

"你真是个小甜心。"

"你知道吗?我需要你的陪伴。"

他把她的手放到自己的唇边。那嘴唇的柔软和温度让李天雨红了脸。但他很快就醉了。他开始骂人。

他骂每个人。他虚伪的上司,恨不得在他身上扒出每一分钱来;他的一个朋友,借了他三千块钱,三年了!整整三年了!(不知为什么,李天雨总觉得他在说舒先生,就是把戴灵灵带走的那个香港人)他连他贤良的老婆都骂——因为她过于贤良,贤良到让他觉得几乎是种阴谋!……他咕咕哝哝地说着,突然想起了什么,拿起酒杯,仰头喝完,再抓住她的手。

"你真是个小甜心,只有你是我的小甜心。"

他埋下头哭了起来。再次抬头的时候,鼻梁和嘴唇之间挂着一小行鼻涕。脏兮兮的。

但李天雨并没有感到他脏兮兮的。她觉得自己怜惜这个男人。有时候她也会探究这种怜惜的根源。寄人篱下的刻板的少女时代,就如同她大部分衣服裙子都是姨母改过的旧物。姨父在一家区级机关工作,每天准时上班下班,说话总是同样的不咸不淡的口气。她从来没见过他哭。他甚至好像也很少笑。她姨父姨母家的每一件家具都摆得那么齐整,高尚,带有潜在的共产主义精神而一尘不染,却奇怪的不具备任何感情。很多时候,她一个人在家的时候,她真想拿起锤子斧子,拿起厨房里的切菜刀,砸烂那么一件两件……然而每个见到她的人都说她是个乖孩子。这真是件无比奇怪的事情。

那天商先生彻底醉了。她给他倒上浓茶,一小碟镇江陈醋,热毛巾敷在额头上,老式电风扇呼呼地吹着。她看着躺在沙发上崩溃成一团烂泥的商先生——就在前几天,他们上街闲逛,商先生指着四周方方正正的建筑,说他不喜欢……这样的建筑,它们为什么会被设计成这样?千篇一律,笨头笨脑,最重要的是,它们完全看不出带有什么感情色彩……那天他朝她挤挤鼻子,做着鬼脸,问道:"难道社会主义的建筑都是这样的吗?"

而那天,看着沙发上的商先生,她突然想到一句有趣的话,她甚至很想推醒商先生,问他:"原来资本主义就是一团烂泥呵。"

晚上十二点钟的时候,商先生醒了。

他额头上沁出细细的汗珠,手臂则像藤蔓一样垂落在沙发一侧,他整个的人是柔软的,无力的,如同一条被海浪冲上沙滩的病鱼;他呆呆地一脸迷茫地看着李天雨——西方教堂里有许多无辜的天使,他们漫天飞舞,或者停下来休息,沉思……天使大多也是柔软的,惹人怜爱的。

"你真好，"他说，"只有你愿意陪伴我。"

他一把拉过李天雨，就像拎起一只树下的兔子。

九

第二天，天光还未开启，李天雨离开了商先生的公寓。

商先生已经完全醒了，他慌慌张张地穿上衣服，看了一眼歪在床上的李天雨，想说点什么……终于还是欲言又止。

厨房里叮叮当当一阵响动，接着传来商先生的声音：

"来杯咖啡？"

"我不喝咖啡。"

"那么……一杯茶，你想喝茶吗？"

……

过了会儿，商先生回到房间，手里端着一杯咖啡一杯茶。他侧身坐到沙发上——商先生不知什么时候刮了胡子，身上是簇新的灰白竖条纹衬衫，扣子扣到脖子下面第二粒。破晓时分，气温降下去一些。商先生站起身，关掉老式电风扇，再次坐下，并且用力清了清嗓子。

商先生的声音起了微妙的变化。这种变化可以解释为：一个醒了酒的人重新把自己收拾得齐齐整整、毫无漏洞，也可以进行这样的想象：一块正在融化中的冰在降温中再次凝结成固体，并且更坚硬，更锐利。

"昨天我喝多了……"商先生再次清嗓子。

李天雨沉下头。

"真是喝多了，现在还头疼……真是对不起……"商先生喝下一口咖啡。但喉咙里仿佛是药的感觉，他皱了皱眉头。

"是有点多，你还吐了。"

商先生站起来给李天雨续上茶，动作麻利而略显殷勤，对于一个照顾了他整夜的人，这样的动作和神态真是最合适不过了。

"我喝不了那么多酒的，真是不好意思……而且……喝多了以后，很多事情第二天我怎么都想不起来了……对了，昨天我说什么了吗？"

"没说什么。"李天雨抿了抿嘴唇。笑笑。

商先生也自嘲似的笑笑，仿佛这真是一件非常好笑的事情，仿佛他正在和一位知心好友谈论一件轻松而好笑的事情。当然，在说话的过程中，他会稍稍停顿，看一看李天雨的脸色。他好像又觉得热了，重新打开电扇。房间里再次充满了沉闷而有规律的吱嘎吱嘎声。

大家都沉默了一忽儿。

"我怎么会喝那么多酒呢？"商先生像是问李天雨，也像是在问自己。

这次李天雨没有回答，眼睛看着别处。

"我记得……我们先喝的葡萄酒，是吧……"

……

"然后是啤酒，还有威士忌……"

……

李天雨离开商先生来到大街上，走了一段路以后，天色渐渐亮了起来，街上有担着新鲜蔬菜莲藕的小贩走过，小巷子里传来主妇们疲沓的拖鞋声，门开了，伸出一只有点浮肿的光腿，或者肥大得飘飘荡荡、无以着落的睡裤，打哈欠的声音，亲狎的嬉笑声——正常的、有规律的、满足或者并不那么满足的生活就要开始了。

有一缕阳光照在李天雨的脸上。她下意识地闭了闭眼睛。

她脑子里突然出现了一个奇怪的念头。这个念头一旦出现就再也无法克制不去思考，不去假设，不去延伸——她想到了两个人、两段话、两种场景。

一个是春天快要结束的时候，她在评弹学校的同学、朋友戴灵灵神秘兮兮地告诉她，将要介绍一位新男友给她，然后，在一系列的周折、停顿以及铺垫以后，戴灵灵补充了这样一句话："这件事情还是应该要让你知道，他是个结过婚的男人。"

另一个，则是今天早上，就在刚才，商先生一而再，再而三，极其无辜而又意味深长地重复着这样一个意思：昨天晚上商先生喝多了酒，而酒醉的人既不知道自己曾经说了些什么话，做了些什么事情，更不知道哪些是错的，哪些是对的，还有哪些可能有点过了头……所以说，可能什么都说了，什么都做了，什么都发生了——但是，仍然还是什么都没说，什么都没做，什么都没有发生。

李天雨觉得自己的生活是怪异的。看起来这是多么柔软而又温情脉脉的生活呵。知心闺蜜拉着你的手，在你耳朵旁边哈着热气，告诉你生活将会有一些甜蜜的变化——但是，很快，在温情脉脉的绸缎下面冒出刺来，冷冰冰的，一碰就疼的，会扎出血来的——这本质性的真实被放在绸缎下面，一起如数奉上，呈现给你。与此同时，你又如何去回忆那些让你心动的气息、声音以及身体的温度，当有人一再地强调、暗示，这一切，只不过是酒精控制下的无意识行为……整个的，商先生被一只充满酒气的玻璃瓶子罩了起来，商先生是安全的。而李天雨赤身裸体，无依无傍。商先生递给她一颗糖。

"这是一颗糖。"他告诉她。

她剥开外面包着的一层薄纸，吃了下去。

十

在评弹学校读书期间，每个礼拜，李天雨要回姨父姨母家一次。当然，这个频率是刚开始的时候，后来就有所变化，十天一次，两个礼拜一次，一个月……甚至更久一些。

姨母会下厨添几个新菜，姨父则坐在沙发上，跷着二郎腿翻阅当天的报纸——即便如此放松的一个动作，也能隐约感到他浑身的肌肉仍然处于绷紧的状态中。如同旷野里的兔子，随时竖起耳朵，揣摩树林深处的风声。

报纸翻得差不多的时候，或者就在翻阅的过程中，姨父也会偶尔抬起头，看她一眼，不紧不慢地说上几句话。

"在学校里过得好吗？"

"挺好的……"

"哦，那就挺好……前几天遇到你们一个老师，说你有几个晚上没回宿舍睡觉？"

……

厨房那里突然安静了下来。整个房间寂然无声。

……

"也可能是你们老师弄错了，她可能弄错了人，你们一个宿舍有好几个人吧？"

"六个人。"

"是呵，六个人，那是很容易弄错的。"

寂然无声中吃晚饭。

睡觉。

李天雨把小房间的灯灭掉。过了会儿，姨父姨母房间的灯也暗了下来。

李天雨在黑暗里睁大了眼睛，突然想起，在她还很小的时候，有一次，早上醒得早，穿着睡衣，懵懵懂懂走到姨父姨母房间门前，手按在门上，轻轻一推，门开了。

姨父姨母还在睡觉。两人都光着，身上没有一丝一缕的衣服。

李天雨是在第二天临近中午的时候离开的，姨母准备了一些点心，让她带回评弹学校去。就在李天雨收拾衣物细软时，姨母把小房间彻底打扫了一下。她把李天雨用过的枕巾拿了起来——左下角那里有眼泪干涸后盐渍的痕迹——姨母放在手里，轻轻揉揉，又低头嗅了一下，最终和几件内衣内裤一起扔进了洗衣机。

十一

商先生临回香港的前一天晚上，李天雨留在了他的公寓里。

商先生租的是一幢老屋的二楼套间，一楼住着房东一家，一个宽肩膀、卷头发的中年女人，她的丈夫有点黑瘦，总是佝着背在暗处吸烟……他们养了条毛色油亮的小黑狗，见到陌生人就会发出子弹出膛般的叫声。

李天雨和房东太太打过几次照面。

"商先生呀，你回来啦……"房东太太说话带有一种奇怪的尾音，绵绵软软。每次她看到商先生，总是满脸微笑，她甚至轻轻地向商先生鞠躬。

房东太太从来看不到跟在商先生后面的李天雨。她的眼梢从李天雨的头发上方飘过去，留下一小段意味深长的空白。

那天晚上商先生忙着整理行李，李天雨则在客厅看电视，屏幕上一个穿套装的女人正在播报晚间新闻。电视声音开得很轻，套装女人如同在说哑语，而李天雨更像一只惊弓之鸟，栖枝发呆。

李天雨先去浴室洗澡，然后一头钻进被窝。

商先生去洗澡。浴室里水声哗哗直响。商先生也一头钻进了被窝。

就在这时，楼道拐角口的公用电话铃响了。

房东太太的拖鞋声，接电话声，笑声，然后是嘹亮的叫声响彻整个楼道：

"李先生呀，李太太来电话了！——"

商先生猛地停住了动作。李天雨一下坐起来，用手捂住嘴巴。

十二

秋天的早晨有点薄薄的凉意。李天雨耸着肩膀站在大街上，而背景深处，房东太太家的小黑狗一直在尖声吼叫。

商先生叫了一辆半旧的菲亚特出租车，两只大箱子，一只小箱子，还有双肩包，后备厢放不下，于是堆到前面来。

车子开得颠簸，有一扇窗手柄坏了，摇不上去，风声呼呼地刮进来。两个人挤作一堆，不知道为什么，都显得有点尴尬。

商先生先开口说话："家具的事……"

"我知道了……"李天雨连忙打断他，眼睛看着窗外。

商先生清了清嗓子，想一想，还是接着往下说："其实挺简单的，叫几个人，一卡车就运走了……"

李天雨不说话，还把眼睛低下来了。

破破烂烂的菲亚特开了大约一个多小时，有一段路正在维修，尘土飞扬，李天雨被吹进来的沙粒呛住了，咳个不停，一阵急促，一阵轻缓，直到商先生在国际出发的通道口向她告别时，咳嗽仍在时断时续地延续着。

商先生握了握她的手。那力度刚好让人回想起，过去的半年确实发生过一些不太寻常的事情，与此同时，商先生也想告诉李天雨，他会记得曾经发生过的一切。但是……他转身朝她挥手的动作，又分别在表达更为清晰明确的事实：他总是要走的。现在就要走了。很有可能，这是他们这辈子最后一次相见与别离。

就在这时，商先生突然停住了，转身再次向李天雨走来。

"你……"刚一开口，商先生就卡住了，他的脸还微微泛红。

李天雨能感觉到手心里的汗。她的身体不可思议地晃了一下。

"你……不要往我家里打电话。"

说完这句话,商先生的脸已经涨得通红。

十三

那封写给房东太太的信,是商先生走后的第三天寄出的。

  您好!

  您可能不记得我是谁了,这没关系。但世界上的很多事情并不都像您想象的那样……

  商先生房间里的家具,请您处理一下吧。

一个您不熟悉的人

信被李天雨装在一个小牛皮信封里。天上下着小雨,人迹寥落。评弹学校的南门附近有一个邮政信箱,李天雨撑着伞,听见稀稀拉拉的雨声融化在伞面上,听见自己的脚步声——就在三天前的那个早晨,她和商先生一起走出公寓的时候,她也听到了这样的脚步声,犹犹豫豫的,担心一脚踩空,却又明明留恋着什么。

商先生提着一个箱子先下楼。她守着门,等商先生返回来,拿另外一大一小两个箱子。

房东太太就是在这时候突然出现的。

她穿着深色外套,站在楼道的拐角口,就像一个巨大的阴影扑向她。

"你是谁?"房东太太的声音像一把刀。

李天雨猛地哆嗦了一下。

"你是妓女吧?"

李天雨觉得自己的腿在发抖。

"我看你就是个妓女，小小年纪就勾引男人，怎么这样不要脸！"

……

李天雨和房东太太单独对峙的时间其实很短，商先生提着箱子下楼，安放妥当，再度上楼，也就相隔那么三五分钟吧，但就是这短短的三五分钟，李天雨觉得自己完全说不出话，头脑里没有思维，整个身体像被钉子钉在楼板上，无法动弹。她被一个陌生的女人咒骂着，用最恶劣最肮脏的语言，先是谨慎小心地刺探着，慢慢地变得越来越粗暴、野蛮、令人毛骨悚然……直到很久以后，李天雨仍然弄不清楚，当年的那个陌生女人，为什么会对她如此仇恨？这恨从何而来？为什么竟然恨之入骨？但是，有一种感觉是异常清晰的，那就是——如果这样的对峙再延长两分钟、一分钟，三十秒、二十秒、十秒，李天雨相信，房东太太一定会大声喊叫起来：

"警察！警察！把这个女人抓起来！"

李天雨听到那封薄薄的信落到邮筒里的声音。

一封莫名其妙的文艺女青年调调的信——"商先生房间里的家具，请您处理一下吧。"

商先生曾经一而再，再而三地对她说，把家具拖走。是的，未必商先生不把她当成妓女，家具拖走了，权当付了嫖资，但商先生毕竟还会脸红。房东太太最早第二天就会收到信，捏着那张皱皱巴巴的信纸，她会大笑吧，还是不屑？她依稀会记得那个可怜的小女生……她真觉得她是妓女吗？或者她明明知道她不是——

雨渐渐大起来。无数个小水塘出现在李天雨周围。雨水落下来，软软的，再溅起来的时候，更像针。

那天晚上，李天雨没有回宿舍睡觉。她走进一间陌生的酒吧，喝了不少酒。在完全醉倒瘫软前的那一刻,李天雨觉得四周大雨瓢泼,而她如同身陷孤岛。她被困在那里,找不到任何人能够配得上她的爱和激情。

十四

"后来,你很快就和舒先生结婚了?"李天雨优雅地跷着二郎腿。

"是的,到香港大半年以后。"

"半年以后……那正好是商先生走的日子。"

"哦,商先生……后来你还见过他吗?"

"没有,"李天雨摇摇头,"难道你还真以为——我和他还会再见面吗?"

戴灵灵把烤好的两份牛排端到桌子上。雨还在下,不大不小,但天已经完全暗下来了,形象停止,只能凭借声音来识别。端上来的牛排装在镏金瓷盘里。暮色已降,暗暗的金色有着锈气;牛排的轮廓也看不清,同样只能凭借香味来识别。

"开灯吧,开关在窗帘后面。"

灯亮了。像一小团初冬的暖火。两个女人坐在灯下,原先一丝不苟的发髻现在略微有些散乱,仿佛对于自然重力作用的绝妙呈现。

"刀有点钝了,没切好。"戴灵灵在李天雨对面坐下。

"没关系的,香味还在。"李天雨说。

"那就——祝你生日快乐?"戴灵灵举起了酒杯。

"也祝你生日快乐!"李天雨同时举起了酒杯。

"我第一次离婚那会儿,见到过商先生。"戴灵灵的眼睛转向窗外,"我和舒先生结婚大半年就离掉了,情绪低落,商先生请我喝酒……他还问到你了。"

"哦，是嘛。"

"他问你好不好……他挺关心你的，他其实……还是个好人。"

"这世界上坏人本来就不多的。"李天雨淡淡一笑。

"他其实也挺不容易的，他的小儿子两岁时查出先天性痴呆，他太太看起来性格温和，背地里对他很凶的。"

"哦，是吗。"

"舒先生做生意欠了他一笔钱，这是我后来才知道的。商先生……怎么说呢，时间长了，我觉得他真是可怜，那段时间，我们经常在一起喝酒，每次喝多了，他都会问到你。"

"嗯，真是难得，我都快要忘了这个人了。"

"后来，我第二次结婚，和商先生的一个朋友，两年以后又离了……我没告诉过你，商先生是我的第三任丈夫吧？"

十五

在灯光下，葡萄酒色浓得像血。雨声渐渐停了，但夜色越来越浓，也像血一样凝固在窗外。

"商先生……"戴灵灵长长地叹了口气，"如果我知道他有那个病，我就不提出和他分居了……"

李天雨在切一只脐橙，她沉着头，已经很长时间没有说话了。

"知道他出事的时候，我正在纽约现代美术馆，他前面那个老婆打来的电话，很简单的几句话，就是说，商先生突然发的病，隔天晚上走的，过个两三天就要办后事……"

"商先生得的是什么病？"李天雨抬头问道。

"躁郁症……他从十几层楼上跳下来，很干脆。"

李天雨又把头沉了下去。

"那时候我有一个情人，我和商先生的关系也已经非常糟糕，但我不知道他有这个病……"

李天雨又点了一根烟，但没抽几口就很快灭了。

"火……"戴灵灵盯着李天雨熄灭的烟头，若有所思，自言自语，"那个阶段，我不断地变换着情人，仿佛不断燃烧才能维持生命的火焰，燃烧，不断地燃烧……我没注意到那时商先生其实已经燃尽了。"

"你去现代美术馆干什么？"李天雨果断地打断了戴灵灵。

"那个叫玛丽娜·阿布拉莫维奇的女人，前南斯拉夫的行为艺术家，她在纽约现代美术馆有一场行为艺术表演，叫做《艺术家在现场》。"

十六

"我是在接近闭馆的时候才进去的，美术馆外面每天都排很长的队，有人隔夜就来了，彻夜等候就是为了得到许可，可以坐在玛丽娜的对面——那年的3月14日到5月31日，一天7小时，她一动不动地坐着，在美术馆中庭，沉默地坐在一把木椅子上。排队的任何人都可以坐在她的对面……她睁开眼睛与你默默对视，你想要坐多久就可以坐多久。"

"那天发生了几件意料之外的事情。先是一个浑身纹满了地狱天使的大个子男人坐了上去，他狠狠地盯着玛丽娜，充满能量，但是大约十分钟以后突然崩溃大哭，像婴儿一样哭泣。"

"接下来是一位好莱坞演员，短短五分钟就手捂着胸口离开了，他匆匆奔向门口，很快消失。"

"一个穿连衣裙的姑娘坐了上去，她猛地把裙子脱掉，赤身裸体，她被黑人保安披上衣服劝走时，还在大喊着——我不知道有这个规定！我只是想让玛丽娜看到——其实我像她一样的脆弱……"

戴灵灵告诉李天雨，因为这一连串的事件以及处理耽搁了一些时间，所以等到快要轮到她时，美术馆当时闭馆的时间到了。

"那天你没有轮到凝视玛丽娜？"

"没有，而且永远也没有机会了，因为第二天，我就飞回中国，开始准备商先生的葬礼。在机场候机时还听到有人在谈论玛丽娜，他们叽叽喳喳，小声议论道——这女人太可怕了，她就像一面镜子呵。"戴灵灵说。

"镜子？"李天雨微微欠了欠身。

"是的，好多人都说，他们在玛丽娜的眼睛里显而易见地看到了自己。"

十七

"那么，我们来尝试一下，你看着我的眼睛。"李天雨把椅子扶正，两手端放在膝盖上。

"好的。"戴灵灵稍稍迟疑，也端正坐好，低垂双目，然后猛地睁开。

"看着我的眼睛。"

"是的……"

"我第一次知道玛丽娜，是因为她那个《节奏0》的行为艺术，她说——随你怎么样都可以，我的身体是画布，桌上的七十二件东西是画具，你们当众画吧，你们不用负任何责任，我自愿承担一切的后果——你知道我当时想到了什么？"

"什么？"

"我想到了二十年前你那张字条。"

"字条？"

"你跟舒先生去香港前，留给我一张字条，上面写着商先生的姓名和联络方式，然后你还告诉我，同时你也留了字条给商先生，上面写着我的姓名和联络方式。"

"是的，我记得，我是留了字条给你，我还告诉你有关商先生当时的一些情况……但是，它只是一种境遇与现实的提示，你当然可以破坏它！"

"二十年后，我或许有这种力量去破坏它……而当时，至多只是经历了一场成人礼吧。但是——在那个过程中，我渐渐感受到一种隐秘的快感。"

"快感？"

"是的，后来回想起来，我突然明白了玛丽娜的《节奏０》，在那件作品中，她其实做了一次实验，她想知道：人们在不必负责的情况下会做出何等程度的事。这是一件阴险的作品，很像一个预谋，一次不知其终的逗引——当然，最终公众画出来的作品是暴力和凌辱，就像玛丽娜说的，'我强烈地感觉到被侵犯了，他们剪开我的衣服，把玫瑰花的刺扎在我肚子上，一个人用枪指着我的脑袋，另一个人又把枪夺下……'"

"人性中确实是有恶的……"戴灵灵眼光有些游离，"这些年来，你一直是一个人生活吗？"

"有过一个男朋友。"

"后来呢？"

"后来无疾而终，他突然厌倦了尘世，进了佛堂。我们最后一次见面是在一家闹市的素斋馆，我们静静地吃了一个多小时，我看着他的眼睛，他也看着我的眼睛。我觉得眼泪充盈了眼眶，但是他完全没有表情……就这样大约过了十来分钟，我知道我再也无法挽留他了，在那次对视中，我完全败下阵来，倒不是因为他把自己的艰难和痛苦传递给了我，而是因为他的眼睛里再也看不到任何东西。离开他以后，我在街上转悠了半天，我浑身发抖，但是丝毫不恨他……反而有一种提升起来的感觉，一种快感。那时候我突然明白了，没有人能够战胜空无一物。"

"这么多年，"戴灵灵长叹一声，"唉，还是再次祝你生日快乐吧。"

"你也是。"

"有时候我会想，如果没有当年商先生那一段，你……"

"不！"李天雨坚决地摇着头，"如果恶魔消失，天使也同时飞走了。"

赖天明落魄记

1

这是我朋友赖天明的故事。

有很长时间了,我一直想把它说出来,但过了更长时间也没能如愿……这当然不是个快乐的故事,它甚至显得有点滑稽可笑,符合这个时代的某种精神。但至于真正结局如何,定义实在为时尚早。这倒有点像赖天明为我拍过的一组照片。那是两年前的春天,在一个城乡接合部的公墓。背景是金黄的菜花,簇新的墓碑,远处的烟囱,翻修中的高速公路,一条长长的位于公墓一侧的林荫道。

我站在林荫道上,穿一件深灰色的麻质外套。

"回头。"身后传来赖天明的声音。

"什么?"

"回头,看着相机。"

接下来就是那十几张连续拍摄的照片。时间与距离的间隔是如此准确而默契。第一张,我回过头,角度呈四十度左右,视线越过自己的肩膀看着赖天明。接下来是第二张,同样的场景,我站得稍远些,以同样的方式向后看。第三张,更远一些。依此类推,直到第十张,第十二张,或者是第十五张照片,我彻底地、完完全全地消失在林荫道的尽头。

在照片里，我的表情既新奇又茫然。

2

去年夏天我去了次古巴，不知为什么，导游卡洛斯突然让我想到了赖天明。卡洛斯是个中等个头的青年人，身材健硕，有着南美人特有的黝黑肤色与开怀胸襟。他告诉我，他在北京大学学过两年中文，这几年中国文化代表团访问古巴时，他还为卡斯特罗做过几次临时性的翻译。他带我去哈瓦那街角的一个私营小餐厅吃午饭。

"这个店是我朋友开的。"卡洛斯说。

我环顾四周，热带风情，菜食美味，兼有丰乳翘臀的古巴妹妹穿梭其中。

卡洛斯告诉我，他这位朋友娶了个中国太太，他们每天很早就去菜市买牛排、蔬菜和各类水果，然后再用外汇券去特定商店采购纯净水、可口可乐或者葡萄酒之类的必需品。

"可口可乐？是美国产的吗？"我脱口而出。

"不，是中国产的。"卡洛斯摊开双手，"在古巴没有美国产的东西，连美国的信用卡都不能用……"

"那美金呢？"

"美金？"卡洛斯笑了，"用美金是要扣税的。"

"扣税？"我一脸茫然。

"是的，惩罚性的爱国税。"

我们吃饭的餐厅外面停了几辆破破烂烂的"拉达"轿车，街道拐角口贴了一条标语。后来卡洛斯告诉我这条标语的基本意思是这样的——"我们搞个体经济、改革开放是为了更好地坚持社会主义。"

我一直觉得赖天明的发迹和这条标语有着密切的关系。只不过时间和地点转换在二十多年前的中国。然而赖天明的发迹远没有这条标语来得含混、复杂与令人生疑，它是如此简单、迅疾、猛烈，赖天明甚至连抗拒一下都来不及就成了一个有钱人。

3

二十多年前，赖天明的第一桶金确实有点像是从天上掉下来的。

"你这么脱俗出世的一个人，为什么当年竟然是做污水处理发财的？"有一次我问他，一半开玩笑，一半是真的好奇。

赖天明也不回答，光是笑。他好像说不太清楚，他能清楚告诉我的仅仅是：当年他糊里糊涂地遇到了一个贵人，两人一见如故，相逢恨晚，贵人给了他一笔单子——城市污水处理的单子。就这样简简单单，赖天明发财了。赖天明还说，其实当年这样的好事也不能算少。一对邻居夫妻，为了要不要买"股票认购证"彻夜吵闹，几个月后，奇迹发生，"股票认购证"的价值已经远远超过了黄金、钻石……这对邻居夫妻接连狂欢了几日，如此的喜悦似乎需要更多人得以分享，他们神经兮兮地来敲赖天明的门。

"出去喝一杯吗？"他们探进头来，衣服、裤子、手表甚至眼睛里都闪耀着金子般的光芒。

"你去了吗？"我想象着当年那戏剧性的一幕，荒诞而真实。

"没有，我拒绝了。"

"为什么？"

"为什么！"赖天明不解地看着我，仿佛我问了一个更为荒诞的问题，他瞪大了眼睛说："这有什么不好理解的，我和他们不一样！"

"不一样？有什么不一样？都是发了财的，天上掉下来的馅饼。"我不依不饶地继续追问，颇有点戏弄他的意思。然而，其实我心里还是明白的……就像有一次赖天明一脸忧伤地对我说，他觉得自己有点像非人类。他说，从本质上，他和这个世界是没有什么关系的。我认为赖天明对自己知之不少，而多年以后，他终于把自己的那张大馅饼变成了镜花水月，也就一点也不奇怪了。

4

赖天明的第一个女朋友虽然不是非人类，但至少也不很寻常。她是一位性格大开大合的蒙古姑娘。眼睛细长迷蒙，眼泡略肿，上唇肥厚。她穿着长长的裙子，跳起快乐的蒙古舞。

他们在草原上谈宇宙和星体。

"你说，在宇宙里，人到底有没有能动性呵？"赖天明仰望星空，星空一片璀璨。

"当然有呵！"蒙古姑娘瞪大了眼睛。

赖天明是在一次边疆旅行时邂逅她的。白天他们一起骑马，晚上在篝火边喝酒唱歌。赖天明说，他爱上这个姑娘，是因为她能看到天上的东西，而不像绝大部分的那些人，出门首先看到警察、红绿灯，看到领导、出勤表，看到《共产党宣言》、《资本论》……蒙古姑娘出门就看到了天和地，花和树，出了门就是世界……当然，这一次，她出门以后还看到了位于世界中心的赖天明。

赖天明和这位蒙古姑娘相处了大半年，最终还是分了手。具体原因不明。但与此同时，一种奇怪并且将长久伴随他的病症开始出现在他的生活里。

"我忧郁。"赖天明对心理医生说。

"什么症状？"

"不能睡觉，胸口闷，不想见人……有时候想去死……"

但不久这种症状开始缓解，并且像它的产生一样莫名其妙。就在赖天明放松心情，重新投入生活怀抱时，过了没有多久，同样的症状再次出现。他毫无原因地产生奇怪的头痛现象，眼睛里还不时闪现蓝光。这次赖天明选择了正常医院的病理学医生。医生让他做了全套的ＣＴ，核磁共振，最后告诉他一个结论。医生说他患有一种压力障碍综合征，这是一种复杂的免疫系统疾病。病人一旦感到承受不了的压力，大脑功能就会紊乱，整个意识失去控制，呈现一种被弃、疏离和迷失的样子……

"有什么办法可以预防呢？"赖天明问。

医生抬起头，面无表情地回答道："逃避压力。"

5

当年赖天明最终选择苏州定居，不知是否与那位医生的提示有关。我所知道的情况是，赖天明卖掉了公司的股份，登上一辆开往中国南方的列车。这辆列车中间停靠了多少站台，赖天明在这些站台上犹豫徘徊了多久，其间又发生过哪些匪夷所思、离奇古怪的故事……这些都不得而知了，我唯一知道的是，有一天，这辆列车停靠在了苏州，赖天明停下来，看着初露中的古城，嗅了嗅鼻子，说："就是这里了吧。"

在这座当年安静平和的城市，赖天明很快认识了一些新朋友。其中有一位哲学博士，一个美食家，一位在税务局工作的居士和一个神经兮兮的诗人。他的这些朋友都有一个共同的特点：喜欢思考人生。他们每个月聚会一两次，探讨对于生活的新的认识与发现。

那是一段桃花源式的日子。

赖天明最感兴趣的仍然是宇宙问题。每次见到新朋友，赖天明的开场白总是这样三个话题：

在宇宙里，人到底有没有能动性？

每个人出生时在宇宙中有一个场，就如同一个牢固、恒定而封闭的玻璃瓶，外面的世界在不断流动，如同恒河沙粒，但是瓶中日月却早已封存确定。

关于爱因斯坦著名的相对论理论。相对论认为，绝对时间是不存在的，然而时间仍是个客观量。比如双生子理想实验中，哥哥乘飞船回来后是15岁，弟弟可能已经是45岁了，说明时间是相对的，但哥哥的确是活了15年，弟弟也的确认为自己活了45年，这时与参考系是无关的，所以时间又是"绝对"的。这说明，不论物体运动状态如何，它本身所经历的时间是一个客观量，是绝对的，也就是说，无论你以什么形式运动，你都认为你喝咖啡的速度很正常，你的生活规律没有被打乱……但现实的情况是，别人可能看到你喝咖啡用了100年，而从放下杯子到寿终正寝只用了一秒钟……

这些问题如此深奥难懂，总是引来场面上的一阵静默。赖天明则咄咄逼人，虎视眈眈，环视着那些企图反驳他的人。

经常会和赖天明进行争执的是哲学博士和诗人。他们分别开着两辆车，和美食家以及居士一起去太湖东西山喝茶，饮酒，清谈，或者看天。这样的聚会经常会临时增加一些不确定的人数。比如说，美食家带去了餐饮协会的一位光头理事，而居士竟然颇有几位明艳迷人的粉丝……聚会常常在饮酒部分进入高潮，大家越喝越多，越喝越疯癫，说话的声音越来越像吵架、调情或者骂街。而这时，赖天明却出其不意地安静下来。他站起来，离开人群。

"你怎么啦？"哲学博士跟了出去。

"没什么……我觉得他们都很庸俗，很无聊……"

哲学博士罔顾四周，不响。

"当然，我也很庸俗。"赖天明耷拉着脑袋。

哲学博士远望群山，长叹一声，向虚空中走去。

赖天明一个人坐着，思考着这个世界。现在，赖天明分别在五个银行有五张不同的信用卡，每张卡里有充足但不等的人民币数额。他用钱的时候很少考虑，但有时这也让他产生空虚的感觉，仿佛没有意义。除了畅谈宇宙，逃避压力，他没有什么不良的爱好，也极少放纵自己。前前后后他有过几个女朋友，投入过感情和金钱，这让他具有存在感，但常常又很快逝去。他搞不清楚自己到底有没有真正爱过……他的病倒是已经很久没犯了。他坐在太湖边，听着涛声拍岸。在他的头顶银河浩荡，不可捉摸，世界犹如静止不动。但他觉得厌倦。

6

几年前，那场席卷全国的禽流感发生时，我认识了赖天明。

那次我作为一位不确定人士加入赖天明的清谈雅集，虽然是第一次见面，但赖天明那种带有"攻击性"的性格让我颇为不快。聚会快要结束的时候，我们吵了起来。

后来我们渐渐熟悉，我问赖天明初会的感受。

他一脸茫然地说："我觉得你也很狂妄呵。"

或许那天我们彼此都有些不以为然：我们都有点粗鲁，狂热，热衷政治，出言失度。我们针锋相对，以至于我清楚地记得，当时已是赖天明妻子的小雅脸色苍白，手足无措地摇摆在我们之间。

大约一周以后，我接到了小雅的电话。

"赖天明想请你听音乐会。"她在电话那头说。

"什么？"

"赖天明，他想请你听音乐会……我们晚上来接你好吗？"

是著名的波切利。我们都被震撼了。

"这个瞎子！"赖天明喊了起来。

"这个瞎子！"我也喊了起来。

我们都同时选择了这个粗鲁的字眼，而不是"盲人"，或者"盲者"，仿佛不如此就无法表达情感的力量似的。小雅在一边文静地赞叹，我和赖天明则更像哥们。我们谈论着波切利的笑，"像个孩子！"我说。"是的，像个孩子！"赖天明说。

我们谈论着帕瓦罗蒂和多明戈。结论惊人的一致。我们都觉得帕瓦罗蒂是天才，声音里有烂漫醉人的东西，他是用生命在歌唱。而多明戈则是技术型的，和老帕一比就不行了，就是天才与一般技术型的区别。

那天晚上我和赖天明彻底和好，尽释前嫌。我们三个人在散场后拥挤的街上走着。赖天明走在中间，我和小雅分别两边。

"告诉你一个秘密。"赖天明神秘兮兮地说。

我扭头看了看赖天明，再把头扭过一点，看了看另一侧的小雅。

"最粗鲁的人往往是最胆怯羞涩的人。"赖天明冲我挤了挤眼睛。

他立刻把这句话加以了必要的解释。赖天明说自己不是个勇敢的人，"总是逃"，他半开玩笑半调侃地讲了那种奇怪的病，以及医生给他的诊断。"所以嘛，以前是和人打交道，到这里后见的人少了，倒是收养了很多猫狗，现在几乎只和植物打交道了……"

赖天明说，其实人到最后会和植物越来越像，比如说他的那位美食家朋友，可能是年龄大身体差了，也可能是近来蔬菜吃多了，头发掉了不少，却从肩膀那里长了出来。

赖天明还说，今年他新养了一只鸟。粉绿的羽毛，红嘟嘟的嘴唇，叫起来的声音像少女撒娇。赖天明说，他常拎着鸟笼出去散步，现在禽流感爆发，只要有机会他就带它去郊区呼吸新鲜空气……

"你不怕它禽流感？"我突然插话问道，"林子大了，可是什么鸟都有。"

"它不和其他鸟接触。"赖天明淡定地说。

7

然而……时代不允许赖天明再退了。

通货膨胀来了。

有一天，赖天明把五张银行卡放在一起，紧张地计算了一下……他脸色苍白，惊出了一身冷汗。大事不好了。

他慌慌张张地打电话给我。

"我卡上的钱……钱不见了。"

"不见了？被人盗用了？"

"不是……"赖天明吞吞吐吐，简直气若游丝。

"那究竟是怎么回事？"我经常觉得赖天明神神道道，莫名其妙，但这次是愈发地神神道道，莫名其妙。

"被我用掉了……"

"用掉了？"飞速旋转，头脑风暴。

"是的，不知怎么……不知不觉就……用掉了，今天我把所有的信用卡看了一下，上面没多少钱了。"

"你们不理财吗？"

"不理。"

"这么多年，就是想用多少就用多少？也不知道到底还剩下多少？"

"是的，一直是这样，已经习惯了……直到今天……"

"小雅也是这样？"

"也是这样。"

"小雅知道现在的情况吗？"我咽下一口唾沫，有一种奇遇外星人的感觉。

"还没告诉她,她也是个迷糊人。"

那天我在电话里听出赖天明情绪不稳,于是约他隔天在街角咖啡馆见一面。大约下午四点半左右我到达那里,一楼,没有人,二楼,仍然没有人……我狐疑踌躇着再次下楼,角落里传来微弱的声音叫唤我的名字。

是赖天明。

"你来了?什么时候来的?"

"有一会儿了,我看着你上楼的。"

"但我刚才没看到你呵。"

我把脸凑近赖天明,突然大吃一惊。才几天没见,眼前的赖天明几乎让我不认识了。他坐在靠墙的布沙发上,身体蜷成一团,仿佛尽力要把自己的脑袋、胳膊和腿都收缩进那面用旧红砖砌成的墙里去。收缩的同时他也在崩溃,像一团烈日下面渐渐融化的雪糕,越来越软,越来越无力,只剩下一根僵硬而无奈、滴滴答答往下漏水的木棍。

我明白刚才为什么没有看到赖天明了。

8

赖天明成了一个穷人。至少,有好几次,我听到赖天明在我面前咕嘀:"现在我是个穷人了。"或者:"其实,我已经成了个穷人。"语调复杂,表情晦暗。

我琢磨着"穷人"这个字眼。

我爷爷以前是个穷人。新中国成立前,打土豪,分田地,我爷爷兴高采烈地跟着一起折腾。很多时候情况也弄不清楚,到了一个陌生地方,只能看看哪家房子好,屋里东西多,就判断他是地主。

"你家里有多少金子银子?"我爷爷两手叉着腰,理直气壮。

对方不敢抬头，只能筛子似的打哆嗦。

那时候，穷人是理直气壮的，富人是打哆嗦的。

到了我父母那辈人，他们的青年时代在信仰毛泽东思想中长大。人人生而平等。没有穷人或者富人的区别。

后来，我成年了。我惊讶地发现，我和我父母最大的鸿沟竟然来自他们年轻时被完全忽视掉的一样东西——金钱。他们怀疑、反对和抨击以任何形式出现的理想主义——因为，用他们的话来说，在如今这个社会里，只有钱是安全的，而任何理想主义，无论它是以何种专业或者公共成就体现出来，都是不现实的，所以也都是危险的。

有一次，在赖天明的雅集上我和哲学博士聊起这件事。

他连连点头表示赞同。哲学博士先是讲述了发生在身边的一件事情。一位哲学系毕业生，一时找不到合适的工作。恰逢春节，七姑八姨全家团圆，哲学系毕业生和表哥围席而坐。表哥是位医药代表，身材肥胖，其貌不扬，学历不明。整晚的谈话焦点都围绕着他展开——怎样销售假冒或者昂贵的药物给医院，怎样和医生勾结，分割利润……

笑声朗朗，哲学系毕业生陷入一片虚空。

新年第二天，哲学系毕业生的母亲找他谈话："你为什么不去和你表哥做生意！他赚了这么多钱！"

哲学系毕业生一脸讶异："可是……你明明知道……"

母亲立刻打断了他："我知道，可问题在于他赚了那么多钱！钱是没有错的。"

我和赖天明的这位共同的朋友——哲学博士一声叹息，告诉我说，他认识那位母亲，她的家族里有打成右派后来平反的，有"文革"时当红的造反派，还有神秘流亡海外的……所以哲学博士认为，从广义的角度来看，那位母亲所坚持的唯物主义其实并没有错，既然没有什么能带来持久的安全感，那么就是它了——钱——至少它还是实实在在的，让人可以暂时寄予幻想的。

"中国人爱钱,"哲学博士总结道,"因为它没有历史。"

9

然而,就是在这样一个时代里,有一天,赖天明突然发现自己成了一个穷人。

他忧心忡忡地算了一笔账。

我耐心听完,然后告诉他我的看法。我的意思是,至少从目前情况来看,赖天明还不应该算是个穷人。有房有车,银行里还有一定数额的存款,这样的情况怎么可以算是穷人呢?

赖天明不同意。为此赖天明拿出了两个依据。

首先,赖天明现在没有稳定的工作和收入,小雅也没有。这对夫妻自从梦断桃花源后,一直一筹莫展,找不到任何出路。倒是小雅偷偷出去找了份临时工作,一个月后,发现收入还不够支付家里的钟点工……

赖天明和小雅做出如下决定:找理由把钟点工辞掉,私家车也暂时停开,出行改乘公交或者地铁。于是我去赖天明家做客时,常常能看到这样的情景。细雨迷蒙,月色黄昏,赖天明一个人站在他的院子里,天空浩渺,而赖天明只是弯腰拔草,低头拔草。

赖天明忧虑的另一个理由是插了翅膀的物价——这点我是理解的,尤其是对于赖天明这样的折翼天使来说。

但我仍然找得出充分的理由劝慰并且说服赖天明。

"我仍然认为你没有到绝路呵,"我说,"可能你不再是一个有钱人,但你可以重新过一种简单而有尊严的生活。"

赖天明皱着眉头,低头不语。

"你觉得这很难吗?过简单……而有尊严的生活。"我在那两个形容词上加重了语气。

赖天明仍然沉着头。

这时,突然传来阵阵啁啾之声。是赖天明那只宠物鸟。在薄薄暮色中,它周身的羽毛慵懒而闲适地蓬松着,闪现出丝绸一样的光泽。它张开红嘟嘟的小嘴,轻唤一声,又是一声。

"它很快就会死的。"赖天明幽幽地说。

"为什么?它病了?"

"不,它很健康。"

"那……又是为什么?禽流感早已过去了,再说,它又不和其他鸟接触……"

"现在,整个的空气都变了。"赖天明说。

10

有那么一小段时间,赖天明从我的生活里消失了。我忙着一些自己的事情,白天挤在蚂蚁涌动般的人堆里,深夜昏昏沉沉无比疲惫地入睡。直到有一天,赖天明胡子拉碴地出现在我面前。

我觉得他的人在晃动。不是一个人,而是一种影像。他像是梦游时从床上爬起来,飘飘荡荡、飘飘荡荡的就过来了。

我们简单聊了聊。赖天明说话的声音也像是在梦游,或者自语。

"我知道自己又犯病了,昨天我去看心理医生了。"赖天明发出一种催眠般的声音。

"医生说,让我做一个平常人,做平常的事……今天,我和小雅看了很多求职信息……"

"但是,你不是一个平常人。"我忍不住打断他。

"是的,我就是一个平常人。"赖天明微微笑着。

"如果你这么认为,你就真的完了。"

赖天明仍然微微笑着。不知道为什么,他的笑容让我觉得毛骨悚然。

11

这期间小雅也来找过我一次。她说话不到五分钟就哭了起来,但立刻止住,红肿着眼睛,但同时神情坚定地接着再说。这两人给我完全不同的感觉——经此一劫,赖天明变得愈发虚无了,几乎像个冤魂;而小雅却踏踏实实地回到了大地上,她还让我想到了一条拥有九条命的猫。那么赖天明呢,他又像什么呢?

小雅说,你倒是给我出出主意,我应该怎么办呢?现在赖天明每天一回家,就往床上一躺,一句话不说,也不看电视也不看报纸。你就是看看电视看看报纸说几句话也好呵,也有点活气呵,也像个活人呵。我已经把话说到这个份上了,我说,你犯什么愁呢,实在不行,我来养你……我们真没到活不下去的地步呀,他怎么就变成了这种样子……你倒是说说看,他到底在想些什么呀?

我支吾了几句,一时觉得难以回答。小雅想要一个简单明确的回答,但就我对于赖天明的认识和了解,我知道,有些事情其实并不那么简单。

小雅继续诉苦:赖天明到底是怎么啦?什么神神道道、奇奇怪怪的话都讲得出来,这几天说,干脆出家当和尚算了,过几天又讲,离婚吧,说不定哪天要是自杀会拖累我。昨天吃晚饭的时候倒是说话了,说去看了中医,老医生把了脉,讲了四个字。

"哪四个字?"我的好奇心上来了。

"元气已尽。"小雅的眼泪又流下来了。

我心里不由一动。

接下来,这场谈话渐渐演变成两个女人絮絮叨叨的密语。女人的世

界和男人终究不同。当然,和真实的世界也存在严重差距。比如说,小雅突然问了我这样一个问题:

"你说,赖天明,他真的爱我吗?"

我一愣。就在那次赖天明梦游般地来找我,以及梦游般的谈话中,我一直试图用一种励志的方式,来让他重新找到支撑世界的信念。我说,你要相信你不是个平常人。他摇头。我说,你要相信这世界是会不断变化的,一切都会好转。他仍然摇头。那天我不知怎么眼前晃过小雅的影子,我问赖天明:你相信爱情吗?赖天明的回答令我久久沉默。

赖天明说:"我想,我从来没有相信过爱情。"

我看着眼前的小雅。在这个变幻不定的世界里,或许每个人都想紧紧抓住点什么,一根稻草,一条尾巴,然后才足以让自己活下去,才足以让自己相信活下去是值得的,是多少有些意义的。而现在,小雅其实想要让我证实,那根稻草、那条尾巴是存在的,最好还是足够牢固的。

我笑着说:"这还要怀疑吗?赖天明他当然是爱你的,他多爱你,多疼你呵!"

我想,我最终还是错过了和赖天明的最后一次见面。

当然,我不知道那是最后一次。

那天因为要去古巴,我正在行政中心办理我的新护照。大厅里乱哄哄的,到处都是高高的栏杆和窗口,后面坐着脸孔铁板的工作人员,每个窗口都通向世界。

"我要申请新护照。"我对接待员说。

"填写表格吧。"她冷冰冰地说。

就在这时,我接到了赖天明的电话。

有人在后面催我，碰我的手肘，推我的后背……所以我匆匆忙忙地对赖天明说："有急事吗，我这边正忙着呢！"

赖天明在电话里说了几句，人声嘈杂，传来的声音是断断续续，时高时低的，甚至根本就拼凑不成完整的意思——

"我在想……要走了，是的……人是没有能动性的……一个结论，我可能是外星人……"

后来电话自己就断了。后来我坐上飞机，开始了地球上最遥远的飞行。直到很久以后，我才知道，赖天明离开了这个城市，他走了，小雅也不见了。究竟是赖天明带着小雅一起走的，还是赖天明自己走了，然后小雅也接着离去，这一切都没有人总结出答案。

没有人知道赖天明在哪里。有时候我偶尔会想到他，那个外强中干、一脸迷茫的家伙，特别是当我无意中看到一些和周围格格不入的东西时，那种被遗弃、悲伤和迷失的样子。有一次，我在新建的火车站等车，后现代的建筑，远远望去，又有阴森的哥特式的风格。我不能想象，当年的赖天明下决心在这个城市留下的原因。还有几次，莫名其妙的，我在报纸电视上看到有人上街裸奔或者抗议的消息，心跳就会加速起来——是赖天明吧！赖天明！一定是赖天明！但后来我就渐渐麻木了，大街上人来人往，街道边高楼林立，格格不入的东西越来越少了。

当然了，也有可能只是我不再注意到它们了。真实的情况是，最近阶段，为了好好活下去，我自己也实在是忙极了。

危楼

1

林容容家住的是私房。她做古董生意的太爷爷传下来的。我认识她的时候，她们家刚刚落实了政策。那年林容容二十一岁，穿着大街上文艺青年们流行的蓝印花裤。她长得有点婴儿肥，看人的时候眼睛定定的，但给人的感觉却是她根本就没正眼看你。其实她并不近视，并且也还应该算是好看的。

她带我去看那栋旧洋房。里面占用的人家全搬走了，荒芜了一段时间。草都长出来了。

我们是翻着围墙进去的。

小楼外面有个院子，院子中间是一棵开花的桃树。但那天我们没在桃树上看见花。前一天晚上刚下了场雨。桃红遍地了。

那天我穿了裙子，行动不太方便。翻墙的时候不小心崴到了脚。林容容让我在下面休息会儿，自己就噔噔噔上楼去了。

我听到楼板的响动声，嘎吱嘎吱的。头顶上，木头的缝隙里很慢很慢地掉下尘土来。这栋旧房在一条幽深小巷的最里面。而且还是个死角……突然，一扇没有关好的门发出很响的"嘭"的一声。

我是个有名的胆小鬼。但那时我正在谈恋爱，所以总觉得自己其实不是一个人。我在那个幽暗的堂屋里踱着步,身上附着了隐形人给予的勇气。我还小声地呼唤了起来。

"林容容……你在吗……林容容……你在哪里呵?"

我叫了很长的时间,但听不见回音。于是我又叫。头顶上继续掉下来很细很细的灰尘。有几颗几乎掉到我眼睛里去了。我甚至还能清楚地听见那些声音,那些残存的桃花瓣落到地上的声音。

后来,过了一段时间,我对林容容讲起这件事情。我说那天到底是怎么回事呢。我叫你,你不答应。我上楼来找你,楼里面全是隔夜阴雨的气味。很久不住人的霉味。还有些门窗的声响。但房间里却是没有人的。空无一人。

但林容容不承认这个。她理直气壮地对我说:"我明明在那儿呵,我好像还听见楼板响的。"

我仍然觉得这事情有点蹊跷,又问:"那你听到几次楼板响呢?"

林容容摇头,说这个她记不清了。于是我告诉她,是两次。第一次我上去的时候没看到她,心里害怕,就又下来了。但后来我又听到上面楼板的响动,嘎吱嘎吱的……所以过了会儿,我就又上去了。这一次,门一推开来,我就看到林容容了。她站在二楼的窗台那里,一只手撑着下巴,正在那儿发呆。

林容容家的小楼,是很有些奇怪的传说的。所以很长的一段时间,我胆小多疑的本性又在驱使我胡思乱想。一会儿想想这个,一会儿又想想那个的。但后来有一天,我突然有点想明白了。

林容容比我大一岁。她发育得很早,又从来就是个浪漫不羁的角色。那一年,她应该也是在谈恋爱。

2

我在二十七岁的时候，和我认识的第二个男朋友结了婚。这不是一件非常完美的事情。完美的事情，应该是和第一个男朋友结婚的。

我们两个家境都很一般。我是一所普通中学初中部的美术老师，他则是个机关里面的小职员。在我们认识一年以后，他给我家里送了合适的彩礼，给我买了个不大不小的戒指……然后告诉我说，我也不是他第一个女朋友。

结婚以后，我们和他的父母一起住过一段时间。是七层楼高的老的公房。而我们就住在顶楼。那时正是个百年难遇的大热天。一楼的男主人穿着肥大的裤衩，在门口神色可疑地走来走去；走到四楼的时候，总有一个白内障的老太太坐在门口，哆哆嗦嗦地剥着毛豆；六楼有条恶狗；而我的公公婆婆都不太爱说话。他们喜欢吃异常清淡的菜。所以我总是买了好多辣酱话梅之类的东西，偷偷藏在卧房里。

日子过得倒是还算凑合。夏天很快过去了，我发现我的丈夫有一个奇怪的癖好：天气才刚刚有点转凉，睡觉的时候，他就一定要关上窗户，而且是完完全全地关上，一丝一毫的缝都不能留。我坚持了几次，结果都以失败告终。于是顺理成章的，他的癖好也就成了我的癖好。

我是在一次散步的时候，才偶然发现，林容容家落实政策的那栋小楼，其实就在旁边一条巷子。那天的月色很好，我从那面围墙下走过的时候，一些姿态奇特的植物非常懒散地爬在墙上。它们的触角向四处蔓延着，就像一只垂落在那里的无比优美的大蜈蚣。

我在围墙下面站了一会儿。那段时间我和林容容几乎没有什么联系，所以我完全不能确定，她是否还住在那栋房子里面。那天，我站在小楼的围墙外面。突然觉得那面墙是那么高，而那么高的墙，现在的我是无论如何都不敢，也不能翻过去的。

后来我对我丈夫讲起过这件事。还带他去看了一次。那天阴雨，院墙里面有一阵阵的香气飘出来。能看见小楼里开着灯，但或许是天气的关系，看上去更像闪闪烁烁的鬼火。

我丈夫说他很不喜欢这个地方。所以我就打消了进去寻访林容容的念头。我们很快就走了。一路上，我们讨论着过段时间自己买房的事。好像还有一些其他的事。接下来他还问了几个关于林容容的问题。虽然我其实也答不上很多。后来我终于被问得有点不耐烦了，于是就打断了他的话。

我记得那天晚上雨下得很大。半夜我醒过来的时候，雨点正敲打在紧闭着的玻璃窗上。非常密集，非常规则，也非常空洞。

关于林容容这些年的事，我多半也是听别人说的。落实政策后的第二年，她们家正式搬进了那栋小楼。那阵子，我和她正在一个夜校里上美术课。林容容是班里面最光彩照人的一个。第一天上课的时候，她穿了件翠绿色的连衣裙，脑袋上顶着一个鸟巢形状的深玫瑰色假发。

下课时她和我结伴回家。她一脸喜色地告诉我说，她爱上那个气质忧郁的美术老师了。

那个晚上，林容容霸占了我家里的电话。在一种奇怪的半睡眠状态里，我倾听着林容容的倾诉。昏昏沉沉，竟然如坠仙境。这样的情形让我几乎无法判断，林容容究竟要干什么呢？是告诉我她满得藏都藏不住的情感？还是在暗暗地但是异常严肃地警告我，不，是警告所有的人——那个穿得土里土气、胡子拉碴的美术老师，这个偶然出现在她面前的人——从那天开始，从那个晚上开始，他是她的，他属于她，仅仅属于她……

"你明白了吗？"电话那头林容容的话，再次把我从假寐中唤醒。

"明白了，我明白了。"我回答得语无伦次。

但我仍然是个胆小的人。

于是，我不无担心地、小心翼翼地问道："你有把握吗？他……对你……会怎么样？"

电话那头发出了轻蔑的鼻息声。这个问题是属于我这种胆小鬼的。林容容根本就不屑回答。

扔掉电话我就睡着了。平时我很少做梦。那个晚上也像几乎所有的晚上一样，我睡得很安心很踏实。

对了，那个晚上还发生了另外一些事情。有一些我意识到了。还有一些则是完全没意识到的。比如说，直到很久以后我才知道，我的第二个男朋友，也就是我现在的丈夫，那天晚上其实他就在隔壁班上课。他学的是国家统一的公务员课程。课间休息的时候，我们说不定还在那条黑咕隆咚的课堂走廊里擦肩而过呢。当然啦，我不一定能记住他，他也不一定能记住我。我那天穿着最最普通的细格子棉裙，齐耳的学生短发，眼镜是浅黄色镜框镶着几道咖啡边的。除了那颗毫无特色的胆小的心，以及稍有特色然而隐匿极深的灵魂，我和大街上任何一个人都没有区别。

在我结婚以后，有一天，我和我那丈夫开玩笑说："我和你呵，可真是天生的一对，地设的一双。"

谁说不是呢，我们都是深海里的长住鱼。在黑咕隆咚的河道里游着游着。游倦了，总会不动声色地在一起。

还有一件事情。那天晚上，在林容容疯狂而又迷乱的电话倾诉里，还夹杂着另外一些奇怪的信息。她神秘兮兮地告诉我说："我的外婆，你知道吗，我的外婆。"我在电话的这头自顾自地摇头。她则在电话的另一头自顾自地往下说。

"我的外婆，她是从封建大家庭里逃出来的。为了我的外公，为了她热血沸腾的理想，在一个大雪天的晚上，她狂奔了十多里路，身上只穿了一条蓝底白花的单裤。"

不知道为什么,我的眼前突然晃过了一条蓝底白花的裤子。那是我和林容容翻越围墙的那个下午,她的身上就穿了条蓝底白花的裤子。她在我面前就像激流里的飞鱼,轻捷地腾身一跃,很快就消失不见了。

"那后来呢?"

"后来?"电话那头的声音果断而又急切:"后来她成功了,并且改变了她的一生。"

这种奇怪的事情出在林容容家里,就变得一点也不奇怪了。我稍微感慨了两句,就安静了下来,闭了嘴。人各有命吧,我的命是在黑漆漆的夜校走廊里,波澜不惊地遇到我未来的丈夫。林容容的命当然是不一样的。她有任何一种离奇的命运也都是应该的。都是我可以想见的。

不过,有一件事情却是我万万没有想到的。我怎么可能会想到呢,那个晚上,那个我和林容容几乎通宵电话的晚上,它距离我下一次再见到林容容,这中间竟然整整相隔了七年之久。

在那个通宵电话过后的一个礼拜,我生了场大病。那时我和我的第一个男朋友正处于冷战阶段。我像得了热病似的,一会儿鼓足勇气地去讨好他,一会儿又战战兢兢地自我忏悔着。觉得生不如死。那个礼拜我没去夜校上课。到了再下一个礼拜,我正在灯下准备着隔天上课的东西。突然,电话响了。

是林容容。她匆匆忙忙地说了几句。大致的意思是,她马上就要上火车了。所以把这个消息告诉我一声。

伴随着火车的汽笛声,我好像还听到她兴奋地叫了起来:"是两个人!我们两个人走!"

我听得有些莫名其妙。直到后来我才弄明白,她说的两个人,其实指的就是她和那个美术老师。也就是说,在两个人认识了十多天以后,她带着那个气质忧郁的男人私奔了。

在我和林容容失散的这七年里,我们生活的这个国家发生了很大的变化。我和林容容生活的这个城市也发生了很大的变化。当然,我也在变化。不过,和这个国家、这个城市里绝大多数的人一样,我的生活是流畅的。是源远流长的绳和线。一头连着我们几千年的伟大传统,另一头则接着谁都捉摸不透的将来。

而林容容的自然就是一些散落下来的碎片了。

据说她和那个老师出走以后,就去了一个非常偏远的省份。他们在那里住了下来,轰轰烈烈地生活了一阵子。但是林容容究竟去了哪里呢?有一阵子,我放了一张全国地图在玻璃台板下面,空下来的时候就仔细地琢磨一下。不过按照林容容的脾气习性,我觉得自己根本没法判断她去了哪里。因为她哪里都可能去。那一阵全国好些地方都在发洪水,是个大灾之年,电视上每到播放抗洪救灾的群众场面时,我就老是在那些光着脚丫、卷起裤腿的人群里找来找去的。我老是觉得林容容很可能就在里面。她雄赳赳地坐在一只橡皮艇上,手里举着一面小红旗。在她身后,是凶猛的水,滔天的水……

我还开始悄悄地留意起报纸的社会新闻栏目。那些离奇的社会新闻、法制新闻,我怀疑里面冷不丁地就会冒出"林容容"这三个字。有一次,晚报报道一个西南省份出生了四胞胎。两男两女,还都是龙凤胎。报纸上登着那个幸福的英雄母亲的侧影。我盯着看了一会儿,越看越觉得她像林容容。那简直就是大了几码的林容容嘛。那个不羁的下巴。顽皮上翘的鼻尖。还有那双眼睛,那双从来都不正眼看你的眼睛。

有一天晚上我做梦。在梦里面,失踪多日的林容容开口说话了。她的声音很清晰。非常的清晰。

她说:"我很好。"

我张了张嘴,想询问一些我迫切想知道的事情。我太想知道了。

林容容继续往下说:"真的很好。"

我发现自己完全发不出声来。这是经常会发生的事情。在梦里,我要么超越常规地大喊大叫,要么就是完全发不出声音。

林容容还在说:"你来吗?"

我拼命点头。

林容容非常冷漠地看着我说:"你不会来的。"

我想争辩,但仍然哑口无言。这让我感到非常焦虑。

林容容的脸变得越来越冷漠了。她冷冷地看着我说:"好了,你不用说了,我都知道。"

我不明白林容容究竟知道什么了。但在梦中,她那张冷漠的、毫无表情的脸,却真的让我沮丧了很久。这些年来,我生活、工作、恋爱、结婚,那真是环环紧扣,一环都不敢松懈呵。只要松了一小环,我就会害怕。只要有一丁点的缝隙,我就会恐惧。但老天知道,其实我是那么想念林容容,想念那个流落在外、飞鸿无讯的林容容。我甚至还把她的一张照片偷偷夹在备课用的笔记本里。对于这个不知生死的林容容,我怀有一种隐秘的亲切感。因为我觉得,她就像我的另一个自己。另一个我藏匿得非常非常深的自己。

林容容已经成为了我的幻象。

3

我没有想到,我和林容容的重逢竟然来得这样简单,这样平常。简单平常得几乎都不像是真的了。

那天晚上我正躲在房间里,一边备着课,一边用白馒头蘸着辣酱吃。外面的小客厅里,公公和婆婆正在看电视。好像是一本缠绵的家庭伦理连续剧。从门缝里可以看到,公公和婆婆正非常端正地坐在沙发上。有那么几次，我无意中发现婆婆像是在偷偷地抹眼泪。男人总是理性很多，所以这个时候，公公总是尴尬地干咳两声。

他们好像都有点怕我看到。

林容容的电话就是这时候打进来的。她稀松平常地和我打着招呼，仿佛她昨天还在这儿，吃着酒酿南瓜，陷落在布沙发的中间……她抬着那个尖尖的下巴，不容置疑地对我说：

"明天来我家吧。家里的昙花开了。"

不管怎么说，这后面一句话还是让我眼前一亮，并且隐隐约约地感到了兴奋。正是这句话让我对这次重逢开始抱有期待。或者说，正是这句话让我相信：刚才匆匆忙忙和我说话的人，那个人真的是林容容。不是旁人。真的是她。因为只有她，才会把那种奇怪的、危险的、她已经带走很久的气息，重新在我面前弥散开来。

我甚至已经闻到了那种熟悉的、让我久久兴奋的气味。

第二天下午，我去了林容容家。远远的我就看到她了。在二楼的窗台那儿，她正向我招手。

我一路小跑着上了楼梯。一个满脸皱纹的瘦小老太太，一手拿着几件脏衣服，一手提着鸡毛掸子，在楼梯口和我打了个照面。

林容容长胖了。那个傲慢的尖下巴现在成了双层的。在下午两三点钟的强烈日光下面，她的脸上能看出非常明显的雀斑的印记。那张我曾经熟悉的脸有了不小的变化。好像多出了一些什么，又显然是少了点什么。

林容容比以前长难看了。

"你好吗？让我好好看看你！"她欢快地、几乎是雀跃地从窗口那儿朝我扑来。

我被她的情绪感染了，也有点激动，一时竟说不出话来。

"我过得很好！你知道吗？非常好！你都不知道我过得有多好！"她快乐地在房间里一连转了好几个圈。

林容容下楼去给我倒茶水。我坐了下来，平复一下久别重逢的心情。胸口装着那颗怦怦乱跳的心，我四下打量着这个说不上熟悉、但是也绝不陌生的房间。

房间里弥漫着一种劣质皮鞋受潮后刺鼻的橡胶气味。那双还算小巧的女式皮鞋就躺在椅子旁边，上面沾满了泥。房间靠窗的角落那儿，放着一只巨大的帆布旅行背包。拉链敞开着，里面的东西歪七歪八地散落在那儿。能看见白色胸罩的一个角，一件黑色透明的女人衣服，几块脏兮兮的浴巾一样的东西……

我在地板上还看到了一本袖珍版的《世界艺术史》，只是其中有两页纸被潦草地撕了下来，揉成一团，胡乱地扔在地上。

伴随着一阵急促的脚步声，林容容重新回到了我的面前。她端来了茶、糖果、瓜子、面包，甚至还有我喜欢的辣酱和话梅。她搬了个小凳子坐在我对面，紧紧地拉着我的手。我的脸都红了，莫名其妙地沉浸在一种甜蜜而充满高潮的氛围之中。

林容容对我说了很多事情。

当年她坐三天三夜的火车离开了家，一路上奇遇不断，精彩不断。就在这些奇遇与精彩的循环往复之中，七年很快就过去了。她说就在昨天，有家本地的晚报来采访她。他们不知怎么就知道她回来了。她都回来一阵子了，他们一直找不到她，联系不上她。即便联系上了，她也不想理睬他们。所以昨天，他们是偷偷摸摸地找上门的。他们一共三个人，准备了照相机、摄录机，以及目前市面上最先进的录音设备。

"那时我正在房间里睡觉呢，突然就听到楼板响了。"

她微笑着、非常小声地告诉我说，仿佛正在诉说一个让人心醉已久的秘密。

在整个回忆与诉说的过程中，林容容一直处于高度兴奋的状态。她的眼睛亮了，发胖了的双下巴仍然高傲的微微翘着。我甚至觉得她其实还是好看的。我的两只手被她死死地抓在手里。我像个傻瓜一样呆坐在那里，不断地点着头，内心却感到惭愧、内疚。我不敢打断她的话，甚至不敢动，只是偶尔才发出几声尴尬的、自愧不如的干咳声。

就在这时，隔壁房间突然传来一阵婴儿的啼哭声。过了一会儿，刚才那个我在楼梯上遇到的瘦小老太太走进来，冲着林容容大声说着："快去看看！该喂奶了！"

或许是因为我的脸上写满了疑惑与不解，林容容补充说明似地又说了几句："忘了告诉你了，是个男孩子，五个月了。"

"孩子？……你的？"

她点了点头。

"那……他呢？"我一下子想不起来，那个忧郁的中年美术老师，到底应该怎么称呼他呢。

"他？半年后他就走了。走就走。不过，他真是爱我的。你都不知道他有多么爱我！"林容容一副满不在乎的样子。

"那这孩子？"我越来越糊涂了。

"另一个男人的。他也爱我，谁也不知道他有多么爱我！"

说这句话的时候，我突然注意到，在整个林容容的身上，只有一个部位和表情是完完全全没有变化的。她的眼睛。她说话时的那双眼睛，即便它是死死盯着你的，却也总给人一种根本就没正眼看你的感觉。

我很快就离开了林容容家。

我在小院里又稍稍站了会儿。阳光正大，小院显得苍白、简陋，甚至还有些肮脏。而院子中间的那棵树又粗壮了不少。无数的叶子疯长着。但根本就看不出是桃树、梨树或者其他的一些什么。

瘦小的老太太正从外面倒了垃圾回来。她很不友好地朝我白了一眼。

这让我心里有点不舒服，便随口问了一下："请问您是——"

"她的外婆。"

她的回答硬邦邦的。就像远古时候的石头。

那天晚饭以后，我和丈夫聊了聊林容容的事情。他非常坚决地认为她是个妄想狂。现代医学上有很多这种病例的。极端的，危险的，无处不在的。他们单位的旁边就是市妇联，最近这种类型的事情发生得非常多。他们领导去那边检查工作，他也跟着去的。然后他又非常不屑地讲了几个例子给我听。

说完以后，他伸了个懒腰。"早点睡吧。"他对我说，然后又补充了一句："以后少跟这种女人打交道。"

我很累，却怎么也睡不着。

那天我是开着窗子睡觉的。半夜的时候风很大，在睡梦里他咕哝了几句让我关窗。但我没有理他。

贾老先生

一

和往常一样,他走进碑林的时候,恰好是下午两点。

"哧"的一声,一只鸟擦着他头顶斜飞过去。距离太近了,他几乎能清晰地听到那种振动声。是羽毛在空气里掠过时发出的。非常细小,并且有着绒毛般的温暖。

前面是一整排的大树。他必须穿过这排大树,才能进入那片碑林。而在碑林深处,是一个很小很小的茶室。他第一次去那里的时候,里面走出来一个小个子的女服务员。她的声音轻得像一根从天而降的羽毛,仿佛羞耻于让人知道这个地方的存在,也仿佛羞耻于自己竟然出现在这样一个地方。

"您……想要喝点什么呢?"她微微地弯下腰,问他。

他的听力本来就不太好。而她几乎沮丧地让他认为,自己离真正的耳聋已为时不远了。

但是,说来也怪,他不假思索地立刻喜欢上了这地方。或许还有那个影子一样的女服务员。

这是一个闹市中的碑林,但来的人却总是很少。更多的时候,这个树影深处的小茶室里就是他们两个人。女服务员很少说话,空下来的时候就织点毛线，或者看着窗外发呆。她看上去好像三十岁左右的样子。有时看大些，有时又看小。时间长了，他甚至总结出来，雨天的时候她总是显得很年轻。雨点打在掉了漆的木格窗上，她的侧面有一种古代仕女画的安详与忧郁。但是有一次，他无意中发现她在看一本非常庸俗的流行小说。他无缘无故地生气起来。

"只有智力低下的女人才会看这种书。"那天离开的时候，他这样想着，没有和女服务员打招呼。但到了第二天又后悔了。她还很小呢，不管下雨还是出大太阳，她都只有三十岁左右的样子。不管怎样，也都是他孙女辈的。

他主动地和女服务员聊了会儿家常。

"你的老家在哪里呢？"他微笑着问道。

说话的时候，他下意识地抬手，想去摸自己的长胡须。但很快又尴尬地放下了。他留过很长一段时间的胡子。他一直弄不明白，其实它们不存在已经很久了，但他却老是记着自己留胡须时的身体语言。真正的现实却是他一直记不住的。怎么都记不住。

女服务员眨巴着她那双不大的眼睛。声音还是像眨巴眼睛时产生的气流那样轻。她说了一个遥远的、连他也差点辨别不清的地名。

但很快他还是想起来了。他缓慢地如同流水一般地点着头。是的，他知道那个地方。那是一个群山深处的小城。它距离孔子的故乡不是很近，但也绝不太远。他把那个名字在嘴里再三咀嚼着，眼睛里都放出光来。

"那可是个好地方呵，有多少人向往呵！"突然，他像是想起了什么，很不高兴地扭头看着她，相当生硬地说："你……你到这儿来干什么？"

每天午睡过后，他就从那幢临河的青砖旧洋楼里踱步出来，慢慢地顺着河沿走，再慢慢地走上大街。第一个十字路口向左拐，第二个丁字路口朝右转,然后,再慢悠悠地走上那么七八分钟的样子,一座斑驳的风火墙就赫然眼前了。

走路的时候他有个习惯——总是尽可能地紧紧贴住马路的最里面——先是青石板已经有些湿滑的河沿,再是人行道与内墙交叠成的很小的平面。他微微耸起着肩膀,蹭蹭歪歪地走着,警觉的,犹疑的,还有那么点硬邦邦的。基本上他是目不斜视的,只用一小点模糊的余光注视着身外的世界。那么多的车,那么多的人,还有那么多发疯一样的声音……

在他小的时候,大马路也是青石板铺的。下过雨后石板缝里渗出水来。上面跑的是马车。

已经很长时间了,这条去茶室的路线几乎是固定不变的。他在茶室里的座位也是固定不变的:临着西窗的第二个旧藤椅。第二个,左边扶手那里有个突起的褐色竹结疤的,而绝对不是第一个,或者第三个。至于茶,他最喜欢喝的是草青,而且最好是谷雨一周以后的草青。当然了,他知道这几乎是不太可能的。虽然在那个小茶室里,他喝的确实是茶色略深的绿茶……一次,他们竟然把隔年的老陈茶拿了出来……但他也是一只眼睛睁,一只眼睛闭的。这是个小店,利润薄,客人也少。他并不追究什么的。有时候他觉得自己其实并不固执,他哪里就真固执了呢。他只不过希望在这里安安静静地坐上一个下午。他只不过喜欢这种规律的、缓慢的、似曾相识的生活。

很多时候,那个茶室里的女服务员,也会给他带来这种缓慢的、富于节奏的感觉。她端着细竹壳的热水瓶朝他走过来,就像细嫩的茶叶在温水冲入时慵懒无力的舞蹈。她就站在离他不远的地方。浅灰外套,深灰裤子,一双平跟的黑皮鞋。粉底小白花的衬衣领子浅浅地翻出两个角,腼腆的,怯怯的,每一个都像少女调皮的小舌尖。有一次,他装作不经意地问她名字。淡淡的声音飘过去,结果却让他重重的失望。一个侧面长得像古代仕女的女人,一个来自那么一个地方的女人,是一定不能叫这样一个庸俗不堪的名字的。

又过了一会儿,女服务员突然细声细气地问他道:"那你呢,应该怎么称呼你呢?"

他站了起来,微微欠身说:"在下免贵,姓贾。"

"哦,原来是贾老板。"女服务员有些讨好地笑了,露出一排细密的小白牙。

"胡说!"他用力地甩了两下手,就像奋力驱赶一只惹人生厌的苍蝇似的,"离谱呵,离谱,真是太离谱了!"他连连地摇头叹气说:"罢了罢了,就叫我贾老先生吧。"

一只米黄色的小瓢虫正在微风里慢慢地穿越茶桌。看着它腆起的圆肚子,他很是生了会儿闷气。

那天临走的时候,他倔倔地仰着头,非常生硬、非常任性地少付了一部分茶水钱。

隔着杯壁,茶水还是温热的。那只瓢虫紧紧地贴在上面,非常滑稽地蜷成一团。像是睡着了。

他隔了整整一个多礼拜没去碑林。

他的卧室在青砖旧洋楼的二层。每天他都要穿过一段通向那里的楼梯。楼梯有点陡,长长地悬在那里,仿佛是从黑暗里生长出来的。

那扇沉甸甸的卧室门就在黑暗的尽头。但它永远是关着的。

在那一个礼拜里,每天下午,他就摸摸索索地从楼梯走下来。楼梯西面是一扇临河的小窗,而小河对面就是他每天要走的那条马路。下了好几天雨,小河涨水了,上面漂了几片马缨树细长的叶子,小半个鸡蛋壳,还有肯德基包装纸上,那个志得意满的快乐老头(人家也是老头)……

女儿和女婿都在外地,小外孙刚刚大学毕业,今年参加了工作。他去过那个地方。是一个庞大的外国人管理的超级市场，去年秋天才落户这个县城的。他两只手背在后面，从头到尾走了二十多分钟。他几乎在里面迷路了。离开的时候他脸色苍白，嘴唇也哆嗦起来。后来他再也没有去过那个地方。

小外孙的房间就在一楼楼梯口那儿。出门的时候他就把它锁起来了。所以现在它也是关着的。

在那扇临河的窗前，他无聊地站了会儿。

已经好几天了，他没去碑林，没走进碑林旁边的那个小茶室，更没见到那个细声细气的女服务员。一开始的两天是因为生气，他是真的生气。她凭什么？凭什么这么称呼他？他看上去有这么俗气吗？已经写到脸上了？难道他的身上有铜臭的气味？但过了几天气就渐渐消了。他又暗暗地担起心来。那天下午临走的时候，他少付了三块的茶水钱。一共应该是十块钱。他在茶杯底下压了一张五块的，一张两块的……他确实是有意的。但这种有意，并不是为了说明他看重钱。恰恰相反，他其实是为了表达他的蔑视！他不看重钱，只是为了警告那些错看他的人，他选择了一种能让他们心疼的方式！

想到这里，他又不由地偷偷得意了起来。

然而这种得意又很快转变成了另一种担忧。他没法解释少付了三块茶水钱的原因。有人会想到吗？有人会猜到吗？他没法肯定，非但没法肯定，他甚至渐渐地坚信起来，没有人会相信他是因为不看重钱——

恰恰相反，他们会觉得他是个吝啬鬼，吸血虫，是一条白吃白喝、赖账不付的社会主义的蛀虫！

一条蛀虫。他心里一惊，嘴唇又不由自主地哆嗦了起来。

是呵，那个细声细气的女服务员会怎么想呢？他的脑子里很快就出现了三个截然不同的画面。

在第一个画面里，女服务员坐在临窗的第二张旧藤椅上，也就是他常坐的那张藤椅。她纤细的手指搭在那个陈年竹结疤上。她的眉毛也打着结。她抬头看他,脸上写满了不解。

第二个画面里的女服务员开口说话了。她还是端着那个细竹壳的热水瓶,翻出两个少女舌尖似的领子。她慢条斯理地向他走过来。慢条斯理地问了他一句话:"贾老板,你怎么会是这样的呢?"

第三个是空镜头。好几只胖乎乎、外形滑稽的金壳瓢虫躺在空无一物的茶桌上。一动都不动。

第一个画面让他更加忧虑了。第二个画面令他心痛如绞。而第三个画面则让他想了很久。这是一个奇怪的无法解释的画面。他几乎都有些心急如焚了。

一开始是傲然,渐渐的成了犹疑,到了下一个礼拜,一种空空落落的猜忌像午后阵雨一样,把他淋得浑身透湿。

他板着脸,像给人抽了气似地蹩进了碑林。

不知为什么,他走过那排大树的时候,觉得它们好像突然长高了不少。天阴阴的,密密匝匝的树影挡住了大半个天空。

二

比往常回家的时间要略微早些,但也可能其实是略微晚些……贾老先生蹭蹭歪歪地进了家门。

下午不知怎么就起了风。在茶室他就相当狼狈地打了好几个喷嚏。他穿得有点单薄了。回家的路上,几点雨星带着碑林最深处的阴冷,它们追他,赶他,顺着他的脖子钻进他心里去了。

他担心自己要生病。在黑暗里他摸索着上了楼。在一阵阵迟钝的晕眩与痛觉中,他重重地在床上躺了下来。

他迷迷糊糊地困倦着。迷迷糊糊地觉得自己快要睡着了。

他又看到了那个女服务员。那是和下午一模一样的情形:她斜靠在茶室的小柜台那儿,微微低着头,正和一个小平头的中年男人聊着天。

几只麻雀在不远的地方吵起架来。他盯着听了会儿。他的手在那块凹凸不平的竹结疤上不停移动着……就在这时,女服务员一路小跑着过来了,手里拿着茶杯和水瓶。他像被人从衣领那里猛的拎了一把,整个人缩了起来,活生生地直往上提。但是,他提起来的那颗心还没能放下来,女服务员却已经一路小跑着回去了。

聊天声细得就像天上游动的云丝。每一丝都莫名其妙地牵动他的心。那几只麻雀吵得更厉害了。其中一只小的还咬了大的一口。

女服务员今天扎了两个清清爽爽的麻花小辫,俏皮地垂着。从侧面看过去,鼻梁更挺拔了,面颊上的皮肤也更光洁了。她的眼睛里有一种快乐的、甚至还有些幼稚的感觉。但从始至终,这双快乐与幼稚的眼睛,看都没朝他这里看过一眼。权当他空气、水滴、窗外清淡的马缨花香。

"啪"的一声,一只瓢虫挣扎着掉进了他的茶杯。他正怅然若失着,根本就没看到。

临走时他摸出身上的钱包。抽出一张十块整的。想了想,又再压了张五块的。

这天黄昏的时候,贾老先生在一阵细乱如麻的雨声里沉沉睡去了。他在一个记载了远古史迹的碑林里着了凉。这是一个马缨花盛开的暮春,空气里到处是花开的声音,温暖,芳香,万物生长……只有一个刚从外面世界回来的老头,灯也没开,饭也没吃,闷声闷气地躺在床上睡着了。

他听到了雨声。

很多年前的那种雨声。

那也是个马缨花开的春天。站在马缨树下的他,才是二十出头的青涩少年。就在那个春天,他去城里的私塾当了教老书的"小先生"。

在青石板的大街上,他见到过原来的那位"老先生"。长长的衣衫,暗暗的背影。据说"老先生"原本是中原人,老家是个四面环山交通非常不便的地方,然而民风淳朴,安宁祥和。不知道是因了什么事,"老先生"在中年时自此离乡背井。他从家里出来,停停走走,走走停停。一会儿弃岸登船,一会儿离船上岸。直到有一天,酒醉后的星夜,他睁开眼睛来。

星垂平野阔,月涌大江流。

所有的高山都消失了。世界成为一马平川。"老先生"顺流而下,最后便在这个陌生的南方小城落脚下来。

当时还是小贾先生的他,第一天去私塾赴任的时候,已是病重中的"老先生"歪歪斜斜地站在细雨里迎他。并深深作上一揖。

第二天雨仍然没有停。一个小脚女人把虎头虎脑的男孩交到他手里。直到现在,他还记得那女人涨得通红的脸:"爷打勿羞,娘打勿丑。这孩子自小没了爷,娘又不中用。贾先生呵——"

他的脸也红了。

他基本上没有打过那个孩子。他是个儒生。他的规则是儒生的规则。优雅的、谨慎的、威严轻易不外露的。就像他喜欢的那些美丽隐忍而又略带伤感的句子。

有时候他默念着它们。自己都快被自己感动了。小私塾的花格窗上竹影摇曳。他坐在屋子的阴影那儿,手里紧紧地攥着一把戒尺。手心里都有汗了。

那年春天快结束的时候他认识了后来的老伴。他是个容易紧张的人,第一次抓住她手的时候,他紧张得发现她的手心里也有汗了。

他们一直住在这座青砖旧洋楼的二楼。直到五年前的又一个春天,她把他一个人孤零零地、永远地留了下来。她走后的第二个礼拜,两个拆迁办的人找上门来。他们告诉他,这一带的房子都要经过重新改造,而临河一面都要被漆成统一的、千篇一律的白色。

那天他颤颤巍巍地举起了那根结实的楠木拐杖。当然，最终他并没有打人。他怎么会去打人呢。他做不来这样的事情。他只是把那根拐杖用力举了起来。就这样举起来。高高地举过头顶。

房子后来没有漆，保持了原来那种灰暗的青灰色。在周围一片耀目的白色里，就像一块好多天都没有刮的大胡楂。

就在这座房子的二楼卧室，也就是贾老先生睡床的对面墙上，齐齐整整地挂了一张已经有些泛黄的黑白照片。那是他五年前死去的老伴的照片。不是遗像，而是青春年华的倩影。照片上的她，身穿素色的碎花小旗袍，脑后挽着低低的发髻。发髻上面还插了一朵肥白的玉兰花。

她的名字就叫玉兰。在照片里，她微微侧着头，有一种古代仕女画的安详与忧郁。

贾老先生再一次出现在茶室里，是在三天后的黄昏。

这三天里，他微微地发了点烧，咳嗽了几声，但很快便痊愈得春雨悄无声息。无法控制的却是一种意兴阑珊的感觉，仍然因为那桩早已结束的小事。因为它，他竟然产生了一种难以排遣的挫折感——那天下午，女服务员为什么对他不理不睬的？她看到他在茶杯底下补交的钱了吗？……即便她看到了，他心里还是不太舒服、非常不舒服。因为……她不会明白他的意思的。他少付了钱，以及后来又多给了钱的真正的意思……

他必须得把话说清楚。

从二楼卧室的北面踱步到南面，他走了整整七步；再走回来，这一次却是五步。在很多年前，在他还是一个私塾小先生的时候，他也常常会在书房里来来回回地踱步。而那时的世界，就如同他脚底下一一踩过的方砖，方正的，规则的，具有触手可及的形状。它们一块连着一块，成为一条笔直向前的直线。

他站在这条直线的一个点上,理直气壮而又手心冒汗地告诉底下那些孩子们:"读书!"

开始的时候四周静悄悄的。又过了会儿,大家便都放开了喉咙。像几乎所有优秀的私塾先生那样,读着读着,他便慢慢地微笑起来,而且将头仰起,摇着,向后面拗过去,拗过去。

后来,窗外的声音渐渐嘈杂起来;再往后,那些曾经熟背三字经的孩子,一个个从侧门悄无声息地走了出去。街上有人高声朗诵着"与天斗其乐无穷!……与人斗其乐无穷!",时间仍然像一条笔直向前的直线,两旁停靠了无数的站点。他一会儿惊心,一会儿愕然,觉得自己就像从火车窗口被抛出的物体。他悬在了半空里。开始的时候还踢蹬着双脚,挥舞着双手。终于,他变得沉默寡言起来。

这回他是这样向自己解释的。他告诉自己说:老了,耳朵不行了。

送老伴走的那天正下着雨。从殡仪馆回来后他没有马上回家,而是偷偷溜了出来。一家百货商场在大门口做着内衣秀,天上飘着五颜六色的气球,无数的汽车像山一样要向他压下来。他游魂似地在马路上游荡,突然觉得整个世界都安静了下来。

老伴不是急症,已经拖了好几年了。晚年的时候她变了很多,变得俗气而又挑剔。但他却一直没有变。他常常觉得自己亏欠了她。因为归根到底他认为自己是个好人。

他没有挂她的遗照。那么多年了,发生了那么多的事情,她都死心塌地地跟着他,吃了不少苦呵。这么多的苦,就连她的眉宇之间都藏不住了。他不能老是看着那些藏都藏不住的怨怼。

从床底的箱子里,他找到她年轻时的一张老照片。灰蒙蒙的。他非常小心地擦过了,然后把它挂在了墙上。

年轻时的她是安静的。阳光从侧面斜打在她的鼻尖上,像小楼里幽静的闺女，白净了一张脸，相当无辜地看着这个世界。

而现在他再也找不到那种安静了。直到有一天，他去了那个碑林，进了树林深处的茶室，见到了那个影子一样的女服务员。

"那天我少付了三块钱。"他对女服务员说。

"哦，是吗？"她很轻地应声道。

"是的，我……其实不是有意的，所以后来一次我又多付了五块钱。"他很认真地把这句话说完了。

"没什么的。"她笑了。还牵了牵眉毛。

她知道了。知道了他是个守信的儒生。怎么不是呢，少付了三块，却补上了五块。这可不是钱的问题。

但是，她为什么要说"没什么呢"？连她的笑也是诡异的。天呐！她轻蔑了，她看不起他了！

他再次回想她的脸。冷冰冰的玻璃。隔着最初的温热，以及他与这个世界唯一的透气孔。

他心里咯噔一下。差点把手里的杯子掉了下来。

三

第二天是星期日，他午觉都没睡就去了碑林。

在街边的一家小花店里，他买了几枝深紫浅紫相间的花。开始的时候他把花紧紧抱在胸前，但很快又觉得不妥。他的手松懈下来，耷拉着，接着又硬绷绷地交叉背在身后。他犹犹豫豫地觉得，似乎应该请女服务员简单的吃个饭。但无论是手里的花还是吃饭的念头，都让他略微有那么点害羞。

他的头一直低沉着，因此差点给树林里斜出的一根树枝绊住。惊诧之中他差点有种夺路而逃的念头。他的手死死地攥住了花，手心里湿腻腻的，全是汗。

她不在那儿，一个他从没见过的胖老太太正坐在柜台里面打瞌睡，身上围着围兜，手臂戴着袖套。他探头看了两眼，心口一阵乱跳，贼一样地逃开了。

他在碑林里整整转了大半个下午，才重新见到了女服务员的出现。

她远远地坐在小茶室的木格窗后面，一只手托着腮。她的面貌、身影、她略呈弓形的上半身，以及那只白皙纤细兰花般托住了下巴的手，他全都看不大分明，全是模糊的、全都蒙着泪渍似的。但他分明听到了一种声音，断断续续的，鸟叫三两声的。

她在哭。

天哪，她在哭。

他的身体往后轻弹了一下。她在哭，他不应该看到一个陌生女人在哭。就像他不应该在一个女人不知道的时候，偷偷地看她穿鞋着袜，偷偷地看她挖鼻孔挠痒痒什么的。他是个斯文人，是个识字念书的儒生……他这一辈子，唯一偷听过的对话，是一次他午睡醒来，正准备开门下楼的时候，楼道里隐约传来压得很低的人声。

"当然穷……穷得棉裤都要当掉了。"

老伴晚年的声音扁扁的，钝钝的，但在他听来，却像极了那种又薄又尖的削笔刀片，每一句都牢牢扎在了他的心上。她用了最温柔最隐忍的劲道，所以不是流出了血，而是流也流不出来的眼泪。

他躲在半掩的门后。一个无事可干的曾经的私塾先生，一个手无缚鸡之力的书生。就像一只等待被人宰杀的羔羊，发抖，只能够发抖。

"街道里研究了，每个月给他一点补助……到日子让他来领吧。"

接下来老伴的回答，让他不得不把耳朵死死地贴到了门板上——他永远都不要再看到，不要再想起自己当时那副下贱无比的丑模样。

"你回去告诉主任，第一个月把钱送家里来……第二个月他自己就会去领了……知识分子嘛……"

在木格窗的外面，贾老先生很响地咳嗽了两声。两手空空的，他站在了女服务员的面前。

她刚刚才从哭泣的感觉里探出头来，带着一点迷茫而惊愕的表情。在女服务员的眼神里，贾老先生重新看到了那个他再也不想看到的自己。

他所剩无几的稀薄头发，被碑林里的乱风吹出了一种奇妙的蓬乱；他的眼神里有许多种简单的东西，但现在它们莫名其妙地冲突了起来……现在他的眼睛，是暧昧的，带着点令人不安的血丝的……他的两只手还不完全是空空如也，不知道从哪里变出了一朵淡紫色、蔫不拉叽的小小花朵。贾老先生的手僵硬地举着它，送到女服务员的面前：

"送给你的。"

她低着头，不说话。心猿意马的，她仿佛正听着远处碑林里细微的风声。时间像风一样吹过去。贾老先生觉得自己正在风化成一尊越来越僵硬、越来越不可理喻的城市雕像。

他的手有点酸了。

就在这时，他听到女服务员很轻很轻地说了一句——

"老神经病！"

紧接着，她的嘴突然张了开来。从里面蹦跳出无数的金瓢虫、银瓢虫、夹金带银的瓢虫。它们统统地冲着他扑过来，围住他！咬他！抓他！杀死他！

他愣住了。浑身抖得像筛糠一样。怎么都停不下来。

他恍恍惚惚地觉得自己伸出了手。

"你……你，你，你……你怎么可以……"

他伸出手，那只手同样也在发着抖。这只发着抖的手一点都不听他的使唤。它抬了起来，再抬了起来——

他看到女服务员因为惊恐而瞪大了的眼睛。她一定以为他会打她。那样高高举起而愤怒的手一定是有力量的。她害怕了。

那朵已经失了水分的紫色小花从他手里悄然掉落了。现在，他的手孤立地呈现在空气里，就像一个没有开始就已经结束的手势。

对着那个错愕莫名的女服务员，他深深地作了一个揖。

"对不起，打扰了。"他说得很轻，几乎有点像是说给自己听的。

他的口袋里有个手机，是去年做寿的时候女儿女婿买给他的。他们怕他出门有事，放在身边防着。他不喜欢它。它金属的外壳又亮又硬，放在口袋里有些硌人。拿在手里呢，冬风雨雪的天气，手里就像捏着一块沸腾的冰。他从来都没用过它。

但现在，他颤颤巍巍地从口袋里拿出了它。他笨拙地把它捏在手里，翻来覆去地摆弄着。他觉得他可真想和谁说说话呵，哪怕只是说上一两句最最简单的话。但是，他和谁去说呢？

在一片茫然当中，贾老先生拄着那根比他还老的楠木拐杖回了家。

街上到处都是人。在这个马缨花盛开的暮春，空气里到处是花开的声音，响亮，明艳，噼啪作响……而这个从外面世界回来的老头，正磕磕碰碰地走在回家的路上。

他隐约觉得面前有雪花般的雨雾。他的视力是在三个月前出现问题的。眼前先是有闪烁的金光，或者密密的黑云。他去看过医生，也是不了了之的答案。后来金光和黑云淡去了，就变成了断断续续的雨雾。这天黄昏，就在雨与雾的间歇里，他摸索着上了楼。那是他二楼朝南的房间，晴天的时候，那里有着充沛的阳光和枝叶繁茂的室内植物。楼梯有点陡，长长地悬在那里。在他视力尚好的那些日子，向它走去的时候，他仍然固执地觉得，它仿佛是从一个他再也无法把握的黑暗里生长出来的。

现在，他正一步一步地走向它。向上，再向上，温热的黄昏的阳光扑面而来……但不知道为什么，他却觉得那个光明的、无限变化着的世界与他一点关系都没有了。相反，他正在飞快地往下坠落，坠落，不断地坠落，直至坠落到一个由时间和空间组成的，没有边际的鸿沟之中。

花窗里的余娜

1

有一段时间，我们家的饭桌上经常会提起余娜这个名字。

余娜？就是那个余娜吗？她又回来了？……她真的又回来了？还住在原来那地方？……她应该有个四十二三了吧，嚄，这女人……嗯，可不是，真有个四十二三了呢……

有些时候我们谈她谈得兴致勃勃的，脑门上都快冒出汗来了，仿佛我们正在述说的是一桩非常戏剧性的传奇故事。不过也有些时候，大家讲着讲着却都有点尴尬起来了。突然低下头去。突然沉默了那么一会儿。仿佛各自都想起一些另外的事情。不那么令人愉快的事情。仿佛还勾起了一些心事。大家脑子里变得乱哄哄的，一桌的菜也很快凉下来了。

也不知道为什么，余娜家的事情总是能戳到我们的痛处。

很多很多年以前，我外公和余娜的祖父一起出来闯荡江湖。他们从浙江乡下坐船来到了上海。余娜的祖父站在船头，他长得风度翩翩的。后来他在上海做起了纺织和印染生意。我外公站在船尾，他也长得风度翩翩的。我外公是一个风流才子，能唱很好的京戏和昆曲，并且还热爱一些玄妙虚无的事物。在上海滩十里洋场的那几年，他认识了很多戏子，传教士，很多稀奇古怪但又幽默有趣的失意人士。他和他们喝酒，唱曲，逗趣，等到钱用得差不多的时候，他又把我年少无知的外婆顺顺当当的娶到了手。

余娜的祖父后来发了大财，他在上海置了一些产业后，又在邻近的苏州买了房子。我外公也在苏州买了处小房子。上海住不起了，老家也回不去了，结果是我外婆哭哭啼啼地把所有的私房钱都拿了出来。

余娜家买的小洋楼就在离我们两条街的地方。

到了八十年代的初期，等我有点懂事了以后，有时我母亲拉着我的手走过那里，我母亲说，喏，看到那座漂亮的房子和漂亮的花园了吗？你余娜姐姐现在就住在里面呢。

有时我母亲会把我抱起来，抱那么一小会儿。这样我就能透过墙上石雕的花窗，看到园子里的一些情形。正是春天，墙里的草地绿油油的，墙角开了一树白花。有一条狗嘴里叼着花瓣，正懒洋洋地躺在树下晒太阳……余娜却是看不见的。我从来没在母亲的怀抱中，或者后来踩在大石头上、踮起脚尖的眺望里看见过园子里的余娜。花窗里面的那个园子总是静静的，很闲适，还有一种无法解释的神秘。

有时候我家小露阿姨也会带我散步经过那里。小露阿姨是我母亲最小的妹妹。小露阿姨不会把我抱起来，也不会让我透过花窗眺望里面的花园。但她自己却是忍不住要多看上几眼的。她一边看一边回头和我说话，她说：喏，要是你外公当时现实一点，不要干那些乱七八糟的事情，好好做生意，好好赚钞票，我们现在也应该住在那种房子里面了呢。"

不过类似这样的话，当时大人们说的时候也是半开玩笑半调侃的。当时他们其实也没怎么全往心里去。毕竟余娜家在"文革"的时候也是吃了点小苦头的，毕竟日子也不是那么好过的……至于那洋楼，其实也是政府刚刚落实政策才还给他们的。更重要的是，那时候谁都不知道以后的日子会怎么样，以后的日子会怎样呢？住上小洋楼的余娜一家不知道，没住上小洋楼的我母亲和小露阿姨也不知道，更不要说我，以及我那几个堂哥堂姐了。他们中间有几个已经上了高等学府，浑身上下充满了一种江河解冻般汹涌的热情。有几次他们倒是偷偷地翻过江南低矮的院墙，坐到余娜家枝叶茂密的桂花树下去。不过也只是为了享受月圆之夜桂香四溢的诗意。在那样的香气和诗意里面，他们可以热青地拉住彼此的手，他们可以闭上眼睛，他们可以把心和肺全都掏出来．他们可以全身心陶醉地朗诵舒婷、顾城以及海子的诗。

　　小露阿姨和我母亲是不背诗的。她们每次见面都凑在一起，叽叽喳喳聊些福利分房的事情。

　　我母亲要低调含蓄些，她微微笑着，说："这次轮不上，下一次肯定就能轮上了。很快的，很快的。"

　　小露阿姨则是开朗泼辣的。她的声音比她的内心还要开朗还要泼辣，她说："他们不管，谁管？这次要是再轮不到我——哼！哼！"

2

　　余娜的祖父是个正派生意人，结婚结得早，生孩子也生得早。余娜的父亲也是正派本分人，结婚也结得很早，很快也就顺顺当当地把余娜生了下来。所以说，虽然我外公和余娜的祖父几乎同岁，但是我和同辈份的余娜相差得可就很多了。

　　余娜几乎和小露阿姨差不多大。

　　我记得那时候，当我梳了个"马桶盖"的前刘海，坐在南窗下写作业的时候，窗外经常会传来噼噼啪啪高跟鞋踩过的声音。我知道，那一定就是余娜了。还有一种细细的沙沙沙的声响，我知道，那一定是余娜的喇叭裤，当余娜的喇叭裤轻拂过柏油路面的时候，就像一台小型而欢快的压路机。

吃晚饭了，我们一家挤在北面的厨房里，突然就听到很远很远地方飘来的音乐声。

大人们对一对眼色，站起来就把窗户关了。接着再把窗帘也拉上。后来他们他们又想了想，干脆把大门也锁了起来，还插上了一根又长又粗的门闩。

我们都知道，那是余娜家又在办舞会了。甜得淌出蜜来的音乐声，穿过余娜家漂亮的客厅，尖尖的屋顶，穿过那几棵花团锦簇的桂花树，以及月光下模糊诡异的花窗，最后委婉曲折地停留在我们家寡淡无味的晚餐桌上。

我母亲小心翼翼地把一只咸鸭蛋切成了几份，然后又把其中最大的一份放在了我的面前。她看了一眼坐我对面的小露阿姨，声音轻柔地说："那一定又是余娜的主意吧。"

可不是，除了余娜还会有谁呢？这是一个奇怪的世界。这个世界上的很多事情，或许都是说不清也道不明的。比如说，余娜的祖父，那个和我外公一起站在船头、后来又笑傲江湖的人，生下了一个温柔胆小的儿子，这个温柔胆小的儿子娶了一个更加温柔胆小的媳妇，结果却生下了一个桀骜不驯的女儿。

那就是余娜了。

很多发生在那座漂亮花园里的故事，外人是无从知晓的。但多少会有一些蛛丝马迹。余娜的父母，先是安安静静地在那座房子里住着，后来他们突然信了佛做了居士，再后来就干脆住到太湖西山的小岛上去了。据说有人看到过他们，低垂了头坐着小船摆渡回来；据说也有人见过余娜，带着大包的食物，坐着小船摆渡过去……但那漂亮房子、美丽花园终于还是空落了下来。

有人说，余娜的父母是被余娜气走的。

说余娜有一次在自家花园散步，抬头看到对面楼房阳台上的一个男人。那个男人头发乱糟糟的，胡子乱糟糟的，但会写很多让人动情让人流泪的句子。那个男人是一位作家。作家不上班，生活穷困潦倒，但每天都会在自己的阳台上喝茶、写字，然后高声朗诵。阳台上开放着大朵大朵的鲜花，鲜花被大片大片的绿片衬托着。蓝天上飘荡着白云，成群的白鸽在花园和阳台之间盘旋……余娜眼睛眨也不眨地就爱上了那位作家。

也有人说，余娜有一次在太湖边游泳。等她水淋淋地从湖里面出来时，岸边一位年轻英俊的男人正看着她，笑眯眯的。那是一位很有才华的画家。他对余娜说，他看着她在水里游泳的样子就爱上她了。然后画家就开始画余娜，一遍一遍地画，一天一天地画。画家没有阳台，住在一间底层的小屋子里。画家也不养鲜花绿叶，因为画家动一动笔，那间破旧的小屋立刻开满了四季的花木。有一天画家激情难抑，在雪白的床单上画满了余娜的乳房和眼睛……

反正那座漂亮房子里，现在就住着余娜一个人了。透过院墙上千奇百怪的花窗，我们可以看到白玉兰花疯狂地爬满了枝头。然后，渐渐的，那些花瓣又仪态全无、白生生地躺满了一地。

那是一九八六年的春天。

也就是在这一年的秋天，余娜离开中国去了大洋彼岸。

她是悄悄走的。一个人，提着重重的箱子。没有人知道她离开的确切时间以及原因。而等到这个消息比较广泛地流传开来，已经是好些天以后的事情了。我只记得有一个星期天，我依然顶着"马桶盖"的刘海，坐在南窗下写作业。所有的窗户都开着，房间里飘荡着虚幻的空气的香味，以及真实的桂花的气息。

天空瓦蓝瓦蓝的，瓦蓝瓦蓝的天空突然轰隆隆飞过来一架飞机。

我抬起头好奇地看着。

我母亲也停了手里的毛线活，从容而安详地抬起头来。

"好好读书，日子……还是过得简单点好。"

很久以后我还记得那个阳光灿烂的秋日午后，空气里的香味，暖融融的阳光照在母亲光洁的脸上。

不知道为什么，即便那架低空飞行的飞机发出了巨大的噪音，母亲的声音仍然显得那样清晰而明亮，她气定神闲地笑着，一副安分而满足的样子。

4

余娜不在的这十几年时间里，我们家发生了很多事情。

先是我父母和小露阿姨相继从单位分到了大一些的房子，我们家搬到了城西临河的地方，而小露阿姨家则曲里拐弯，阴差阳错，结果搬进的新房子就在余娜家小洋楼的旁边。这样一来，余娜家花园里四季的果香，以及泥土的青湿气，一个都不少，一点都不差，统统都在小露阿姨家的鼻子底下了。

有一次，小露阿姨来我家吃饭。她告诉我们一件事情。她说你们知不知道呵，余娜家那老两口又搬回来住啦。

我母亲哦了一声，说是嘛，这一晃也都好几年了，不知道他们都老了没有？

小露阿姨说，老？哪里老呵，一点都不老！两个人也都六十来岁了，看上去水水嫩嫩、清清爽爽的。

我母亲笑了，说还是没有心思好呵，信信佛念念经，采点西山的杨梅桃子吃吃。

小露阿姨声音脆生生的："省心？他们家那女儿可不是盏省油的灯……"

那一年我母亲四十多岁，但看上去不太像四十多岁的人。我母亲站在新房子里挂窗帘，一会儿爬高，一会儿落低。脸是涨红的，鼻尖和额头上沁出汗来，但举手投足还是一副气定神闲的气派。心定的女人总是要显得年轻些；那一年小露阿姨三十几岁，看上去也不太像三十几岁的人。小露阿姨每天早早起床，拉开窗帘，打开窗户，东面闻闻，西面嗅嗅。她走在路上的脚步总是匆忙的，身影甚至是有些慌张的。她的身体朝前面冲着，两只手大力摆动，仿佛前面正有什么东西在等着她，她再不去就晚了，就要被别人抓走了……这样的女人被她的内心牢牢托住了，暂时也是老不了的。

那一年的晚些时候，我还在小露阿姨家的阳台上看到了余娜的父母。

他们坐在花园里的两张木椅子上，好像正在喝茶。后来小露阿姨递了个望远镜过来，这才看得清楚些了。望远镜的镜头久久地停留在他们的脸上，我大吃一惊。那是两张完全看不出年龄的脸，时间就像在这两张脸上停滞了……如同在一个开满了鲜花的五月，花园里、草地上、所有的地方都在蜂蝶飞舞，花枝招展，但唯独这里却是荒芜寂静，寸草不生。

小露阿姨也拿着望远镜望了很久，嘴里也啧啧赞叹着。年轻，总是女人们热衷的话题，还是要拿过来继续探讨的。

我母亲突然想起些事情。说她听外公讲起过，余娜家家道最盛的时候，家里常常是要摆戏台唱堂会的。那些上海滩上的顶级艺人，绫罗绸缎，珠光宝气，不时会出现在他们的花园里。我母亲说，余娜的外公可能是念及旧情，有一次还破例邀了我外公。那时我们家道中落，外公连件像样的衣服都没有。但外公有的是曾经的智慧和胆量。那天晚上他喝了酒听了曲，满面红光地回到家里。他把我外婆和母亲从床上拖起来，告诉她们，今天晚上他都见到了谁谁谁，谁谁谁，都听到了啥啥啥，啥啥啥。他说那才是他喜欢的生活，那才是他喜欢的气场。三教九流，什么人都有，什么话都听得到，政治的，经济的，达官贵人，文人墨客。他说常常和这些人在一起，中国的上上下下、左左右右一下子就都看明白了……

我外公应该是非常嫉妒余娜家的。因为这样的机会他以后就再没得到过。

但余娜的父母亲就是在这样的环境里长大的。那两个温柔胆小的人，其实倒是见过大世面的。

人要是完全看穿了，可能反倒不会老了。我母亲笑着说。

那怎么可能！小露阿姨自然是不同意的：只要活着，怎么可能全看透呢？

5

我外公其实也是见过些世面的。但他这个人很奇怪，因为他一辈子最喜欢做的两件事情是非常矛盾的。首先他是个爱热闹的人。他爱热闹，所以好酒。他喜欢几个朋友坐在梅树底下喝到微醺，甚至大醉。他还能把三五个人搞出一种人声鼎沸、又笑又叫的效果来。他就是有这样的才能，就是有这样的本事。从余娜家的那次堂会回来以后，他很是亢奋了一段时间。他甚至还省下了一些买酒钱，为自己添置了一身不错的行头。但很显然，余娜的祖父把他的这个老朋友忘记了，时间一点点流逝着，我外公只能穿着他的那件新衣服，满怀惆怅地站在余娜家的花窗外面，看着里面庭院深深，看着里面锦衣玉食，看着梨花落了杏花开……看着他喜欢的一切离他越来越远。

他长叹一声，走开了。

这件事情以后我外公消沉了一阵，突然变得喜静起来。中秋那天晚上他一个人去了寒山寺，站在枫桥的上面。有个乞丐正在桥上唱戏，唱了几句，我外公就接了下去。那乞丐也不在意，两个人就哼哼唧唧一起唱。唱完了，你坐在桥这边，我坐在桥那边，看月亮。后来乞丐觉得饿了，拿着我外公给他的钱静悄悄地走了。我外公也不动，静悄悄地坐在桥栏上。一坐就是一夜。

有一阵子他就是那样，要么鬼哭狼嚎，把自己弄到烂醉如泥；要么就是一个人坐在那里，安静得就像一个雪人。

我外婆有时候会回忆说，那时候她真是怕呀，真是怕，心里老是咯噔咯噔的，不知道这个死鬼到底在想什么，到底要干什么，接下来又到底会发生什么事情。

有一次她实在忍不住了，期期艾艾地说出了心里的担忧。谁知我外公眼皮也没抬，不冷不热地甩了句话过来。

我外公说：你懂不懂呵，我是个艺术家！

当时我外婆一定是被这句话懵住了，也气坏了，所以后来当我们半开玩笑半认真地问外婆，什么叫艺术家的时候，她总是一个白眼翻出来，气鼓鼓地说：艺术家？就是那些活到老折腾到老的人！

也许是受外公的影响吧，对于艺术或者和艺术多少有些关联的事情，我们这些下一代倒都有些不大不小的兴致。

我母亲是个敏感而细腻的人，有时候也会望着窗外一小弯月亮，发发呆，流点眼泪；小露阿姨呢，很小的时候就是个文艺积极分子，天生有条很亮的嗓子；至于我——"你这个人嘛，外表看起来斯斯文文的，其实呵心里野得很！"这是有一次小露阿姨和我两个人聊天的时候说的话。她这么说了，我就笑笑。也不说是，也不说不是。

九十年代初期我高中毕业，预备填写大学志愿的时候，我对母亲说，我要学艺术。

第一个跳出来竭力反对的人是外婆。

我外公去世以后，外婆有时候住在我们家，有时候则住在小露阿姨家。知道这件事的时候，外婆正好轮到住小露阿姨家。结果当天晚上，她就由小露阿姨陪着，转了两辆车风尘仆仆地赶到了我们家。

她一直在喘气。喝了几大口茶，吃了小半个苹果以后仍然在喘。胸口此起彼伏，仿佛有一群狼在后面追她。

后来外婆终于平静了一些，开始和我说话。

外婆说："你数理化功课那么好，为什么要去学什么艺术呢？"

我说："我不喜欢数理化。"

外婆说："学数理化多好，以后当个科学家，为国家争光，也为你父母争光。"

我说："我当不了科学家，再说，当科学家也太枯燥乏味了。"

外婆说："不当科学家，那就去当老师吧，教育下一代，一辈子踏实稳定。"

我说："我也当不了老师，你们平时不是老说我，性子急，脾气躁。"

外婆急了，说："好好好，只要你不去学艺术，随便你干什么都好！"

那天外婆脸色铁青地离开了我们家，谁也留不住她。第二天我母亲找我谈了谈，她看着天上的月光，一脸焦虑，满心忧愁。

我母亲说话细声细气的，但却有着绵里藏针的力量。

我母亲说，你外婆的脾气你也是知道的……她这一辈子呵，被你外公害得不轻，几乎都没睡过什么好觉……她整天担惊受怕，心脏也不怎么好，今天不知道明天的。

我母亲又说，你呢，是个心思细密的孩子，情感也很丰富，在这一点上你真的很像你的外公。其实呵，每个人心里都是有一个魔鬼的，有的人更厉害，有两个三个甚至很多很多个魔鬼……你知道吗，你外公最后那段日子干了一件让我大吃一惊的事情……

我抬起头，表示我的疑问与好奇。

我母亲接着往下说，你外公那时候身体已经不行了，每天不是躺着就是靠了枕头坐着。有一天，他突然对我说，你把音乐关掉吧——这些可怕的声音——他说，它们跟了我一辈子，现在，我要安静下来了，我要安安静静的了。

我沉下头去。不响。

我母亲还在说——其实有些话呵，你外婆还没全部讲出来。她有时候，心情好的时候倒是会跟我嘀咕，她说敏感多情的女人往往是挺怪的，在现实生活里要吃亏。因为她自己就是因为敏感多情而陷入了你外公的陷阱，后来一辈子不得安稳和安宁。

我笑了起来，但马上又觉得不合适，再次闭上嘴巴。

于是我母亲最后的结论是这样的：你呵，就该好好地生活，踏踏实实地生活，不要让你外婆担心，也不要让我和你爸爸担心。不管这世界变到哪里，这点总是不会错的。再说，这个世界又会变到哪里去呢？还有，你要是真喜欢艺术的话，它逃得掉吗，它怎么也是逃不掉的。那也是一辈子的事情呢。

说这种迂回曲折的话，我母亲总是显得笃笃定定、很有底气的样子。

后来我去学了园艺。

我母亲看着我培土施肥、剪枝修叶的时候，总会露出一种欣慰而满足的神情，仿佛提早看到了我相夫教子、其乐融融的情景。我想，她一定也暗暗得意于那天晚上思想教育的成功。

然而，其实我母亲并不真正了解我的心思。连我自己都不真正了解自己的心思。但不知道为什么，那一阵子，我隐隐约约地老觉得会发生些什么。仿佛我身边的每个人都有这种感觉。会有什么变化要来，但又不知道究竟是什么。每个人都显得有点不安。都有点随波逐流却又举棋未定的样子。或许，这种变化早就来了，早就在那儿，早就悄无声息地弥漫在我们周围，只不过我们家壁垒森严，后知后觉罢了。

6

我在园林局实习的那段时间，有一天中午，小露阿姨突然来看我。

那天小露阿姨穿了一身花团锦簇的套装，嘴巴上抹着深色口红，头发高高吹起，宛如一条丛林深处游出来的热带鱼。

那个中午一直是小露阿姨一个人在说话。她说话的语速很快，语调很热烈，下一句紧跟着上一句……这一切都给我一种奇怪的感觉，仿佛她这个人刚刚受了什么刺激，仿佛她已经有好几天、甚至好几个月不说话了，一直闷在那里，而她一旦开口说起来，就再也停不住了，她很有可能从这个中午一直说下去，直到下午，直到晚上，直到第二天。

其实那天中午小露阿姨要说的事情非常简单。

就在前几天，她去了一次深圳。

这个大家很容易也就看出来了，她身上的那套衣服以及发型，就带有着当时非常浓烈的"港味"。

而还有些事情，小露阿姨好像有点说不清楚，或者她自己根本就没有想清楚。她明显地受到了什么震动，百感交集的样子，但又好像竭力地想要掩饰一些什么。

小露阿姨年轻的时候嫁给了同厂一位搞宣传的科级干部。他叫章青云，是个帅气阳光的小伙子。他平时戴副金丝边眼镜，据说还很是懂得一些小小的浪漫。

所以我们家在背后议论小露阿姨时，常常半是感慨半是嫉妒。怎么什么好事都会让她给遇上呢。那么好的工作，那么稳定的前程，更重要的是，她还有那么一个时常会给她制造些惊喜的不俗气的爱人。

虽然小露阿姨常常是带着笑的不屑着："我家里那一位呵，唉，你们不知道呵……"

她那么说着，我们便也附和，但大家都知道，其实她心里可得意着呢。

说真的，小露阿姨是多么幸运呵，她也是多么骄傲着呵。

作为一个女人，她吃着国家的米饭和蔬菜，住着国家窗明几净的房子，生活上无忧无虑。回到家里呢，章青云心情好的时候还会给她念上几句诗：

只要想起一生中后悔的事
梅花便落了下来……

小露阿姨常常听得咯咯咯笑出声来。她不懂诗，但是章青云懂。他是个既很现实又很浪漫的人。没有办法，人家小露阿姨就是命好。

事情是从什么时候开始变化的呢？

如果章青云仅仅是个现实的人，那么，他一定会牢牢地守在他那张科级的办公桌前，踏踏实实，寸步不离……那就不会有那样一个晚上，章青云吃完晚饭，泡上一杯茶坐在她面前，对她说："小露，我决定了，我想去深圳。"然后再加上一句："就像当年的热血青年投奔延安。"

如果章青云仅仅是个很浪漫很理想主义的人，那他或许也不会在那个陌生的地方迅速立住脚跟……他开始的时候电话很密集，后来慢慢少下来了，他当然很忙，电话里都能听到机器和车轮的响声，就像当年战地上的炮火。

小露阿姨带着她那种一贯的神情去了深圳。

她大吃一惊。

街上所有人的神情都和她有点相像。走在路上的脚步是匆忙的，身影甚至是慌慌张张的。人们的身体都朝前面冲着，两只手大力摆动，仿佛前面正有什么东西在等着他们，再不去就晚了，就要被别人抓走了……

小露阿姨带着新鲜的衣裳和妆容回来了，兴兴头头地和她身边的每个人说话。

她对我母亲说……

她对我外婆说……

她对我说……

但等到她终于安静下来的时候，她蹲下身子，一个人翻箱倒柜的，从家里翻出很多老唱片听起来。那悠长或者单纯的音乐让她沉默了，仿佛在缅怀着什么。仿佛我外公身上的"艺术感"又突然附体在了她的身上。仿佛她的心里突然有了很多魔鬼。仿佛这些魔鬼突然苏醒了过来……它们的速度是如此迅疾猛烈，她扬起手臂。

但她抓不住它们了。刹不住车了。

8

那一阵子外婆轮到住我们家，她好像隐隐约约感觉到有什么地方不太对劲，所以她每天晚上都要和小露阿姨通一个电话。

我外婆先是竖起耳朵屏住呼吸，听一听小露阿姨那边的动静。但她毕竟年纪大了，再听也听不出什么名堂来。

虽然年纪大，但我外婆毕竟和"艺术感"强烈的外公生活过很长时间，心思还是细腻委婉的。我外婆轻声叹口气，对电话那头的小露阿姨说："昨天晚上呵，我又梦见你那个死鬼爹了。"

电话那头没什么动静。我外婆又说，那死鬼也不说话，只是望着她唉声叹气，但气色倒是好的，仿佛过着有规律而平静的生活。大致就是这样的意思。

"你真是不知道呵——"外婆突然提高了嗓门，"他那种折腾劲！那些日子我可真是怕呀，真是怕，心里老是咯噔咯噔的，不知道这个死鬼到底在想什么，到底要干什么，接下来又到底会发生什么事情……"

外婆停下来，继续竖起耳朵屏住呼吸，听一听小露阿姨那边的动静。

9

深圳？深圳是个什么样的地方呢？

在很长一段时间里，每次我们家来客人，外婆总会过来坐上一会儿，然后看似漫不经心地问上这么一句：

"你们去过深圳吧？那是个什么样的地方呢？"

10

这样过了大约有半年多的时间，有一天，小露阿姨突然跑来告诉我说，她现在开始信佛了。有人给她介绍了灵岩山上的方丈，过一段时间她就上山一次，看看师傅，吃一碗素面，顺带着在后山坐上一会儿。

又过了几个月，小露阿姨干脆连班也不上了。她的理由很简单，说很多上班的不是也都下岗了？现在的有钱人，有很多都是不上班的。前面一句话我母亲听到了心里极为不爽。因为她和我父亲工作的"国企"效益都不算好。而后面那句很容易让人联想到小露家那位远在深圳的章青云，我外婆经常一边吃着他从深圳寄来的昂贵的食品，一边捶胸顿足地感慨：

"死鬼呵，怎么又来了一个呵！我的心脏可是吃不消的呵！"但不管怎样，小露阿姨的生活自此呈现出了另外一种节奏和规律。她变得悠闲、懒散、别有意味了起来。

她坐在家里的阳台上和我说话，神秘兮兮的。她说，你知不知道小露阿姨为什么要信佛了？那是因为呵（她指了指眼皮底下余娜家的小洋楼），我每天看着它，看着住在那里面的两个优哉游哉的人，实在是受不了。

我回去把这句话告诉母亲，外婆不知怎么也听到了。她回过头，和母亲意味深长地对视了一眼。

现在，小露阿姨一年要到深圳去个四五次。有时她容光焕发的就回来了，提着大包小包的东西来看外婆。有时她要在家里闷上几天，然后才过来。当然，她出现在我们面前的时候仍然是容光焕发、健谈开朗的。

对了，章青云一年也总是回来个那么一两次。他胖了很多，坐在酒店的餐椅上，笃笃定定地抽着烟，说着南方的天气和笑话。看起来他对外婆更有礼了，小露阿姨也一直微微笑着望向他。

只有一两个细节多少让人有些生疑。

有一天，我又一次在小露阿姨的阳台上和她聊天说话。章青云马上就要买新房子了，小露阿姨告诉我说。那天她说的全是开心的事情。她那时候已经养成了习惯，每天黄昏的时候站在阳台上，看一看余娜家的园子。就那样简简单单地站在那里，看一看。就像看着自然界的日出日落一样。但不知道为什么,在柔和明丽的夕阳下面,我突然觉得小露阿姨非常显老,她突然老了,难道是因为穿着深圳带回的热带气息的衣服造成的?

还有一次,我那几个堂哥堂姐突然上门去找小露阿姨。还记得我那几个堂哥堂姐吗?他们曾经翻过余娜家镶有花窗的院墙,坐在春天的玉兰树和秋天的桂花树下,激扬万丈、气势嚣张地朗诵着诗歌。有时候上气不接下气,有时候眼泪一把鼻涕一把(有一次,我偷偷跟在他们后面,翻墙入园,潜伏在浓密的树荫下面)。现在,十年过去了,他们坐在小露阿姨家松软的沙发上,不知是年龄的原因还是灯光的错觉,原先瘦削有力的脸变得肉肉的,方方的,他们谨慎小心、略显讨好的寒暄了几句,然后放慢了语速,认真而急切地问道——

"能和我们谈谈深圳吗?"

也不知道是为什么,据说那天小露阿姨突然情绪失控,她异常激动地把我那几个堂哥堂姐骂了一通。但后来,到了第二天,她又打电话去道歉。反正是混乱不堪。

终于,时间过得奇怪的快了起来。很多事情仍然在发生着,但突然变得没有焦点了。乱糟糟的,但又是灿烂刺目的。又是好几年过去了,我们家经过了又一些奇怪而无序的折腾,大致计有:

小露阿姨服用安眠药过量,送医院洗胃数次。

我的一个堂姐一个堂哥结伴去了深圳,堂哥两个月后回来了,但堂姐再也没有回来。

我母亲脾气突然变得暴躁起来。有一阵子,她也开始跟着小露阿姨上灵岩山。看看师傅,吃碗素面,再在后山坐上一会儿。从灵岩山回来她就变得沉默了,若有所思。过一段时间则又开始暴躁。

我的外婆有一天晚上突然心脏病发,送医院调养了几个月才缓和过来。

至于这些事情之间有没有关联、到底有多少关联倒也不太好说。日子过得忙忙碌碌的，最重要的是我心思全乱，在快要和家境优裕、为人和善的男朋友结婚前夕，理想主义发作，疯狂地爱上了另一个理想主义的穷光蛋。

当然，在这些看起来乱七八糟的局面底下，有一些事情倒是渐渐尘埃落定了。比如说，小露阿姨家变得非常有钱，而我们家则成了穷人。但还有一些事情、更多的事情仍然是暧昧不清的，越来越不清晰。比如说——这是我母亲无意中透露出来的——我母亲和小露阿姨坐在灵岩山后山的时候，两个人谁都不说话，都发着呆。就那样一言不发地在那里坐上很久，然后站起来，一言不发地下山。

每一次都是这样。

而后来，现在，终于有一天，余娜回来了。

11

那是余娜回来的两个多月以后吧，余娜家和我们家在一次家宴上见了面。

余娜母亲来的电话，说叙叙旧吧。我外婆说，好呵好呵，叙叙旧多好，那就叙叙旧，叙叙旧。

我外婆放下电话就开始翻箱倒柜，从箱子底下扯出一件紫色丝绒的长旗袍。这几年外婆特别注意保养，养生呵，护理呵，科学的，迷信的，种种办法一起上，统统上。七十多岁的人了，倒也不胖，面红齿白，一副要活成百岁老人的架势。仿佛心里憋着一口气，要和什么东西比试比试、要和什么东西论个究竟的样子。比如说，她拎着那件旗袍，神色坚定地在镜子前面晃来晃去，就很有点要为当年的外公报仇雪耻的味道。

我母亲则不咸不淡地坐在那里,那几天她刚刚和我父亲大吵一架,看上去有点累,也有点松松垮垮。她抬头看着神情激动的外婆,显得非常迷茫。

"你不是老说自己有艺术细胞吗,"外婆叫着正在里屋的我,"快来出出主意,我应该穿哪件衣服去吃饭呢?"

那次家宴后来放在了观前街的松鹤楼。余娜临时有事并没有出现。我外婆穿着丝绒长旗袍坐在一张仿红木的椅子上,非常雍容地和余娜父母寒暄着。

"你们可真是一点都没变呵。"我外婆说。

"哪里哪里,您才是气色好,真是好。"余娜的母亲很客气地把话接了过来。

自然而然的讲到了余娜。

"余娜……怎么就回来了呢……"外婆的声音仍然显得有些别有深意。多年前那个桀骜不驯、惹是生非的余娜,一定是又出了什么事吧。

谁知这一问,余娜的母亲突然把话匣子打了开来。说也不瞒你们了,余娜呵,在外面这么多年还真是没有少折腾,待过好几个国家,做过好多工作,婚也结了,孩子也生了,但后来还是没能保住,离了婚,孩子也跟了前夫……

一阵意味深长的沉默。我外婆刚想开口略加抚慰,谁知余娜的母亲突然笑眯眯地把话连了下去。

"我怎么会想到呢?"余娜的母亲说,"我怎么会想到,会娜这孩子半夜三更的会打电话给我,问我园子里的那棵玉兰树还在吗,今年开花开得好不好?马兰头应该上市了吧,拌香干的时候淋上麻油没有?平时家里油爆虾还做不做呢?荠菜大馄饨还包不包呢……"

"听了一半我心里就在想,"余娜的母亲颇为得意地继续说道,"我在想,余娜这孩子肯定是想家了,说不定很快就会回来呢。可不是,才过了半个多月，她拎着一箱衣服就回来了。"

"哦，是这样呵。"到了我外婆终于能插上话的时候，她叹了口气，如释重负地说道，"要是她心情不好的话，你们多劝劝她。"

余娜母亲的声音仍然很温柔："她挺好的，人突然安静下来了……再说，人家现在是艺术家了，搞音乐的，每天都会在园子里练声呢。"

"哦，是这样呵。"我外婆莫名其妙地又叹了口气。

小露阿姨呢，像是想到了什么，若有所思地歪了歪头。

我母亲则懒洋洋地靠在椅子上，一句话都没有说。

12

松鹤楼的家宴过后不久，小露阿姨去了白墙花窗后面的余娜家两次。一次是我外婆让她去送点东西。余娜从国外带了礼物送给我们家，我们自然是要还礼的。外婆想了半天，结果还是把去年春节时章青云送的一块上好衣料拿了出来。还有一次，余娜突然打电话给小露阿姨，让她晚上去小洋楼参加个活动。这样一来二去，小露阿姨和余娜家也就慢慢走动起来了。

小露阿姨渐渐地会在我们面前提起余娜这个人来。余娜长呵，余娜短呵：上个礼拜余娜穿了一件很好看的衣服，是如何如何的；前几天余娜新做了一个发型，又是如何如何的；昨天晚上在余娜家吃一餐饭，都见到了谁谁谁，谁谁谁；对了，席上余娜还站起来亮了两嗓子，先是几句昆曲，再是一段评弹，以前怎么就没注意到余娜会有那样一副好嗓子呢……

然而，具体的关于余娜这个人反倒不好说什么了。没什么可说的。十几年前，甚至更早些年前的那个余娜不见了，消失了。就像十几年前、甚至更早些年前的那个小露阿姨也消失了，也不见了。有一些时间，一些事情，断掉了。根本拣不起来。根本就不知道应该说些什么了。

只有我外婆还絮絮叨叨地想说些什么，想把什么东西再连起来。

"深圳回来一个，现在美国又回来了一个。"

她一个人坐在椅子上自言自语，看看窗外的天，看看屋里的地，然后再这么说上一遍。

"深圳回来一个，现在又来了个美国的。"

我们都忙着自己的事，没人搭她的话。我们都知道，外婆这一辈子不喜欢不如意的事情太多了。先是在外公那里担惊受怕，又爱又恨的，怎么办呢，碰上一个天生不安分的。好不容易日子安定了下来，儿女们都长大了，但是……日子过得多少是穷了些，虽然绝大多数的人也是穷的，但至少……余娜家是不穷的，偏偏就是眼皮底下的余娜家。唉，穷也就穷吧，就这么平平淡淡地过下去吧，至少是白天活得清清爽爽，夜里睡得着睡得香的。终于，那个折腾来折腾去的余娜走了，最好她走了就再也不要回来了，而现在，她非但回来了，回到了那个白墙花窗里面，而且还是那么的气定神闲。再也没有人会去怀疑余娜了，再也没有人会去责怪余娜了，再也没有人为了把余娜家的歌声关在外面，把窗户关上，把窗帘拉上，把大门锁起来，再在上面插上一根又长又粗的门闩了。没有人再会去理会余娜到底是正确，或者不正确。可不是，就连以前最看不惯余娜的小露阿姨也说这样的话——

"妈，你开什么玩笑，现在余娜已经是落伍的了。"

我外婆气鼓鼓的，这不是自己打自己的嘴巴是什么？"我可是弄不明白了——"外婆突然感慨自己活得太长了，这些年发生了多少事情呵，一桩连着一桩，一件接着一件。如果只取其中一个片断，那她一定还是看得明白的。但是，她健健康康地活着，睁开眼睛，眼前的马路变了一条；再睁开眼睛，后面的房子少了一片。

"反正呵，你外公的仇是报不了了。"她好像终于有点弄明白了，恶狠狠地说。

13

那一阵子，我和我母亲的关系有点僵，同时也有点微妙。

我母亲不喜欢我新交的男朋友。后来我有点急了，就说了句蛮重的话，我说你其实就是不喜欢他没有钱嘛。这话其实是说对了，或许我母亲心里也就是这么想的。但不知道为什么，一说出来就走了味道。

看得出来，为这事情我母亲很伤心。

但又能怎么样呢，那其实就是我们家当时很真实的情况。我们整个是个气鼓鼓的家庭，前不着村后不挨店的，完全失去了方向和判断。

倒是小露阿姨有时候会找我聊聊。

小露阿姨说："你呵，听小露阿姨一句话，不要再惹你妈妈生气了。"

我垂下嘴角。

小露阿姨又说："爱情嘛，其实也就是那么回事……"

我急了，打断她的话："什么叫那么回事！"

小露阿姨接着说："我年轻的时候也像你一样，要爱情呵，要浪漫呵，要激情呵，呐，小露阿姨告诉你呵，什么爱情不爱情的，到头来全都是——"

她突然觉得自己说漏嘴了。泄露了什么。于是连忙停住。

又过了一会儿，她像是意犹未尽地再次低声嘀咕了起来："没意思的，真是没有意思，一点意思都没有。"

那天，我一边和小露阿姨说着话，一边不经意地打量着她。

我发现小露阿姨好像又突然年轻回来了。她新剪了一个时兴的波波头，浅浅的刘海齐着眉毛。眉眼之间有一种普度众生般的菩萨表情，也有点像小时候经常做梦做到的知心姐姐，做梦也要和她拉拉手，做梦也要和她说说心里话。

我还发现，小露阿姨现在说话的声音也有了微妙的变化。轻下来了，慢下来了，像是一只小动物储藏了足够的过冬食物，看着天上白雪飘飘，看着地上白雪飘飘，心里突然多了另外一种淡淡的忧愁。

对了，有一次小露阿姨拉着我出去散步。是个月圆的晚上，我们在街上走呵走呵，不知怎么就走到了余娜家的围墙下面。趁着月色，我们看到一对十七八岁的小情侣正抱成一团，忘情地亲吻。

女孩子好像哭了，远远能听到抑制不住的抽泣声。

我心里突然一动，也忧愁起来了。

小露阿姨呢，一边走，一边向我轻声嘀咕，唉，你瞧瞧，你瞧瞧，都说年轻的时候好，但我看，年轻的时候其实是苦呵……

说着说着，她像是突然高兴起来了。像是从别人的苦里突然发现了甘甜的东西。她挨近我一些，拉起了我的手。她说，小露阿姨可是过来人了，小露阿姨现在老了，但老了有什么不好？老了就用不着再纠结了，再烦恼了，年轻的时候那才是苦呵——

她向我转过头，意味深长地看了我一眼：

"你倒是说说，是不是，是不是很苦？"

小露阿姨那一阵子也不穿花团锦簇的套装了。她整个人变得寡淡了起来，像蒙了一层细细的灰尘。有时候我会和她开玩笑，说章青云那么有钱，你也不好好打扮打扮自己。她回答说，女人年轻的时候才打扮，为了男人。现在嘛，自己的房子和存款才是最重要的。

对了，她还讲到了佛。

小露阿姨说，信了佛，一切也就淡了。以后你会知道的。

有时候，我心情不好的时候，和男朋友吵架的时候，我会想起小露阿姨说的话。她好像说得是对的，很有道理的样子。但好像又有什么地方不是很对。不知道为什么，这样的话总让我产生一种很不甘心的感觉。

真的，我也不知道这到底是为了什么。

14

余娜回来以后，我一直没有见到过她。我正沉浸在那场激烈的、此起彼伏的爱情里面，有时觉得天空湛蓝，生命崭新，有时又感到心灰意冷，总是有一种无法言明的忧愁。

我的男朋友是个感情丰富、激情四溢的人，我无法控制的就爱上了他，并且让我对于人类的情感生活充满了想象——我那个外公，想当年，我外婆也就是这样无法控制的爱上他的吧——那样一种失重的生活，那样的生活可真是美妙无比。我们每天要通无数个电话，发无数条短信，几天见不到面就会怅然若失；我们爱得凶狠，吵得也凶狠，我在他的左手手臂处留下过一个深深的牙印；他喝多了酒的时候，在大街的树荫之下抱着我久久地哭泣，他的眼泪带着酒气，流在我的脸上，流进我的脖子里……

那样的生活，就如同缓缓发作着的一次低烧。整个的人晕乎乎的，不很真实。当然了，真的是这样吗，有时候，真的会有这样的时候，我也会悄悄地怀疑起来。并不是相信了、赞同了我母亲的话，也不是我已经感到了疲惫和厌倦，而是——这样的、低烧一样的生活会长吗？今天是这样，那么明天呢？再久一点呢？

而接下来的这些则都是小露阿姨的话了。本来呢，章青云已经买了很大的新房，装修好，置好家具，小露阿姨也搬过去住了一阵（小露阿姨和章青云一直没有孩子）。但后来，她又坚持着搬回来住，还是原来的那套房子，打开窗户，或者站在阳台上，就能看到余娜家的小洋楼，余娜家的花园，余娜家春天的玉兰树和秋天的桂花树，当然了，还有现在已经从大洋彼岸回来了的余娜，那个曾经足够话题、足够故事、足够戏剧性的四十多岁的余娜。

小露阿姨说，也不知道为什么，现在她去了余娜家就会觉得心静；更不知道为什么，只要一出来、一回到街上就会感到心烦意乱。

小露阿姨说，现在她搬回这套房子住，就是为了经常能去余娜家，就是为了见一见余娜，就是为了心静那么一会儿。

小露阿姨还说，余娜家，特别是余娜房间里的家具和墙壁都是自然的，褪了色的。这里面有一部分是以前留下来的家具，还有一些，则是余娜特意去家具店定购的，特意要做成褪了色的效果。还有，余娜家请了个会烧地道苏帮菜的苏州阿姨，有时候余娜会留小露阿姨吃饭，有时候在屋子里吃，有时候在园子里吃。有一次下雨的时候，她们架起一把大伞，躲在玉兰树下吃……

小露阿姨还讲到了另外的事情。

小露阿姨说，每天早上，余娜都会准时在园子里练声，会娜的声音穿过树叶和天空传到小露阿姨耳朵里的时候，她就知道，应该起床了，新的一天已经开始了。虽然这个世界上有很多事情不明确不清晰，但是现在终于有了一样准确的、可以确定不变的东西，那就是每天早上余娜的歌声。

生活——

多么快，多么嘈杂，同时又是多么沉闷的生活呵。

有时候外婆会絮絮叨叨地埋怨几句，说现在怎么就没有春天和秋天了呢，冬天和夏天怎么就会那么长呢，怎么就过也过不完了呢。有时我也会附和着开几句玩笑。我说，你们让我学园艺学园艺，但是现在学园艺还有什么用呢，去年四月份的时候下了两场雪，雪停了以后，毛衣没穿几天，长袖没穿几天，直接就进入夏天了，这样错乱的时间和季节，学园艺还有什么用呢？

但是，不管怎样，春天来了的时候，那种扑面而来的温热的气息，那种青草的气味，河水突然变得亮了起来，几只蚊子优美地让人心热地飞出来……春天究竟是来了，外婆站在我们家的阳台上，看着不远处缓缓流动的河流。她有点困了，于是坐下来。春天的风吹过来又吹过去，吹过去又吹过来。她迷迷糊糊地打起了瞌睡，睡梦中她还在絮絮叨叨的说话，但也在不经意地微笑。

这个春天的下午是平静甚至温馨的。中午我们在小露阿姨家吃了饭，天气很好，外婆心满意足地喝了几口茶，坐在沙发上看一部冗长而缠绵的肥皂剧。我母亲则坐在她旁边织着一件毛衣，在这种缓慢、熟悉并且富有质感的手工活里，她仿佛恢复了部分对于生活的信心，脸上重新有了一种不多见的安宁。她甚至还拿我的上衣款式开了个小小的玩笑。小露阿姨拿着我给她的一包花籽到阳台上去了。前些天她问我要花籽的时候，只提了一个非常简单的要求："平常些，普通些，好养的就行了。"

泥土是我从河边挖来的。

浇花的水已经在太阳底下晒得微微温暖。

外婆不知什么时候已经从沙发那边传来了细微的鼾声。

我母亲微笑着朝我使了个眼色，我连忙从卧室里抱出一床厚毯子，轻轻地盖在外婆的身上……

太阳暖洋洋的。让人觉得异常的舒展，同时也异常的忧伤……带着淡淡的甜蜜的忧伤。生活中的有些时刻真的是这样的，所有的一切在这样的时刻里取得了完全的平衡，阳光灿烂，内心安宁，就像一首最遥远却又最熟悉的诗。

那天的午后时分我就在看一本诗集。那是一首我无比热爱的诗歌。我觉得它讲出了一种最宽阔的心绪，也讲出了譬如那天下午所有最饱满的细节——

> 我知道怎样融合淫荡与贞洁最优美地生长
> 我知道如何与风一致又像花岗岩一样坚硬
> 如何像高原的花朵那样舒展繁荣又像冬天的心那样简单清秀
> ……

就在这个宁静平和的下午快要过去的时候，我突然接到了我男朋友的一个电话。

电话里的声音像是冬天，或者夏日里延绵不断的暴风雨。

你的手机为什么一直打不通？你为什么不接我的电话？为什么？为什么？你在干什么呢，你知道我找不到你会睡不着觉吗，会彻夜彻夜地睡不着觉吗？你来好吗，到我这儿来……

瞧瞧，我的爱情，它从日子的上方凌空而下，又来找我了。我已经说过了，我的男朋友是个情感丰富、激情四溢的人。他最大的特点、也是我最喜欢的地方，就是能在一个像石头一样坚硬的现实世界里，带着我飞，带着我失重，带着我找到一种类似于鸟、类似于风一样的感觉。

有时候我会问他，也不知道是问他还是自言自语，我说：

"我们像不像在做白日梦呵？"

就像现在，我偷偷摸摸地从小露阿姨家下了楼，偷偷摸摸地来到大街上。我隐约觉得，母亲和外婆，还有小露阿姨，我觉得她们其实是知道的，知道我偷偷摸摸地离开，偷偷摸摸地去做我的白日梦。我甚至还觉得后背发热，耳垂发烫。我想，她们或许正在阳台上看我，她们或许正散坐在沙发的四周谈论我，她们其实也很想偷偷摸摸地离开那么一会儿，像鸟一样飞一飞，像风一样失去所有的重量。

一定是这样的。

也不知道过了多久，大地、房屋、树木正在染上一层浅浅的紫铜色，就如同一场正在缓缓发作的低烧，就在这时，我的手机再次激烈地响起。

是我母亲气急败坏、语无伦次的声音。

我母亲说，她和我外婆刚从外面散步回到小露阿姨家，原先讲好是不回来了，直接就回自己家了，但是——

"幸亏回来了呀……"

"小露阿姨……"我预感到大事不妙。

"吃了一瓶药……瓶子都空了……"母亲哭起来了。

我开始迅速地行动了起来。

我把莫名其妙的男朋友扔在了一边。"没时间跟你解释了。"我说。我迅速地拨通了急救电话，报出了路名，小区名，楼名，报出了电话号码，身体症状，报出了我所有的期盼与焦虑，也报出了毫无风度的失控与慌乱。

我飞奔到街上，像一只载重南飞的鸟，带着所有尘世间的重量，和风尘仆仆的沧桑。

"快点！"我高声地催促着出租车司机。

"你听到没有！快点！再快点！"我觉得自己快要疯了。

救护车载着昏迷的小露阿姨，载着我、我母亲，以及我外婆急速地驶过大街，在经过余娜家的白墙花窗时，我下意识地朝里面张望了一下。

天哪！那不是余娜吗！

那真的就是余娜呵，她穿了一条黑色的裙子，白色的长围巾，她正半躺在花园里的玉兰树下，手里捧着一本书。一阵风吹过来，玉兰花纷纷扬扬地掉下来，几片花瓣正好落在她的裙子上……那么美，那么缓慢，那么幽深……我简直就要晕过去了！

就在这时，救护车上的护士突然轻声叫了一下……小露阿姨的脸变得更白了，呼吸更急促了；我外婆急得双脚乱跳；我母亲再次抽抽噎噎地哭了起来；而拉动了警笛的救护车已经飞一样地从余娜家的白墙外驶过。

那画一样的美景，那人，晃了一晃，就那样晃了一晃，就过去了。

就像一个转瞬即逝的梦。

倒影

1

我探身向母亲道别时,她正皱着眉头站在一长排书架前,老花镜滑到了鼻尖上……她那有些复杂的眼神从镜片上面看着我。

"真是不巧,云姨很想见你的。总是这么不巧。"她的眼光最终停留在我脚边的那只小箱子上。厚实,小巧,正好可以放下一套换洗衣服、轻便的睡衣以及旅行装的洗漱品。

"两三天就回来的,山西那边有个重要的民俗画展开幕——"我笑笑,轻松地耸耸肩。每次我都是这样。我在一家综合类的周刊社工作,时事、法律、教育、艺术、妇女问题,明星八卦……几乎无所不包。所以,每次我都能轻而易举地找出由头,向母亲解释这种必须而突然的出差。本来就是嘛,我们的国家疆域如此广阔,变化又是这般快速而莫测。即便我找出一个最为离奇而荒诞的理由,母亲也是会相信的。至少,作为这个理由本身,她不得不相信。

当然,她会问一些细节上的问题。比如说:

"飞机还是火车?"

"飞机……还是飞机方便些。"我再次笑笑，轻松地耸耸肩。

天气很好。蓝天上飘着朵朵白云。我回头朝母亲挥手，脸上带着与亲人离别时应有的惆怅、沉思以及类似于告慰的微笑。而对于这种一如既往但又突如其来的事情，母亲似乎也早已习惯。她有些臃肿的身影在窗口短暂出现了一会儿，很快消失。而就在窗帘拉上的那个瞬间，我突然有种冲动。如同录影机倒回键按下，一切重新开始，再次安排。我拖着旅行箱朝后退去，滑轮在水泥地上擦出刺耳的响声。开门，上楼，母亲惊讶而诧异地看着我，但很快便回复到告知她短途出差前日常平静的神态。我若无其事地放下行李，如同从来就没有把它们仔细整理、归置。拖鞋轻软舒适。波斯花纹的地毯也是轻软舒适的，而且美观。地毯花纹虽然繁复，却有着缜密规范的线条。轻声匿迹，不动声色，我归位到这个上午刚刚开始时的一切。

天气很好。朵朵白云一如往昔地飘在蓝天上——世界并没有什么不同。我从书房门口走过时，母亲从书架前抬起头，叫住了我。

"云姨要来了，今天下午到。"母亲鼻梁不高，玳瑁色的宽边老花镜经常滑下来。这让她的神色中总有一种探究与质疑的意味。

"哦，好呵，多好呵，这么好的天气……"

"晚上一起吃饭？云姨很想见你的。"

"好呵，还是在'沸腾鱼乡'？"

……

2

然而——真实的情况是：那天上午我并没有折返回家。和以前的几次、很多次一样，我提着便捷的小型旅行箱下楼，向站在二楼窗口张望的母亲挥手。隔着玻璃，以及一层米白色的纱质窗帘，母亲的脸显得阴沉而漠然。或许，引起我内心不安的，正是母亲那张面目不清神情不明的脸。有几次，她同样站在窗口向我告别。窗户开着，她探头出来，嗔怪几句。她心里不太高兴，因为她不希望我这时候离开。她觉得我应该留下来，见见她的那些朋友。还有几次，她笑着向我说了句下雨下雪、防寒保暖之类的话，马上转身离开。我知道她没多想什么，她忙得要命，下午、晚上，或者明天，还要接待来看望她的那些人……她那么想见的那些人。

但这次有点不同。什么地方出了差错。她怀疑着什么。她的眼神，滑下来的玳瑁边老花镜，因为窗帘遮蔽而显得阴沉的脸色。她确定了？或者还没有确定？但不管怎样，她怀疑了。她不再信任我。

旅行箱在水泥地上再次擦出刺耳的响声。这样的摩擦声一直延续着，向左，穿过小小的喷水池。一个学步的小男孩，蹒跚地走着鸭步，摇摇晃晃奔向不远处张开双臂的母亲。喷泉的雨雾隔开了他们。直走，出小区大门。一辆急救车闪着红灯飞驰而过。大家忙着埋头赶路，几乎没有人对它多看上一眼。向左拐弯，一排茂密的香樟树丛。所有的树都被齐斩斩截掉树梢。据说是方便公交车顺利通行。当然，也可能是由于日益猖狂的虫害。继续右拐，面前是一条稍显冷僻的青石板窄巷。一切声音渐渐减弱，往后退去，成为一个嘈杂而遥远的背景。

我在一栋带有民国风格的建筑前停了下来。

门，从里面轻巧无声地打开了。

"身份证……"

我从包里取出身份证，递上。

前台服务员抬头看我一眼："还是……两天？"

我略略犹疑："两天……也有可能是三天。"

"这次还是要朝西的房间吗？"

"嗯，朝西的，单间。"

这时旅店里正好有人推门出去。门开的那一瞬间，可以看到外面有点起风,扬起些灰尘。然而大门很快合拢。一切安静了下来,仿佛隔绝在灰尘的另一面。

3

我在旅店房间里睡了一会儿。

没人知道我在这里。当然,我指的是,那些在我日常生活里有规律有节奏出现的人。譬如说,我的母亲。我已经告诉我的母亲,由于职业和工作的原因,我去了远方——我是这么说的,她也认为确实如此。所以她选择相信。是呵,为什么不呢?难道会好好的、无缘无故地离开家?这实在是过于荒诞,难以解释。因此是绝对不会发生的。在最近这几年里,母亲开始以一种异乎寻常的热情关心起日常生活的细节。她坚持家中的早餐和晚餐必须丰富,荤素搭配。肉类基本摒弃,鱼虾、谷物、海生食品,维生素的摄入都有严格比例。她每天轻拍头部,踢腿伸腰,用小叶黄杨的按摩棒槌打颈、肩、背……不管天冷天热,脖子里永远严严实实兜一条灰不拉叽的小围巾。与此同时,她订阅了五份(也可能是六份)健康生活类报纸:《老年健康》、《妇女健康指南》、《健康与长寿》、《健康的秘诀》……她非常认真地和我谈话,忧虑我不太正常规律的起居生活——这一切,我一度认为是生命力部分衰竭的表现。而现在,我相信这其实还影响到一个人的想象力——母亲从来没想到我在说谎吗?彻头彻尾的,我都在欺骗她?一个正在丧失生命力的人是不愿意想象的?或许是不敢想象?于是,在这样的图景中,我坐上飞机,调直座椅靠背,在犹如百万飞鸟同时振翅的轰鸣声中,凌空而起……

周刊社主编也不知道,此时此刻,我正一个人住在离家不远的一处旅店里。主编今年五十多岁,或许因为多年混迹于文化新闻界;或许临近退休,心态有些微妙,反正从今年春天开始,主编的秃顶变得愈发严重起来。主编父亲据说是位老革命,中风多年,一直躺在主编家一张靠窗的小床上，歪过半个头看风景。主编平时不太提起他。至于主编的儿子，每天他都在主编办公桌的玻璃台板下一脸坏笑——小伙子三年前留学英伦，照片里他正身处一个狂欢晚会，在几个戴着面具的脑袋后面，他探出头来，向每个看他的人吐出小小一截舌头。

昨天午餐过后，主编照例坐在办公桌前抽了一支烟。然后，稍有踌躇，便起身向我走来。

"刚才我忘说了，明天晚上，山西那边有一个民俗画展开幕……"

如果主编早点说这句话，早那么两小时三小时，我应该已就去了。由于职业以及工作的原因，坐上飞机，打开遮光板，调直座椅靠背，闭上眼睛。没有什么是需要我担忧顾虑的。航线既定，穿越长江中下游平原，华北平原，太行山脉……除了偶尔遇到空中气流，机身颠簸摇晃，乘客低叹惊呼，就犹如以前的成千上万次飞行一样，飞机自如地完成着起飞、爬升、转弯、降落等一系列程序。除了上、下等很短的时间里，可以看到附近地区的地貌、地况以及天气晴雨等情况，大部分时间飞机飞行在平流层。俯视大地，苍苍茫茫，什么都看不见——只有云在飞机的下面。很多次，坐上飞机时还下着蒙蒙细雨，一旦穿过云层，云块的间隙里竟有霞光透上来。当然，也有些时候，可以看到那种很黑、很厚的积雨云，那就说明云层之下的那个地区正在下大雨。看到这样的云层，我通常会闭上眼睛，抓紧扶手——那是危险的雨云，说不定什么时候，在穿越它时，突然就会在高空遇到闪电、雷击等让人绝望的事情。最让我难忘的，是有一次坐直升机，山下在下雨，飞到一半时起了雾，而山顶飞雪……直至飞到更高的地方，突然云开雾散，一片绚烂的霞光。

如果主编早点说那句话——在昨天，在我们临近中午的紧急会议以前，那么，一段平稳而一如既往的旅程将会如期展开。就在那次半个多小时的会议上，主编面色凝重地安排任务。

"你去东北吧，那里的一座大桥突然塌了。"主编晃着手里余下三分之一的烟头，指了指坐在门边的一位男士。

男士姓楚，五十左右的年龄。资深人士。这些年来，周刊的一些深度特别报道基本由他出马。楚先生话不多，开会的时候手指头敲敲桌面，掸掸裤子。眼梢有时还瞥到窗外去。时事经济之类，他关心，但并不热衷。与同事、朋友以及家眷的关系，多数也是淡然、克制而有分寸——这甚至还影响到他的文风。平时看不大到他与主编有什么特别的交集，重要的报道任务下来，主编也不多说什么。至多拍拍肩膀、派根香烟。有一次，我看到楚先生踱到主编办公桌前，朝玻璃台板下望了几眼。淡淡一笑。走开。有时候我觉得，楚先生和主编之间的信任与默契，更多的或许来自于相差不多的年龄。

就在楚先生即将启程的时候，主编桌上的电话响了。接完电话，主编回到会议现场，脸色愈发凝重起来。

"你去南面吧，就在刚才，高速公路起火了。"主编掐灭烟头，向另一位中年记者指派了任务。

会议临近结束，最年轻的一位同事驾轻就熟，欣然充当起狗仔角色。因为据说一位著名女星情场有了新的动向。我的同事穿上夹脚凉鞋，斜戴一顶鸭舌帽，随身小包藏了录音笔和专业偷拍设备，开了一辆破破烂烂的小车上路了。

午餐过后，我坐着发呆。主编看到了我。如同突然意识到一团无形无色、无声无息的空气。他走了过来。

"咳。刚才忘说了，明天晚上……"

我抬起头，耐心地听他慢慢说下去。

"山西那边，一个民俗画展……你去吧。"

我在心里骂了句粗话——脸上微微笑着，嘴巴渐渐展现弧形。我用一种全无防备、极其无辜的表情看着主编说："明天？你是说明天吗？真是太不巧了……"

4

旅店很安静，走廊里偶尔传来吸尘器被压抑住的轰鸣、一些暧昧不明的轻笑，以及时重时轻的关门声。

我在床上躺了会儿。有一段时间好像迷迷糊糊睡着了。梦里我在和一个人说话，龇牙咧嘴却发不出声音……突然醒过来，一看时间，才过去了二十分钟。随着这个季节变化不定的风向，各种各样的气味从打开的小半扇窗户那里长驱直入：邻近制革厂散发出苛性碱的气味；巷角最后一枝明天就将凋落的蜡梅；清淡如女孩蓝色衣裙的汽车尾气……后来我就又睡着了。这一次时间比较长些，是相对完整的接近两个小时的深度睡眠。

有很长一段时间，在这个旅店里，我经常能享受到质量比较不错的休息或者睡眠。这儿所在的街区，离我父母的那个高级小区并不很远。属于古城区被保护的一块地段。一条青石板横街，三行杨树，两排柳树。隔几个门脸就有不明来历的小院落，昨日雕梁，在细雨微雪里透出玲珑的面目。礼拜六礼拜天，一个卖草鸡蛋的乡下老太太经常坐在一棵桃树下面，等生意，想心思。秋天，临河一字排开的，是一粒一粒手剥芡实的女人……关于这个街区，我印象最深的是两件事情。有一年春末夏初，我也躲进这家旅店里睡觉，迷迷瞪瞪，梦梦醒醒，突然听见窗外流水声，听见有人用清脆的吴语叫卖："栀子花白兰花，栀子花，白兰花……"我鬼使神差般起身，探头向窗外张望——一河清水，几瓣黄叶。原来春天也会有黄叶。还有一次，青石板街上迎面走来一位中年女人。头高高昂着，皮肤光得像蛋清，头发亮得像丝绒，身上披着长及脚背的貂皮大衣。女人手里牵了一条神奇的狗。此狗大约半人高，威风凛凛，浑身上下长满了带有淡褐斑点的黑色长毛——即便腿部也被长毛完全覆盖住，虽然脖子上拴着颈带，此狗走起路来仍然腿脚利落，底气韵律十足。踢嗒踢嗒，踢嗒踢嗒，如同将军视察部队署下，踢嗒踢嗒，踢嗒踢嗒，远远望去，仿佛一座移动发光的黑色小山。

后来我才想起来，这其实就是传说中的名犬"阿富汗猎犬"。我们周刊社曾经做过一次人物专访。一位极其神秘低调的企业家慈善家。在他家的书房里，企业家慈善家幽幽地抽着哈瓦那雪茄，问十句答个三句五句，嘴角挂着一丝千帆过尽的微笑。后来，一旁的摄影师突然指着门前一晃而过的一个巨大黑影，问道："那——是您的爱犬吧？"企业家慈善家微微点头，说："对，那是我家的'阿富汗'。"后来，专访标题就叫做《家里养着"阿富汗"的慈善家》。主编直夸这标题起得好。"多好的标题，啧啧，真是好。"

由此我恶补了一番关于"阿富汗"的知识。原来此狗竟是世界上唯一可以进入五星级酒店的狗种。身价如此，来头更是了不得。一直要追溯到大约六千年前，那个著名的"挪亚方舟"的故事。据说那时候人类犯了太多罪恶，于是上帝决定发大洪水灭绝人类，重新创造一个新世界。上帝盼咐"诺亚"造一艘大方舟，方舟长 136 米，宽 23 米，高约 4 米，共分三层。在降下洪水之前，上帝挑选世上每种动物的一雄一雌来挪亚方舟避开洪水。而在史前浩劫中被选中的动物里，唯一的犬类就是阿富汗猎犬……

而那天，说来也怪，当那座移动发光的黑色小山出现在青石板街上时，天地万物顿时像换了人间。人们从四面八方聚拢来，围成一个半圆形。大家七嘴八舌，纷纷夸奖它那高雅笔直的头形，精神抖擞的步伐，以及颇为高傲严肃的面容。"多好的狗呵，啧啧，真是好，真是好呀。"

5

枕头散发出暖洋洋的太阳的气味，还有一种说不上名字的草药香。或许是艾草。这是一种微微刺激但又能够让我立刻安静下来的气味。这倒有点像每次我提着拉杆箱走进这家旅店时的感觉。走廊里那个正在做清洁的服务员可能已经认识我了。每次她都礼貌而冰冷地朝我微笑。她站在一只嗡嗡作响的吸尘器和一个巨大的柜子旁边，里面放着供以更替的每个房间的洗漱用品，牙具梳子，以及白得不带任何情感色彩的床套枕套。走廊并不宽阔，有一次我几乎和她擦肩而过，隐隐约约的，我听她说了句"好久不见呵"——我着实吓了一跳。不是因为终于被认出的假想得以证实，而是——礼貌而冰冷的服务员那天根本只字未吐，甚至就连她脸上的表情都无法洞察，因为她大半个脸都被遮盖在一只医用口罩后面，只露出两只黑洞洞的眼睛。

不管怎样，这是一个能够让我暂时安静下来的地方。床头柜上总是放着一只青花瓷小瓶，浅浅半瓶清水，一小枝应时鲜花。有一次，我发现小花瓶上被人用红线绕了好几圈，还细细巧巧垂了个吉祥如意结下来。我盯着那个如意结看了半天，琢磨着这个房间的前一位住客……还有一次，我无意中在写字桌的最后一个抽屉里翻到一只纸袋，无疑是以前的客人遗忘在那里的，而服务员整理房间时也没有留意发现。纸袋里掉出几片枯干成脆片的叶子，一条深灰浅灰相间编织的男式围巾，还有一本皱皮封面的笔记本，前面几页被撕扯掉了，只剩下犬牙交错的毛边……还有很多小小的细节……有时候我觉得这房间也像一棵树，一批批的客人来，每个人都会留下一点自己的生活痕迹，像慢慢形成的树轮，也像蛇蜕下的几片皮屑。而那条蛇缓缓游走了，不声不响，像水再次流进河里去。

就这样，我开门，把旅行箱沿房间墙壁放好。隔壁房间隐约传来争吵的声音，很快消失。我打开小半扇窗，开始用房间里的电热烧水壶烧开水。在水蒸气慢慢冒出来的时候，我站起身翻看写字桌的最后一个抽屉……与此同时，我总是会下意识地望一眼床头柜。

青花瓶里这次插了半段垂柳，青葱欲滴，煞是好看。旁边躺着我的手机，不声不响，但像个凶器。

6

　　我被突如其来的手机铃声惊醒时,房间里有一股淡淡的鱼肉香,那是从斜对面"沸腾鱼乡"里飘出来的。几年前新开张的一家小饭店,不知怎么就渐渐红火起来。当然这个世界还是很少有绝对无缘无故的事情。这家小饭店有着最活跃新鲜的鱼类以及最沉默寡言的老板——与沉默寡言相对应的是其传奇性,据说此人早年曾经偷渡香港,后来遗留南非掘金,最离谱的还说他贩卖过军火。店里老板娘则是以前城里的三线模特,喜欢穿仿皮细腿裤,格子衬衫塞进裤腰,两只脚笔笔直直站在店堂里。

　　店堂橱窗是一大排巨型鱼缸。那些鱼……仿佛都早早预知了自己的命运,在看似无风无浪的水域里上下奔突,拼命地吐着泡泡,撞到玻璃,撞到彼此,撞到水……有一次周刊社主编请分管领导饭局,酒过三巡,大家玩笑说,这家店可是"高女人"和"矮丈夫"呵。写深度报道的楚先生眼光就是不同,悠悠道:"照我看,此男此女,再加上……"他伸手指指外间那些暗涛汹涌的玻璃鱼缸,说:"就是我们祖国的高山,流水,以及广阔沉默的中原大地。"

　　店主夫妻俩每年都出门旅行,有时国内,有时国外,今年去的是墨西哥,带回来一只硕大的蜂鸟标本,挂在中式包间的一面墙壁上。那是我母亲请客时最喜欢订的包间。

　　是的,就在今天晚上,当暮色降临,城市陷入浓重的五色之中,透过旅店房间那小半扇打开的窗户,我将看到一群人远远走来。走在最前面的总是兴高采烈的母亲。在这样的场景中,她显得神采飞扬,满面红光,脖子上那根灰不拉叽的小围巾也消失得无影无踪。

　　紧跟在后,或者簇拥在母亲身边的,是我不太熟悉或者根本不认识的那几个——母亲常常提起的云姨、芳姐、根叔、张伯伯、马爷爷……

父亲常常落在最后，他低着头，游离在人群外面，仿佛想着另外的什么事情。父亲手里总是提着大小正好可以放进一张合同的公文皮包，那里面装着钱，支票，以及最终可以兑换成支票和钱的商业合同。

他们从青石板街的那头走进来，三行杨树，两排柳树……春天的风吹过来，积雨云在夏天堆得最浓最黑……后来便纷纷扬扬地飘下雪来。记得有一次，仍然是透过旅店房间的小半扇窗口，我看到母亲率领的这群人走入巷口，突然，一支礼花凭空升起，所有人尖叫着抬起了头。在白昼般刺眼的瞬间里，我觉得母亲仿佛看到我了，天呐！她真的看到我了！她惊讶而困惑的眼神，她因为惊讶与困惑而张大了的嘴巴……礼花落下，与母亲苍白的面容一起消失在墨蓝的夜色深处……而我则感到一阵眩晕，紧张地闭上了眼睛。

还有一次，我仍然半掩在旅店的窗帘后面，看着母亲、父亲，以及另外一些我不太熟悉或者根本不认识的人走近。就在这时，放在床头柜上的手机响了。震耳欲聋。

是母亲。

"还在北京呵？"

"……是呵……"从窗户里我可以看到母亲的背影，以及大半个后脑勺。

"明天能回来吗？"

"回不来，要后天呢。"

"唉，根叔后天一早就走了。真是不巧。"

仿佛每一次都是这样，在这家安静的旅店，在这个临街的窗口，每当我的手机响起的时候，声音总是那样与众不同，一般来说它躺在床头柜上，但有时也会出现在沙发上、桌子上、椅子上、甚至是窗台上——最后被我牢牢抓在手里。它总是那样寻根究源、触目惊心地响着。

与此同时，我使劲地清清嗓子，并拉动着脸上的肌肉，以俣持一种正常、忙碌，而又欢快的状态。

"喂……"

二

1

我不太喜欢家里来穷亲戚，特别是平时很少联系的那些。总的来说，我们家的家境还是相当不错的，父亲开着一家规模不小的鞋业加工厂，母亲曾经是一位普通的中学历史老师，但后来她考了硕士，博士，博士后，正式进入高校，成了学院派知识分子中的一员。

我母亲是1968年高中毕业的老三届，当年的她是个眼睛水汪汪、双眼皮刻得很深的浪漫主义者。在我长大以后，有一次她对我说，当年她作为学生代表，上台朗读毛主席那篇题为《我们也有两只手，不在城里吃闲饭》的文章时，激动得都快要哭出来了。她还说，在南方待惯了，有时候她做梦会做到很多奇怪的东西：很黑很高的山；红色的沙漠，上面开着淡蓝色的小花……她说，其实当时特别想去的地方是遥远的边疆：东北的北大荒，西南的西双版纳，还有广阔的内蒙古草原。但后来不知道为什么，阴差阳错的就去了苏北一个小县城。

这一去就是将近十年。

我一直怀疑，我们家的那些穷亲戚，其实绝大部分都是母亲上山下乡的产物——"这是你张阿姨。""快叫刘伯伯呵！""又好多年没见到陈爷爷了"——从那些含糊其辞的介绍中，完全分辨不出任何明晰的血缘关系，但母亲的热乎劲却是发自内心的。她回忆起在离县城不远的地方，有一个某某公社某某大队某某生产队。就在某某生产队的水稻田里，几只蚂蟥趴在她的腿上休息，顺便吸点血。生产队那口烧饭的铁锅是生锈的，隔夜饭如果忘了盛出来，第二天就像染上了血色。而有那么一天，从另一个生产队来了个高高瘦瘦的年轻人，他是来商量知识青年联合办学的事情的，他叫某某某。

就是这个穿着白衬衫、总是一脸深思状的某某某，后来成了我的父亲。

2

进入新世纪以后，我母亲的学术课题主要是"90年代以来中国社会的结构问题"。而那个阶段，我们家的日常生活结构也是奇妙而意味深长的。

白天的时候，我父亲的鞋业加工厂业务蒸蒸日上，订单如同雪片般飞来，以致每天出门时，父亲微秃的脑门总像罩着热腾腾的光圈。厂区里开始出现一些神情忐忑而又昂扬兴奋的年轻人，他们来自我父母同时插队的那个苏北小县城——在我们家，那是常有的事情，关于那个遥远的县城，我们不时会谈起它。当然，倾诉者主要是我母亲。一般是在周末的晚餐时分，一家人难得聚齐了。餐桌上的鱼慢慢呈现出森森白骨，火锅保持着余温，暗红色的火苗在锅底晃动，噼噼啪啪，噼噼啪啪……饭饱菜足，令人昏昏欲睡。父亲静悄悄剔牙，在窗外的雨声中认真翻看《晚报》、《商报》、《工商时报》、《市场报》、《中国经济报》，并且不时用微笑或者点头回应着母亲。

还有的时候，我母亲会亲昵地挽起我的手臂，走在灰蒙蒙、湿漉漉的大街上。这个多雨的城市刚刚斜飘过一阵细雨，却仿佛仍然抵不过北方刮来的那股沙尘，它穿越燕赵齐鲁，山河空气，晃动在我们的头顶上空。

我母亲的回忆，通常是从那个稻田里的小孩开始的。

"他穿白色衣服，很长……像裙摆一样拖在地上。"我母亲边想边说，每一次的细节都略微有些出入。

然而不管怎样，在我母亲的讲述中，那个神秘的场景再次展开。多年前的那一天，我母亲收工回来，去不远处的河边洗了几件衣服。往回走的路上，经过一片麦田，彼时正是暮色苍茫，麦浪滚滚。是因为我母亲年轻时患有低血压的病症，刚才洗衣又蹲久了，难免有点目眩头晕？还是那种飘忽而感伤的青春期感受（后来，我母亲承认这其实也是一种病）？一阵说不清道不明的情绪铺天盖地向她袭来。我母亲靠着路边一棵大树歇了会儿，闭闭眼睛——我母亲一直强调并诧异，那可能是她一生中听力最好的时期，因为她非但能听到很远很远的地方牧童的晚唱，炊烟缓缓向天上升起来，还能听到空中有浓黑的积雨云，把浅灰深灰的炊烟牢牢裹卷。当然，母亲还听到了那个穿白衬衫、高高瘦瘦年轻人的呼唤声。

母亲叹了口气，等她再次睁开眼睛时，一件奇怪的事情发生了。

"他突然就出现了，五六岁小孩的身高……飘在麦田边上，离我几步路远，而且……"母亲停顿一下，仿佛是一种必须而艰难的自我确证，"而且……一丝丝声音都没有。"

"后来呢？"

几乎每次我都会这样问。当然我也知道，"后来"的答案常常落入俗套。因为奇迹不常有，即便奇迹如同奇迹般发生，一次也已足够多了。

麦田里的白衣小男孩不见了。母亲眨眨眼睛就不见了。她当时大吃一惊，连忙闭眼睛掐手臂……眼前是一望无际的稻田。母亲解嘲般地笑笑，再擦擦眼睛，睁开……眼前还是一望无际的稻田。

根本就没有什么穿白衣的小男孩。

然而母亲坚决否认这是一个纯属幻觉的形象或者场景。她甚至能细致入微地描述那件白色衣服的形状、质地（虽然每次仍有小小的出入）。麻质，直筒，松松垮垮一直盖过脚背，以致田野里的风刮过时，衣服迅速膨胀肥大像一只巨型的白色蘑菇或者凌空掉下的降落伞。衣服是雪花白的，大多数时候母亲这么说；大理石的颜色，有时她会改口；带点小麦的黄色；嗯，那种最浅最浅的镀金色……但是，终于，她还是迟疑着无可奈何地放弃了，并且找出了一个最为简单并且完全无法论证的理由。

"要不，我真是撞见鬼了吧。"我母亲说。

2001年秋天，母亲在核心学术期刊发表论文《中国南方农村的灵异现象与其他》，同年冬天发表《田野的反思》，2002年夏天发表《一个民间寓言的形成与破灭》，2004年春天是《走向城市，走向何方》……这是我母亲最为勤奋多产的岁月，那桩"小小幽灵事件"不时出现在她的笔下，固执而富有情感。那时的母亲是消瘦的，然而坚毅刚硬，仿佛整个人完全由意志构成，不存在后来的脂肪问题，双下巴问题。她经常熬夜，挑灯独战至天明，所以早餐基本是省略的，然而颈椎和肩椎问题非常突出。一位邻街的盲人推拿师经常在周日定时上门服务。这个推拿师技术高明，手法细腻，让母亲的症状减轻不少。后来我父亲额外送了他三双鞋，一双春秋穿的单鞋，一双冬靴，还有一双则是皮质凉鞋。

父亲送鞋是个春日的雨天，台阶湿漉漉的，地上还粘着几片李树花瓣。推拿师脚上穿着高帮雨鞋，手里提着凉鞋，单鞋和冬靴，用一种完全不逊色于常人的从容步伐，缓慢而稳定地走下楼梯。

3

母亲最后一次参加国际学术会议是在意大利。共有十几个国家的专家学者与会。在留作纪念的大会全体合影中，我发现了两个似曾相识的面孔——坐在前排的一位阿根廷教授和另一位站在母亲旁边的朝鲜专家。他们都分别代表各自的国家访问过中国，并且来到我们这个多雨的南方城市。母亲接待过他们。阿根廷教授临别时送给母亲一顶高乔人的帽子，另有一个专门用来喝马黛茶的褐色小陶瓮。

"这是什么？"母亲好奇地问。

"Cuia"

"什么？"

"Cuia…Cu－ia……"

他们津津乐道而又莫名其妙地在这个单词上纠缠不清，最后终于一起大笑了起来。

至于那位五十出头的朝鲜专家，我之所以对他留下深刻印象，除了那对大得显出无辜的眼珠，更因为那次母亲招待他在"沸腾鱼乡"大快朵颐，后来此人整夜腹泻不止被代表团送往医院，母亲也赶去了，回家时已是凌晨。

"怎么啦？"我问。

母亲叹口气，一脸自责。

"食物中毒？"

母亲摇摇头。

"被人下了毒？"

母亲仍然摇摇头。

"奇怪，那到底怎么回事？"

母亲的声音带着缓慢而曲折的历史感，说："医生讲了，是肠胃不适应。平时可能吃得素淡，过于素淡，是……肠胃不适应的症状。"

在那次意大利的国际学术会议上，母亲提交大会的论文题目是"碎石马路尽头的荒凉景象"。这是一篇奇怪的没有副题的论文。在论文的开头部分，母亲一反缜密的学术思维，用非常感性的语言引用了晚清流行小说《九尾龟》的一段情节——浪荡公子章秋谷从家乡常熟县旅行到一个奇特的地方，苏州第一条，也是唯一的碎石马路……

还有关于"碎石马路"的不厌其烦的注释。

"碎石马路（Macadamroads）利用好几层不同的碎石子铺设稳固且富弹性的路基，使得道路可以承受更大的重量。不同的路面材质都可用来铺设碎石马路的最上层,如石板、木头、柏油或沥青。有时除了泼洒防止尘土飞扬的一层薄油或碎石和煤渣的混合物之外,便不另加铺设。这种道路首先在 1820 年代运用在英国的马路关卡,后来在 19 世纪下半叶成为普及于欧洲和北美洲的标准技术……"

在这篇支离破碎、东拉西扯,或又多少有些耐人寻味的文字里,母亲提到了很多事物和景象。

母亲提到"狸"这种动物。

"狸是一种奇怪的动物。"母亲说。

当翻译毫无表情地同声译出时,东亚一带的几个学者面露微笑,欧美组的没有什么表情,来自圣地亚哥的一位塌鼻子教授突然打了一个响亮的喷嚏。"狸是存在的。"母亲继续说,"对于看见过狸这种动物的人来说,狸其实就是貉,长得有点像浣熊,皮毛的手感非常柔软。对于上点年纪的中国人来说,狸是几乎妇孺皆知的一个"狸猫换太子"的历史故事。皇帝的两个女人都怀了孕,善妒的那个将一狸猫剥去皮毛,血淋淋、光油油地换走了另一个女人刚出世的儿子。而对于中国南方古老的乡村、小城或者小镇,民间传说狸是一种可以幻化为人形的妖物。虽然人们其实知道,这种小动物很可能只是因为肚子饿了,趁着夜色,在池塘、树林以及假山中悄悄穿行,摸黑到附近有人住的村庄找食物吃……"说到这里,母亲稍作停顿,似乎陷入某种有待确认的回忆——

母亲提到"城市"的概念。

"什么是城市?城市是提供所需的地方。当孩子走过一个城市时,他会看到一些事物让他知道这一生想要做什么。"

关于街道。

"今天,街上都是一些无趣的移动。根本不属于那些面对街道的房屋。因此,你没有街了。你有路,可是你没有街。"

关于学校。

"学校起源于一个人在一棵树下对几个人讲述他的领悟,老师不晓得他是老师,那些听他说话的人也不认为自己是学生。"

……

整篇文章充满诸如此类的细节、例据、回忆和注释,母亲在一条历史的长河中穿梭往返,饱含深情地看一眼,说两句,叹几声,然而不提供更多的逻辑与观点。却更像一个醉酒之人的叨絮,或者临终之时,对于这个混乱不堪的世界最后留下的深情一瞥。

关于那次学术会议,还有一两个细节是值得记述的。离开意大利以前,母亲突然心血来潮,想去著名的西西里岛"看上一眼"。会议的某个赞助商派来一架直升机,让母亲的这一心愿得以实现。然而据母亲说,那天地中海上空云雾缭绕,她只是隐隐约约看到了埃特讷火山的小小一角。而另一件事情似乎更为有趣。作为一点心意,母亲想为那位盲人推拿师带点意大利的小礼物。在机场她选中了一款手感奇特、凹凸不平的男用皮包——这款皮包后来作为一种时尚中性风的象征,背在了一位来我们城市打工的姑娘身上。姑娘来自西南部的一个小县城,那是古代混血极激烈的地区,四季如春的气候,街上走出来的人都带有一股春意与骚味。所以那时候印度人、缅甸人、西藏人、老挝人、越南人、穆斯林……都在那里混。这位姑娘个子不高,深眼眶,高鼻梁,身上有种不明来路的波希米亚气息。她来我父亲的鞋业加工厂工作前,已经换过三四个工作,甚至会讲几句还算地道的本地方言。她从老家带来一种治疗颈椎腰椎病的秘方。由此又认识了母亲的那位盲人推拿师。有一次,我看到她和推拿师一起下楼的背影。一动一静,窗外下雪,如同梦境。他们正式结婚是在半年以后。后来深眼眶姑娘就一直背着那款男用皮包。她把一个刻有"中国制造"的小皮圈商标塞进皮包夹层,然后挽着盲人推拿师的手臂……夏天几声闷雷,推拿师上身黑T恤,下身黑西裤,深眼眶姑娘则穿了条颜色略显土气的粉色连衣裙，一深一浅，一重一轻，像是厚厚的积雨云上透出的淡淡霞光。

这位推拿师后来自己开了私人诊所。深眼眶姑娘自然而然成了老板娘。她穿着红色仿皮裤子，格子衬衫塞进裤腰，一会儿左脚支撑，一会儿右脚支撑。推拿室里开着一盏暗红色小灯。不知道为什么，这位视力存在严重问题的推拿师显然也不乐衷言谈，里面只是不时有音乐声传出来：

为救李郎离家园／谁料黄榜中状元／中状元着红袍／帽插宫花好啊…

4

盲人推拿师渐渐来得少了。

如果说，颈椎腰椎病其实就是一种筋疲力尽或者聚精会神的病，那么，母亲在那一年生了另外一场病。怎么说呢，一夜之间，仿佛全身的免疫系统突然出了问题。"我头晕。"母亲说。量量血压稍稍偏高。血凝度也有点问题，母亲手里拿着医院的检查报告。三天两头感冒。爬不了山，下不了海，早上醒过来就觉得腰酸背疼，但并不是腰椎的原因，而是一种游离的无法确定的疲惫。"怎么会这么疲惫呢？"母亲说。

母亲不再写论文了。偶尔翻翻报纸，看看电视新闻，站在窗口望着远处的街道。她的速度缓慢了下来。就像一架减速而犹疑的机器，在观察这个难以解释的世界的改变与走向。

她总是能在窗口看到匆匆忙忙的父亲。有时她也能在窗口看到我。但我们三个在一起的时间却越来越少了。

与此同时，那些毫无血缘关系的县城亲戚们来得越来越多了。他们纷纷登上长途客车、中巴、火车，断断续续、热热闹闹地来到我们这个城市。他们来看望我的母亲,父亲,看看这个城市,他们带来了他们的儿女、亲戚、亲戚的亲戚……他们喜欢这个城市,喜欢一些颜色和气味,他们看到母亲时总是很激动,但好像又明显对我父亲的鞋厂更感兴趣一些。每次我母亲总是热情地招呼着去饭店吃饭。"小时候你都见过呢。"母亲对我说,"这是你的叔叔,伯伯,阿姨,婶婶。"对于曾经的相见,我明显没有什么印象了。但我仍然是有礼貌的。我淡淡地笑着,向他们点头。

在整个吃饭的过程中,我父亲一直很少说话。他随身总是带着一个大小正好可以放进一张合同的公文皮包,那里面装着钱以及另外一些类似的东西。我父亲总是负责最后的买单。

我也不太说话,坐在某一个角落里,看着这一切。

又过了几天,非常凑巧,母亲,父亲,还有我,我们三个在火车站一起吃了顿便饭。那天母亲去苏北小县城参加一个婚礼,父亲赶去上海参加一个国际车展,我则被周刊社派去另一个城市,报道名为《左派的忧郁》的艺术展。

母亲的发车时间最早,紧接着是父亲。我站在站台上,先看到母亲的那列火车缓缓启动,然后是父亲的那列,启动,加速,越来越快……两列火车朝着相背的方向运行。但不知为什么,我突然有种奇怪的感觉——仿佛,他们其实是坐在一列火车上的两个人,只是逆向而坐,所以一个看到向前的风景,而另外一个,则永远留下了远去的背影。

我斜靠在站台的一根柱子上,回味着"忧郁"这两个字。

三

1

其实我一直怀疑，母亲很早就知道我躲在旅店里的事情。只不过她没有说破而已。她就那样看着我，一次又一次，眼神里有些狐疑地说："哦……是吗，真是不巧，太不巧了……总是这么不巧呵。"

她目送我拖着旅行箱走出小区大门，直至从她的视野里消失不见。但在她的心里，究竟又是如何解释这一次又一次的巧合的呢？

是的，真实的情况就是这样，那些县城亲戚们，当他们成群结队出现在我们的生活里，那个时候我常常就会躲起来。我其实根本就没去上海、湖北、天津、广西或者云南出差，我只是拖着那只小小的旅行箱，在附近的街区找个小旅社，我在那里住下来。白天我仍然会去周刊社上班，晚上再回到旅社睡觉。有时候单位有应酬，回来时我让他们送我到小区门口，我向他们挥手，藏进浓密的树荫里，然后再偷偷摸摸地穿街过巷，溜回旅社去。

县城亲戚们在我家住几天，我就在小旅社里躲几天。直到他们离开。

有时我会看见他们，我的母亲或者父亲带着他们逛街，吃饭，购物，他们边走边说话，在这过程中或许还谈到了我——没有人知道我就站在不远处的一个窗口，我远远地、高高地看着他们，就像看着一种与我毫无关系、同时我也根本无法介入的生活。

"你就带这两件衣服呵？哈尔滨已经很冷了……"

有时候我正埋头整理箱子，母亲慢慢踱过来，漫不经心地说上这么一句。

"这么大的雨，还在打雷闪电，你那航班估计要延误了。"

还有的时候，母亲若有所思地站在窗口，乌云滚滚，雨越来越大，急迫，冲动，然后慢慢松弛下来，树叶上泛出光泽……雷声经常打断了她说话的声音，瓢泼大雨，瞬间把这个喧闹的城市隔音在外面。我常常觉得，其实母亲并不在乎我是否听到了她的提醒。她只是走过来，看我一眼，说上几句话。而我呢，连忙心慌意乱地站起身，有时候假装感谢母亲的提醒，有时候则一本正经地辩护几句。我们的眼睛对上了。我在说谎，而母亲知道我在说谎，她并不揭穿我的谎言，所以其实她也在说谎。

我必须得说谎，我们必须得说谎……如果不说谎，那就谁也活不下去了，谁也别想好好地心安理得地活下去了。

2

其实开始的时候还不是这样，我在努力，谁都在努力，以维持或者达到一种微妙的平衡。母亲希望我多多少少参加那些饭局，听听过去的故事，以及沉思。她的意思是说，不管怎样，那些年在农村的艰苦生活磨炼了品质，了解了生活，以后不管遇到什么事，做什么事，都会心平气和意志坚定（这样的心平气和于今天的她之意义，母亲永远不作解释）。父亲的希望相对直截而简单。他希望把那只大小正好可以放进一张合同的公文皮包直接交到我的手里。虽然他很快打消了这样的念头，但毕竟有那么一段时间，我们所有的人坐在那里，像中国人历来吃饭那样，围成一个圆圈。

大家看起来平静而快乐。干杯。欢笑。吃菜。吃菜。干杯。欢笑。

在这一切的缝隙里，母亲不时扭头看我。偶尔父亲也会看看我。这两个人永远充满着默契——那些微光笼罩的假日黄昏，母亲站在书架前发呆，父亲则坐在餐桌旁修改他的一叠合同……我相信他们一直是相爱的。虽然从小到大，我从来没见过他们亲吻对方。但中国夫妻多数含蓄温婉，这当然不能成为证据。有一段时间，母亲经常能给我们带来惊奇的场面。有一次，她出门几天，我和父亲像平时一样观看晚间新闻。电视里有一小队人举着红旗、扛着摄像机出现在一片广袤的草原上。播音员解说那是一个来自民间的自然生态保护组织，成员来自各行各业，彼此并不相识，其中有退休职工，著名诗人，街道干部和民主党派……就在这时，一个一闪而过的特写镜头，我看到了我母亲！

"你看到了吗？"我惊叫起来。

父亲点点头。

"真是她吗？"

"当然是她。"父亲的声音显得很平静。这样的平静与妥协经常出现在他们的夫妻生活里。比如说，母亲淡漠商业并且还是某个保护动物协会组织的一员，但她仿佛并不拒绝父亲偶尔给她带回的皮草。而父亲，有时候父亲从他们曾经插队的小县城回来，他会幽幽地说上那么几句。他说他住的县委招待所现在改名称了，叫"香榭丽舍"，门口立着一个金光闪闪的不锈钢圆球。他咳嗽一下，有所停顿，似乎正考虑接下来要说的是否稳妥合适。他还是接着往下说了，但放低了一半声音，并且语音含混："晚上老有女的打电话来，还有人敲门。"这样的时候，母亲有时凝神听一听，有时笑笑，还有些时候是一副忙忙碌碌其实什么都没听到的样子。有一段时间，母亲回去得明显少了。但有一回，我去干洗店取衣服时，从她的一件大衣口袋里发现了一张返程车票。正是通往那个县城的高速列车。

不管怎样，那样的情景在我们家相依为命，缺一不可，依托为生。就如同饭局总是分成风格迥异的两个部分。一部分是属于我母亲的。那些逝去的微光，那些再三被重复与强调的浪漫主义和英雄主义。渐渐地就转到另一个部分，我父亲……那些陌生亲戚的孩子们，下一代人，或者再下一代人。他们说，他们不明白这些孩子在想什么，有时候他们的想法会吓人一跳，真的，吓都吓死啦……

说这话的时候,他们突然想到了我。

"啧啧,姑娘都这么大了呀,一眨眼的工夫呵。"大家一起扭头看我。

"唉,他们这代人呵,就是吃苦太少……"母亲说。

大家觉得在这种时候不便多说什么,于是抬头小心翼翼地看我一眼,脸上赔着笑。

……

开始的时候我脸上也赔着笑。我知道,我的样子看起来很正常。但是且慢,就在我母亲神采飞扬、满面红光的酒意里,就在我父亲不动声色、同时又掷地有声的沉默中,我眼前的一切慢慢晃动了起来。有一种莫名其妙的忧郁,从我的眼睛、鼻子、耳朵、喉咙……从我身体的每一个器官里涌出来,像一小团、一小团的雾气,或者云,在我的身边纠结起来,缠绕起来……把我和其他人分隔开来,和这个围成圆圈的饭局分隔开来,和大厅里发出的牢骚与不满分隔开来,和隔壁包房端坐的一本正经的大人物分隔开来,和外面街头的大声喧哗分隔开来,和窗口一闪而过、穿着短裙露出半个屁股的小骚货分隔开来……

我知道,他们再也看不到我了。

现在,在那个位置上坐着的,是一小团没有喜怒哀乐,也没有跌宕起伏的空白。

我听到自己迟迟疑疑、磨磨蹭蹭从椅子上站起来的声音,我听到自己仍然犹豫着的声音,我听到自己轻轻地说:

"对不起。"

所有的人都抬起头,看着我。

我走出去了。

3

有那么一段时间,我们彼此躲闪着眼神。

这样的事情和场面开始多起来了。越来越难以控制了。

"今天我加班,没法过来了。"我在电话里对母亲说。

"可是你昨天才加班呵。"电话那头沉默了一会儿。

"但今天还是要加班。"我说。

"代我向云姨他们问好吧。"沉默了一会儿后,我继续说。

"好的……"母亲把电话挂了。

我听到自己如释重负的呼吸,还有电话那头失望的叹气。母亲一定感到深深的失望。她拼命要把我拉进她所制造的幻境里。一手拉着我,一手拉着父亲。在一个嘈杂莫测的城市里,面对过去生活投下的点点月晕(我怀疑那些县城亲戚里有很多她也并不认识)。这个场面有一种莫名其妙但又非同寻常的仪式感。类似于过年,或者祭祀。结构稳定,其乐融融。母亲有恐高症,有一次我和她上街,经过底下车流不断的高架桥。她一把抓住我的手,高架桥有轻微的颤抖,母亲抓住我的那只手也有轻微的颤抖。那一刻,我的心里突然划过一阵不易察觉的悸动……一个心存恐惧的人,拼命要抓住点什么,或许就是这样简单吧。

是的,母亲也一直在努力,假装没看到正渐渐张开大嘴的缝隙,假装没听到精心编制或者根本就是信手拈来的谎言。她兴冲冲地捧回一大堆东西,县城当地产的花生、糕点、腌肉,一种味道古怪刺鼻的茶叶,还有地产菜花油,不过仍然味道古怪刺鼻,并且还让我觉得恶心。这些东西像垃圾一样堆放在我家的厨房里,冰柜里,茶几上,有些还延伸到了母亲的书桌上。它们在体积与气味上都有着让人无法忽略的特质。直到很长一段时间以后,才慢慢萎缩,变小,直至最终消失。有些晚上,我出门时悄悄用报纸包一块腌肉,或者一盒已经变质的糕点。有些早晨,我像贼一样偷偷拎走一瓶菜油……在小区垃圾桶旁边我遇到过父亲。一次是背影,另一次是迎面相遇,无可回避。我不清楚他是否看到我手里的东西,无论是确实没有看到,还是假装没有看到,我都把它看成一种难能可贵的默契……

他轻轻咳嗽一声。朝我点点头。从我面前走过去。

有时候倒是母亲显得焦虑不安。她总是间歇性发作。在这一点上仍然很像那些情绪不稳定的恐高症患者。有一次，很难得的三人晚餐，也不知是从什么由头开始的，母亲突然没头没脑地来了一句：

"我是无产阶级，你父亲更倾向于资产阶级。"

"那我呢？"我自然而然地问。

"你是小资产阶级。"母亲的声音变得有点严厉。这种不同寻常的严厉的语气，让人觉得，小资产阶级就像翻墙而入的强盗，就像很多年前刷在墙上的一条标语，就像传染病，口气，脚癣，就像一切非常不美好一定要彻底打倒的东西。

何况，紧接着母亲又补了一句："说实在的，我不喜欢小资产阶级。"

父亲轻轻咳嗽一声。从我面前晃过，走进了另一间屋子。

我忘了自己有没有说什么。母亲是不是还在说。或者也是停下不说了。

我站起来，又一次离开了。

4

第二天，或者几天以后的某一天，我查了一下资料，关于"小资产阶级"。

资料上是这样写的：

> 小资产阶级就是以生产资料的个体所有和个体劳动为基础的社会集团，主要包括中农、小手工业者、小商人、自由职业者等。
>
> 小资产阶级占有一小部分生产资料或少量财产，一般既不受剥削也不剥削别人，主要靠自己的劳动为生。但是，其中有一小部分

有轻微的剥削。

作为劳动者，在思想上倾向于无产阶级，作为私有者，又倾向于资产阶级，极易受资产阶级思想的影响。因此，在反对封建主义的斗争中既具有革命性，同时也存在政治上的动摇性、斗争中的软弱性和革命的不彻底性。

小资们也要为生计奔波的，但绝不会把这些挂在嘴边，所以小资们大多是忧郁和含蓄的，他们本质上向往稳定的生活，但又经常把自己装扮成漂泊者和流浪者。

小资其实就是一种固执与狂热，边缘与非主流，忧郁与含蓄，并以此来标榜他们的与众不同。

我粗略想了想算了算。现在我每月工资收入大约在5000左右，以周刊社名义出席的部分会议、座谈、首发式以及新闻发布会有红包或交通费用，数额从500、1000到2000、3000不等。我暂住父母家，平时坐地铁、出租或者公交车上班，主要开销：购买衣服、鞋包、书籍、CD、旅游、看音乐话剧（以上两项通常可以利用职务之便节省或者全免费）……所以我确实属于"既不受剥削也不剥削别人"，至于"其中有一小部分有轻微的剥削"，这个多少语焉不详。一小部分……轻微……这本身就像小资产阶级的用词，直接可以延伸到资料上第三部分指出的特质——动摇、软弱与不彻底。

但谈到我的思想，又好像要比这更复杂些。大约十五六岁的时候，下午学校放学，我喜欢一个人去火车站。我身形瘦小，面色苍白，挤坐在候车室充满着渴望与力量（按照我当时的眼光）的人群里，身上还背着一个沉重无比的书包。有一次，我还偷偷混进了站台。火车头发出的那声叫喊，每次都像鞭子狠狠抽打在我的心脏上。我喜欢被它抽打，甚至能感到身体持续与猛烈的颤抖。还有那些浓黑色的烟雾，徐徐冒出，慢慢扩散进灰蓝色的天幕——对我而言，那意味着一个更神秘、更致命的地方。还有一次，也在那个车站，我差点被当作不良少女被人拐走。而这事之所以没能最终实现，我想仅仅因为我更倾向于"把自己装扮成漂泊者和流浪者"，"本质上向往稳定的生活"。我这段并不离奇的火车站生活从未被我全知全能的母亲察觉——这同时也说明，从很小的时候，我，我们，就已经习惯于生活在能够平衡生活的谎言之中。

对了，我一直记得那个《左派的忧郁》艺术展。为什么要叫这个名字呢？这是我一直不太明白的事情。因为整个展览其实很少涉及这个内容。它仅仅被安排在"浪漫主义"美术后面——绘画里有一些扛着红旗的工人，戴着鸭舌帽，走在队伍的前面。那些人的神情确实是很忧郁的。后面紧跟着的革命者，神情也是忧郁的……就是这么淡淡的一小部分。倒是展览结束部分、那个看似毫不相关的内容吸引了我的注意。"残酷戏剧"导演布鲁克《马拉被杀记》的剧照：剧情的最后，那些平日压抑麻木的精神病患者受到极大刺激，一同起来造反，霎时间摆脱了看护的约束，向守卫者袭来，走下舞台，冲向观众，造成一片混乱……

看完那个展览回来，有一次，我们三个人围坐吃饭。

灯光下，我母亲是忧郁的。

父亲……我看不出来。看不清楚。一个永远都在积极行动的人，即便他有忧郁也是看不清楚的。

然后，我就突然想到了那张展览结束部分的剧照。

我听到了桌子掀翻的声音。锅碗瓢盆飞出去，掉下来，碎片和尖角在空中飞舞。玻璃窗被砸碎了。倾盆大雨在屋内流成了河流。母亲在尖叫，父亲在呐喊，我——

但是，什么都没有发生。一切安静如初。父亲在看不可收拾的股票行情。母亲剔着牙缝，稍稍有点失去仪态。

一根鱼骨白森森地躺在桌上。

四

1

忘了究竟是什么时候了，在一次郁郁寡欢、勉强应付、并且心照不宣的集体饭局中，我颇为失礼地起身告辞。

"对不起。"我说。

所有人都抬起了头，嘴巴里塞满饭粒、嘴角露出一小根鱼骨头、眼睛瞪圆、脸色诧异但同时努力挤出一丝尴尬的笑意……在真相展露的那个时刻，生活的图景总是峥嵘丑陋，如同一卷已然翻过却留下深深折痕的册页——在这本册页的某个角落里，我的父亲、母亲别过头去。

也就在这次饭局过后的第二天，我临时被周刊社派往一个海滨城市出差。公务花了一天半时间就顺利办完了，在去机场的路上我改变了主意，中途折返，在海边挑了个小旅店住下来。

晚上我一个人在餐厅吃饭。一个穿棉麻衣服的老头在窗口拉小提琴，琴声悦耳，让我觉得轻微晕眩。拉完后，他挨个餐桌、挨个餐桌地收讨小费。他戴着一顶奇怪的橘色高帽子，帽子顶部有个小小机关，钞票或者硬币掉下去的时候，随之出现一小段小提琴和弦……我给了一张十元纸币；邻桌是对新疆情侣，我听到如同清澈泉水般的叮叮咚咚声；靠海的窗口坐着一位满头银发的老人，进餐厅时我和他一前一后，不知为什么他猛地停住了脚步……

"对不起。"我说。

"为什么？"他的头发在海风里飞舞，像银灿灿的鸟窝。

"我刚才撞到您了。"

"你说什么？"他像没听明白我的话。

"刚才，我不小心撞到您了。"我放慢了语速。

"你撞到我了吗?"他露出惊讶的表情。

"是的。"我说。

"哦,是这样,我正想着其他的事情……其他的……其他的……"他竟不做过多的解释,顶着一头乱发,神气活现地从我面前径直走过去了。

我站在那里,愣了一会儿。琴声又起,那对新疆情侣站了起来,起舞、跳跃、旋转,而拉提琴的老头在远处朝我挤挤眼睛。

那天我在餐厅坐到很晚。半夜我听到不远处的海浪声。好像仍然有人在拉小提琴……说来也怪,那些天一直持续不好的情绪,突然转好了。

2

事情开始稍稍有了点变化。在拒绝那些对我来说索然无味、完全游离身外的饭局时,现在,我有了两种选择——要么像以前一样,继续躲进附近的旅店里。或者,干脆高高地飞起来,直冲蓝天,进入平流层,然后悄然降落在一个遥远而陌生的地方。

有那么一小段时间,我甚至找到了一种类似于重生的喜悦。显而易见,同样是逃避,偷偷摸摸地藏在旅店窗户后面,像贼一样眼睁睁看着自己的亲人在眼皮底下走来走去……那种感觉多少是病态的。有一次,忘了是在哪份尘封的旧杂志、报纸还是档案上,我翻到一篇故事。据说还是真人真事。说是有个男人——忘了叫什么名字,管它什么名字呢——离家出走为时多年。此人已婚,夫妇两人住在一个潮湿多雨的城市。有一天,丈夫借口出门旅行,在离家很近的街上租了房子,在那儿一住就是二十年,听任妻子和亲友音讯全无,而且丝毫不存在这样自我放逐的理由。二十年来,他天天看见自己的家,也时常看到遭他遗弃的可怜而孤独的太太。婚姻幸福中断了如此之久——人人以为他必死无疑,遗产安排妥当，他的名字也被遗忘。妻子早就听天由命，中年孀居了。忽一日，他晚上不声不响地踏进家门，仿佛才离家一天似的。从此成为温存体贴的丈夫，直到去世。

二十年……

二十年？

每次我撒谎离开家，在附近的小旅店里住上那么两天、三天，再拖着旅行箱回来的时候，那熟悉的家确实有什么地方已然改变。虽然，一切的一切，表面尘埃已定，纹丝未动。

"回来啦？"母亲依然戴着老花镜坐在沙发上，仿佛只是极为随意地抬头看我一眼。那种轻描淡写，试图加强或者伪装短暂离别的正常性，不加追究，敞开胸怀："喏，冰箱里有新剥的鸡头米……"

同时，我还听到另一个声音："不要告诉我真相，不要告诉我真相，这样，我们的生活还能维持下去……"

而我，总是踌躇着，在沙发前挪动一下，转两个身。那个离家二十年的人是如何不声不响地踏进家门，仿佛才离开一天？——这样看来，或许也很简单。

好了，那么现在就让我进入另一个时间和空间。飞机舱门紧闭，系好安全带，打开遮光板，调直座椅靠背，闭上眼睛。

旅行。旅行把我带向了远方，让我从平原跃至高山，或者深入海洋……而那一天，某一天，那个海滨城市的晚上，那个有着银灿灿鸟窝头发的老头，突然让我明白了另一件事情：在那样的时间和空间里，我是一个和别人无关的人。甚至还可以是一个与原来的自己都无关的人。

3

或许,那个阶段的一些改变,就是从那天海边的晚上开始的。我开始主动争取去外地工作采访的机会。在飞机的舷窗口,我看着黄昏时分或魄丽或诡异的云层;在火车的行进途中,暴雨和闪电骤时改变了沿途的一切景观……

我开始有意识地提高办事效率,以便留出只属于自己的空白时间。我在那些陌生的城市、地域以及人群里滞留上一天、两天,或者更长的时间。我搬出原来的商务酒店,寻找那些城市里孤僻的场所,稀奇古怪的所在。白天的时候,我在旅游景点购买充满浓郁地方色彩,然而以后再也不会穿着、佩戴、使用甚至看见的纪念品。

我买过:一株摊主明确告诉我隔夜即死的紫色昙花;一只有着蓝宝石般眼珠的白色小病猫;一件深黑色近似全透明的睡衣;一本书皮发黄的《民国年间老情书》;一双有着牡丹蝴蝶图案的小脚绣花鞋……

我还遇到过一些有趣甚至匪夷所思的人。

有一次,我所住旅店附近有个小酒吧。因是旅游热门地区,所以各色人等,一应俱全。第一个晚上,我去坐了坐。我穿着超短裙,涂了比平时深一号的口红——这样看上去和那个酒吧的氛围基本吻合。第二个晚上,我又去了。口红比前一天再深一号。

在我对面坐着一对小情侣,已经有点醉意了。像曲别针一样扭在一起。我忘了昨天他们在不在,好像也在。我不认识他们。后来,我点了酒,礼貌性地向他们微笑。

我注意到,那个男孩也善意地朝我点头示意。

这时,女孩突然冲着我尖叫起来:"你看到了吗?我拉着他的手!"她把男孩的手拉起来,挥舞着,像一面示威的旗帜。

我一下子愣住了。

女孩的声音像过山车最崎岖的局部："但是，他睡了我以后从来不拉着我的手……"

我有点不相信自己的耳朵，本能地问："什么？"

"他睡了我，但是从来不拉我的手！"她突然哭了，后来又笑，表示喜欢我口红的颜色。女孩的眼神里一直有同性间微妙的戒备。她一直没松开那位脸已涨得通红的男孩的手。

还有一次，在漫长的等待飞机调度起飞过程中，一位五十来岁的长发男子和我搭话。

他的脸斜转一个角度。冲着天空的方向。所以他的声音听起来似乎更像是自言自语："蓝色……你知不知道，我们平时讲的蓝色其实一共有多少种类吗？"

他的长发让他看起来像个搞艺术的——这是老套的手法——至于他的问题……却着实让人哭笑不得，因为现在搞艺术的人早就不问这种问题了。我耸耸肩膀，不置可否。

"有22种，"长发男子从空姐手里接过一杯白水，"所有的蓝加在一起，一共有22种颜色。"

后来飞机终于得到准许起飞的命令。而在接下来的将近两个小时的飞行中，长发男子再也没和我说过一句话。

也有不停说话的。是个半年多前来到中国的荷兰人。

荷兰人："中国真好，我热爱中国。"

我："谢谢你。"

荷兰人："中国人也很有趣，我想我喜欢他们。"

我："再次感谢。"

荷兰人："可是，也有些事情我弄不明白……为什么街上的老人要敲打自己的身体，而且要倒着走路……他们不会不舒服吗？"

我：……

荷兰人："还有，男士为什么要抢着为女士付账呢？她们不会觉得被人看不起吗？"

我：……

荷兰人突然降低了一度声调："对了，昨天晚上，不，前天晚上也是，为什么我住的宾馆房间会塞进一张小卡片，上面是一位非常漂亮的女士？"

不过，相对于这些，更加意味深长的改变仍然在于那些陌生亲戚。当我在云层中飞行或者雷电中疾驰的时候，他们陆陆续续地又到我家来了。当我着陆或者靠港，当我在异乡的寂静中发呆，发笑……或者仍然是发呆的时候，母亲会打电话给我，让我通过神秘难测的手机无线网络和他们说上几句。真是奇怪，隔着遥远的空间和情境，以前那种惯常的疏离和忧郁变淡了，变得几乎可以忍受了，那些陌生亲戚带着口音的普通话，那些令人忍俊不禁的卷舌和尾音，甚至还带有几分轻松愉悦的效果——有时候，连我自己都不敢相信——我会在电话里和远方的他们说几句玩笑话。现在，我巧妙地把他们排除在我的生活之外。他们成了一块斑驳模糊的调色板，连同所有的异域风情、紫色昙花、小脚绣花鞋……他们成了我生活背景的某一部分。他们再也触及不到我了，距离保证了我的安全。

有时候我想，真的，就这样一直下去，或许也挺好的。

直到有一天，我在一处运河桥边的青年旅馆，接到了母亲的这个电话。

"云姨来了，明天你能回来吗？"

"回不来，要后天呢。"我打开窗户，看着外面平缓流淌的河水。

"真是不巧，云姨很想见你的。总是这么不巧。"

"哦，那替我向云姨问好吧。"我望向对岸，有点轻雾，望不到头。只觉得有点荒芜。

"好的……不过……"

"什么？"

"这次云姨的女儿也来了。她说很想见见你。"

"云姨的女儿？"

"是的，云姨的小女儿。今年刚刚大学毕业……对了，她叫小霞。"

五

1

几天后的那个下午，我第一次见到了小霞。当时周刊社正做一个青年问题的统计以及访问。我顺手从办公桌上拿了份调查问卷。我和小霞约定在"沸腾鱼乡"旁边的春蕾茶馆见面。

小霞与大街上的那些年轻人几乎没什么区别。当然，我主要指穿着打扮这方面——如果不是母亲告诉我"那是云姨的女儿"，这位穿板鞋、垮裤以及黑白条纹T恤的女孩子，几乎就是大街上所有年轻人的翻版。当然，我很快就知道了。她不是。或者，她正是。

她看了看我递上去的问卷，埋下头，飞快地填写起来。

这是份匿名问卷，并且涉及一些隐私问题。所以我把她填好的两页纸小心折好，准备放进包里……

"没关系的，你可以看……我不介意。"她浅浅一笑，落落大方。

问卷里有诸如此类的一些问题以及小霞的作答：

年龄：22

性别：女

您是否受权威式教育长大？若是,您感到遗憾吗？是。非常遗憾。

您生活里最爱的人：母亲

您生活里最恨的人以及原因：母亲。她逼我撒谎。

将您的内心情感毫无障碍地表露给一个亲近的人，对您构成困难吗？非常困难，几乎没有可能。

您现在生活里最需要的两件东西：金钱，爱

以上两样如果只能选一件：金钱

您第一次性生活时间：18岁

……

……

最后一个问题：

你感到幸福吗？不知道。不知道。不知道。

我低下头，朝着大地以及河流的方向微笑着。这答卷里有什么东西突然触动了我，让我觉得自己应该说点什么。但也正是因为那触动我的东西，我审慎地保持了沉默。显而易见，这位名叫小霞的姑娘向我透露了她的一部分人生秘密。我应该回报以我那部分。但至少到目前为止，我认为这毫无必要。

接下来事情便顺理成章地倾斜。那顿下午茶突然成了小霞莫名其妙的倾诉会。我几乎产生了怀疑——是否清香恬淡的绿茶已被偷换成凛冽的白酒？在酒劲的催逼下，小霞讲了那么多她完全不必告诉我、我也未必想要知道的——小时候她在小县城上学，因为惧怕母亲的威严偷偷修改学期成绩单。十几岁她就失眠，因为第二天要考试，而关于考试的梦魇直到现在仍然延续。母亲一直以为她是处女。进城上大学后，因为精神压力大曾有强迫症，在超市偷过两次深肤色的透明丝袜……

那天和她告别时，我礼貌性地表示感谢，说："真的谢谢你……这么信任我。"

她眼睛一亮，虽然只是一闪而过的光景。我记得那时她的神情里，有一种混杂了释然、欣然以及茫然的复杂。她坚定而又含混地说:"我很小的时候就知道你了,我母亲经常会讲起你……"

话题戛然而止,她突然另起一行。

"下个礼拜你有空吗?"她抬起下巴,充满期待地看着我。

"下个礼拜?"

"是的……我想请你喝杯咖啡。"

2

和小霞再次见面前,有一天吃早饭,母亲不经意提起她。

"那个小霞,云姨的女儿,你见到了吗?"

"见了,一起喝了茶。"我眼前闪过那份折成四四方方的调查问卷,它先是放进了我的皮包,后来又和办公桌上另外的那些汇聚在一起。这个小霞呵?——有那么几天,她一直在我脑海里诡异地微笑。但后来,当我有空翻了翻桌上那厚厚一摞,我发现,她不是。

"她可是你云姨的骄傲呵……而且,她也比你小不了几岁……"

母亲正在啃一根颗粒饱满的东北玉米,每一两个星期我们家会从附近超市买一盒固定品牌的东北玉米。上好的弹性,硬度,甜津津的汁液……有那么两三次,我在飞机上俯视窥探那片生长它的土地,每回却总是云蒸霞蔚,一片苍茫。或许当你身处平流层以上,目力所及的风景大体总是相似的。

"玉姨说,小霞这孩子从小就懂事,家里穷,可是从没让你云姨操过心。"说到这里,母亲颇有深意地稍作停顿,见我并没有什么触动,于是继续往下说:"从小学的时候就成绩好,年年三好学生,每次云姨拿到奖状就会写信告诉我。小学在村里读,初中去了小县城,高中在大县城读,大学考到了城里……你猜猜,这孩子用功到了什么程度?"

"什么程度?"母亲说话的时候,我正拿着牛奶杯在餐厅里踱步。

"临到考试,她隔夜只睡三四个小时的……每次讲到这里,云姨总会哭……"

东阳台那里有一个小陈列橱,里面放着我们一家人旅行、开会、出国、漫游后带回来的各种小纪念品。其中有个小小的泥人面具,是我从西南部带回来的。在那个小村落里我看过一种类似于"变脸"的地方戏曲。乡村里的说书人,讲悲剧故事时,脸上戴着喜气洋洋的假面具;述说欢喜的传说却是黑脸上两行白色泪痕……我觉得有趣,因为当声音与形象合为一体时,你实在不明白究竟应该采取欢笑还是哭泣的形式——以致最后,在乡村小卖部买纪念面具时,我也只是随意地顺手一指。

"就是它吧。"我说。

3

小霞提前预订了座位。

这是城里闹中取静最高档的一家咖啡馆。透过二楼临窗的落地玻璃窗,可以看见一只长得很像"阿富汗猎犬"的狗正在香樟树下撒尿,它保持着同样的姿势,时间匪夷所思地长——看上去更像一尊古老的雕塑。

有了上次的交道,我对小霞多少刮目相看。那份不长不短的问卷透露出兽类相似的气味,我嗅嗅鼻子便闻到了。而母亲那番令人啼笑皆非的感慨,更让我有种几乎邪恶的快意。小霞和我——来自乡间饥饿的小兽,以及困在笼中插翅难飞、仰望云端的族类——我们,孤独的我们,会从此成为朋友吗?或许心照不宣的战友……

我突然忐忑不安了起来,同时,也有了一种无法言说的期待。

侍者躬身奉上法式风格的咖啡壶和杯盘。蓝山咖啡浓郁的香味诡异地缭绕起来。我们自然而然地谈起了各自与对方的母亲。

"云姨近来好吗?"话刚脱口我就后悔了,连忙啜一口咖啡作为掩饰。

"她挺好。"靠近小霞的天花板垂下一枝水晶吊灯。像菊花瓣满地飘散，光影斑驳。"其实小霞长得挺不错的呀。"我心里说。

"我母亲，她前一阵来过这里……但你出差了。"小霞接着说。

"哦。"我又喝了口咖啡。

"你好像经常出差？"小霞抬起头，看似不经意地瞥我一眼。

我脸上一阵烧，故作轻松地笑着说："有什么办法呢，我这个饭碗，哪里出了点事就要立刻出现在哪里的。"我希望小霞轻松调笑地把话接过去，但她没有。她沉默着，一只手托住下巴。

沉默延续了一两分钟，直到侍者重新过来，躬身，极为得体地呈上两个金箔钩边的小巧果盘。

"这里服务很好。"我说。

"所以请你到这里来，"小霞得意地一笑，"我曾经在这里做过半年的服务生。"

我稍作惊讶的样子。我忖度小霞的心思：这可能正是她所需要和期待的反应。一只带有野性的小兽，经历了暗无天日的成长历程，她需要和我分享她的黑暗、传奇以及荣光。我猜想她仍然渴望倾诉。

我猜对了。

这次仍然是高浓度酒精的烈酒，却是芳香四溢的咖啡勾兑成的——究竟是什么样的生活让小霞成了一位大魔术师？——她讲冗长而陈腐的故事。她也讲破碎而闪光的故事。她说她非但在这种咖啡馆打过工，也在低档酒吧干过，有时候上半夜在咖啡馆，下半夜在酒吧。整天和那些酒鬼、妓女、浪荡子、失意者打交道……每天筋疲力尽回到学校宿舍时，她的身上只有两种东西：酒味和他人。她还做过两个月的小旅馆客房整理，有一次差点被一位住客按倒在床上强奸……

"小旅馆？"我一激灵，脱口而出。

"是的，就在你父母家附近的小巷里。"说到这里，小霞的眼神在我脸上停留了那么两三秒钟，呼吸微有急促……可能是我敏感？也可能是我多疑？但是，为什么我分明觉得她的眼睛里有什么东西是具有挑衅性的，是意味深长的。

我觉得脊梁骨泛上来阵阵寒意。

下午有人表演钢琴。一位穿淡湖蓝套裙的女孩子，估计是哪个艺术学院出来走穴的。坐下来，优雅地拢拢裙摆，开始弹。

肖邦的《a 小调第二前奏曲》。

不出所料，她的肖邦软绵绵的，带着浪漫主义中最糟糕的滥调：音乐成为温情的避难所。我看着她棉质的衣料和长发，不由猜想她的身世：一个被命运宠爱的姑娘，温室的花朵，很得父母欢心，很得老师欢心——她以自谦和羞怯回报他们。她看着下雨或者落雪起雾就会伤感，肖邦成了她朦胧的泪眼和避雨的屋檐。

而我听过最好的肖邦是在旅途中。悬崖边的小旅店，底下是令人惊惧的深渊，日夜咆哮的决不驯服的海水……

那晚在涛声中我做了场噩梦。母亲从房间另一头走进来。她并没有紧挨着我，而是在长长的凳子的另一端坐了下来。她向我伸出手，我们温情地抚慰着，微笑着，脉脉情深。

突然——那一切究竟是怎么开始的——我们开始彼此抱怨和指责，不，先是我，那是我第一次有勇气说出真相。第一次失去控制，毫不掩饰地道出对母亲和家庭生活的真实看法。"这一切都是谎言！"我说。"而罪魁祸首就是你！"我听见自己歇斯底里地叫喊着。伤害由无数遥远而微小的雨云慢慢累积，直至爆发成雷霆万钧和倾盆大雨。

母亲一直张大了嘴巴，诧异而震惊地看着我。

终于，她回击了："那么我呢？"

她的声音开始颤抖，她的胸部开始起伏，她的呼吸开始急促，她的眼泪和她心里的苦水一起，如同潮水般喷薄倾倒而出，"那么我呢？那么我呢！那么我呢！……"

钢琴声停止了。

我和小霞静静地坐着。我们俩都没有鼓掌。

4

"十几岁的时候，我曾经练过几年钢琴。"我说。

"哦。"

"母亲希望我学……"我接着说。

"哦。"

"后来停了，没坚持下去。"我有点像在自言自语。

"为什么？你不喜欢吗？"小霞问。

"不，我喜欢的……但是，那时候母亲坚持要我每天弹两小时琴……"我欲言又止。我觉得小霞可能没明白我到底想说什么。但很显然，她明白了。

"哦。是这样。"她面无表情地说。

"你呢？喜欢钢琴吗？"话一出口，我立刻又后悔了。

果然，小霞冷冷一笑，说："钢琴究竟长什么样子，我还是前几年才知道的。"

我知道说错话，心里尴尬，不语。

这时，或许因为我刚才无意一句，小霞的话匣子一下子又打开了。

"钢琴？"她忍不住又讥笑了一声，"那是另一个世界里的东西，我见不着摸不到的。别说钢琴了，就是能够属于我这个世界的，从小到大，母亲也从来不让我沾、不让我碰的。"

我脸上露出探询的神色。

"不明白？"小霞撇了撇嘴角，"你可能确实很难明白，也确实很难理解，因为从我刚出生的那一刻起，我们就是有天壤之别的。有很多在你看来唾手可得的东西，我却要付出巨大的努力。在我小的时候，我曾经那么憎恨我的母亲，她用棍棒、戒尺、咒骂、甚至羞辱，她用任何一样可能有用的东西逼迫我，鞭策我，她像疯子一样每天在我耳边叫嚷——这是你唯一的机会！唯一的机会！考大学考到城里去！"

小霞艰难地咽了口口水。但眼睛始终没有看我。

"天晓得那时候我有多么恨她，我几乎丧失了同年龄孩子所有的快乐和游戏。为了在遥远的未来在城里找到一份正式工作，成为一个城里人，享受那些当时我还丝毫没有概念的养老保险、医疗保险，还有什么该死的选举权，我要刻苦学习，我必须刻苦学习，小学升初中，初中升高中，高中考大学，我一个人，不，有母亲陪着我，我们鲜血淋漓地在独木桥上奋勇厮杀。"

"你说过，你曾经欺骗过你母亲？"我轻声地问。

"欺骗？如果那也叫欺骗，我当然欺骗过她！"小霞用力挥了挥手，"但那是因为我爱她！我是被逼的！我不想让她失望！……而且我猜想……她心里其实早知道我在撒谎。"她的声音像个抛物线，又渐渐低落下去。

小霞像是突然想到了什么，浑身一震："还有你，还有你这个遥远的，我甚至连面都没见过的参照物。从小到大，我母亲总是用你来刺激我……"

我大吃一惊，紧紧地皱起了眉头。

小霞抱住自己的头，像是陷入了深深的痛苦和回忆之中："那时候我就经常想，等我长大以后考上大学，进了城里，我一定要见到你……它几乎成了我奋斗的另一个目标。"

这时侍者轻轻走过来。我摆手让他走开。

"老天有眼，我考上了。"小霞恶狠狠地瞪了我一眼，"我来到了这个城市，我发现我完全是个土老帽。我不懂得色彩，不会演奏乐器，不认识港台明星，没看过武侠小说，不认得mp3，不知道什么是walkman，为了弄明白营销管理课上讲的'仓储式超市'的概念，我在麦德隆好奇地看了一天。但是，不管怎么说，我来了，我站在了这里。我来了！"

小霞扬着头，挑衅般地看着我。

"欢迎你来。"我气若游丝，完全像个笨蛋。

"欢迎？"小霞的身体向前冲着，脸差点贴到我的脸上，"而你们一家是怎么欢迎我们的？你那个母亲，把我的家人呼来喊去，只是为了满足她小小的虚荣心。至于你——你是怎么欢迎我母亲的，你难道心里还不清楚吗？"

我呆若木鸡。

"你现在知道，今天我为什么要请你在这里喝咖啡了吧？"

"为什么？"我的声音听起来异常柔弱。

"我终于完成了我的奋斗目标——"小霞清了清嗓子，"我用了整整十八年的时间，才能坐在这里，和你一起喝杯咖啡。现在，我们平等了。"

没等我回答。她冷冷地又添上一句："如果你觉得不想再坐下去，现在你可以走了。"

5

大约半个月后的一个黄昏，我，母亲，父亲，我们三个人围坐吃饭。

"根叔明天要来呢。"母亲看似不经意地淡淡一句。

"哦。"

"他很想见你的。"

窗外在起大风,风卷着沙子,窗户格格作响,树枝弯曲摇摆。

我们三个人坐在昏黄的光影下,面目模糊,暧昧不清。

我听见自己说:"明天,我……"

繁 华

一

王莲生初来上海是个阴雨的下午。那天他坐的是二等舱，船不大，还刮着风，所以颠得很厉害。他对面躺了个瘦小的干瘪老头，一上船就开始吐。王莲生好不容易小睡一会儿，梦里听到一种奇怪的声音——前些天他刚看过一场京戏，里面那个旦角受了委屈，咿咿呀呀地哭，但半天了，一滴眼泪还挂在水袖尖尖上——等到王莲生睁开眼睛，却是那老头抱着一只小罐，在床边半蹲着身子。他呕吐时眼睛半睁半闭，极为享受，让人怀疑那小罐里装着的，其实是很快就能烹饪上桌的一尾活鱼。

王莲生叹了口气，起身去了甲板。

雨倒是停了。还微微的起点太阳。在远处，几只白色的海鸥紧贴着水面飞，王莲生看了半天，觉得它们像要一头扎进水里自尽似的。

一个戴帽子的外国巡警冷漠地走过来。王莲生刚受尽那干瘪老头的折磨，心里对规则、清洁、秩序以及权威有关的事物多了几分亲近。他微笑着迎了上去。王莲生见过些世面，还不好不坏的能说上几句洋文。这多少让巡警灰蓝的眼珠子泛出了珍珠的光泽。

"还要多久能到上海？"王莲生问。

"天气不好,可能会迟点。"

"船颠得厉害呵——"

"听说……听说已经翻了两艘小船了。"这估计是上头关照要保密的消息,但蓝眼睛巡警一个犹疑还是说了出来。话一出口,他便有点后悔,眼睛里的珍珠光泽暗了暗。手顺带搭在了腰里的警棍上。

王莲生原本还想打听一些治安方面的事。听说上海是不太平的,石库门外的里弄,到了晚上九点钟就要上锁;还有呀,听说上海好吃的东西多,好看的人多,但是小偷、强盗、野鸡、骗子也多……正在这时,突然从船头那儿传来一阵嘈杂的人声,一个拉高了的嗓门在叫:"瘪三!真是瘪三呀!"停了一下,紧接着又传来了哭声:"那我该怎么办呀——怎么办呀——我要跳海了呀——"

王莲生心头一紧。但并没听到类似于"扑通"的声响。人没有跳下去,好奇心倒是上来了。

蓝眼睛巡警在前,王莲生在后。蓝眼睛巡警用洋文说,王莲生再用中国话复述一遍。

一个穿绿衣服的身影正俯在船栏上哭。是个二十来岁的纤弱男孩,他给王莲生的第一印象,是白如玉色的脸上挂了满脸的泪珠子。倒像是剔透的珍珠,但给脸上的白冲淡了。越发显得凄清。

"你们别过来!我要跳了——我真的要跳了——"他哭得很凶,人和衣服都在剧烈的发抖。但他说话与喊叫的声音,却有着奇怪的女性化特点。这莫名其妙的悲剧因此变得有些滑稽起来。连王莲生都忍不住笑了。

"你多大了?"蓝眼睛巡警皱了皱眉。围观的人已经渐渐多了起来,带着晕船时微青或者发白的脸色。王莲生发现,和他同舱房的那个干瘪老头也出来了,人显得更小了,佝着。手里却还紧紧抱着那个小罐头。

"十九岁。"

"十九岁？才十九岁你就想跳海？"蓝眼睛巡警的眉毛皱得正紧了。

伴着海浪，四周有掩饰不住的窃笑声。这话虽然说得正义凛然，但听上去，仿佛二十岁跳海就要正当很多似的。

十九岁的小男人正沉浸在自己的悲恸中，自顾自地把话说下去："那个瘪三！那只贼骨头呀！我在睡觉他就进来了——也不知道是从哪里进来的呀！现在的人怎么这样坏呵……"

大家突然警醒。有几个立刻分头回了自己的舱房。但还是有人没被贼的气焰吓住，一个手里抱了孩子的胖女人探头问道："那偷了什么东西没有？"

"偷了倒好了呀，我现在宁愿他偷呀——"这话说得离奇，甲板上一时安静了下来。这突如其来的气氛却让小男人再一次悲从中来："我怎么这样苦命的呀，好不容易托人买来的金鱼呀，花了不少铜钱的，钱还在其次——"他停顿了一下，不知该不该把底下的话接着往下说。但还是说了，并且突然有了条理，一板一眼的："我花了大价钿买的金鱼，那叫好看呀，五颜六色，讲是从很热很热的地方带来的，我们这儿从来看不到的。就是上海人也难得看到的。上海啥东西没有呀，就是没有这种金鱼！我带到船上来，准备到了上海送人的。哪知道刚打了个瞌冲，贼骨头就来了呀——我睡得糊里糊涂，从床上跳起来就追他——那么就出事情了呀，贼骨头倒逃脱了，那只金鱼缸就放在床脚下头，戗睡觉睡得忘记了呀，一不当心就把它弄碎了，作孽呵，那些鱼真是作孽呵……"

大家齐声道："那个贼呢？"

小男人梨花带雨的跺了跺脚："真应该千刀斩，万刀剐呀！那只贼骨头——给他逃脱了呀，我心里急，看都没看清他的样子——好像是穿着黑衣裳的。"他的桃花眼溜溜地在人群里打着转。里面还真有两个穿黑的，一听这话，都下意识的缩了缩身子。但这时小男人突然又改变了主意："不对，也有可能是穿蓝衣裳的……"

这时蓝眼睛巡警有点看不下去了。他朝前走一步，颇为威严地说道："这种话是不好乱说的，一会儿黑衣服，一会儿蓝衣服，你自己想想清楚，想清楚了再说。你这样乱说是要诬陷人的。"

小男人原本心里就委屈，这时又给巡警的话吓住了，他张了张嘴，又合上一半，一时半会不知道该说什么。倒是旁边的人纷纷活络起来。抱孩子的胖女人凑到王莲生跟前，抱怨上礼拜她上街买点东西——"要铜钿呀，那个人立在马路边上，伸出手来就要铜钿。他说他是难民，要我可怜可怜他，我哪里知道他到底是不是难民。身上穿得倒是破破烂烂，一双手是墨墨黑像个赤佬——我心里怕呀，那个怕呀，手都在发抖的。你不知道他眼里有凶光的呀，不给他铜钿要给他杀掉的呀。"

胖女人说话时，她怀里的孩子不停用脚踢着王莲生的衣服。王莲生躲了几次都没躲开，心里不由嫌恶起来，便敷衍道："世道乱，只能自己当心了，要自己当心。"说了也知道是白说。

干瘪老头也挤了过来。他晕船的症状此时已经消退很多，人突然变得活跃了起来。

"他说的那种鱼——我倒是见过。"他颇为得意地冲着王莲生挤挤眼睛。

"哦，那好，见过好。"老头刚才在舱房里的行为，仍然让王莲生有些无法释怀，所以并不太愿意搭理他。

但老头似乎并不介意这个，继续把关于金鱼的信息告诉王莲生："你不要听他瞎说，他说的那种金鱼呵，宋朝的时候就有了，养在宫里头的……"

王莲生自恃读过几本旧书，对宋朝又颇有几分好感。觉得一个在颠簸的船舱里抱着罐子吐得哇哇叫的人，是没有什么资格谈论宋朝的。他微抬的鼻孔里发出一声很轻的"嗤"，但终于没有忍住，反问道："你以为他说的是中国的金鱼吗？"

这回轮到老头张口结舌说不上话来。王莲生便把声音略微提高些："他说的是长在热带的鱼，热带——知道吗？"心里料想着说了老头也未必明白，王莲生不免有些不屑，但又不舍得不把这种富有知识的话说下去……

就在这时，人群突然又起了骚动。只见小男人把一条腿跨过船栏，嘴里喊着一个奇怪的名字——听上去像是个女人的。然后他大叫一声："没有面孔去见你了呀！"

"扑通"一声响！几乎是很轻的，因为海浪的声音太大了，完全把它盖住了。大家吓愣了两秒钟，疯一样的扑到船栏上去看。哪还有人的影子，船在雪花般涌起的浪头里往前直奔，那几只白色的海鸥远远跟着，仍然紧贴着水面在飞……几乎让人怀疑，刚才那个俯在船栏上的绿色影子——仅仅只是个幻觉。

"哎哟！吓死人了，真是吓死人了！"胖女人先是拼命拍着自己的胸脯，慌乱中又拍起手里的孩子来。终于那孩子也被她弄哭了，哇哇乱叫了起来。

甲板上不断有人在奔来跑去，都知道有人跳海了，是个年轻男人。刚上来的人不知怎么回事，半是兴奋半是恐惧的逢人便问；而目睹那一幕的，多半还没回过神来。慌乱中只听有人在叫：

"鲨鱼！快看，有鲨鱼！"

确实有个黑乎乎的大东西，在不远处的海面上晃了晃。或许真是鲨鱼，但或许也并不是。这时船身猛地一颤，王莲生突然觉得胸口有点发堵，连忙用手紧紧抓住船栏，干瘪老头的声音又在耳边响了起来："我见过那孩子，我想起来了……真的想起来了，他是唱戏的，可惜了，真是可惜了。"

王莲生头里发晕，眼睛是闭上了，但耳朵却愈发灵敏起来——

还是那老头的声音："唉，戏子，唱戏唱多了，唱得脑子也坏掉了。"

中了毒了。"

　　一个男人用力咳嗽了两下："为了几条金鱼，嗐，真是活见鬼。哪有这种事情的，为了几条金鱼去跳海，真是听都没听说过。"

　　突然一个女人插话进来："肯定是送给上海书寓里的长三的，那里面的女人……"话是才讲到一半，至于另外那一半，则让语气和声调来继续阐述。王莲生眼前就此晃过几个女子，衣服是杏黄的，上面绣着龙凤。一个车夫赶着马车从烟柳深处的的而来——顶戴花翎，身上是黄色马褂——以前朝廷上的命官大致就是这种打扮。王莲生以前就常听说，上海的那些高级妓女通常喜欢这样卖弄花样。她们住在租界里头，中国人管不到，洋人又不爱管。更重要的是，她们都没有固定的男人——不像那些低眉顺目的良家妇女，嘴上说得强硬，但要是真有男人为了她跳海，心里难保不是高兴的。

　　想到这里，王莲生微微睁开一点眼睛，眼梢里突然瞥见那个干瘪老头的手一抬，那只一直被他抱着的罐子飞闪着掉进了海里——当然，也有可能仅仅只是个幻觉。

　　在认识沈小红以后，有好几次，王莲生对她讲起过船上的这段经历。那时王莲生一个人住公馆，客堂粉白的墙上挂了幅字："荷叶生时春恨生，荷叶枯时秋恨成……"字是才来上海不久时买的，那时王莲生还没逛过长三堂子，更不认识沈小红。那天他和一个生意场上的朋友，连带两个伙计，大大小小买回一大堆东西。在一个玉器摊位前，王莲生被一块成色特别的玉佩吸引住了，停下来和摊主聊了会儿。等到回过神来，才发现朋友和那两个伙计全都不见了。

　　初夏的天气，没太阳的时候天是蓝的，飘着云；但也有的时候阳光朗朗有声，更何况是从人群里蒸腾起来的太阳……王莲生在无数的翡翠鼻烟壶、银色雕花水烟筒、斑竹的小屏风、不伦不类烫了金的青花瓷瓶里兜过来荡过去——人,到处都是人,上海人、苏州人、浙江人、"江北人",黄色皮肤、白色皮肤、抽了鸦片变成灰色皮肤的……

一个穿黑色布衣的矮胖老头,不知什么时候挤到了王莲生旁边。他右手握成一个拳,异常神秘地张开一小条黑黝黝的缝:"买伐啦?"

王莲生一时没听清,惶惑地摇了摇头。老头便又凑近了些,鼻孔里的热气像老牛一样吸进去又吐出来:"好东西,买伐啦?"

这时王莲生突然想起船上抱孩子女人的一番话:"伸出手来就要铜钿,真是要命的事体。一双手是墨墨黑像个赤佬——伊眼睛里有凶光的呀,不给他铜钿要给他杀掉的呀!"王莲生直觉得脖子后面寒丝丝的一阵冰凉。连忙一把抓起衣服的下摆,风一样的拔脚向外跑掉了。

那天回来后王莲生才发现,就在他狂奔的时候,捏在手里的那幅字被什么东西扎了一下,有点破相。但毕竟还不碍大事。后来,有一天沈小红来公馆看他。她歪了头,在那面挂着字的白墙前面站了很久。

"……深知身在情长在,怅望江头江水声。"突然她扑哧一声笑着说道:"这后面两句写的是黄浦江吧?"

王莲生被她说得一愣——当然并不是,虽然黄浦江就在不远的地方,到了晚上,还能听到汽笛的声音。像很多小孩子在哭,怎么哄也哄不停。

"那天我在船上的时候,听到隔壁船舱有人在吹箫。但等到仔细去听,却又停了。那时风浪很大,整个的船都在晃……他们说那个海域是有鲨鱼的。"

这时沈小红插话进来:"听说那种鱼很凶的,牙齿老长老尖,还朝外翻出来,长得非常怕人的。"接着她又想到了什么,问道:"你说的那个跳海的人——是真的伐?"

王莲生正躺在榻床上吸烟,听到这话,不知怎么呛了一下,吭哧吭哧的咳了一会儿,好久才回答道:"怎么不是真的,我看他跳下去的。也就是眼睛眨一眨的工夫,人就不见了。"

沈小红"噢"了一声，紧接着又说："我是不大相信的，跳下去要淹死的——弄不好还给鲨鱼吃掉。"

王莲生这时缓缓地吐出一口烟来，说道："这事想起来真是不吉利，连汗毛都要竖起来的。你说怎么会碰到这样不吉利的事情？"

沈小红也不接话，自顾自地往下说："我是不相信的，我终归有点怀疑这不是真的。"

就在这时，一只小蛾子飞了过来，它扑动着翅膀，在沈小红鼻尖那儿落下了巨大的阴影。王莲生顺势转过头去……还是在昏黄的灯光下面，沈小红皱着眉头，微微抬起了下巴。虽然眉目里仍然少不了长三堂子的那路娇媚，但王莲生却是实实在在地给怔了一下——以前他怎么就没留意过呢，沈小红那小而尖的瓜子脸，她那双似笑非笑的眼睛，她那抬起的小下巴在空气里划出的一道细小弧形——这一切，突然让他想起很多年前，当他还是一个少年的时候，在乡下老家。那是一个初春的下午，他母亲让他送一样东西去邻村的亲戚家。下着很小很小的雨，走了很长一段路，才觉得鼻尖上慢慢变湿了（这让他想起了自家的狗）。他在一棵柳树下闭着眼睛站了会儿，觉得有无数根被水泡软的绣花针慢慢地飘下来——

他听到了母亲的声音。她在叫他。手里拿着一把伞。

他忘了是在什么地方看到那个少女的。柳树下面？弯弯的田埂那儿？雨停了？下得很大？一只鼻尖那儿黏糊糊的狗跟在她旁边？

他记得她的瓜子脸、眼睛、嘴边的笑意……他们可能还说了话。但说得没有太大的意义。他在她身边停了下来，犹豫了一会儿，说道："下雨了。"

王莲生年纪很轻就结了婚。是那种老式而合法的婚姻。太太是族上的远亲，一个圆脸白皮肤的姑娘。王莲生的母亲对他说："记得吗，小的时候，你们还一起玩过呢！"但王莲生却全然没有这方面的印象。他只记得婚前第一次和她说话,她娇羞的侧过头,顺带红了半边脸。但后来王莲生发现,非但和他,而是和其他一切人说话,她都会脸红。再到后来,有一天,王莲生无意中见她一个人坐在院子里绣花,一双缠过的小脚露出一小半在红裙外面,像只探头探脑的鸟。太阳暖洋洋的,蝴蝶懒洋洋的飞……她垂着头,脸上红扑扑的。

她是个一说话就脸红、不说话也脸红的女人。王莲生估计在她的生活里,除去父亲兄弟,几乎没见过什么其他的男人——但在新婚之夜,她却异常主动的尽了女人的职责,几乎有着讨好的嫌疑。王莲生莫名其妙的心生一念,似乎她把他当作了一个长期卖淫的主人。这却比她动不动的脸红更让他生厌。

王莲生后来出来做事,太太一直就和母亲一起住在乡下。他一年回去个几次,走的时候,她小脚踩着碎步送他。好些年了,她仍旧有脸红的毛病,人却有点过早见老了。她颤巍巍站在村里的柳树下面,眼光像一根根飘风的柳絮。王莲生在那柳絮般的眼光里变得有些恍惚起来——她看着他,可怜兮兮的。千万人中,命定了这个女人是属于他的——但王莲生不知突然又想到了什么,朝她挥挥手,转身走掉了。

再往后他回去的频率越来越少,等到调任上海做事,机会便更少了。有一次他和沈小红一起去一处书寓吃饭,才踏进客堂,王莲生便愣住了。只见客堂西角上放了只金鱼缸,大约一米见方的样子,里面装了大半缸水。鱼缸很深,从底下长出暗绿色的水草。客堂的门窗全敞开着,一阵从地底下冒出来的穿堂风……鱼缸里花花绿绿的鱼全体来了个休止,尾巴都不动了。悬空在那儿,听着什么。风是从前面来的,王莲生那件灰蓝色的长衣被牢牢地吸附在身上,弓起来。像极了一只负荆请罪的虾米。

倒是沈小红捂着嘴巴笑了起来,说道:"快瞧快瞧!你说的那只鱼缸不就在这儿嘛!"

王莲生也不说话,一个人又站了会儿。一个才来几天的娘姨拿了小菜来摆台面。王莲生悄悄问她:"这鱼……从哪里来的?"

这娘姨长得白净,但眼睛略微有点倒挂。显出惶惑、刁钻、憨笨兼有的神情。她轻声答道:"是这里先生的客人送的。"脸颊那儿却奇怪的红出一小块来。

后来王莲生一直在琢磨那娘姨脸上的飞红。不由得心生感慨,毕竟是长三堂子里出来的娘姨。虽然王莲生实在想不出她有什么好脸红的——在很小很小的一短片时间里,王莲生还突然看到了那棵柳树。他家乡的女人站在它底下,面若桃花。不知为什么,他觉得她就像一尾风干的鱼……他不看她,她就冻在那儿,等他远远地瞧瞧她,她这才活转过来。但即便活转过来,她也只是从鱼缸这头游到那头、再从那头游回这头的鱼——

"你走来走去当心点,这种鱼缸很容易弄碎的。"王莲生没头没脑的向娘姨甩出这一句来。那娘姨正忙着,没上心,倒是沈小红在旁边听了,咬咬嘴唇——连堂子里的娘姨都要他这样关心的,就扭头白了他一眼。

二

这天下午,王莲生事先约好了带沈小红去见一个裁缝。那是个长着一头金发的白俄女人。近来上海流传着很多关于她的传奇,主要有以下这些:

白俄女人经营的服装店是目前上海价格最昂贵的。

白俄女人长得相当漂亮,身材则如同铅笔般细瘦。

身为裁缝,白俄女人却拒绝为任何身材超过一定宽度的人做衣服。

沈小红最为关心的是第三点。她曾经颇为好奇地问王莲生:"这个一定宽度到底是什么意思呵?"王莲生想了想,觉得自己也回答不上。在沈小红这儿,王莲生经常会遇到这样的情况。比方说,有时候沈小红会问他:"你们男人是不是都爱上这种地方呵?"又比方说,近来她最常问的:"你倒是说真话,不许骗我,那个在船上跳海的人,是你编出来的吧?"还有一次,他们不知为什么事吵了起来,沈小红蓬头垢面,一把眼泪一把鼻涕泼妇似的大闹。但过了会儿,她突然又软了下来,从后面抱住他,挂了泪的脸贴住他的背:"你这心不晓得怎么长的!变得真厉害——你不会不要我了吧?"

王莲生不知道该说什么,他明明晓得他的心不长在背上,但她的话却莫名其妙的有些叫他心酸。

有一些事情王莲生是清楚的。他是嫖客,而她,则是他用钱买来的女人。在上海,像她这样的女人有不少:沈小红住在荟芳里,周双珠住在公阳里,黄翠凤则住在尚仁里……像他们之间这样的关系也是常见的:嫖客们在她们身上花钱,买全套的红木家具,买衣服、首饰,各种各样的花销,一开始是不认识的,后来成了客人和倌人。有的能好上很多年,有的刚好上就闹翻,还有的要好得头都要割下来……就连最后的结局也是有迹有循。有人就这么劝过他:"莲生呐,我这些时看下来,越是跟相好要好,越是做不长。倒是不过这样么,一年一年也做下去了。"

但有一件事情他却不是很清楚——有时候,他经常会听到一个细小而尖厉的声音在那里叫着:"我和你们是不同的……我和你们是不同的……"然而问题在于,他说不清楚究竟是哪里不同。这是个欲语还休或者说有些禁忌的问题。王莲生甚至觉得,就连多想想它,本身也是种禁忌。

这个下午时阴时雨,时雨时阴,王莲生去沈小红那里接她。弄堂里静悄悄的,平时那些卖"五香茶叶蛋"的、弹棉花胎的、修鞋的、算命的,一下全没了踪影。王莲生正低头默想,一个梳了刘海的女人突然从门洞里探出头,"哗"的一声,倒出一大盆面汤水来。

"哎哟,吓死我了!"她大白天见鬼似的,使劲拍着胸口,冲着王莲生大叫起来。

明明应该是王莲生吓一跳的，结果却是那女人被吓着了。王莲生不免也有些生气。但他一生气，话便说不太连贯，甚至还有些轻微的口吃。所以他干脆也睁大了眼睛瞪她——这一瞪不要紧，那女人竟然扔了手里的脸盆，两只手抱着脑袋，逃一样的逃进去了。

"刚才在弄堂里，我遇到个神经病女人。"两人在马车上刚坐定，王莲生便气呼呼地告诉沈小红。

"神经病女人？"沈小红一脸诧异。

"你说怪不怪，她差点把水泼在我身上，却说自己要给吓死了。"王莲生恨声道。

"她长得怎样？"沈小红也觉得可乐，嬉笑着朝王莲生身边挤，但仍不忘追问道："蛮好看的吧？"

"嗤，那也叫好看？梳了排刘海，十足像个马桶盖。"王莲生讲得咬牙切齿，心里略微舒服了些，但还是有不放心的地方，问道："我今天是不是特别难看呵？"

"你不要瞎说。"沈小红柔声道。

"那她干吗像见了鬼似的？"王莲生想起刚才的一幕，忍不住又问。

"这……"沈小红一时有些语塞，但她是个聪明女人，又凭借着长期的职业习惯，便远兜远转的把事情岔开去："恐怕她是给上个礼拜的那件事吓坏了。"

"上个礼拜？"王莲生果然上当，顺着沈小红的思路问下去。

"上礼拜呵，我们弄堂里出了一桩事情。早上有一家的娘姨出去买菜，起得早呵，天还是有点墨黑的，墨黑还不算，潮露露的还有雾气。这个娘姨么可能隔天晚上没睡好，打着瞌冲，走起路来一冲一冲的。快要到弄堂口的时候，她不晓得怎么脚下碰到一样东西，软咚咚的。她好奇的凑上去看，原来是一堆破布。她也是小孩子脾气，再用脚去踢一踢，这么一踢,那堆布就散开来了,里面露出一样东西来——你猜是什么?"

"铜钱?"王莲生脱口而出。去沈小红那儿时,他常给她带些东西。有时是她开口向他要的翡翠头面、玉佩,有时则是他一时兴起,在街边买的一朵肥白的栀子花,一包热烘烘的糖炒栗子……他去看她,多半是因为想她。但若是空了手去,即便她不说什么,他也会觉得不对。他不能光带了感情去,感情——即便它确实是存在的。这好像也已经成了禁忌。

"那么,是一只老鼠?"沈小红怕老鼠。王莲生头一次在她那儿住夜,月光底下,确实有只灰白的小鼠当屋穿过。沈小红吓得尖叫了起来。王莲生至今还记得当时的情景,在清晨三四点钟模糊的月色下面,她显得那样弱小,无助。其实他也是弱的,那天他刚看了场关于打仗的电影——里面那么多的死人,那么多的血,那么多的半死不活的扭动的肉体,还有那么多的人吃了枪子,扑通扑通地从船上往水里跳……

"还猜不出来呵?"这时沈小红催着问道。

"真猜不出来,"王莲生伸出手,轻轻拔掉沈小红头上的一小根白发,说道:"告诉我,里面到底是什么?"

"一个死婴……是男孩,脸色都发青了。"沈小红说。

白俄女人的服装店设在一家饭店的底层。沈小红和王莲生从马车上下来时,雨停了。天边挂着一小道虹。沈小红抬头望了望它,突然觉得眼前一阵晕眩。这一小道的虹吊在铅灰荫翳的天上,亮堂堂的直晃眼。同样亮堂堂的还有她身边这个高大的饭店建筑。白清水砖墙,中间嵌了道红砖的腰线。就像天生是为一个裁缝设计的。

灯光暗得更像烛光。地毯是吸音的,使人联想起林中积雪。很多很多曲曲折折的扶梯,很多很多长长弯弯的过道……全是看不见尽头的。点着烛光的林中积雪里慢慢走出一个人来。穿着白的制服,戴着白的手套。他说的话沈小红也听不懂。后来王莲生说话了，他说："找丽蒂亚女士。"

裁缝丽蒂亚正坐在一张沙发上看报。在推开丽蒂亚的门以前，在长得让人产生幻觉的走廊里，沈小红还迎面遇到了好几个女人。两个极瘦，一个丰腴，另一个则特胖。"为了让她量腰身，今天中午我可是饭都没敢吃。"沈小红一面与王莲生小声打趣，一面思忖着，这名叫丽蒂亚的女人一定是有怪癖的。沈小红以前也见过几个白俄女人，也美，但多半是又粗又大，在中午白得冒烟的日头下走过时，灰绿色的眼睛斜视着，身上像冰山……所以坐在沙发上真正的丽蒂亚抬起头来时，沈小红不由得愣了一下。所有的事情她都想对了，但又不全对——丽蒂亚确实漂亮，但更像蜡像馆里好看而生硬的蜡人，没有一点点即便是肮脏的人的气息。丽蒂亚确实很瘦，但她穿了件罩住脚背的中式袍子，只露出高高突出的锁骨——丽蒂亚也确实奇怪，因为沈小红盯着她看，她也回看，用那双冰冷得不像是人的眼睛，异域的眼睛……沈小红手足无措地涨红了脸，但丽蒂亚的脸一直是白的。沈小红想，那多半是因为冷漠。

屋里的窗帘下着，看得出是用好布料做的，但已经有点褪色了。壁炉里冒着火星，噼的一下，啪的一声，不知道是刚生起来，还是马上就要熄掉。几盆小菖兰和杜鹃花可能才从暖房里拿出来，被随意地摆在角落里。有点蔫，正打瞌睡似的。还有一只蜷成一团的波斯猫，懒洋洋地躺在丽蒂亚脚下，睡着，却像死了一样。丽蒂亚慢条斯理地把报纸折起来，再折一道，轻轻地在膝盖上磕两下，这才冲着沈小红开口道："你的腰围，多少？"

看得出来，丽蒂亚的中文不太熟练，但沈小红却觉得，这样短促而确凿的表达才是最适合她的。所以当王莲生提出要为她们当翻译时，她坚决地摆手拒绝了。

"一尺八寸……也可能一尺七寸吧。"沈小红看着丽蒂亚脸色的变化，犹犹豫豫地回答道。

丽蒂亚微微皱了皱眉，简短地说："量一下，过来。"

丽蒂亚的手在沈小红腰里蛇一样地滑动。她金黄色的头发像火，但那火是没有温度的。她手里拿着笔直的裁缝专用尺，手上暴出清晰的青色的筋络。她们两个离得那样近，沈小红几乎能闻见白俄人身上那种微酸的体味……但不知道为什么，沈小红就是觉得丽蒂亚不像一个血肉之躯。她有种强烈的感觉——丽蒂亚从头到脚都像个假人，连《聊斋》里的鬼都不如。因为没有心。

又过了一会儿，丽蒂亚的手终于停了下来。她冷冷的，自言自语般地说道："一尺七寸半。"

沈小红好奇地问道："那，可以吗？"

丽蒂亚点点头。顺带把"可以"或者"不可以"省略了。

任何一个女人，只要讲到衣服或者男人，总是免不了眉飞色舞的。沈小红一迭连声地比画着说下去："呐，绲边要阔一点，用深紫色，宝蓝的也行……领子要高，边上斜出来。底边长些，盖住脚才好……"她自己没在意，倒是旁边的王莲生用胳膊肘捅了捅她，还闷闷地咳了几声。

这时沈小红才注意到，丽蒂亚正一脸厌倦地摇着头。

沈小红惶惑地看看王莲生，又惶惑地看看丽蒂亚，问道："怎么？"

丽蒂亚的回答仍然很简短，一字一句都要算钱似的说道："什么场合穿？只要告诉我。"

沈小红这时多少也被她的简洁感染了，一字顶一字地回答说："饭局。"

丽蒂亚牵牵嘴角道："行了。"

沈小红诧异地脱口而出："行了？你连款式都不问问我？宽袖还是窄袖？高领还是低领？长度多少？绲边的颜色呢？你怎么就知道行了？"

丽蒂亚一如既往地明确道："不需要这些。你没有发言权。拿衣服，半个月以后。"

这个饭店的顶层是个装修考究的餐厅兼舞厅。在一个临窗的座位坐下后,沈小红这才惊讶地发现,黄浦江竟然就在底下。薄暮下面,泛着波光的江面上缓缓行驶着几艘中国式的帆船。沈小红有个远房亲戚就住在徐家汇的河上,那是只不足六英尺宽的小舢板,上面盖着藤条的顶棚。沈小红第一次去那里时,一个裹了小脚的女人正坐在船沿上为一只拖鞋绣花。她悄悄地告诉沈小红说:"是为外国市场做的。他们要很多双这样的拖鞋,白色的,丝的。"船舱里面,几个男人正围着打麻将。一些浅蓝色的烟雾从烧木炭的炉子里升起来……空气里充满了一种臭水沟的气味,直到离开,沈小红都没弄清,那种气味究竟来自浑浊的河水,还是和那几个光脚赤膊的男人有关。

"看,丽蒂亚——"这时,沈小红听到了王莲生压低的声音。

确实是丽蒂亚。这个顶层餐厅由一架老式电梯接送客人,此时电梯口出来的两个人里,一个就是裁缝丽蒂亚。丽蒂亚穿了件紧身的黑色晚礼服,脖子那儿垂着一长串硕大的珍珠。她的金发在脑后挽出一个厚重的发髻——夕阳下面发光的山峰也就不过如此罢。而另外一个,是此刻正站在丽蒂亚旁边高大帅气的男子,此人皮肤稍稍有点黑,但眼睛亮得像两盏小灯。

"那是她丈夫,据说还是个时髦的海军军官。"王莲生犹豫了一下,继续说道,"她丈夫是个中国通,他们每天晚上都来这里跳舞,大家都说他们在一起跳得很美。大家还说……他们非常相爱。"

一个穿白衣服的中国雇员走在前面,丽蒂亚和她那军官丈夫跟随在后。丽蒂亚显然已经认出了沈小红他们,她低下头,和丈夫低语了几句。

"你们好!"沈小红正低头吃一份马里兰炸鸡,高大的海军军官已经站在了她和王莲生面前。

很显然，相对于丽蒂亚的沉默，她的军官丈夫是相当健谈的，他从服务员手里接过一杯加了冰块的酒，耸了耸肩说道："丽蒂亚从来都不肯为我做衣服，她说我的宽度超过了尺寸。"接着，他像是突然想到了什么快乐的事，笑着高声说道："你们知道吗，丽蒂亚是个怪人。"

然而沈小红觉得丽蒂亚的丈夫也是奇怪的。他喋喋不休地说话，喋喋不休的喝酒。他小灯一样的眼睛一直照在丽蒂亚身上。他说："丽蒂亚每天早上都在窗口看着我出门，我骑着那匹可爱的蒙古矮种马，那还是去年秋天的时候买的……那可真是匹好马，是吧，丽蒂亚？"他又说："对了，你们知道蒙古的矮种马吗？它们长在中国的蒙古草原上，每年一次被人赶到南方来。只有在长江流域的马市上才能买到它们……你知道它们有多棒吗？"他转过头看了看王莲生。王莲生有些茫然地摇了摇头。"你知道它们有多棒吗？"他又回头看了看沈小红。沈小红也不知所措的摇头。"它们可真是棒极了！"这回，他什么人也不看了，自顾自地说下去："你们知道吗，一匹五十英寸左右高的马，它就可以驮起一个重达一百四十磅的人！一百四十磅！想想看，一百四十磅！"夜色已经像军官鼻子里喷出的雪茄烟，一点一点弥漫起来了。沈小红注意到，军官说话的时候，丽蒂亚总是沉默着在听。如果说，下午的丽蒂亚像尖锐而冷的冰，那么此刻，丽蒂亚就被笼在那层浓浓的烟雾里了。也不知道为什么，沈小红突然想起，曾经有一次，她在弄堂里看到过一匹受惊的白马。它远远的奔来，叫声凄厉，鬃毛飞扬。它一连踩伤了好几个人。但沈小红却一直记得，那匹马眼睛是红的，好像在哭。

军官的话也像那匹惊马，一旦脱了缰，就很难再停下来："但驯养矮种马可不是件容易的事。草原上的马野性可真厉害，一开始非得三个人帮我才行，两个人抓住马头，第三个人按牢它的一条后腿……啧啧，那可真是要命的事情，真是要命的事情……"他的身体奇怪的晃动起来，仿佛此刻正骑在马上，行于途中。

这时王莲生也喝了点酒,有些兴奋地加入了谈话。他说他倒是凑热闹去看过赛马会,每年春天和秋天都各有一次。他兴致勃勃地说道:"那时好多人赌呵,连小姐都赌——她们倒不是赌钱,她们赌扇子、女帽、雪茄烟盒,甚至还赌男朋友。"

大家哈哈大笑。军官笑得最响。

沈小红又插话进来道:"那也应该是外国小姐吧。"沈小红不会赌钱,钱是自由恋爱从男人那里赚的。虽然还不够自由。

军官的眼睛闪闪发光道:"我倒见过一个,穿着好看的绸衣服。"身边的丽蒂亚这时竟然舒展了眉眼,军官便愈发开心起来道:"中国女人,好看的。"回头看一眼丽蒂亚,又一字一句地补充道:"当然,丽蒂亚最好看。"

就在这时,舞池里奏响了低沉的乐曲。一个矮矮的系了黑领结的老头,突然幽灵似的站在了那里。灯光很暗,闪烁不定,老头的脸一会儿白得像个死人,一会儿焦成一根木炭。他微微的垂着头,看上去有些漫不经心。又过了一会儿,老头抬眼看了看下面的观众——这是所有的事情里非常奇怪的一件。因为很多人都觉得老头是在看他们。沈小红、王莲生、丽蒂亚、丽蒂亚的军官丈夫、邻桌那一对路都快要走不动的上海老夫妇、两个站在暗处旗袍开衩到腰部的中国流莺、手里端着法国香槟的白衣侍者、电梯里走出的一位漂亮女士——天使也没她好看,修女都不如她冷漠……

老头的脸上浮现出一种微笑。他要唱了。每个人都觉得他是唱给自己听的。

"丽蒂亚!来,我的小丽蒂亚!"

军官摇摇晃晃地从座位上站起来。他一站起来,丽蒂亚也起来了。他们俩手拉手地走到舞池里去了。他们俩一走进池子,已经站起来或者刚想站起来的人,就又纷纷坐了下去。

但歌声已经起来了。丝毫没有停顿。

太阳升起前忧郁向我袭来
我泪水汪汪
太阳升起前忧郁向我袭来
我泪水汪汪
我不喜欢这种情感
它令人多么悲伤

沈小红目不转睛地盯着他们。丽蒂亚和她的军官丈夫，他们确实跳得美。美得简直就不能叫舞蹈，而是黄浦江上升起的一个梦。但这个梦很快就被邻桌的那对上海老夫妇打破了。

先是听到老先生不断地用手轻敲着桌子，他长长地叹了口气，说道："一对可怜的人呐。"

应该是恩爱夫妻，因为白发苍苍的老太太也习惯性地跟着叹气。但其实是不明就里的，所以叹完气后，紧接着又好奇地问："为什么？"

老先生继续感慨道："没有家了呀。上海的这些白俄都没有家了呀。"

老太太跟着感慨道："是呀，没有家了呀——为什么呢？"

这时老先生压低了声音，用男人谈论时势政治时的标准语气缓缓说道："他们的政府取消了他们的公民权。因为他们现在住在国外，所以就再也回不去了。你知道吗，他们现在已经是难民了。"

听着这些奇怪的词：政府、公民、难民……老太太脸上像焰火一样变幻着，惊讶着。她一边点头，一边继续发问道："怎么会有这种政府的呀？"

老先生感慨而欣慰地点头，再点头，嘴里不停叹息着："没有家了呀，没有家了……"他是有家的。自家的窗户外面也能看到黄浦江。就连将来的归宿也安排好了,比较新派的、非常潇洒的关照小辈他们道:"以后也不要你们多操心,就把我葬在黄浦江里好了。"

不知怎么的,就连随和的老太太也有些伤感,一时沉默了下来。他们沉默了,沈小红却突然扭过头去,看着灯光下闪烁不定的王莲生,用一种非常认真、非常严肃的口气问道:"上次,你说的那个跳海的人,是真的吗?"

三

这是一个繁花似锦的春日。

隔天夜里沈小红没睡好,迷迷糊糊的,却老是听到隔壁弄堂里的狗叫声。她两次推窗去看。第一次是光看到月亮,亮堂堂的,像一张上了白粉却没有五官的戏子脸。第二次刚好有个黑影蹿过去,"嗖"的一声,还连带一个飘远了的声音:"着火了!着火了!"

沈小红心里猛一惊。刚想下楼叫人去看个究竟,那黑影却在不远处站定了,只听有人嘶哑了嗓子在叫:"在东棋盘街那儿呢!"

后来,便是敲钟的声音,好像是四声。再后来,那钟声突然变成了沉闷的鼓点,一连串清脆的拍板——竟是戏园子里的氛围了。这时,一张上了白粉五官清秀的俏脸露了出来,幽幽唱道:"一霎时把七情俱已昧尽,参透了酸辛处泪湿衣襟……我只道铁富贵一生铸定,又谁知人生数顷刻分明。"

那脸、那身段、那回眸的眼风……即便磨成了灰,沈小红也认得他。她伸出手,娇媚地迎向他,眼前却突然空蒙起来。"嗡"的一下,像无数碎白珠子串成的雨帘,就那样隔在那儿,隔着他和她。她穿过了一道,却还有下一道。层层叠叠,总也没有完——本来就是挣扎着才好不容易睡的,这不,刚刚才入梦,一下子便又醒了。

但天确实是好天。像这样的好天,在一年里也是难得遇上的。荟芳里的小院子,那些种着的花全都开了,桃花、梨花、杜鹃、山茶、牡丹、芍药……王莲生撩起衣摆下了马车,缓缓步入——穿越了无数开着花的树枝,散着香的花瓣——终于出现在沈小红面前时,就连她也突然……有了一丝细微的惊喜。

他们想去龙华附近的一个小寺求签。这是好几年来的老习惯了。前些年去的都是有名的龙华寺。坐着马车去的。一路上全是马车,风尘滚滚,马车上坐的都是像他们这样的香客。虔诚的,或者并不那么虔诚的。他们烧香、许愿、求签,还顺带去看看风吹铃响的龙华古塔。但去年却出了点意外。赶马车的车夫不知怎么走岔了路,走着走着,发现路上只剩他们一辆马车了。路越走越错,但景致却是越来越好。路边开着桃花,林中飞着鸟鹊,还左一点、右一滴的飘下雨丝来。两个人渐渐的都不想回头了,像孩子一样在车上嬉闹起来。这样突然一个拐弯,那个野地里的小寺就梦幻般地出现了。

王莲生先下车,走了几步,回头向沈小红招了招手。

一路都是湿漉漉、绿油油的竹林。雨不大,反倒每一丝、每一滴都在竹叶上站稳了脚跟。空气里织着雨雾……连雨雾都是绿的。

"真静呀,要闹鬼似的。"沈小红小声嘀咕着。

竹林的尽头是座石桥,寺庙则在石桥的那一头。旧得掉漆的寺门大开着,但里面看不见一个人。从寺门里望进去还是竹林。看不到尽头。

"吓人伐,吓人伐。"沈小红的声音变得有点不自然起来。

"蛮好的,别瞎说,蛮好的。"王莲生伸出手去,正好和沈小红的手抓在了一起。两个人——嫖客王莲生与妓女沈小红,就这样手牵着手,在雨雾里慢慢地飘了过去,飘过了竹林,飘进了没有门框的寺门,又飘在另一片看不见尽头的竹林里了……

那天他们每人都求了一次签。一个面无表情的老和尚站在旁边为他们敲钟。他先是问沈小红说:"你拜不拜呵?"沈小红连忙点头回答道:"拜!拜!"老和尚就面无表情的为她敲响了钟。接下来他又问王莲生道:"你呢?拜不拜呵?"王莲生还没来得及回答,或许是刚才受了点凉,喉咙里一阵发毛,一个很响的喷嚏脱口而出——但好像谁都没有注意到王莲生的失态,因为老和尚已经面无表情的手起钟响,只听到:

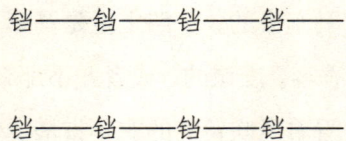

他们事先约好了,求来的签彼此不看。非但不看,而且不说。然而,从寺里出来,重新坐上马车踏上回去的路,王莲生与沈小红却不约而同的得出了这样的结论:明年还得来一次。不去龙华寺了,就来这里。还让那个面无表情的老和尚敲钟。

还是那个走岔路的车夫,还是这个季节,口袋里还装着去年求来的那支签。他们想着:等到还了愿,就告诉对方签上到底写了什么。他们没想到今年再也找不着那个寺了。

回来的时候已经时近午后,车夫急得满头大汗——这回不是因为出错,而是为了再也没法第二次同样的出错。车子刚进弄堂,沈小红就赌气下了车,头也不回地进了荟芳里。虽然沈小红有时也是任性的,但这天的王莲生原本就心里不快,也就漠然的没去理她。

马车沿着弄堂"的的"而去,一个手里挽着元宝篮、压扁了嗓门叫卖栀子花的刚嚷出半句,抬头看到王莲生的脸色,吐吐舌头,活生生地把下半句重新咽了回去。在不断晃动的马车上,王莲生一声不响地坐着,同样晃动着的还有他抓在手里的一件东西。那是去年王莲生在那个小寺里求来的签条。去的时候,王莲生把它小心翼翼地放在身上,但是现在,它突然变得不真实起来。王莲生觉得,它就像捏在手里的一大把沙子,走一路,散一路。

下午王莲生在自己的公馆里睡了一觉。大约三四点钟的时候,女裁缝丽蒂亚的军官丈夫来找过他一次。他手里夹了支雪茄,在王莲生客堂那面挂着字的白墙前站了会儿。这些日子,军官不时会来王莲生这里坐坐。有一次,军官很好奇地询问王莲生:什么是"装一支令人满意的烟枪的窍门";还有一次,他突然瞪大了那双蓝眼睛,不无愤慨地说道:"你们中国的老子,那个叫老子的,他凭什么说天底下的人都和狗一样呢!"

不过这天下午,军官倒是没和王莲生探讨什么。他不停地喝着王莲生沏的新茶,显得很沉默。倒是王莲生没话找话地问他道:"丽蒂亚呢?可好?"军官狠喝一口茶,又是摇头又是微笑地说道:"她倒是好——只是更怪了,客人上门做衣服,腰围超过一尺七寸半的一概不做。"王莲生看着窗外,心不在焉地问道:"那以前是多少呢?"军官叹口气道:"以前倒还是一尺八寸的。"

喝了两杯茶,军官就急匆匆地起身告别。王莲生礼节性的挽留他,他却连连摆手道:"你不知道的,丽蒂亚最近迷上了骑马!还不太会骑呢,胆子倒比男人还要大!"又放了轻声道,"最近我们新买了一匹矮种马,丽蒂亚管它叫'烈焰'……这时,军官的身体像真被火焰烧着似的,微微抖动,轻轻摇晃道:"过一会儿我们又要去骑马了,所以我还得赶着去添点马具。"稍停片刻,他又怜爱摇头道:"这女人——这女人——"

是傍晚时分开始起风的,王莲生正呆坐在窗前发愣,一张嫩绿的叶片突然旋转着扑上来,正中他的鼻尖。一股腥甜的春天的香气。去年,他和沈小红从那个小寺回来的途中,正遇上一群穿了赛马服的男男女女。

一个黑衣人一声令下，马夫便揭去盖毯，束紧肚带。骑手们纷纷上马。沈小红和王莲生的马车还在后面跟着跑了一段。都是些平坦的乡间土路，路边散布着高高低低的坟堆和周围长着杨柳的泻湖。透过或疏或密的树丛，王莲生还看到一个由鸬鹚帮着捕鱼的人。十几只鸬鹚出操似的，在他的舢板边站成一排，脖子上扣着金属做的圆环……

到处都是风的声音，马的汗味，还有紧贴在后背上的女人的香气——当然，那是正奔跑着的丽蒂亚和她的丈夫，他们骑着那匹名叫"烈焰"的马。在他们头顶上，一只喜鹊久久盘旋——王莲生突然觉得心头一阵发热，眼睛在屋子里忙乱的四下寻找起来。

那根签条好好地躺在八仙桌的一个角上。上面是简简单单的四个字："华枝春满。"

还是那条静悄悄的弄堂。还是那种古里古怪的天气，刮点风过后，阴了一阵，雨了一阵。还是那个经常回响在王莲生心里的细小的声音："我和你们是不同的……我和你们自然是不同的……"甚至那个挽了元宝篮的人也没走远，他显然是认出了王莲生，但这回他把一句话悠长而婉转地唱了出来："栀子花——要伐啦——白兰花——要伐啦——"

一切都是那样似曾相识。那把抓在手心里的流沙，回光返照似的，一点一滴再聚拢来。金鱼游回了鱼缸，落叶绽放在枝头……突然，在一个石库门前面，一个梳了刘海的女人探出头来，似笑非笑地看着王莲生。

这回是王莲生被吓了一跳。他下意识地退后两步，缩了缩脖子。等着一盆面汤水从天而降。

然而没有，刘海女人起手捋捋额前的头发，嘴巴贴近了王莲生的耳朵道："落雨了，憨大！"她嘴里吐出的热气，在王莲生的耳根上凝了几小滴水珠。王莲生只觉得无数颗暖融融的小水珠，在他心里升起来，落下去。落下去，又升起来……他闭着眼睛，听到一个不太像自己的声音在那里说道:"你说什么?你刚才在说什么?再说一遍,你再说一遍。"

刘海女人的手从那条开衩到腰部的旗袍里伸出来。小白蛇般,慢慢地游在王莲生的下巴那儿。又凉又腻的。她笑道:"憨大!我说你是憨大!"

十分钟后,王莲生衣衫不整的从石库门里奔出来时,刘海女人蛇一样的声音还在耳边回响着:"憨大!我说你是憨大!"——他才奔出几步,猛想起刚才脱衣服时,那根去年的签条忘在了刘海女人床边。但要再进去拿,他却是万万不乐意的。那疾风骤雨的十分钟,王莲生只觉得时光倒转,他变得完全不认识自己了。那个沉默、文雅、有教养的王莲生,那个爱美、懦弱、感时伤怀的王莲生,他们到哪里去了?风疾雨骤,他非但把自己吓坏了,更是一分钟、一分钟浇灭了疯长的火……所以等他再次回到寂静的弄堂,听到远处压扁了的卖花声——王莲生只觉得彻头彻尾的冰凉。他真是恨透了自己,他真是发了疯了!

王莲生靠在一棵柳树上整理着衣服。神思恍惚。此刻,他是这样的厌恶着自己,从而厌恶起所有的人。他觉得他的手是脏的,他的脚是脏的,他的嘴巴也是脏的。

"铜钿有伐?"一个穿得破破烂烂的黑面小个子,不知什么时候冒了出来。

王莲生觉得他的嘴是脏的,所以板着脸不愿意说话。

"铜钿有伐?"小个子的手在王莲生面前摊开来。墨墨黑的一双手,王莲生看着就觉得恶心。王莲生不愿意理睬这样脏的手。

"活命的铜钿,先生行行好,给一点吧。"小个子说话字简意赅,温文有礼。要在平时,王莲生一定会喜欢这样聪明的乞丐……但今天的王莲生一意孤行。他不愿意说话,不愿意行动,甚至不愿意理睬。

几秒钟以后王莲生就倒在了那棵柳树下面。带着一道致命的伤口。吭都没有吭一声。谁也没想到小个子乞丐会有这样好的身手。他一下扳住了王莲生的脑袋,刀片割断了王莲生的喉咙。乞丐随手把刀片扔在了地上,一把扯下王莲生身上的玉佩。转身就走。

而此时,隔了几十步远的荟芳里,沈小红正和一个男人歪在床上。沈小红侧着身子,正熟练地装一支烟枪。而那男人,则一只手撑着下巴,另一只手在空气里翻着兰花指——他的五官看上去倒是更像女人,即便现在还没上白粉,正素净着一张清水脸。

天色一点点地暗了下来。天上挂着一小片铅灰色的云,云里一小角月亮探出头来。斜斜的,吊在那里,像一小把薄薄的刀片。只有颤巍巍的锋利,没有光。

沈小红把手里装好的烟枪轻轻磕两下,再磕两下,然后才递给了身边的那个男人。"拿去——"她笑道,"像是上辈子欠你的——昨天晚上还梦着你呢!害我又是一晚上没睡好。"

那男人接过烟枪,嘴里含糊地答应着。不知为什么,他的声音听上去也像是空气里的兰花指。羽化成蝶的时候就是这样的。

沈小红仰脸看那男人,嘴角眉心都带着笑。过了会儿,她像是想到了什么,直起身子,非常认真地问道:"有桩事体倒要问问你,你说,在一个有鲨鱼的地方,一个男人突然跳海了——你觉得是真的伐?"

还没等及那男人回答,远处突然传来了喧闹的人声。有敲锣的声音,哭声,鼓声,小孩的尖叫声……那男人怔了一下,说好像是哪里在出殡。但因为远,最终是听不分明的。两人一时来了兴致,想到窗口看看。下床的时候,不知是谁带了一下,"啪"的一声掉了件东西下来。

男人好奇地捡起看了看。是一根寺庙里的签条。他翻过来,倒过去,然后轻轻地念出声来:"天—心—月—圆。"

月亮终于慢慢地从云里爬出来了。毕竟是春暖花开的季节,月亮即便不圆,也像是月圆。还有一股好闻的香味。月色普照大地。但是,躺在地上的王莲生,以及躺在床上的沈小红,他们谁也不知道,就在刚才起风的时候,有人在近郊的稻田里发现了裁缝丽蒂亚和她的军官丈夫。他们都已经摔死了。而那匹名叫"烈焰"的马横在一边,正喘着粗气。

人们很快确认了丽蒂亚和她丈夫的身份。因为他们在中国没有其他亲人,几天过后,一些朋友就把他们葬在了海里。在岸边,他们举办了一个小型的中国式葬礼。一个老和尚被请来做法事。他闭着眼睛,嘴里叽里咕噜了一会儿。然后,老和尚非常卖力、非常卖力地敲响了手里的一面铜鼓。

禁欲时代

我听见　从花园里传来的锣鼓喧闹
我看见　从黑暗之中燃起了火光

可是我的身体无法移动
这屋子里有鸦片的气味　久久不散

身上的衣服纤维断裂
绿如陈年老苔　红如少女血色鲜唇

凝结的时间　流动的语言
黑色的雾里有隐约的光

可是透过你的双眼　会看不清世界
花朵的凋萎在瞬间

而花朵的绽放　在昨天

——题记

1

我看到景虎来的时候,倒是个好日子。那天真是个好日子,有太阳。后来丫头小红告诉我说,这个礼拜景虎已经是第三次来了。但我不知道,我只知道看到景虎的那天是个好日子,是出太阳的。这个礼拜里只有这一天是出太阳的,前几天,不是下雨,就是有雾。但这天是个好日子。

我正在木格花窗的后面整理壁龛里的插花。我一向是喜欢在壁龛里只插一朵花的,含着苞,刚开了一点,上面还带着些露水。但那天丫头小红忘了我的规矩。她在里面插了一大把的花,足足有七朵。我有些生气。花开得很好,已经不是含苞的了,这或许也是由于天气的缘故。从窗口望出去,可以看到外面的园子。园子里的花也都开了,都是些明亮的色彩。阳光照在上面,照出一些粉色,嫩白。明晃晃的,也是明亮的光的感觉。

我一直都记得那天的阳光。很薄,透明,还有些香气。我记得那天的阳光,其实也就是记得第一次见到景虎的意思。我清楚这个。因为当时那样的对比实在是太强烈了:景虎和阳光。我一下子就怔住了,直到过了很长时间都没法忘记。我没有想到,这其实就是个谶语。

景虎那天穿的是黑色的衣服。或许是深灰,褐色,后来小红还说是紫蓝,但我都不相信。我固执地认为景虎那天穿的是黑色衣服。当时我正在木格花窗的后面整理壁龛里的插花,我在窗口站了一会儿,忽然看到从园子外面走进来一个人。

这个人就是景虎。但当时我还不认识他。这个从园子外面走进来的人长得很高,也不单薄,不太像南方人的样子。更重要的是他身上穿的那件黑色衣服。我并不是说那件黑衣服的本身,而是他穿着它,从外面走进来的时候,我一下子就产生了一种奇怪的幻觉:这个人与那天薄而透明的阳光是没有关系的，与满园子的花香也是没有关系的。他身上的黑色抵挡了它们。

但我没有说。我回头叫了一声小红。

丫头小红探头看了一下。小红尖声说那是景虎爷呀！隔了两条街，仓米巷里的景虎爷。他是来园子里买花的。这个礼拜，他已经是第三次来买花了。

我从窗口走回来。把桌子上的东西稍稍整理了一下，又走到壁龛前面，把里面开足了的六朵花取出来。我说小红你怎么忘了规矩，一下子就插了七朵花。七朵花是不可以的。只能插一朵。小红你记住了吗，你怎么现在老是要忘事，你可一定要记住才好。

小红没说什么。小红那天穿的是一件水绿色的衣服。她在我面前闪了一下，就又出去了。我记得那是种很好看的水绿色，水灵灵的。有些透明。

2

几天以后，我收到景虎请饭的邀请。景虎是个很好的主顾。赴宴、茶酒，与主顾保持亲密而小心的距离，是我们行内的规矩。所以我去了。

景虎很沉默。他把我们安排在一个小亭子里面。还是早春，有点冷。小红穿着很单薄的衣服，站在我的身后，很明显地能够感到她在发抖。我对景虎说，很感谢他买了那么多花。虽然我们的花品种很多，大家都愿意买，但没有人像他买得那样多的。然而景虎仍然很沉默。他微微笑了笑。因为是晚上，月亮不是太好，所以我没有看清。但他那种轻描淡写的做法，还是让我觉得刚才说的话相当愚蠢。

我一直在检视自己的坐姿。我穿了单衫，还有件厚些的外套，仍然感到冷。我听到身后小红牙齿与牙齿打架的声音。很细碎的，像月夜里过街的小动物。我怕自己终于忍不住也会发出这样的声音，所以尽量地使脸上露出微笑，并且不断地夸奖起景虎家的园子来。

菜终于上来了。由人从曲曲弯弯的地方端着过来。我一尝，惊人的鲜美。我注意到小红吃得有点不太像样了。我知道她饿了，而且冷，但是也不应该吃得这样不像样的。她甚至还从嘴里发出了声音。

我问景虎这是什么菜。

是鸽子肉。景虎说。

我又吃了一口。我说这肉好香。不是鸽肉的香，甚至不是一般的香，我说我从来都没有从菜里面吃出过这样的香。

景虎还是没有说话。在月光的影子里面，景虎显得高大而阴暗。我几乎看不清他穿着的衣服的颜色。或许也是由于职业上的习惯，对于色彩，我有着特别的敏感。我认为它们说明了比身体语言更为确切的东西。所以说，看不清景虎衣服的颜色，这事情让我感到有些恐慌。顺便说一句，那天我穿了粉色，略微带点灰色底的，但一看上去就知道是粉色。

我把我粉色的长袖抬起来，又挟了一小块鸽子肉。鸽肉非常滑嫩，还是觉得香，一阵阵的香。从肉的纤维里传达出来，从盘子的边边角角透露过来。

入人骨髓。

景虎仍然来园子里买花。没有人知道景虎为什么要买这么多花。每次景虎来过之后，我的园子里就会显得荒芜一些。当然，这是夸张的话了，但景虎来园子里买花的数量与频率仍然是让人吃惊的。

有时候他也会进来坐一坐。时间长了，渐渐熟起来，景虎也会说上几句。但讲话常常会被隔壁小红的琵琶声打断。她竟然弹得很好，这让我感到惊讶，不忍心让她停下来。有时她甚至还能弹出雨滴的效果。春天的小雨，打在屋檐上。一只猫叫了一声，跑过去了。我有些惘然。我没想到小红居然能弹这样的曲子，这个粗心的经常探头探脑的小红，把花瓶里的花插成七朵的。她竟然弹得这样细腻、忧伤。天晓得我还能从小红的曲子里听出忧伤来。

我不知道景虎对于这样的琵琶声是什么样的看法。他不发表看法。有时候小红进来倒水，然后又飞一样地跑到园子里去，我注意到他会点点头，打个招呼，或者微微一笑。

这些都是不说明问题的。能说明问题的，是我身上的粉色衣服和小红忧伤的琴声。

3

我发现小红变漂亮了。腰肢显得很柔软，气色也好。她不大知道有时我正在观察她。她一直是个懵懵懂懂的小丫头，很小的时候，我父母收养了她，从此以后就一直跟着我们家。她可能是个北方的孩子，血液里有着北方孩子的健康与强壮，但在南方待久了，渐渐吸足了水分。她有时候会在园子里发呆，或者大声地笑。这样的举动，在我父母还在世的时候一定是不被允许的。他们会让她到山塘街上去走一走，到沧浪亭边去看一看。看一看别人家的女孩子是怎么样的。

我听说有什么地方正在打仗。这些事情都是小红告诉我的。她常去虎丘之类的地方参加一些花市。从那里回来后，她就会告诉我一些新鲜事情。有一天，她像往常一样凑在我身边说话。她的身体离我很近，她的水绿色的长袖子在我眼前晃来晃去，她的嘴角翘起来，有种水果一样的香味。我忽然就觉得小红这丫头变漂亮了。我说不出理由。只是注意到她的身体有一种非常微妙的变化。我一下子就想起了这小丫头春雨样的琴声。忽然心头一惊。

那天我做了件卑鄙的事情。

每次小红从外面回来，都会去花房那里洗澡。花房里有从园中收拾起来的花瓣，在大的木盆里浸着。花瓣漂在上面。有时候我们是一起去的。我先洗，然后小红用那些芳香四溢的花瓣替我揉搓。我们不大懂得身体，因为从不谈论。我们从来不拿对方的身体开玩笑，一来是身份不同，更多的则是由于其他原因。或许由于有着北方的血液，小红要比我来得丰满。我的身体是隐秘的，瘦弱的，但小红不是。然而，我知道，她对于身体是懵懂的，比我更为懵懂。

我跟在小红的后面。

我知道她去花房了。我跟在她的后面，远远的。我能清晰地听到自己的心跳声。我有犯罪感。然而我快乐。这是我从来都没有享受过的一种快乐。我很想知道，当我不在的时候，小红会有什么样的身体动作。她的光滑的后背，有一种少女所特有的微酸的体味。我有一种窥探的欲望。我想知道另一个女人的身体语言。我想了解她的秘密。

我不知道小红有没有察觉。或许是没有。应该是没有。小红绝不会想到我会干这样的事情。她肯定会莫名其妙，或者张大了嘴巴。小红是健康的。她与阴暗潮湿的江南没有什么直接的关联。她不知道那些窗格阴影后面的秘密。她不知道她春雨一样的琵琶声打在我的心上，会是怎样的一幅景象。她的又忧伤又细腻的琴声。她为景虎弹的。

她不知道她伤了我了。

4

景虎的邀请又来了。这回是在中午。

我和小红走得一前一后。

刚下了场大雨。江南总是这样。在正式的黄梅雨季到来之前，雨天与晴天的更替往往毫无规律。雨天就是晴天。

我问小红："刚下过雨，怎么不带伞呢？"

小红说她忘了。小红说从今天的天色看起来，这雨是阵雨。下一阵就会停的。

我没有说话。我回头看了一眼小红。她穿了双绣花鞋，成色很新。

我笑了笑。

景虎在门口等我们。我们相互做了致意。我相信自己的动作是优雅的，是从小的家庭教养所致。

很久没见了。我对景虎说。然后嫣然一笑。

我们向前跨出步子。景虎走在前面，我中间，小红在最后。景虎有时候会把脚步放慢下来，或者停住，向我们介绍一些四周的景物。因为是白天，并且雨后，草木都显得出奇的干净，甚至还有些细微的温情。景虎的声音也很好听。或许视觉由于光线而清晰，我的听觉系统突然变得灵敏起来。弧度适中的笑容是保持在脸上的，耳朵却是警觉的，丑陋的，不要求教养的。

景虎把我们带到一个荷花池边。那是个挺大的荷花池。但我并不惊异。那时候好多江南人家都是如此，物质生活是充裕的，不太需要花费心思。就如同江南调和的风雨与物产。在这个地方，时常可以听到外面的一些信息，比如说打仗，比如说暴乱，甚至于改朝换代，但这些信息一进入本地，就成了一个缓慢的手势。节拍整个改变了，气味，风向，口舌的辨别度。唯有耳朵是警醒的。所以我听到景虎说了这样一句话。

"一直在等着你们来。"景虎说。

那天我们聊了很多话。从任何一个角度来看，我们都是很好的主人与顾客之间的关系。而小红，是我的仆人。或者也可以换句话说，我们亲如姐妹。那天我非常亲热地把小红拉在我的身边。我说，小红，你坐过来。声音出奇的温柔。我们聊了江南的天气。我对景虎说，梅雨天就要来了，有些衣物是要好好地处理一下的。梅雨天只对花木有好处，润泽潮湿，或者有益于湖水里面的鱼虾。

说到这里，我小心翼翼地挑起盆子里的一只白虾，把它放入口中。

吃饭进行得非常愉快。大家都略微喝了点酒。我夸奖了小红脚上的绣花鞋，甚至还赞扬了小红的脸色。我说小红你喝了酒，脸上红扑扑的，真好看。

看得出，小红也被我说得有些受宠若惊。

天晓得那天我是多么的大家闺秀呀。我相信，我说话时正对着景虎的那双眼睛，它们看上去一定是明澈的，不引人联想的。我相信，我说的每一句话、做的每一个动作都是合理的，符合规范的。我相信，它们表现在外面的部分，不存在任何的破绽，不存在任何的通道，可以抵达那些被精心隐藏起来的事物深处。

只有一件事情我仍然感到惊异。

是那些菜。那些景虎精心准备的美味佳肴。我总觉得有些异样的感觉。这异样的感觉来自哪里，我说不清楚。我只是感到香，出人意料的香，不可思议的香。但又不是那种扑鼻的浓香，用种种的香料配制出来的。这香很奇特，如果真要用两个字来形容的话，我只能讲是"清绝"。

我问景虎，我说这菜里面的香让人感到兴味。我说我从来都没有享受过这样的香味，能不能告诉我，这是为什么？

5

这天晚上我没有睡着。对于我来说，睡眠不好倒是常事。特别是到了春天的时候。这天晚上我把小红叫了过来。小红穿了件长长的睡衣，脚上趿着拖鞋。这小丫头睡眼惺忪的，一脸的诧异。

我说小红你拿张凳子坐下来。小红就拿张凳子坐了下来。

我说小红你弹琵琶吧。你的琵琶弹得蛮好的，你现在就弹一曲吧。

小红愣了一下。一边揉眼睛一边说：月亮都沉下去了。已经是下半夜了。

我没有理她。我拿起桌上的一只青瓷杯子，往地上一扔。我的这个动作的幅度很小，几乎可以说是轻盈了。杯子连弧线都没有划，像花瓣落地一样地就掉下去了。杯子落地以后，我把自己的身体向藤椅里靠下去。靠得很慢，很优雅，像眼泪掉落一样的优雅。我看都不看小红，看都不看这个小婊子。

小红给吓坏了。她一点都不知道发生了什么事情。她呆傻一样地看着我。看了一会儿。又俯下身子去捡地上的碎瓷片。然后直起腰，又看了看我，就奔进自己的房间拿她的那把琵琶去了。

窗外正在下雨。屋子里则黑灯瞎火的，我故意没有开灯。两个女人，穿着江南白色的绸缎衣服，就像黑暗里面浮现出来的亮点。我看着小红。小红的白是那种略带青涩的苍白，因为半睡半醒着，刚才又受了些突然的惊惧，她的苍白是自然的，一会儿就能过去的。而我不是。我从房间里的那面大镜子前面走过。我看见镜子里面的那个人，下眼睑是青紫色的，鼻梁的侧面还爬了根青筋。满脸的阴气。

我在小红的面前停下来，我说，小红，你知道吗，你是个漂亮的姑娘。特别在你弹琵琶的时候。

我对小红说这句话的时候，从床柜那里拿过那只银色的雕花水烟筒。纸捻是拿在左手上的，然后再把身体倾向旁边的炭火炉。那是我母亲传下来的水烟筒。父亲死后，我就经常看见母亲躺在卧椅上用它。她很少出门，话也不多。她在家里也化很浓的妆。她的脚出奇的小，小而尖。有时候，我会看见这双出奇小的脚在花园里走动。然后，她突然回过头来看我，下眼睑也是青紫色的。

我有些怕她。

小红在弹琵琶。她一边弹，一边发抖。这个小丫头没有抬头看我。她一定害怕我再扔掉一只青瓷杯子，或者别的一点什么。她害怕了，这个小丫头现在害怕了。

我看见烟雾渐渐从我手里的水烟筒里弥漫出来。绕在了屋子里。我看见那只小而尖的脚又从黑暗里伸了出来。白色的脚，用白缎面裹起来的。我听见自己的声音在说，我说小红你看看我，你抬起头看看我，仔细地看，你说老实话，我现在的样子像不像一个鬼。

6

我为小红新订了几条规矩。

第一，以后下雨天不许再弹琵琶。

第二，在秋天以前，不许再穿颜色鲜艳的衣服。

第三，仓米巷的景虎若是再来邀请，一律由她代为参加。

我觉得自己可能是疯了。没有人知道其实我有多么想念景虎。我有多少个夜晚夜不能寐。为了克制自己，我把全身的筋骨都迸得酸痛了。小红或许是能够猜到的。有时候她会突然怯生生地抬头看我一眼，也就是那样一眼。但她不敢多说什么。她什么也不敢说。她知道有些事情是绝对不被允许的。她到江南来了这样长的时间，有些最基本的东西多少也已经掌握了。她知道有些事情被控制在一种巨大的力量之中。谁都无法抗拒。

现在我几乎经常责骂小红。有时候甚至骂得很凶，很难听。有几次，我突然发现自己失态了。我看到小红惊异的眼神。更可怕的是，从惊异的后面，我还看到了怜悯。这是我最最害怕的事情。

有一些下午，小红到虎丘的花市上去了。我会走到那个木格花窗的后面去。我经常会出现幻觉。觉得景虎又来了。景虎来了的时候就会出太阳，景虎来了的时候就是好日子。他甚至还牵起了我的手。他笑眯眯地用他的大手牵住了我。他说他是来买花的，买很多很多的花。我说我知道。他摇头，他说你不知道，你其实真的不知道。我也摇头。我说我是都知道的，真的都知道的。

我们就这样说着简简单单的话，景虎温存的大手搀着我，江南明丽的阳光照着我们。接下去，我就醒了。看到小红站在我的面前，告诉我一些花市的最新行情。或者谁也没有来，太阳还是那样暖洋洋地、简简单单地照着。

7

这个春天快要结束的时候，我又一次见到了景虎。

我们是在花园的小径上不期而遇的。先是景虎停住了脚步。然后是我。

我发现景虎瘦了。非但瘦，而且看上去还相当疲倦。我还发现，在他看我的眼神里面，有着一种细微的震动。我把这理解为我的苍白。隔夜我刚抽了两筒，这几乎已经成了我近日的习惯。我躺在榻上抽着的时候就会产生幻觉，这和我站在木格花窗后面时是一样的。我就那样躺着，听见小红走过来，走过去；听见花园里隐隐约约有花开的声音；听见母亲坐到我的旁边，言词细密地对我说一些话；听见街上的市声，然后啪的一下，非常尖利刺耳的声音，然后父亲就倒了下去。血从他的身体里流出来。

非常陌生的一种液体。

母亲从来没对我说过父亲真正的死因。对于我来说，这一直是个谜。

就像江南的很多事情，有着雾般的质地。就像血的某种性质：黏稠的，不仅仅是液体的。我不知道江南的孩子是否都会有我类似的经历，或者脾性。我躺在榻上抽着的时候，幻觉着的时候，心里倒是清楚的。我知道有些事情已经整个改变了我，或者说是塑造了我：雨，花事，还有飘摇不定的父亲之死。我知道我是脆弱的。我知道我所有的坚强只是为了一个同样的目的，一个极为简单的目的：

掩饰我的脆弱。

我和景虎都停下了脚步。就在这时，我的甜蜜的微笑，我的优雅的举止，又非常恰如其分地回到了我的脸上。

是我先开口说了话。

"很久没见了呵。景虎爷。"

说这话的时候，我的明媚的笑脸迎向了景虎。说这话的时候，我快乐地想象着自己的身世：一个江南殷实人家的小姐，生活是明媚的。她的父母在世的时候曾经非常恩爱（至少在孩子们面前是这样）。她不太知道外面的事情。因为规则，所以安全。

景虎抬起眼睛看了我一眼。

"你瘦了。"景虎说。

我把手放在自己的脸颊上。我尽量显出一种俏皮的模样来。我说是吗。真的是瘦了吗。我说那全是因为很长时间没有享用到景虎爷府上美味的缘故呵。

景虎好像要说什么话。他停顿了一下。但终于还是没有说。

我们在花园小径上慢慢走了起来。景虎问了我一些事情。我全都一一作答。作为一个年轻的女子，我只有三件事情是难以向景虎启齿的：父亲的死、鸦片对我的吸引力，以及我对景虎隐秘而又强烈的情感。我小心地非常有分寸地回避着这些问题。我甚至还反问了景虎一些事情。

我说外面是什么样的？景虎就问：什么外面？我说就是没有那么多花的地方，也没有这种园子，五六月份的雨季不会很长。就是那样的地方。景虎想了想。景虎说他也讲不清楚这些事情。景虎说不过外面终归是个会让你感到陌生的地方，景虎又看了我一眼，突然说了这样一句话：

比如说，不可能在这里又遇见你。

我不得不承认，那天见到景虎之后，我感到了一种莫名的兴奋。我甚至还在园子里跑起来了。我顺手摘了好些花，拿在手上，又使劲地把它们揉碎。我看见小红偷偷地在窗帘后面看我。这个小丫头近来变得有些忧郁，话也少了，有时候晚上还会自己爬起来弹一曲琵琶。她现在好像既有点怕我，又盼望着能与我接近。我看见她躲在窗后，把窗帘掀起一个角。

以前她是不会这么干的。以前她会尖声地大叫起来，风一样地冲到我的面前。现在她不这样干了。

我在园子里的一块假山石上坐了一会儿。我手里那些揉碎的花瓣被风吹到了地上，又飘起来，散落到别处。

我想我刚才是可以走上去的。走上去对景虎说一些话。一些明确的话。这样有些事情或许就会变得简单了。非常的简单。但我不能。在我的心里，与其说景虎是一种陌生的我无法把握的东西，还不如讲，我恐惧于自己对于景虎的那种感觉：那才是我真正陌生的东西，那才是我真正恐惧的东西。与生俱来的恐惧。对于温柔的、不能确定之事的恐惧。就像恐惧于从父亲身体里流出来的那种陌生的液体。

我必须保护自己。

接下来的事情是无意之中发生的。因为风中飘飞的柳絮与杨花，我把揉捏花瓣的那只手伸到了鼻尖下面。或许因为那些花瓣在我手上多时，我忽然感到了一种奇异的浓香。不可思议的香，出人意料的香。更可怕的是：我猛地想起了这香味似曾相识的去处——

景虎的晚宴。景虎的那些奇特的浓香的菜肴！

天呐。他爱我。从一开始！

8

这天晚上，我做了两个梦。

在第一个梦里，我见到了父亲。

开始时他是背对着我的，后来就转过身来了。他问我：

你过得好吗？

即使在梦里，天上仍然还在下雨。这时，小红奔过来了，穿着她的那件水绿色的衣衫。雨把她的衣服打湿了，这使她看上去有点像一种哀怨的动物。接着我就看到了景虎。景虎紧紧地跟在小红的后面……

我紧张地看着他们。雨落在我的头上、身上，全淋湿了，使我更像一棵忧伤的植物。

你过得好吗？父亲在我的耳边问我。

我摇着头。我紧张地看着面前的两个人。我使劲地摇着头。我顺手在旁边的泥地里摘了一朵花。艳紫色的。花瓣上有粉金的斑点。

这是一种毒花，剧毒。我清楚这个。

就在这时，我忽然看到父亲从我面前倒了下去。突然地倒了下去。还有血。血从他的身体里清晰地流了出来。

我大叫一声。我看到了那把刀。那把让我父亲致死的刀正是握在了景虎的手里！

这第一个梦让我大哭着醒了过来。直到接近凌晨的时候我才再度入睡。这一次眼前的一切全是灰蒙蒙的。看不太真切。等到看真切了忽然又觉得有些似曾相识：

他取了帽子出门。向那小厮道：待会儿请你对上头说一声，改天我再面谢吧。他穿过砖砌的天井，院子正中生着树，一树的枯枝高高印在淡青的天上，像瓷上的冰纹。

她静静地跟在后面送了出来。她的藏青长袖旗袍上有着浅黄的雏菊。她两手交握着，脸上现出稀有的柔和。他回过身来道了再见。她隔得远远的站定了，只是垂着头。

他微微鞠了一躬，转身就走了。她觉得她是隔了相当的距离看这太阳里的庭院。从高楼上望下来，明晰，亲切，然而没有能力干涉。

在朦胧的睡眼里，我已经渐渐清晰了"他"与"她"真正的面目。我知道，在我隐秘的胆怯的内心世界里，他们其实就是景虎与我的代称。我不明白，为什么在这样一个心迹渐明的日子里，我竟然还会产生这种可怕而又无奈的梦境。如果说真要寻找什么理由的话，或许就是那些雨水的质感与分量——它们其实早已经把我浸泡了，打弯了，改变了。

早就是这样了。

哈瓦那

1

三天前，我在上海又见到了王莲生。

我已经有四年没见他了。王莲生一直在国外，从孤独的亚细亚到伤心的太平洋。他倒是常给我写信。在信里，还经常会出现密度极高的地名，比如说："我从九月就一直在欧洲，先去法国一星期，之后，就在芬兰的大学里教书。圣诞节元旦，到英国，纽约，佛罗里达去了一次。我在这里至少要待到五月底，之后的去处未定。你说的有道理，我就像一只失踪的大鸟。明年，我可能会有机会参加一个海上大学项目。在船上教学生，周游世界。真的周游。我们会到委内瑞拉，巴西，南非，印度，越南，香港，菲律宾，日本。"

就是这个王莲生。四年前，我在一次聚会上认识了他。那时王莲生三十六岁。这个年纪的中年男人，往往略微有些发福。但王莲生不胖，甚至还是偏瘦的。瘦归瘦，身上的气却很足，从头撑到脚，贯穿整个经络。那次聚会上，大家都在讲笑话。王莲生也讲了一个。他说，在美国的时候，有一次，他和几个美国同学一起吃"药蘑菇"。所谓"药蘑菇"，就是一种美国印第安人在做仪式时吃的幻觉药。吃了以后，王莲生说，他真的产生了幻觉。他开始幻想他的上半截和下半截分开了。上半截跟着红军上了井冈山，下半截则跟着一个美国大妞跑了。

那次聚会的地点是上海和平饭店。王莲生选的。但不是他买单。后来王莲生看到了我。我们在蓝丝绒和爵士乐里跳了两曲舞。王莲生便提出：聚会结束后换个地方，喝咖啡或者喝酒。

"我来买单。"王莲生说。

那天我穿了旗袍。需要说明的是，那时《阮玲玉》和《花样年华》都还没有公映。王莲生也并不知道，在九龙，有一个替张曼玉做旗袍的上海老师傅。虽然后来，王莲生真的赶去找他。老师傅已经七十多岁了。他看了王莲生带去的服装草图，说这种式样的工很细，比他做二十年代的旗袍工要细多了。样式倒见过，小时候见师傅做的。绲边又出牙，但工实在太细，而他眼力大不如前，爱莫能助了。

四年前的王莲生还不知道这些。和平饭店的聚会进行到一半，他就带了穿旗袍的我和另外几个人去喝咖啡。他显得兴致很好。还凑在我耳边说了些话。

那话的意思大致是这样的：

首先，他刚才说的梦有一部分是假的。至少是一半。

王莲生说他确实产生了幻觉。上半截也确实是跟着红军上了井岗山，但下半截并没跟着美国大妞跑掉。王莲生说他已经拿到绿卡了，犯不上再跟着美国大妞。王莲生说，他其实还是喜欢中国女人。温婉而有教养的东方女人。他说他不能想象，早上醒过来的时候，躺在身边的，是一个金头发、蓝眼睛的女人。

王莲生说这话的时候我有点吃惊，但没有立刻做出反应。首先，我的头发基本上是黑色的。至于眼珠，不是纯黑，但起码也是亚洲色系。其次，作为含蓄的东方女性，温婉和教养是不能自封的。所以我矜持了一下，做出事不关己的姿态。

王莲生就接着往下说。

王莲生说，在梦里，他的下半截其实是跟着一个东方女人跑了。中国女人。但也可能是日本人，印度人，或者韩国人。王莲生说那女人回头看了他一眼，他就跟着跑了。屁颠颠的。一下子就把井冈山、沂蒙山以及金门大桥扔在后面了。王莲生接着说：

"那女人和你一样，身上穿着旗袍。"

我在心里骂了句：流氓。但还是有点喜滋滋。不能否认，王莲生很会调情。并且，也不是太让人生厌。

2

那天我们喝了很长时间咖啡。

后来王莲生的一个朋友又提议去酒吧，我们也都同意了。上海是个适合室内活动的城市。即便月亮，也像室内的月亮。用白纸剪出来的。而那些霓虹、钢管、高楼，一到晚上，就全都坚挺着。王莲生说：

"它们很像一张张淡绿色的美钞。"

在喝咖啡的地方，王莲生又请我跳舞。他的舞姿相当不错。虽然不很标准，但确实有着不受约束的美感。对于女人的趣味，看来他也很有经验。请我跳舞时的两个曲子，都是我喜欢的。一个是《我为卿狂》，还有一个，则是电影《巴黎最后的探戈》里的爵士。他的手放在我腰上，很灵巧。转圈和摆动时有些小动作，性感的，但也是绅士的性感。即便跳舞的时候，他也没忘了和我说话。眼睑一垂，脸上带笑的。

王莲生说我很像他住在洛杉矶时的一个女邻居。一个台湾女人。他说他常在黄昏时约她出来散步。有时找个地方吃简餐。有时走一段就回去。他说台湾女人的厨艺很好，偶尔也会请王莲生去她家吃饭。她烧闽南菜，偶尔也烧上海菜。

王莲生没说他和台湾女人究竟是什么关系，也没说我和她到底哪里相像。但后来,王莲生又讲了些其他的事。他说去年他在洛杉矶过春节。特别热闹温馨。好多华人集中在一起,用最老式繁琐的礼节。男男女女都穿唐装旗袍,放鞭炮、磕头、祭祖、压岁钱、走亲戚什么的。王莲生说,他已经好多年没在国内过春节了。好像这边的人现在都有点西化,觉得以前的那些东西,既陈腐又束缚。

"但那种感觉,其实美妙极了,真的美妙极了。"王莲生说。

王莲生说这话的时候,表情认真而纯净。不能否认,这表情在瞬间里有些打动了我。所以那天咖啡和酒全都结束后,王莲生提出送我回家,我同意了。

我们叫了辆强生车队的出租。穿着开衩旗袍,而又要优雅地上下出租车,确实需要些技巧。我原本希望王莲生先上车,坐前座,然后我就能尽量从容些。但王莲生把后座车门打开后,就两手背后,站在了路边。

他看着我。微微笑着,并且眼睛发亮。

后来,那辆出租车的前座是空着的。王莲生坐在了我旁边。

"你很性感。"王莲生说。

"我真想跟着你跑掉。"王莲生又说。

3

王莲生在国外常给我写信。

他的信美妙,优雅,并且极有分寸感。他常在世界各地跑,在不同国家的大学里教书,做不同种族、不同肤色学生的"先生"。在他的来信中,充满了一种奇丽的脱离了日常生活的美质。比如说,有一次,王莲生告诉我他在非洲。刚下了一场急雨。他说:"地上积着水,能看见棕榈树。远处两个人披着草笠,正飞快地跑过草地。"

"在这种非洲热带的雨季里,连马群看起来都是淡蓝色的。"这也是王莲生信里的原话。他还告诉我说,有一天他看到狮子了。就在不远的地方,一头雄狮,一头母狮。它们蹲在一个土堆上,很久很久。他说他估计它们是在眺望牛群和其他猎物。他说他也讲不清楚。

不能否认,我喜欢看王莲生的信。但有些时候,我也会产生怀疑。究竟哪个是更真实的王莲生?也是四年前,在上海的酒吧里,王莲生在我耳边说,酒吧是个锻炼眼力的地方。还有,要看一个女人是否性感,酒吧也是最好的去处。紧接着,他还没安好心地说了句俗语:

"是骡子是马,拉出来遛遛。"

我在翻看那些来信的时候,眼前总会闪过王莲生那副挤眉弄眼、没正没经的样子,还有那句让我惊诧不已的话:"是骡子是马,拉出来遛遛。"看得出来,他喜欢并且善于与女人调情,但你当然不能信以为真。他的坏心眼不能信以为真,他的假殷勤同样不能信以为真。因为我虽然相信:那种半真不假的调侃,并不影响他骨子里的优雅美质,但这毕竟是个复杂的男人。中年。既复杂,又丰富。

当然,真正的问题在于:王莲生身上的这些特点,恰恰倒是正配了我的胃口。

是的,现在应该讲讲我自己了。

我生于一九七二年。上海人。现在是上海滩上的一个白领,并且继承了这个城市的主要特点:小资,虚荣,精明,物质感。以及细微精密的情欲。

我每天在淮海路的一座写字楼里上班,是一家化妆品公司大众化妆品部的市场总监。和大部分白领阶层一样,我的工作时间是朝九晚五。上班时间穿职业装,化淡妆,中午则在公司附近的快餐店或者麦当劳吃简餐。

一般来说,我和我的手下保持着微妙而又恰如其分的距离感。他们略微有些怕我，同时，也不得不承认，我其实是个很有亲和力的女人。曾经有一个礼拜，每天上班，我会在办公桌上发现一束玫瑰。非常新鲜。有时是黄玫瑰，有时是红玫瑰。我怀疑是某个对我有好感的男同事送的。但也不能完全确定。不管怎样，我不是个喜欢发生办公室恋情的女人。在工作场合，我不希望把事情搞得暧昧不清——

首先是商人，然后才是女人。这是我的原则。在黑色皮靠椅的后面，我是一个严谨、娴静的女主管。

没有人能轻易发现我感性的一面。

前几天，我在一本时尚杂志上看到这样一段话：

老板身边的得力干将，兼具漂亮的外表与精明的头脑，微笑不代表柔情，冷静也不代表绝情。经常在你身边，却仿佛离你很远。这就是你的上司，被形象地誉为：查理的天使。

我想了想，觉得这话有点像在讲我。我们公司的老板不叫查理，我也不是天使，但我还是觉得那段话有点像在讲我。

我们公司的老板是个外籍华人，我们叫他比尔。比尔很有艺术趣味，特别喜欢音乐。他喜欢的东西宽广、多元，甚至相互矛盾。比如说，比尔喜欢爵士乐，百老汇的歌剧，还喜欢古典的交响乐；但同时，对于重金属乐队以及特别前卫先锋的音乐，比尔同样照单接收。

比尔跑过很多地方，对性和爱，老婆和情人，以及理想与现实都有非常清晰的判断与疆界。这反倒让我感到了真实。我把他归于某一类的男人。这类男人对于世界有着丰富而宽阔的理解，但很容易让头脑简单的人得出错误的善恶判断。

我把这类人统称为"南美洲"。

道理很简单，也很形象。比尔桌子底下压了张大照片。是他去古巴旅行时拍的。奇丽的夜景，亦真亦幻，扑朔迷离。我和比尔聊天，比尔说只能用两个词来形容他的南美洲之旅。第一个词是"巴洛克"，第二个词则是"大艳情"。我想,比尔或许真有他的道理。美洲拥有原始纯真的景物,它的结构、本原被发现得较晚,而印第安人、黑人的奇异并存和多血统的混杂,还真能让它够得上"巴洛克"这个词。

至于"大艳情",就只能让比尔自己来解释了。

"南美洲"比尔曾经对我表示过好感,但也只是点到为止,极为理智。我想,他也不希望在工作区域里弄出什么麻烦来——我们当然是一条战壕里的战友,并且彼此欣赏,但彼此的原则也是一致的。

好像有人说过这样的话:上海是母的。我非常同意。比尔也同意。比尔说他特别欣赏上海骨子里的那种女性气质。他说他知道,在上海的什么地段、什么时间、什么天气,能看到最典型的上海美女。而在我们公司的写字楼,不论工作时间,还是午间休息,都会传出隐约的背景音乐。当然,这也是比尔的意思。

比尔还把对于公司员工的犒赏,分为显性与隐性两种类型。显性的是一年两度的红包,隐性的就是一年数次去大剧院听歌剧。

"穿上你们最好看的衣服。像孔雀一样。"比尔说。

确实能在大剧院大厅里看到很多好看的衣服。有礼的握手,以及优雅的贴脸相吻。就像当年法国殖民地里的那些法国女人,为了她们的情人,为了去欧洲,为了到意大利度假,为了每三年里六个月的长假,她们按时收藏各种衣物。她们在等待。因为比尔的这句话,我们也在等待。《阿依达》,《葛蓓莉娅》,《茶花女》;那个仿佛上弦月的大剧院拱顶;以及红丝绒座椅上突然爆发出的招呼旧友的声音……

我觉得这些都没什么不对的。

这是一个讲究时尚的时代。你也可以说:是时尚毁了一切。但事情还真不是这样简单。因为我也可以这样讲:至少,在上海,时尚就是这个时代的一个秘密。

4

我只在下班时间才穿旗袍。

在听过那个"井冈山"和"美国大妞"的笑话后,我倒是也想过上半截和下半截的事情。我想,我究竟是上半截穿职业装,下半截穿旗袍,或者还是反过来。好像讲不大清楚。如果说上半截代表一个人的理智,而下半截代表本能的话,那么王莲生的讲法或许要明确些,但比尔就不是。因为你很难一针见血地说出,什么是比尔的上半截,而什么又是他的下半截。

但很快,王莲生也让我迷糊了。

有一次,我给王莲生写信。在信里,我问王莲生:"你去过哈瓦那吗?"

这话讲得有点玄乎。真实的情况其实是这样的:

那天晚上"南美洲"比尔突然单独约会我。这是史无前例的事情。我稍稍有些慌乱。当然,这慌乱仍然源于我的精明。事情是明摆着的。这种性质暧昧的单独约会,一旦处理不好,后果只有两个,要么收起天使的翅膀,要么就是干脆卷铺盖走人。

我心怀忐忑地赴了约。

比尔请我吃西餐。然后又聊会儿天。九点刚过,比尔就送我回家了。在楼下把车停好后,比尔打开车门。他轻轻捏了捏我的手,然后说了句话。比尔说:

"明年跟我去哈瓦那吧。"

等电梯的时候,我一直想着比尔的这句话。

哈瓦那。美洲国家古巴的著名海港;比尔嘴里经常叼着的"哈瓦那"牌香烟;还有公司午餐时间飘出的歌声——"当我独自离开那遥远的哈瓦那海港，没有人知道我心里有多么悲伤"。

我知道，比尔对哈瓦那情有独钟。那张压在比尔桌子底下的大照片就是在哈瓦那拍的。比尔曾经告诉我说，那天晚上，他刚从著名的老字号餐馆"五分钱小酒馆"出来。喝了点酒。就是那种名叫"莫希托"的古巴对酒。远处恰好传来了炮声。比尔说那是沿袭了三百多年的习俗，哈瓦那城门将在炮声中关闭，以保卫哈瓦那镇免遭海盗袭击。

我不太清楚比尔这句话究竟意味着什么。"明年跟我去哈瓦那吧。"这种模棱两可的语言，由"南美洲"比尔说来，既可能是一片柔软的羽毛，但也绝不排除哈瓦那炮声般的预警功用。

上楼以后，我鬼使神差地打开一本旅游手册。翻到美洲一页。

哈瓦那。一些史学家推测，"哈瓦那"一词来自当地原始土著居民的语言。一说是"大草原"或"大牧场"；也有的称是"小海港"或"停泊处"。但是，更为普遍的看法，称它源自古代印第安民族一位酋长的名字，他叫哈瓦瓜内克斯。

我看得莫名其妙，同时又有些心烦意乱。这种心情不太符合我先前的预测。天使之翅倒是没有被迫收起，也无须以走人作为一种了断，但这种感觉并不美妙。因为，从那晚开始，我突然觉得：自己也成了"南美洲"的一部分。

就这样，那晚我想起了王莲生。

凭直觉，我认为王莲生喜欢我。当然，用的也是"南美洲"的方式。这没什么，挺好。但我希望它能变得更好。也就是说，我希望王莲生能用一种直接的、古典的甚至亚洲的方式来对待我。

我给王莲生写了信。信里有这样一句话：

"你去过哈瓦那吗？"

王莲生的回信很快就来了。

在信里，王莲生没说他究竟有没有去过哈瓦那。倒是说了些其他的事。他说前一阵他去越南了。王莲生说他去乘渡船，湄公河上的渡船。他说湄公河真是条大河。在渡船上，他看到了滔天的水。凶猛的水。渡船四周的河水齐了船沿，向前流去。水流穿过沿河的稻田，又从洞里萨、柬埔寨森林顺流而下。他说水流经过的地方，不管遇到什么，都让它冲走了。茅屋、丛林、死鸟、死狗、淹在水里的牛、捕鱼的饵料，长满长风信子的泥丘，都被大水裹挟而去，冲向太平洋——

我看得有点心惊胆战，不知道这家伙说的是真是假。但紧接着，王莲生笔锋一转。王莲生说他站在船头，看到那些水把什么东西都带走了，突然感到非常孤独，孤独极了。他说他从来都没感到这样孤独过。

在这样的孤独里面，王莲生说他想起了我。

我有些欣喜，但又免不了心生疑窦：我不知道应不应该相信王莲生。

在上海这座城市里，滔天而凶猛的水是看不到的。当然，上海有黄浦江。但黄浦江的水是有规则的。黄浦江的沿岸也没有稻田，更不要说死狗和死牛了。我和王莲生初次相遇的和平饭店就在黄埔江边。那里有蓝丝绒和爵士乐。但窗帘半下着。至于天空，不管蓝色，因为大气污染而灰蓝，或者干脆铅灰阴沉，它们都只是背景。

在它们的背后，有更强大的背景。比如东方明珠，比如著名而广阔的陆家嘴。

我很难想象王莲生站在湄公河渡船上的情景。但他的那句话还是触动了我。虽然在我的判断里，王莲生和比尔同属于"南美洲"，但我相信，比尔就不会说出这样的话。比尔会对我说"明年跟我去哈瓦那吧"或者其他一些什么。而即便我真的去了哈瓦那，比尔说出那句话的概率仍然很低。

比尔是清晰的。他的清晰在于：连他自己也分不清自己的上半截与下半截了。

我得承认，我突然有些记挂起王莲生来。

那天下班后，我坐在黑色皮靠椅上发了会儿呆。一个生活尢裕、视野广阔，或许还阅尽人间春色的男人，无伤大雅地和你说几句情话——这样的男人太多了。这没什么。我是个上海女人，骨子里很现实的。以现实的盾，抵御虚幻的矛，是件绰绰有余的事情。我从来不怕这个。但问题在于：

在那柄虚幻的矛的后面，有什么东西，它悄悄地伸了过来——

我有点知道那种"药蘑菇"的滋味了。

这时，我的上半截坚定地站了出来。它告诉我说：王莲生是个骗子！但我的下半截对此非常不屑一顾。在这种时刻，下半截因为沉着而宽广，反倒显出了优雅的质地。它没有说话。只是轻轻一笑。

下半截的这种姿态，突然让我想起了王莲生信里的一句话："在这种非洲热带的雨季里，连马群看起来都是淡蓝色的。"

我觉得有点莫名其妙。但也隐约感到了兴奋。

5

我再次见到王莲生时，他对我说的第一件事，竟然是有关芬兰的红灯区。

四年没见，王莲生几乎看不出变化。他用欧洲人的方式拥抱了我，代替四年前的颔首致意。他在我耳边说了句："很想你。"换下四年前关于美国大妞的解释。因为是单独见面，所以当然由王莲生买单。他周到地为我推门、挪椅子，并且眼睛发亮地盯着我看。

我穿了旗袍。知道王莲生回来，特意赶做的。为了赴这个约会，白天我就穿了旗袍去上班。灰蓝绸缎在黑色皮椅上伸展开。有水的光泽。"南美洲"比尔走过来时，眼睛突然也亮了亮。

他朝我笑笑。还耸耸肩膀。

要是早穿，要是上半截和下半截实现统一，我想，我和比尔的关系，可能就远非现在这样了。他甚至根本无需暗示什么——用"南美洲"的方式。"查理的天使"，很可能摇身一变成"比尔的宝贝"。我倒是真看过几个这样的宝贝，最终成为比尔南美洲之旅里的奇丽光影。可惜，没有一个能定格下来。

不过，比尔向我耸肩微笑时，我还是听到了空气里飘浮着的一个声音：

"明年，跟我去哈瓦那吧。"

那天，我和王莲生聊天的咖啡座里放着爵士。在上海不难找到这样的地方：人影憧憧。气息混浊。当然，还带着些伤感。

　　太阳升起前忧郁向我袭来
　　我泪水汪汪
　　太阳升起前忧郁向我袭来
　　我泪水汪汪
　　我不喜欢这种情感
　　它令人多么悲伤

王莲生坐在我的对面。微微笑着。现在从王莲生脸上，一点看不出信上写的那种孤独了。后来他点了一支烟。点烟的时候，他顺带说了句："你一点没变"。说这话的时候，他没看我。十拿九稳的样子。好像我一直就活在他后脑勺那里，不需要再作任何论证。

后来王莲生就讲到了芬兰的事情。他说，他对芬兰印象最深的，一个是芬兰的森林。还有一个，就是它的红灯区。王莲生建议我有机会一定要去欧洲看看。

"博物馆和街上的女人都很有风格。"王莲生说。他说他在芬兰住的地方，走十分钟，就是森林了。里面很静，满地的树叶，还有很亮的湖。真的像镜子一样。王莲生说他经常一个人去林子里。

王莲生还说，另一个他经常去的地方，就是芬兰的红灯区了。他说，其实也不是真正意义上的红灯区。倒类似于商店橱窗，有很多个。一个个排开着。很大的落地玻璃，里面打着灯光。每个都不一样。冷色光。暖色光。或者冷暖交织。女人就站在里面。站，或者坐，摆出各种姿势。希望路过的男人能多看上几眼。

王莲生说，有一次他看到个打紫光的，里面的女人穿着紫色三点式。也不说话，坐着，就那样看着你。特别鬼魅。

"我给迷住了。"王莲生说。王莲生说他一点都不觉得那是个妓女。只觉得很远，而且神秘、迷幻。就像森林里的那面湖水一样。他说那天恰好和女友一起逛街。走过那个街区后，女友突然说，她还想回去看看，再看看那个穿紫色三点式的女人。她说她觉得那女人美，特别美。

我有点相信王莲生说的这句话。他说："因为这句话，那时候我特别喜欢这个女朋友。"我觉得这话就像王莲生说的。这种事情，他做得出来。这种事情就应该是他做的。一边在芬兰的街区和森林里闲逛，一边写信告诉我说：他感到孤独，并且想起了我。

那天我是一个人回家的。我坚持着没让王莲生送。他略微有些难堪。脸上的表情很复杂。他试探着问了句："生气了？"我没回答他。沉默了一会儿，他看了我一眼，又说：

"明天我打电话给你。"

6

第二天早上,我主动打了电话给王莲生。

我后悔了大半夜。其实那天出租车刚一开动,我在反光镜里看到了站在路边的王莲生。很多车从他身边开过。唰唰的。像一根根钢筋混凝土拉成的线。王莲生就站在线与线当中。还是像四年前那样,两手背后——

其实那时候我就已经后悔了。我还差点叫出声来,差点让司机把车停住,倒回去。然后,就像四年前那样,让王莲生坐在我的身边。

当然,后来我没有叫。车子坚定地跑动起来,在上海街头拉出又一根硬邦邦的线条。

我觉得自己刚才有些失态了。我没理由做这种事情:一个男人对你说"他孤独",你便认为,他与另一个讲"明年跟我去哈瓦那"的截然不同。这种事情,简直就是恩将仇报。前几天我去参加个婚礼。有个请来唱歌的歌手,坐我身边。这歌手说她经常在婚礼上唱歌。她会唱好多情歌。她说好多女人听了都会掉眼泪。有些结婚的人就会怪她。很煞风景的意思。但也有些不怪。这个戴着金色假发的歌手说,其实真的没什么好怪的,她说要怪只能怪任何人都尝过孤单的滋味。她歪过头,看我一眼,突然补了句:"尤其是身边有伴的那种孤单。"

瞧,这个唱歌的歌手也在说孤独。而且说得还很漂亮。可见这件事还是有些复杂的。而我,作为一个上海女人,作为"查理的天使",竟然用如此简单的方式来处理它。这是我不能容忍的。更糟糕的是,我那些别别扭扭的小动作,至少已经泄露了两方面的问题:

第一,"查理的天使"也有下凡的时候。

第二,他"孤独",有时可要比"明年同去哈瓦那"危险多了。

可以说说我的上一次恋爱。

我的上次恋爱结束在三个月以前。我和前任男友在上海商城吃最后一次早茶。分手的时候,我们拥抱,并且贴脸相吻。他离开的时候,我也抬头看了看波特曼的高楼。站的地方像洼地,而自己则像蜉蝣。是的,有这种感觉。但这感觉在这顿早餐前后并没产生太大的区别。

倒是有个细节,至今让我记忆犹新——

那天,我抬头的时候,看到城市上空刚好飘过一片云。是的,在上海,在上海的中心地带,在波特曼。我看到天空中飘过一片云。不仅仅是飘过。这云是灰青色的,中间部分很饱满,像棉絮。很白。它以缓慢凝滞的速度从远方飘来。来到波特曼上空。又渐渐笼罩在巨大高耸的建筑顶部。

一朵云。一朵经常出现在稻穗香、麦秸垛、奔跑的老牛或者淡蓝色马群上空的云,现在,它盘旋在波特曼的尖顶那里。安逸。奇特。甚至还有点柔情蜜意。

但仅仅是那样的一瞬间。

接下来的事发生得很突然。云突然不见了。整块的云变成了很多细小碎片。碎片又变为更小。更细碎。成了一团团的雾气。也是白色的——

是波特曼的尖顶。就在云层穿越这城市的标志性建筑时,波特曼的尖顶把它一下子刺破了。

我看着。一个刚和恋人分手的年轻女人难免会伤感,并且虚弱。我看得有些目瞪口呆、心口发凉。突然很想叫住刚走不远的他。

我真的叫了一声。我说:"哎——"

他没有听见。周围的声音太大。况且,他也没有抬头望天。贴脸相吻并且告别后,他便沉着头走了。他一向认为我是个理性精明的女人。

没料到我会抬起头看着天上。还叫他"哎——"

但"查理的天使"并没有叫第二声。毕竟，天使总是天使，天使总是不同于凡人的。但是现在，我莫名其妙地想：这事情如果发生在王莲生身上，或许就会有些不同。如果是王莲生，我应该还是会叫第二声的。还是不一样。三个月前，因为看到了那片云，觉得楼那样高、人那样小、头里发晕脚底发软，我才想着要叫住"他"。而现在的不同之处在于，我认为：

王莲生或许就是飘过我上方的那片云。

我不要它被粗糙坚硬的尖顶刺破。我也不要它变成无影无踪的雾气。

7

我倒是陆续知道些关于王莲生的事情。一半是事实，另一半则是想象。有时候，我坐在办公室的黑色皮椅上，眼前会突然幻觉出一小束新鲜玫瑰；或者，比尔进来了，和我商量开除一位高级雇员的事。他用那只戴着大钻戒的手，做了个手势：五指并拢，刀刃朝下。

这是我和上司比尔间的一个暗号。手势说明了一切。当然，这仅仅是个基础，我也会根据这手势的力感、方位、速度，甚至微妙的倾斜度，来判断一些具体的东西。

做完手势后，比尔一般会和我聊几句家常。气氛轻松融洽。然后，再一尘不染地走出去。

从比尔的背影中，我常常会幻觉出王莲生。有一次，我差点叫出来了："王莲生！"我差点就这样脱口而出。很可能，嘴唇前面的气流已经受到冲击，所以比尔像受到感应似的，回头看了一眼。

"嗯？"他说。

我不知道这幻觉从何而来。但不可否认，王莲生仍然类似我的雾中风景。而能够顺藤摸瓜、并且心细如丝，这正是我的特点。我还认为，这恰恰是上海带给我的礼物：

传统的东方的底子，加上高压生活的磨炼，造就了上海人内心的坚硬、矛盾与畸形，但同时产生的，还有一种奇异的智慧——

我认为王莲生身上就有这种奇异的智慧。我喜欢他身上那种刀光剑影的东西。就像烈日下的荒凉，墓地前的白光，它让人眼睛生疼，却又按捺不住心里东奔西突着的好奇。

至于我三个月前的那个男友。那个与现实世界有着千丝万缕联系、分手时又与我优雅相吻的上海白领，我认为，他与我太相像了。至少，与我的上半截太相像了。他可能并不平庸。但他太像浮面中的上海了。很可惜，在我和他相处的日子里，他并没有发现我隐藏在黑色皮靠椅后面的东西。而我，则认为他除了与我相像的上半截，可能再也没有其他的什么了。

是的，我是上海人。但我同样不喜欢浮面中的上海。换种说法，也可以这样理解：我很势利，但对于势利之人，我同样也会表现出内心的鄙夷。

那天早上，我在电话里和王莲生聊了会儿。

王莲生好像刚起床。或许根本就没起床。他的声音很慵懒，但心情不坏。从他的语气里听不出惊奇，就像料定我的电话会在清晨响起似的。

"你等会儿。"王莲生说。

王莲生说有扇窗打开着，风吹进来了，还夹着雨。所以他要起来把窗关一下。他说不知道这雨是什么时候开始下的。他昨天回来时，天是好的，并没有下雨。王莲生说，昨天我坐上出租车走掉以后，他并没有马上回去。而是在夜上海的月光下走了走。王莲生说他又去了和平饭店。并且——

"坐在我们四年前坐的座位上。"

我的心突的一跳。随着心跳声,我的下半截兴高采烈地欢呼着,雀跃着,想告诉王莲生说:其实我非常的想念你。

但上半截不干了。上半截对王莲生一直存着戒备之心。在日常生活里,上半截很像我的伤湿止痛膏,很像我的感冒冲剂、必利痛以及达喜胃药。诸如此类的东西。如果逢上战争时代,那么,它很可能就是荒原上的一道铁丝网、很可能是地雷、定时炸弹或者暗杀用的毒药。或许,它还是南美洲的地产毒蛇?树汁含有剧毒的硕美无比的绿色植物?

总而言之,我的上半截不信任王莲生。怎么也不信任他。并且,为了防止我伤筋动骨,我的医生兼警卫的上半截出动了,毅然决然的。

"哦,你还记得?我倒是忘了。"我说道。

电话那边传来打火机的声音。还有小资们常说的那种"淡淡烟草味道"。我的前任男友身上就常有这种味道。他很注意香烟的牌子。打火机的牌子。衬衫的牌子,甚至还有袖扣的牌子。反正是各种各样的牌子。弄到最后,我觉得,他本身就成了一种牌子。这反倒让我感到了厌倦。上海从来不缺少这种东西,上海缺少的是突围,是漂亮的转身与虚晃一枪——

如果我的前任男友在波特曼的那朵白云下面,猛地掉转头,狂奔而来,像头非洲雄狮般拥我入怀。我想,我是会爱上他的。当然,这已经是不可能发生的事了。不过,我倒是真不记得王莲生抽什么香烟。如果硬要揣测,我认为是杂牌。就像扑朔迷离的"南美洲"一样。

8

三天过后,王莲生打电话约我了。他很简单的说了几句。说有点事,想和我谈谈。

这三天里倒是发生了些事情。在上海，这是相当正常的。每天，有很多白云、彩云、乌云被高楼的尖顶刺破。有很多"南美洲"，出现在南京路，淮海路，襄阳路。还有很多人的上半截和下半截走散了。自动走散的。棒打鸳鸯的。结果一辈子也合不到一起去。反正是林子大了，什么鸟都会有。

首先是我的上司比尔。

比尔在看歌剧时认识了一个上海妹妹。"我叫阿三。"上海妹妹对比尔说。阿三长得很漂亮。穿着银色的削肩连衣裙。站在大剧院闪着金光的大厅里，很亮，就像一座小型银矿。阿三不属于与人贴脸相吻，或者优雅握手的，因为很显然，她是一个人来的。没有熟人。但阿三并不孤独。有很多人会注视这座小型银矿——

而比尔，或许就是打定主意、要对这座银矿进行开采的。

也说不清是比尔先招呼阿三，还是阿三先招呼比尔。反正等我们注意到这边的动向，比尔已经拥着阿三丰腴的左肩，向大剧院门口走去了。临出门前，比尔没忘了向我们招手致意。比尔在法国待过一段时间。能够把南美洲的艳情与法国的优雅合而为一，是比尔的本事。而我，则不失时机地，向比尔额首微笑。也向比尔身边的阿三点头致意。

我觉得自己挺虚伪的。有点自责。

第二天早上，比尔走进了我的办公室。比尔后面跟着漂亮的上海妹妹阿三。称赞了一下我的着装以后，比尔指着阿三对我说：

"这是你新的行政助理。"

我在如释重负之后，又稍稍对比尔感到些失望。这种事情有点像通俗小说里发生的。不是我不理解。没什么不能理解的。但我认为比尔的这种行为有点奇怪。第一，他不够尊重我。为了一个在歌剧院大厅里认识的女孩子，得罪他最得力的下属。这不应该是比尔的做派。第二，我不理解比尔的真实用意：把一首前卫的试验作品融入交响音乐？归根到底，阿三是种杂质。是个不和谐音符。比尔应该思路清楚地把她纳入另一个轨道。一个她应该进入的轨道。而这一点，则是比尔完全能够做到的。

不管怎样，我对阿三还是很客气。我为她安排好办公的区域，并且交代了几件事情。然后便冷眼观察她。

倒不是那种恃宠的女孩子，虽然生于七十年代末期，但很乖巧，惊人的成熟。她很会看眼色行事，做事也麻利。并且眼睛很毒。所以说，半小时过后，我几乎断定了昨晚在歌剧院大厅里发生的事情。一定是阿三先招呼比尔的。这座闪亮的小银矿款款而行，上前对比尔说：

"你好。我叫阿三。"

当然，这种幻想中的场景，很带有些女性视角的意味。现在，她可再也不是漂亮的上海妹妹阿三了。她现在是"助理阿三"。这称呼带有比较强烈的社会学意义。现在，她已经成了淮海路写字楼里一家公司的一个部分。成了个社会角色。成了这城市对外经济交流中的一个小窗口。成了"助理阿三"的阿三，再也不用像八十年前的那个白流苏，找个男人把自己养起来，然后为他"把俏皮话省下来讲给旁的女人听，而把自己当作自家人看待"而欣喜。也犯不上像六、七十年前的王琦瑶，用自己的一辈子，换了盒终生没有享用过的金条。临到终了，还死在了那上面，并且——

"只有鸽子看见了，它们咕咕哝哝叫着。"

"助理阿三"可要聪明多了。更何况，这城市里又该有多少"上海妹妹阿三"，以及"助理阿三"呵。

想到这里，我眼前突然闪过一个奇怪的念头——

如果阿三遇到了王莲生呢？如果阿三也笑眯眯地走到王莲生面前，说"你好，我叫阿三"呢？

在接下来的时间，我变得有些烦躁不安起来。我仔细回想着和王莲生在一起的每个细节。手机关着，我把它打开。并且从振动挡拨回到标准挡。"助理阿三"老在我面前晃来晃去，我把她叫过来，关照她去见一个客户。

阿三走后，我接到了前任男友的一个电话。

他说话声音有些犹疑。像很有难处似的。过了大约五分钟，他终于告诉我说，他遇到了一点麻烦。"也不是大麻烦。"他说。他说他现在在一个派出所里，需要一个保人。他说，他想到了我。

"是个误会。"最后，他又再次强调了一遍。

那个派出所的地址非常陌生。虽然前任男友说："就在淮海路附近。"但我仍然感到怀疑。我手里拿着一张纸条，拐七拐八地寻找时，心里有种极为荒诞的感受。

按照我前任男友的说法，事情的经过是这样的：昨天晚上，他陪几个客户吃饭。喝酒了。而且喝得有点多。喝完酒后，客户希望继续娱乐。他就带他们去了另一个夜总会。那里正在表演钢管舞。跳艳舞的人染了很淡的头发。在灯光下面，很像是白色的。他们就在那里看了会儿，喝了七、八瓶啤酒，还与几个小姐聊了会儿天，然后就进了包厢。

我的前任男友说，后来发生的事情他就不知道了。他醒过来时，几个陌生人站在他面前。"我们是派出所的。"他们说。神色很锐利。他们轻蔑地看着他，告诉他说，他们正在进行突击检查。而现在，他必须跟他们回警局。因为他涉嫌两桩不光彩的事情：

嫖娼。

私藏毒品。

我的前任男友说，他是冤枉的。他怀疑有人在啤酒里下了药。但没人信这个。因为证据似乎是确凿的：他的裤子口袋里被人翻出了些软性毒品。而在他隔壁的包厢里，有个嫖客被当场抓住了。至于同来的那几个客户，则早已消失得像夏天的风一样。

"我是冤枉的,给人害了。"我的前任男友说。

我手里拿了纸条,寻找那个陌生的地址。

阳光灿烂。天上一朵云都没有。天空很高远。因为没有云,所有的楼层愈发显得硬朗、独立,或许还有些不近情理。那么多的人,在楼层与街道间走动着。那么多的上半截,下半截,查理的天使,比尔的宝贝,爱着比尔的阿三,以及现在戴了头套、晚上则要去表演钢管舞的小姐们。他们都在这条街上走动着,彼此毫不相识。而每个人的脸上,普遍带有一种大城市的表情:冷漠。防备。警觉。强抑住内心的冲动——

就像非洲原野上,一群走在自己领地里的孤独的狮子。

我打了把伞。避免夏天的烈日把我晒伤。阳光是白色的。烫得灼人。但我的头脑仍然非常清醒。我仔细分析了这桩突如其来的事情。暂时得出了三个结论:

首先,要严格区分人的上半截和下半截,绝对是件相当困难的事情。而且,这种区分本身,或许就是幼稚的。

其次,我的前任男友很可能根本就没爱过我。因为不管怎样,这种事情,终究是桩污点。而通常来说,这类事情只愿意和两种人分担:最亲密的人,与最没关系的人。我想,现在,我只可能属于后者。

最后,在白花花的太阳底下,我突然非常强烈地想念起王莲生来。城市那样大,阳光那样烈。而王莲生,则是我希望的飘过我上方的那片云。

9

和王莲生的这次约会,我是认真的。

王莲生倒没在电话里具体说什么,他讲得很简单:"有点事,想和你谈谈。"他说。

但我略微有些紧张。

一般来讲，和我说话时，王莲生很少使用这种口气。他基本避免现实主义姿态。要么在空间上"非洲热带的雨季"、"芬兰的红灯区"，要么在时间上"我们四年前坐的座位"。

那天我们约了个旋转餐厅。在外滩。餐厅的楼层极高，可以俯瞰上海夜景的。当然，也是王莲生的主意。

"那里安静些。"王莲生说。

我有些失望。我原本想让王莲生去衡山路，或者干脆再去和平饭店。虽然常有人说，衡山路甜得发腻，对老上海的怀旧是种做作。诸如此类的话。但我从不这样认为。在这方面，我是强硬的。我一向认同自己的身份：小资。在这个城市里，我从不认为小资是种耻辱。经济独立，不看男人脸色行事，兼具一定的品位——对女人来说，这已经是个不错的评价。我认为一个人总得坚持点什么，最好是真正属于你的什么东西。不管是什么。这可不是耻辱。况且，对于王莲生，这样的坚持还有着另外的意义：

我愿意把我最美好的一面呈现出来。

王莲生坐在一个角落里。背对着我。

我隐约觉得，今晚的光线有点怪异。这个旋转餐厅的主要色调只有两种。蓝色。还有就是黄色。蓝是宝蓝。黄是明黄。在东方的色彩观里，这种组合是犯冲的。东方人认为，这两种色彩间少了默契与谐和。奢华而扭曲。有点要争斗的意思。不安分了。这可不是件好事。

但我说的怪异不是指这个。

那天我坐了锃亮的观光电梯，上到顶层。两个餐厅服务生迎出来。他们穿蓝色西装，打金色领结。对我微笑。

"有位先生在等您。"其中一位矮个的说。

没什么不对的。但我就是觉得什么地方不对。说不出确切的原因。

就是不对。楼层太高？这里太静？服务生的笑太诡秘？还是王莲生的背影太落寞？

朝角落里的王莲生走过去时，我的脑子飞快转动着。

想象与幻觉经常是接踵而至的。比如说，我想，今天的事情有可能会是这样开始的：

我在公司对比尔打了招呼。我对比尔说，晚上的冷餐会不能去了。

"有约会？"比尔看了我一眼。眼角挤出一丝微笑。

阿三来公司的这几天，"南美洲"比尔对我相当客气。他甚至偷偷在我的手提包里塞了个红包。他来我办公室的次数略微有些增加，但绝不过分。他每次来，我都会找个借口，得体地离开会儿。反正助理阿三在那里。阿三会负责倒上茶水，准备文件，以及做些我力不能及的事情。

那天我向比尔请假的时候，他没多问什么。他甚至还破例送我下楼。并且在门口朝我挥了挥手。

我转身离开。这时比尔开口说话了。但比尔说话的时候，恰好有辆车啸叫着开过去，所以我只清晰地看到了他的形象：一只挥动的手。在夕阳下面，比尔手上的钻戒划出一道闪亮的白光。奇怪的是，比尔竟然又做了那个手势：五指并拢，刀刃向下。并且有力地一挥。

至于比尔的说话，由于那辆车的关系，更多的只是猜测。比尔可能说了"谢谢"，"好胃口"。但恍惚之间，我好像还听到了另一个词。我听到比尔在说：

"哈瓦那。"

我用了三十五钟赶到旋转餐厅底层。在上海，这是个相当快的速度。我穿过大厅，坐上观光电梯。电梯里还有两个人。一个眼睫毛涂成银色的女孩子。一个中年人。女孩子嘴里嚼着口香糖，哼着歌。而中年人身穿深色西服。脸往下拉着。相当沉默。

在电梯里,我们分别朝三个不同方向站着,表情很漠然。有一个瞬间,在全封闭的钢化玻璃里,我看到了那个女孩的侧影。我很惊讶。我发现她像极了阿三!

当然,今天的事也可能会这样继续:
我在公司和比尔打过招呼,然后打车前往餐厅。
事情显得很简单,甚至还有些结实与严谨。比尔既没有送我下楼,更没说什么莫名其妙的"哈瓦那"。和往常一样,他来我办公室,关照明天早晨例会的事情。恰好阿三也在,穿了件黄色连衣裙。
"明天九点,在二楼会议室。"比尔说。
"好的。九点,二楼会议室。"这话原先应该我说的,现在有了助理阿三,所以就由助理阿三回答。
车道非常通畅,我临时让司机改走高架桥。戴白手套的他显得很高兴。"那倒是会快些。"但接着也补充了句,"不过,可能要绕点路的。"
我回答道:"那就绕点路吧。"
我挺喜欢这种做派。有事讲在前面。并且尽量讲讲清楚。这是一种结实的态度。如果说,事情是以这种方式开始的,那么,它也应该会以这种方式得以延续——

或许,当然啦,也不排除事情将这样往下发展:
其实这天下午我根本就没遇见比尔。我到处找他。办公室,走道,小型会议厅,玻璃隔断的办公区域。到处找,但到处没有。
比尔突然不见了,像南美洲奇丽的光影。
而就在这时,天上开始下雨。还夹着几点雷声。我去关走道里的一扇窗,雨点正是从这里飘进来的。同时飘进来的还有歌声。忽然,我觉得它很熟悉:

太阳升起前忧郁向我袭来
我泪水汪汪
我不喜欢这种情感
它令人多么悲伤

我神情恍惚地在门口叫了车。司机穿着黑恤衫,戴白手套。脸色很阴沉,下雨似的。

我没想到王莲生会在楼下等我。还撑着伞。他看我下车,迎上来,也不说话,就把伞撑到我头上。

他看着我,眼睛像给雨泡过似的。

这样安静的王莲生,实在是出乎我所料。我跟着他穿过寂静的大厅,坐上观光电梯。雨点打在全封闭钢化玻璃上,有金属的响动。天上布满了云,铅黑色的,有几朵还跟着我们,一直往上面来。

我有点心惊胆战,侧眼看着。担心其中的任何一朵给什么东西刺破了。

餐厅里放着爵士。但光影的色调只有两种:宝蓝和明黄。餐桌放在四周,中间是个小舞池。我和王莲生跳舞,他做了个脱帽邀请的动作,还向我微微鞠了一躬。

然后他就在舞池里站住了。朝我笑。脸上还有种少有的柔和。

"来,过来。"王莲生说。

我的眼睛有点迷茫。像给雨泡过似的。我站在舞池的这头,两手交握,脸上一定也很柔和。

"来,过来。"王莲生又说。

我闭上眼睛,慢慢向王莲生走去。舞池很空阔。我突然想起很久以前看过的一本书。有个人在晾晒床单的时候,一阵发光的微风吹过来,把床单从她手里吹起。并且完全展开。这个晾床单的人,眼睛几乎全瞎了,奇怪的是,她却能镇静地辨别出——这无可挽回的闪着光的微风是什么东西。然后,这床单就带着一个漂亮姑娘飞升起来啦。扑扇着飞升。飞上了布满了金龟子和大丽花的天空。飞得连最高的鸟也赶不上。

也不知道为什么,我向王莲生走去的时候,突然也有了吃"药蘑菇"的感觉。我的上半截和下半截也分开了:

上半截变成了那个姑娘。下半截则变成了那张床单。

好了,好了,就此打住吧。现在,让我告诉你那天晚上真实发生的事情。

那天,我准时去赴王莲生的约。我坐上观光电梯,上到顶层。两个服务生微笑着向我迎来。我绕过他们,向坐在角落里的王莲生走去。

王莲生缓缓回过头来。

餐厅里响着明亮的爵士。我看到王莲生的嘴唇在动,也听到空气里传来一个声音:

"明年,跟我去哈瓦那吗?"

哑

一

在时断时续的秋雨里,蔡小蛾沿着"小吃广场"的青灰色石板路,整整走了三个来回。

人生不如意十常八九。这话说起来谁都清楚、明白。但当十一月的秋风秋雨里,一个女人左手撑伞,右手拖着黑色旅行箱,脸色铁青的在同一条路上走了三个来回时,事情或许就有些严重了。

现在,雨水正顺着伞面滴滴答答往下掉。这说明雨虽然时断时续,但其实从来就没真正停过,并且还可能一直下下去。女人穿着浅米色秋衣,衣领竖着,脚上的黑皮鞋则泥渍斑斑……这表达的意思是,女人确实走了很长一段时间。或许被人看到的是三个来回,而真实意义上根本就不止这个数字。

她遇到什么麻烦了。这麻烦或许还真不小。由于这个前提,一些猜测便有足够的理由成立。比如说,她右手拖着的那只黑色旅行箱。它的体积倒是不大,还不时在石板路上摩擦出沙沙的响声。但就在皮箱的夹层里,很可能就放着一些解决麻烦的方法:安眠药,毒鼠灵,敌敌畏,一把很容易就能割开动脉的锋利小刀。还有,一星期后去海岛的机票——在那里,茂密的山间树林,以及巨浪滔天的暗色海滩……都是了结问题的相当不错的地点。隐秘，诗意，神鬼不知。特别是对于这样一位还算年轻并且也体面的女人来说。

虽然主意已定，但在打定主意和付诸实施之间的那段时间里，还是容易让人感觉无聊与伤感的。就像将死的天鹅跳起忧伤的舞蹈，古道上的纤夫唱着让人落泪的纤歌，恋爱中的女人穿上嫁时的衣裳。女人觉得自己也应该做些什么。随便什么。

她的目光停留在一根电线杆上。那是竖立在"小吃广场"西面的电线杆。像这样的电线杆，从南到北，石板路上一溜排了好几根。而女人恰巧就站在这一根的旁边。

电线杆上贴着好几张字条。有些已经被雨淋得面目全非了。只有一张还是清晰的。

她凑上去，仔细看了一下。上面是这样写的：

"诚征四岁男孩临时看护。待遇面议。联系人：陆冬冬。"

二

拖着黑箱子的女人推门而入时，屋里有三个人。

开门的是个嘴唇开裂起皮、脸色苍白的女人。她一只手扶着门框，满脸茫然地看着门口这位不速之客。

"你找谁？"

"陆冬冬——是不是住在这儿？"

"我就是。"

"哦，是这样的……"女人把伞和箱子放在一边，接着又从上衣口袋里掏出一张纸。就是刚才在电线杆子上揭下来的那张。她拿着它，并且还晃了两下。"对了，我叫蔡小蛾，你叫我小蔡好了。"

"哦……你先进来吧。"

刚才还贴在电线杆上，现在却鼻子是鼻子、眼是眼的陆冬冬说道。她关上门，又把蔡小蛾让进屋，安排她在屋角的一张椅子里坐下。

这样，蔡小蛾就看到了屋子里的另外两个人。

一个男人坐在沙发上。他身边放着一小堆器械。听诊器，镊子，钳子，一台红绿指示灯正闪闪发亮的机器，以及一面银色小镜子。

这一小堆东西让蔡小蛾初步得出判断：这是个医生。

很显然，刚才陆冬冬正在和这个医生说话，谈话被蔡小蛾的敲门声打断了。所以现在他们正继续下去。

"你的意思是说……他聋？"陆冬冬说。

"不，他不聋。但他听不见。"医生回答道。

"那么，他是个哑巴？"

"他也并不哑——"

说到这里，医生咬了咬下嘴唇，干咳了一声。

医生似乎很想举出一个恰当的例子。例子一旦举出，问题也就说明了。但事情在这里出现了难度。所以他边说边琢磨着："你这个儿子呵，他的听觉系统是好的……但他确实听不见。他也不哑，但他不会自己开口说话。就好比……就好比……"

他的眼光转到了坐在一边的蔡小蛾身上，不由眼前一亮。

"这么说吧，就好比我们大家都在一扇门的外面，草地呵，菜场呵，医院呵。这些东西都在外面。我们要踢球，就去草地那儿，要吃西红柿、青椒白菜呢，就去菜场，万一碰上头痛脑热的，医院也在不远的地方。但这孩子不是这样，不是这样……他被关在了门里。他一个人待在那儿，再也不走出来了。"

为了说明这个精彩的比喻，医生从那堆镊子、钳子、小镜子里站起身来，以身作则的向门口走去。他这一走动，蔡小蛾就发现了问题：

这医生竟然是个瘸子。

大约走了五、六步路，医生走到了门口。他打开门，为了表示出"门里门外"的意思，他还把门留了一条小缝。从那条小缝里，他伸出手，使劲地朝着陆冬冬挥了挥。

"现在明白了吗？我走回来了，刚才那位女士也走回来了——"他用眼光向蔡小蛾这边做了个简短的示意，很快又向陆冬冬那儿转过去，"但是他，你的儿子——他不愿意走回来。"

蔡小蛾看着医生一瘸一拐地重新坐回到沙发上。平心而论，除了瘸，这医生还真称得上是个帅小伙。双肩宽厚，肌肉发达，眼睛里还汪着水……他坐在那儿的时候，你怎么都不会想到他是个瘸子。但他一站起来，明白不过就是个瘸子。左腿比右腿短了好几寸。就是这样。这个世界就是这样奇怪。

这时，蔡小蛾看到的屋子里的第三个人——也就是电线杆上写着的那个"四岁男孩"，陆冬冬的儿子，瘸腿医生的病人——他正呆坐在窗口那儿。和医生的情况一样，他就那样坐着的时候，可真是个好看的孩子。夏日玫瑰的香气，清晨的第一滴露珠，还有微风里的一声口哨，说的就是他这样的孩子。和同龄孩子相比，他略微要胖些。胳膊、腿、脸蛋，哪儿都肉乎乎的。他的脑袋很大，有点挂不住似的靠在窗台上。今天妈妈给他穿了件漂亮的海军蓝上衣，衬着他的白皮肤，就像海面上飘过了白云。

只有在和他说话的时候，才能感到有那么点不同。比如现在，陆冬冬向窗口走过去。

"康乐乐。"她叫他。

男孩还是望着窗外的什么地方。窗外是天，是乌云，是远处小学校里光秃秃竖着的旗杆。

"康乐乐，听到妈妈说话了吗？"

她又走近些。并且慢慢弯下腰去。

医生叹了口气。他已经在收拾沙发上的那堆器械了。就在一个多小时前，在自己的小诊所里，他刚送走一个男孩。也是同样的病——自闭症，也就是孤独症。这种病通常病因不明，也没有确切的治疗方式。所以和现在一样，确诊过后，医生能做的，也仅仅就是摇头叹息了。唯一不同的是，那个男孩是父母两个陪着来的。他们拿着诊断书，女的当场就哭出来了。男的搀着她。医生在男的肩上拍了两下，说："会改善的，要是教育得当的话。"说这话的时候，他自己都觉得心虚。他清楚地知道这些孩子将来的命运。就如同知道，他的瘸腿每次着地时细微的触觉。那些孩子……一个一个，他们的脸在他面前浮现出来，胆怯，木然，羞涩，然后便日渐粗糙。

"医生，"陆冬冬再次向他转过脸来，一般来说，女人遇上很好或者很坏的事情时，总是这样的，总是不相信，总是要再问一次，"他……会变成傻子吗？"

"他的智力没有问题，"医生小心地斟酌着字句，所以语速变得缓慢起来，"其实身体也没问题……"

"但他不说话，也不想听我说话。"陆冬冬喃喃自语道。

医生忍不住又叹了口气。他看着面前这个女人，不太美，也有些年纪了。她的这个孩子——他会成为她一辈子的负累的。这是件残酷的事情。对于残酷的事，医生通常都有着职业性的漠然。但他是个瘸子。他做梦的时候，大街是平的，草地是平的，就连楼梯也是平的。他知道绝望是怎么回事。所以说，在面对这个女人说话的时候，他想象着自己在雨天穿越泥泞之地的情境，尽量轻柔，尽量不伤害她。

他甚至还挺了挺腰板，做出一副信心十足的神气："你瞧，他会好起来的……总有那么一天，对吧？他还小，他只不过比别的孩子学得慢一些，是的，稍稍慢一些。你知道，总有些孩子是会慢一些的……如果他们比其他孩子更胆小，也更善良的话。"

瘸腿医生再一次向门口走去。这次可不是做什么比喻,而是一次真正的告别。医生走在前面,他走得比较慢,所以跟在后面送他的陆冬冬也放慢了脚步。她替他提着那只黑漆皮医药箱。里面躺着亮闪闪的听诊器,镊子,钳子,温度计,消毒酒精,还有镶嵌了红绿指示灯的小仪器……虽然在刚才的诊断中,这些东西几乎没一样派上用场的。

蔡小蛾看着他们。男孩,陆冬冬,还有医生。整个的谈话过程,从始至终,蔡小蛾都在静静观看,细细琢磨。蔡小蛾就像一只黑暗中的蛾子。现在,点点滴滴的小念头一闪一闪的,又如同夜色里的萤火。

关于这男孩的病,蔡小蛾觉得自己有点明白了。但好像又不是完全明白。反正,男孩得的是种怪病。这种病既不发烧,也不牙疼。你要是让他伸伸胳膊,他就能伸伸胳膊。你要是让他动动腿,他也能轻而易举地动动腿。你瞧,现在他的两条小白腿就垂在椅子那儿……不管怎样,就这样看上去,他可要比瘸腿医生健康多了。

过了一会儿,传来了陆冬冬上楼的声音。门开了,陆冬冬摇摇晃晃地坐下来,两只手抓住自己的头发……大约有那么四五秒钟的时间,突然,她想起了屋里还有另外一个人。

"你想清楚了,他可是个病孩子。"陆冬冬从沙发那儿抬起头来,默默地但又意味深长地看了蔡小蛾一眼。

"当然,我当然知道——他是个病孩子。"

这时陆冬冬开始仔细地打量蔡小蛾。很显然,看上去她可不像个当保姆的。

"那么,价钱怎么说?"陆冬冬问。

"随便。"

"随便?"陆冬冬有点不相信地重复了一遍。

"是的,随便。"

这显然不是能让陆冬冬放心的回答。所以她沉默了一会儿。而蔡小蛾仿佛已经看透了她的心思，相当镇静地说道：

"我也是个女人……其他我没法说什么，但至少我也爱孩子……你放心，我会心疼他的。"

三

蔡小蛾给男孩换上新衣服、新裤子。

蔡小蛾为男孩倒了杯热牛奶。

蔡小蛾端来一只方凳子，把男孩抱上去。接着又端来一只圆凳子，放在方凳子的对面，给自己坐。

"来，跟着我说。这是树，树——"蔡小蛾指着窗外的一排老树，做着夸张的嘴形。

"树上站着什么呢？是鸟，鸟——"

"从树叶中间跑过去的又是什么呢？是风，风——"

但这样的努力显然是徒劳的。男孩坐在方凳子上，一脸迷茫。蔡小蛾甚至觉得他根本就不看自己。根本就没有办法让他对一件事情感兴趣。蔡小蛾对他说"树"的时候，他恍恍惚惚地看着自己的鼻尖。蔡小蛾做出雄鹰展翅的姿势，"鸟"，她说，但男孩莫名其妙地笑了起来。接下来，蔡小蛾说"风"，男孩突然整个的扑到了蔡小蛾怀里去。就像一头撒娇的小兽。

没法和男孩交流，因为首先他根本就不看你。他不会因为你看着他，就觉得自己也应该回看你一下。同样的，你给他指出了一个世界，要牵着他的手，慢慢地把他带进去。谁都在那个世界里活的，但他甚至连看都不想看一眼——这就是男孩康乐乐和这个世界的关系。

蔡小蛾觉得有些哭笑不得。

中午，蔡小蛾在厨房炒菜。炒着炒着，她突然想到了一个问题。是这样的:因为陆冬冬要去上班(现在蔡小蛾已经知道,陆冬冬是一位中学语文老师,而中午和晚上还兼着两份家教),所以男孩的中午饭就得蔡小蛾来准备。她今天想给男孩烧木耳小母鸡汤,双菇苦瓜丝,还有香菇豆腐,所以一大早她就去菜场买了一只鸡,两条苦瓜,三两黑木耳,几块豆腐,还有些香菇和金针菇。又因为买了这些东西,所以就还得添上葱,姜,盐,酱油和香油。然后呢,炒菜需要油锅,有了油锅,又需要把它放在灶台上,所以厨房是必不可少的……这些东西一个紧挨一个,彼此需要,彼此牵制。这就是一个秩序。世界上所有的事情,其实都有这样一个秩序在里边。

蔡小蛾想,男孩的问题就在于他是拒绝秩序的。只有两种人具备这样的决绝。男孩康乐乐是一种。至于另外一种,蔡小蛾想起有一个失眠的晚上,在黑暗里,她问自己:"你为什么要死?"隐隐约约的,她听到有一个声音这样回答:"因为我不想活了。"从这一点来看,蔡小蛾觉得自己与男孩倒是同一类人。

饭好了,菜也好了。蔡小蛾把它们放到饭厅桌子上,然后,又洗了手,抹干水渍。做完这些事情以后,她朝着男孩的方向习惯性地叫了一句:

"好了,吃饭了。"

突然,她想起了什么,猛地回过头来。

男孩正坐在椅子上,用心的啃着自己左手的大拇指。蔡小蛾叹了口气,走过去,小心地把他抱下来。似乎是为了回答自己刚才说的那句话,她低低地又把它说了一遍:"好了,现在咱们去吃饭了。"

几天下来,她倒是真有点喜欢他。这个肉乎乎、眼神呆滞、什么都不听什么都不管的小家伙。这是她答应住在陆冬冬家的主要原因。另外,她也喜欢只有他们两个在家时的那种安静。那才叫安静。能听见窗外秋风刮过时树枝折断的声音;一只野狗懒散地趴在楼底下,眯着眼睛晒太阳;有几次,她走到那只黑色旅行箱那儿——自从进了陆冬冬家，它就躺在她住的那间小房间的床底下。这是间朝北的屋子，紧挨着男孩的房间。

她打开那只箱子。仔细地摸索一下。发一会儿呆。然后，再把它关上，重新塞回到床底下。

现在，男孩吃完了饭，正坐在外间沙发上。他又开始啃自己的手指头。不过这回不是左手大拇指，而是换成了右手的食指。蔡小蛾皱着眉头看他。当然，这个动作其实并不说明男孩对自己的手指感兴趣。他对什么都不感兴趣，对树不感兴趣，对鸟不感兴趣，对风不感兴趣。所以同样的，蔡小蛾认为他对她——蔡小蛾也不感兴趣。这种游离与漠然的结果是：

在这间屋子里，蔡小蛾觉得自己获得了无限大的自由。而这，则是她现在最需要的。开始的几天，她的睡眠突然改善了，强烈的头痛也缓解了不少。

四

这天晚上，发生了这样一件事情。

和前两天一样，蔡小蛾安排男孩睡下，又仔细检查了他的卧室，然后就回自己的小房间睡觉了。也不知过了多久，迷迷糊糊的，她听到了敲门声。

门口站着陆冬冬。她穿了件蓝底白条的绒睡衣，腰带松松垮垮的系着。她的头发也显得有些凌乱，一看就是刚从床上爬起来的。

"你……睡了吧？"陆冬冬说。

也不知道是自己睡眼惺忪，还是光线的问题，蔡小蛾觉得陆冬冬的神情有些古怪。她迟迟疑疑地点了点头，然后又本能地问道："现在几点了？"

"一点多吧。"陆冬冬说。还没等蔡小蛾对这个时间发表看法,她又说道,"我……能进来吗?"

在蔡小蛾的房间里,陆冬冬大约待了一个小时左右。在这一个小时里,陆冬冬先是仔细询问了男孩这几天的情况:饮食,体温,睡眠,大小便,还有,他的注意力能集中些吗?他左胳膊上摔破的伤口是否好些?……蔡小蛾一一作答。但与此同时,蔡小蛾又不由得心生疑虑。"为什么?为什么要在半夜一点钟问这些呵?"她想。这样想着,她就忍不住抬头去看陆冬冬。在昏暗的床头灯下,陆冬冬的脸有点发青,眼圈也黑着,相当憔悴。"这么累,干吗还不睡?"蔡小蛾又想。她正这样想着,陆冬冬的下一轮问题又开始了。

她先是站起来,看了看蔡小蛾睡的床:"被子还暖和吧?"

接着她又走到朝北的窗户那儿:"这扇窗不太严实的,雨下大了就有点漏。"

后来,她的目光在那只黑色旅行箱上面停留了一两秒钟。睡觉以前,蔡小蛾把它从床底拖了出来,现在,它正静静地靠在墙边上。

"要是有贵重东西的话,放抽屉里吧。钥匙我明天给你。"

午夜时分,男孩母亲表现出一种非常强烈的谈话的愿望,直到终于告辞离开蔡小蛾的房间时,似乎仍有点意犹未尽的样子。蔡小蛾看着她穿过黑暗的客厅,重新回到自己的房间。也不知道为什么,蔡小蛾觉得,今天陆冬冬的背影显得特别虚弱、瘦小、犹疑、无力……像走一半就要摔倒似的。

蔡小蛾关上门,重新躺回到床上,睡意却完全淡了。她翻了几个身,感到太阳穴那儿又隐隐作痛起来。

"只能明晚再好好睡一觉了。"她这样想着。

五

蔡小蛾没想到,到了第二天晚上,陆冬冬又来敲门了。

她还是穿着那件蓝底白条的绒睡衣,腰带松着,长的那端一直垂到地上。头发却纹丝不乱。所以蔡小蛾几乎没法判断,她究竟是从梦中醒来,还是根本就没有上床睡觉。

这次陆冬冬什么也没说,就径直走了进来。

蔡小蛾带上门,跟在后面。她揉揉眼睛,犹疑了一下,还是忍不住说道:"刚才……我去他房间看过了,他睡得挺好。"接着,蔡小蛾又伸出两根手指,在太阳穴那儿用力按了几下。

但陆冬冬一点没有要走的意思。她一只手撑着椅背,有点吃力地坐了下来。她的样子实在是糟糕透了——她的手从皱巴巴的睡衣袖子里伸出来,拿着蔡小蛾递给她的杯子。但那杯子连同杯子里的水,一到了她的手里,却像得了热病似的,充满神经质地不断发抖。她的脚光着,右脚上套着左脚的拖鞋……左脚倒是没穿错,但那分明是另一双鞋的左脚。

"你……没事吧?"蔡小蛾盯着陆冬冬奇怪的左脚,小声问道。

"没事,我没事,就是睡不着,找你聊聊天。"陆冬冬把手里的杯子放下来。突然又觉得不对,重新拿起来,喝了一口。

蔡小蛾在床沿上坐下来。她的脚触到了床底下的什么东西,她下意识地往里踢踢。方方的,硬硬的,应该就是那只黑箱子。她又抬起脚,用了点力,再往里踢了几下。

陆冬冬倒是一点没在意蔡小蛾的动作。她坐在床边的椅子上,手里捧着那只杯子。"带康乐乐……真是辛苦你了。"她幽幽地说着,眼睛则看着手里的杯子。

蔡小蛾按住太阳穴的手停了下来。康乐乐——她的眼前浮现出那张好看但又愚笨的脸：他永无止境的对自己的手指头感兴趣，以及几乎永远挂在脸上的口水、鼻涕；有时他不肯吃饭，她忍不住打他两下，他却冲着她咧开嘴笑了；还有一次，她给他穿衣服，穿着穿着，她的眼泪突然掉下来了，一串连着一串，怎么都止不住。说也奇怪，这孩子一向是声东击西，你指南他朝北的，那天却突然对她脸上的液体感起兴趣来。他伸出一根白白胖胖的手指，小心翼翼地碰碰她的脸，碰碰她脸上那些咸津津的东西。后来他一定明白了那东西的味道，因为他重新把那根手指放进嘴里，一边啃，一边眼睛亮闪闪地看着她……这真是个奇怪的小东西。乱七八糟的小东西。

"也没有，他其实还是挺乖的。"蔡小蛾脱口而出。

"再说，那天医生不也说了，他会好起来的，他会慢慢好起来的。"蔡小蛾觉得，除了想要安慰陆冬冬的部分，自己也并没有完全在撒谎。

"医生？"陆冬冬摇摇头，"他们全都这么说。"

"全都这么说？"

"为了这个孩子，"陆冬冬抬起头，几乎是恶狠狠地瞪了蔡小蛾一眼，"那天你见到的，已经是第二十三个医生了。"她赌气似的，把杯子里的水一口喝完，"我知道，其实我都知道，他们全都在骗我，全都在撒谎。"

陆冬冬让蔡小蛾去冰箱里拿点酒来。蔡小蛾拿着一瓶酒、两只杯子回来时，脑子里突然莫名其妙的蹦出一句话："第二十三个是瘸子。"她甩了甩头，那句话却一点没有被甩掉，还在那儿蹦来蹦去的："第二十三个是瘸子。"

等到两杯酒下肚，那句话才终于被抛在了脑后。而陆冬冬的脸上渐渐见了血色，话也有点多了起来。

她拉了拉蔡小蛾的手："你知道吗，发现他的问题以后，我见得最多的就是两种人……"

"两种人？"

"对，两种人。医院里的医生和寺庙里的和尚。"

"和尚？"蔡小蛾扬了扬眉毛。

"是呵，大部分遇到的和尚，是因为我去庙里求签。但也有例外的。有一次，我带康乐乐出门，在一条很热闹的大街上，一个穿僧衣的人迎面拦住了我们。那人长得很高，黑黑的，光头穿一件浅灰色的长衣服。他在康乐乐面前蹲了下来，伸出一只手，摸了摸康乐乐的头。他那只手可真是大，足足有我的一个半还不止。后来，他站了起来，对我说：'你的这个孩子呵，他是个神。'"

蔡小蛾张大了嘴巴。她以为自己是听错了，吃惊地问："什么？"

"是这样的，"陆冬冬的眼睛这时有些迷茫起来，"他说康乐乐的头上有一个光环……这当然是瞎话。他还说康乐乐到了八岁就会说话了……这种事情谁知道，谁都不敢说，就连医生都不敢说的。但他临走时很长地叹了口气。'等他会说话以后，头上的光环就没了，就给磨掉了。'说完这句话，他又蹲下来，摸了摸康乐乐的头。然后就头也不回地走了……你说这件事情有多怪，后来只要一想起来，我就觉得怪。"

"你不觉得怪吗？"陆冬冬突然问道。

蔡小蛾没提防她会这样问，一时不知该说什么。

"还有一次，"陆冬冬不等她回答，接着又说道，"我带康乐乐去看病，那家医院旁边恰好有个寺院，看完病，我就去求签。那天医生把康乐乐的病说得特别严重，所以我心情很不好。但求签的时候却求了个上上签，上面写着五个字：人善天不欺。那天我特别的失态，也不管康乐乐在旁边，哇的就哭出来了。后来我忍不住问那解签的。我说，我那么诚心，来了那么多次，但我希望的事却一直没有发生，这是为什么？"

"你猜他是怎么回答的？"陆冬冬打住了，有点紧张地看着蔡小蛾。

蔡小蛾摇摇头。但从她绷紧的嘴唇，以及下意识的手的动作看起来，她其实也相当紧张。

"他看了我一眼,很平淡地说:'那只能说明你的心还不够诚。'"陆冬冬停顿了一下,仿佛又把这句话重新过滤咀嚼一遍,"换了你,你会相信吗?"

"相信什么?"

"相信……相信有一天,康乐乐突然会说话了。"

陆冬冬死死地盯着蔡小蛾的嘴巴。仿佛从那张紧闭的嘴巴里面,随时都会蹦出鲜花、香草,蹦出穿着衣服的白猫,去而复返的光头和尚,或者已经开口说话的康乐乐一样。

六

陆冬冬的夜间来访一连持续了好几天。一般来说,她会在蔡小蛾的房间里待上个把小时。有时短些,一个小时不到。有时则长些,一个小时过十分钟,或者过二十分钟。这一天,在确认男孩已经熟睡过后,她们去楼下的林荫道上走了走。蔡小蛾穿了一件土黄色的薄呢外套。在她那只黑色旅行箱里,统共才放了一件外套、一件毛衣,还有一套揉得皱不拉叽的内衣。脚上那双黑皮鞋呢,也因为浸水时间太长,皮革纤维变得松软、疲沓。穿在脚上整个大了一码。倒是很像一只汪洋里的小船。陆冬冬还是披着睡衣,只不过在临下楼时,外面又套了一件式样明显过时的外套。但睡衣比外套长了一大截,腰带的两头一前一后,一头从外套敞开的前襟那儿垂下来,另一头则随着陆冬冬走动的步伐,不断拍打着她的两只小腿。

在离她们不远的路边,传来一声很闷的狗叫。

一个治安联防的,拿着手电筒在她们身上扫了几下。接着,光圈又落到了旁边的香樟树上。好像树丛里躲着小偷、抢劫犯,或者纵火者一样。几天以前，蔡小蛾打着伞、拖着黑箱子来的时候，几乎没有注意到这些枝冠浓密的树。而现在，她的生活里除了这些树，还突然多了一个自闭症男孩，一个绝望的母亲——这位名叫陆冬冬的母亲需要她。凭借女人敏锐的直觉，蔡小蛾早就看出了这点。但是她为什么需要她？仅仅因为男孩确实离不开一个照顾他的看护？

蔡小蛾想起了一件事情。就在早上，她整理房间的时候，无意中发现陆冬冬床边打开的抽屉里放着好几只药瓶。出于好奇，当时蔡小蛾拿起来看了一下。结果吓了一大跳。有些药名她熟悉，有些药名她不太熟悉。而她吓了一大跳的原因则在于，那些熟悉的药名，恰恰和她放在黑皮箱夹层里的一模一样。

她手里拿着药瓶，站在那儿，犹豫了几秒钟。最后还是把它们放回了抽屉里。那些药，它们或许说明了什么问题。但或许也并不能说明什么。然而不管怎样，出于对男孩的责任心，蔡小蛾觉得，有些话她还是应该提醒陆冬冬的。

"孩子还小，"她清了清嗓子，但同时又把声音压低了说，"家里有些东西最好放在他取不到的地方。"

陆冬冬一时没反应过来。但她一定也想到什么了，一脸讶然地看着蔡小蛾。

蔡小蛾只好硬着头皮往下说。

"比如说，小刀呵，打火机呵，药瓶呵，"说到药瓶的时候，蔡小蛾停顿了一下，但最后还是决定艰难的把话说完，"有些抽屉……最好能锁起来……锁起来就好了。"

在月光下，蔡小蛾觉得陆冬冬的脸色一会儿泛红，一会儿又有些发白。这个印象多少有点分辨不清。

如果是泛红，应该是陆冬冬在谴责自己不该有的疏忽；但要是发白的话，那么，刚才对于黑皮箱的联想可能就是成立的。蔡小蛾这样想道。

七

接下来的几天，蔡小蛾在给男孩穿衣做饭、教他说话、打扫卫生、整理房间，以及独自发呆，把床底的黑箱子拖出来，打开，摸索一番，再塞进床底这些事以外，突然又多出了一件事情：查看陆冬冬房间里的那只抽屉。

这件事情是她完全忍不住要做的。明明知道不应该，明明知道是不好的，是违背道德的，但还是没法控制。做这件事的时候，她觉得自己带有一种好奇、犯罪感、责任心交替混杂的复杂心态。

有一次，那只抽屉真给锁起来了。蔡小蛾凑近了看，上面挂了把小铜锁。锁的边沿还有些斑驳的锈渍。

还有一次，蔡小蛾才轻轻一拉，抽屉就开了。但抽屉里面是空的，什么都没有。

最让蔡小蛾感到尴尬的是，有一天中午，吃完饭，洗了碗，康乐乐也开始在客厅里仔细研究自己的手指头……她鬼使神差地又进了陆冬冬的房间。这回抽屉里没有药瓶，却多了五六张大大小小的照片。第一张是个穿红肚兜的男婴，正对着镜头咯咯傻笑。第二张里还是有那个男婴，不过他被陆冬冬抱在了怀里，还有个男人坐在陆冬冬旁边，戴黑框眼镜，白衬衣，条纹领带，相当精干的样子。但让蔡小蛾感到惊讶的是，照片里的陆冬冬是那样年轻明媚——这哪是那个半夜敲门、憔悴而又苍老的女人呵……

就在蔡小蛾翻看第三张照片时，那扇虚掩的房门突然开了。

康乐乐站在门口。

"康乐乐——"

蔡小蛾听见一只丽蝇嗡的一声飞走了，还听见康乐乐哧哧地吸鼻子声（那几天康乐乐正在感冒，鼻尖那儿擦得红红的），但蔡小蛾最清晰记得的，是自己的声音，虚弱，并且……蒙羞。

就像他经常呆呆地坐着那样，那天康乐乐呆呆地站在门口；然后，就像他经常无缘无故地哭一样，那天康乐乐咧开嘴，无缘无故地冲着蔡小蛾笑了笑。

蔡小蛾在康乐乐身边蹲下来，指着照片里的那个红肚兜男孩。

"来，来看看这个，这个是你吗，康乐乐？"

康乐乐笑笑，然后有点不好意思地往后缩缩。

蔡小蛾又指着那个戴黑框眼镜、穿白衬衣、系条纹领带的男人，问道：

"妈妈抱着康乐乐，对吧，这个呢，这个是爸爸吗？"

康乐乐还是在笑。他的身体不断扭动、不断朝后退缩，仿佛蔡小蛾手里拿着一条正吐着蛇蕊、随时都会扑上来的蛇一样。

现在，到了晚上，对于蔡小蛾来说，安静的睡眠重新又成为一件奢侈的事。当然，原因与以前是不尽相同的，至少多了以下两点：首先，陆冬冬很有可能半夜三更来敲门；再有，在发现了那个抽屉的秘密以后，蔡小蛾突然又有些担心起来——如果，陆冬冬这天晚上没有来敲门……

她老是觉得有一些意外的声响。有时候，她猛地从床上跳起来，推开门，竖起耳朵听听。

万籁俱寂。只有风刮过树叶时发出的沙沙声。

好不容易迷糊着睡了，她梦见自己在一个浓雾的清晨，离开了这个房间。她拖着那只黑箱子，穿过一整片的香樟树林。整个天空都飘着牛奶或者蒸气一样的冷雾，就连树梢上都挂满了水珠。雾气没头没脑地向她扑来，头发，脸，脖子，手臂。并且很快结成了冰。她感到冷，恐惧……她转过身，想重新回到那个房间去。突然，她的手摸到了身边的一棵树。她紧紧地抱住它，手脚并用，拼命往上爬——只要爬到树梢，就可以触摸到朝北的那个窗户。

她跌了下去。

噩梦整夜缠绕着她。第二天早上，她在厨房里见到陆冬冬。令人吃惊的是，陆冬冬竟然也面如纸色，神情恍惚，好像昨天晚上彻夜未眠、又是担惊受怕又是竖起耳朵的人是她一样。

吃早饭的时候，陆冬冬说了一件事："今天是康乐乐的生日。"接下来，她又告诉蔡小蛾，下午她准备带男孩上街，买点东西，顺便再去拍张生日照片。

她看了一眼蔡小蛾："你去吗？"

蔡小蛾想了想："那么，他五岁了。"

陆冬冬把她的话又重复了一遍："是呵，他五岁了。"

八

这天晚上，陆冬冬敲门的时候突然发现：门开着，而蔡小蛾也没睡，她披了件衣服，正坐在床边的椅子上。

"你来了？"她的姿态和语气，就像断定了陆冬冬一定会来似的。

两个女人面对面坐下，彼此深深地看了一眼，几乎同时张开了嘴巴——

"你先说……"陆冬冬不好意思地笑了笑，还搓了搓手。

"还是你先说吧……"

蔡小蛾仔细地打量着陆冬冬。就在这个下午，她们带着男孩去照相馆拍生日照。摄影师替他选了一身小迷彩服，呱呱叫的小靴子，还有一顶古铜色的军用钢盔。她们费了好大的劲，包括糖果、可乐、巧克力等一系列的诱惑，好不容易才把男孩抱进了那辆道具坦克。

蔡小蛾站在镜头那儿看效果。后来陆冬冬也来了。她明显地觉得陆冬冬在发抖。"他可真好看呵。"她还听见陆冬冬惊叹着说。

现在，陆冬冬就坐在对面。她说话的时候显得特别严肃。这严肃说明了某种凛然的态度，也说明了谈话的重要与确凿。而今天蔡小蛾认为更应该是后者。

"你能在这儿待多久？"陆冬冬问。

"多久……我也不太清楚。"

"你会很快就走吗？"因为某种奇怪的情绪，陆冬冬的声音就像发着高烧似的。

"这个不好说……我真的不知道。"

"我想说的是，"陆冬冬直视着蔡小蛾的眼睛："你别走，我希望你不要走。"

"我从没说过要走……"

"我知道，你头一天来我就看出来了……虽然我不知道是为什么……但我知道你很快就会离开我的，离开我，还有康乐乐，就像……他的爸爸那样。"

蔡小蛾没有说话。这和她想象中的谈话有着很大的区别。她一时还没能跟上陆冬冬的思路。但有个形象是清晰的：那个男人，黑框眼镜，白衬衫，条纹领带。以及凝固在那张照片里的巨大的沉默。

"我晚上经常来敲你的门，你一定会觉得奇怪吧，"陆冬冬继续说道，"其实我真是没办法，一点办法都没有。因为我害怕，我特别害怕，我特别害怕这个屋子里只有我和康乐乐两个人……"

"这又是为什么？"

蔡小蛾觉得谈话越来越离奇了。

陆冬冬咬了咬下嘴唇，又停了一会儿："他还小，他现在其实一点都不痛苦。但他总会有长大的一天。等他长大了，我也老了，等我老得什么事都没法做的时候……"说到这里，陆冬冬又停顿了一小会儿，仿佛那个抽象的老字，已经穿过漏风的窗缝，正式登堂入室似的。

"等到了那时候，等我老了，等我死了的时候，他怎么办？"

陆冬冬的声音变得尖厉刺耳，这问题和声音都是蔡小蛾始料未及的，她有点紧张地看着陆冬冬，担心会有更震惊的事情发生。

果然，陆冬冬说："等到了那时候，他会非常非常痛苦的……非常非常的痛苦，即便他自己完全意识不到。每次我这样想的时候，就特别想做一件事情。"

"什么事？"

蔡小蛾听到了自己不规则的心跳声。

"杀了他。"

蔡小蛾瞪大了眼睛，惊讶得完全说不出话来。

"但是，今天下午，我在镜头里看着他……他是那么小，那么好看，那么孤独，在那么一大堆的人群里面……我突然觉得自己是那么害怕失去他……你有孩子吗？你懂得这样的感受吗？"

蔡小蛾摇摇头。紧接着又使劲地点了点头。

"你别走，帮帮我。"陆冬冬急切地说道。眼神里则充满了蔡小蛾熟悉的那种恐惧、忧伤和焦灼。

九

几天以后，也是一个下着秋雨的日子，一个穿着毛衣、头戴绒线帽的女孩子蹦跳着走过"小吃广场"。她的手里拿着一根玉米棒，边走边啃，看上去吃得很香。

她在广场西面的电线杆那儿站住了。东张西望着，可能在等什么人。

过了一会儿，她的注意力被电线杆上的一张字条吸引住了。她小声地念了出来：

"诚征五岁男孩临时看护，待遇面议。联系人：陆冬冬、蔡小蛾。"

重瞳

李煜听到院门轻启了。好像是风。但守门老兵的咳嗽声却是分明的,老兵今天穿着玄色衣服,有几次,见李煜来到门口张望,身子便向后略缩进去些,想说句什么,但终于还是没说。天凉了。李煜脚下踩过几片梧桐树叶,叶片失了水,发出些脆声。

是的,天凉了。老兵望了望李煜,脸上有些尴尬。

都知道小周后还没有回来。小周后跟着命妃入宫,已经三日了。这三日里,汴梁下了雨。李煜在五更时分突然梦醒,听到雨声激越,便诧异自己究竟是被雨声惊醒,还是秋寒渐浓的缘故。没想到汴梁也会下这样的雨。夜鸟是早已没有声音了,秋蝉也停止了鸣唱。汴梁的夜更似有着浓黑的山影,它们铺天盖地,汹涌而来,让人无法安眠。

但现在院门真的是被人启动了。一定还有人望门下马,继而马蹄声的的远去。李煜感到了慌乱。是小周后回来了,李煜已经听到那顶小轿的声音了。它顺着小院的小径向前移动着,树叶沙沙有声。而月亮也已经升起来了,清洁的一弯。有些白,也有些发青。这白而发青的月色撒在院子里,把树照得很清明,把草也照得很清明,甚至于院角砖瓦上的三两只小虫,若是凑近了去看,那斑纹、花色竟然也是清晰明了的。在瞬间里,这让李煜感到了恍然。他忽然想起了自己写的一份表章。那是宋兵攻金陵城昼夜不息的时候，他请求宋兵暂缓进攻的表章。李煜记得在表章的接近结尾处有这样一句话：下臣还听说，鸟兽是卑贱的动物，它依顺于人，人尚且还可怜它；君臣是天下大义的体现，臣竭尽忠心，君主能不加怜悯吗？想到这里，李煜不由长叹一声。微物。是的，他对那个做梦也想着要统一中国的赵匡胤说，鸟兽，微物也。赵匡胤一定微微一笑。然后就像掐一只小虫子一样地把李煜掐在了手里，把南唐掐在了手里。他对李煜说，你只有前半句说对了：鸟兽，微物也。作为君主，知道这前半句便足够了。懂得太多，便做不成好君主。赵匡胤说这话的时候一定很得意。他笑了。在他眼里，李煜简直就像孩子一样可笑，鸟兽，微物也。他竟然对着能够主宰他命运、视他如鸟兽的赵匡胤说什么，鸟兽，微物也！这怎能不令赵匡胤哈哈大笑，得意非凡呢。

　　这个南唐的小皇帝，虽然晚上也常常做梦，却尽是什么雨呵，花呵，鸟呵，女人呵。他怎么唯独没有看到江山社稷呢？宋太祖赵匡胤在明德楼上看着白衣纱帽的李煜在楼下请罪，并封他为违命侯时，脑子里曾经突然闪过这样一个念头。

　　李煜与小周后初到汴梁时，正是初春。晚上睡觉，小周后怕黑，李煜便终夜点起银烛。烛影闪烁时，西窗外仿佛总有人影崇崇，开始时李煜说是竹影，小周后摇头，小周后说那是守夜的老兵，太祖赵匡胤派在那里的，已经来了有好些天了。李煜听了便有些默然。两人相拥而卧，香罗带未解，好像总觉得又要冒雨顶风赶往哪里去了，就像那天，北上降宋的船已经行至中流，李煜与小周后站在船头。石城已在往后退去。小周后记得那天雨下得很大，举家三四百人是淋着刺骨寒冷的冬雨上船启航的。一片哭声。而石城便在哭声里渐渐远了，船向前走着，渐行渐远。就在船快要行至江心的时候，突然发生了一件非常奇怪的事情。

　　在码头边的人群里，小周后恍然看到了姐姐——大周后娥皇。她分明就站在那里，一身素衣。娥皇侧着脸，就像她临死时的姿态，她至死都不愿意再看一眼背叛了她、与她的丈夫偷情欢爱的亲妹妹。小周后吓了一跳。就在小周后与李煜来到汴梁以后，在那些终夜点起银烛的夜晚，小周后仍然还是不断会被一些噩梦所惊扰。她总是梦见两种东西，姐姐娥皇，或者就是滔天的水，没有边际的水。然后她便抱着身边的李煜哭。李煜也哭。李煜从来不问小周后痛哭的原因，他只是抱着她，失声痛哭。有时候他们就这样亮着银烛睡上半夜，然后再拥搂着哭上半夜。春寒料峭，窗外的小院里有星星点点的声响，有一次，烛光被一阵风吹灭了，两人一同起来，又把银烛点上。那温和的橘色火焰再次燃起时，小周后看着近前的李煜，忽然轻声叫了起来。

"你是双瞳子呵。"小周后说。

李煜便点头，说："你才看到吗，都说我年少时便有奇表，广额、丰颊、骈齿是大家都知道的，都容易看到的，却很少有人注意到我有一目重瞳。只有大哥弘冀注意到了，他对宫中近侍说过，奇表难免有奇事。他怕我抢在前面做皇帝。他怕得要命。他对有可能影响他做皇帝的人恨之入骨，他恨我，也恨他的叔父。可惜，在毒死叔父几个月后他便暴崩了。"

小周后在烛光下看着李煜一只眼睛的双瞳。它显得那样奇异，就像一种动物的精灵，这精灵睡着了，栖息在那里。小周后就问，这双瞳视物，与常人会有不同吗？

李煜摇摇头，李煜说："我生来便是如此，所以不知道常人眼里看到的事物会是怎样。我看到的从来都是双瞳里面的东西。从来如此。"

小周后颔首不语，若有所思。

"其实还曾经有过一个人。也是双瞳子的。"李煜披了件长衣，说道。

小周后便问那人是谁。

"是项羽。"

"别姬的那个项羽吗？"

李煜又点头。接下来的,便是两人曾经持续很久的感慨与议论。他们从项王与虞姬渐渐地谈开去。李煜问:"如果你是虞姬,你会为我而死吗?在汉军已经重围垓下的时候,夜已来。我和你坐在帐中,听到四面都是楚歌。那样一种凄婉的声音,再也分不清究竟有多少人在唱着这楚歌。他们唱胡不归,他们唱幽幽心事,就像死者的魂灵。项王夜起了,项王对虞姬说,虞兮虞兮奈若何!说着说着,眼泪顺着重瞳的双目慢慢落下。那样的一位英雄呵!周围的人也都哭了,没有人忍心抬头去看项王,那位流泪的项王。他的眼泪顺着重瞳的双目流下,他对虞姬说道,虞呵虞呵,我又应该怎样来安排你呢?如果在这个时候,如果你是虞姬,你会为我而死吗?"

小周后没有回答李煜的问话。她知道他已经入了心魔。只有她才真正地知道他究竟想要说些什么。在这个男子的一生中,有过一次为家国社稷献出生命的大好时机。围城将破之时,李煜曾在宫内积薪数文,发誓如果城破社稷失守,就携妻儿和李氏血亲赴火就义。但是他没有,金陵已陷时的李煜,是肉袒跪降的李煜,他并没有去死,只是在登船北上回望金陵时,他哭了,站在他身边的小周后看到眼泪顺着他重瞳的双目慢慢落下。他背转身去。故国正沉浸在一片烟雨之中。

他在想什么?他为什么没有去死?就像项王那样?金陵将陷的时候,李煜也曾让近臣带了降款去拜见宋将。近臣掩面而归,哭诉国主,说自古以来没有不亡的家国,即便降也是无法苟全的呵!与其受辱,国君呵,还不如背水一战,死亦无憾呵!李煜拉了他的手,无限的悲伤。李煜摇着头,李煜说不行,你去吧,带着降款去吧。近臣再次哭诉,李煜仍然不从,拉着近臣的手,悲泣几乎失声。那时候,城外宋军的旌旗早已弥遍四野,有一些来自异域的声音。而江南的国主李煜正在将陷的宫里拉了近臣的手,李煜说,你可曾听到旧宫教坊的声音了吗。

近臣有些诧异,近臣说没有,城外有兵剑的凛厉与马群的嘶鸣。

李煜说难道你没有听到教坊正奏响的离别歌吗?

近臣抬头仰望国主,李煜满面是泪。而面色却又极为安详。眼泪在他显得如此平和地接受了苦痛的脸上缓缓淌下,有一种几乎令人无法承受的心酸。又有谁能够真正懂得这位就要亡国的君主。不是都觉得他是那样奴颜婢膝吗!可以降,也想过死,在内心深处却又如此强烈地排斥着针锋相对的争斗。他厌恶这些。人病足弱,死者相枕籍,在于敌,他厌恶,在于自己的兵士,除却怜悯与宽爱,他亦不喜那种血流成河、尸首遍野的惨烈的场面。他不能听到死,他所能接受的充其量只是温婉甚或失落的悲痛,一切,就像他的重瞳子一样,他一来到尘世便是如此,再也无从更改。

所以说,在汴梁的深夜,李煜问,如果你是虞姬,你会为我而死吗?每当李煜这样问小周后时,小周后总会有种肝肠寸断的感受。她知道,他对并未殉国而亡的往事一直耿耿于怀。他知道自己是没有那样果敢的勇气的。因为没有壮烈,所以更要想象壮烈。每当这时,小周后总是颔首不语,而李煜也不深问,窗外有沙沙的树声,李煜便说,那是西楼那边的梧桐。小周后侧耳又听,风停了阵,树声仿佛也停了。小周后记得那是两棵很大的梧桐,叶大如盖,在有雨的春夜,雨点打在宽大的梧桐叶上,会发出一种清越的类似于歌唱的声音。

小周后来到汴梁便得了夜间多梦的病症。请太医看过,太医说是体虚,还不很适应汴梁的气候。又问小周后多梦到些什么。小周后说梦到水,滔天的水,看不到边际,总是漫天而来,要把她给淹没掉,而她却总是站在水中央的一片孤岛上,或者就是一叶小舟,她站在船头,风浪很大,把河里江里的水雾刮起来又抛落,就像一场雨雾。太医点点头,又问还有什么。小周后顿了顿,犹疑片刻,便说没有了。太医给她开了药,临走时又说了句,夫人命里多水。小周后一愣,正想细问,太医却已走远了。

其实小周后很清楚，汴梁的梦里出现最多的究竟是什么样的事物。是姐姐，大周后娥皇。小周后总是梦见她。她穿着各色的衣服、以各式的姿态出现在小周后的梦里，但她从不开口讲话，只有唯一的一次，就在梦将醒时，大周后忽然说话了，她说，妹妹，我的烧槽琵琶呢？这话一讲完，小周后的梦就醒了，她惊得一身冷汗，翻身抱住枕边的李煜。小周后哭着说，我梦见姐姐了，她问我烧槽琵琶如今在哪里。李煜便默然，继而又暗泣。那琵琶本是李煜父皇李璟的宝物，因为赞叹娥皇的演奏，便赏赐给她，而大周后临死时又将琵琶留给了李煜。然而失国之际，仓皇辞庙，那琵琶早已连同其他许多的宝物遗在了城内，并且随同城池的陷落一并焚作灰烬，哪里还有丽词清音的影子！

两人抱作一团。仿佛又看到那个多雨而绿的江南了。记得也有一次，正是大周后病重的时候，那夜，后宫的花开得正好，有点雾，而月亮又早早升起来了。李煜与小周后约着在画堂的南畔相见，那画堂的旁边也有两棵梧桐，叶大如盖，遮出许多树荫来。小周后偎在李煜的身边，说，我怕。

李煜就笑了，说你怕什么，我是皇帝，所以你就什么也不需要害怕。

小周后又说，今天我见到姐姐了，她睡在床上，她用手揭起帐幔的时候忽然看到了我，她显出非常惊异的样子，问我是什么时候来的。

你怎么说呢。

我说我已经来了有好几日了。

小周后听到李煜轻轻地有了一声叹息。直到很久以后，小周后才真正明白了李煜的这声叹息，与隐匿在这叹息之后的东西。这是一个有梦的男人。他一生下来，便有着隐痛。如果说，痛苦还有待于时光韶华的推移才会慢慢显现，隐痛却是早已根植体内，就像他那对重瞳的双目。这个男人天生就知道命、懂得命，而皇帝是不能够知道命、懂得命的。

有那么多次，春天来了，他让人在宫殿四处梁栋、宫壁、阶拱上密插各式的鲜花，他笑着对她说，这叫"锦洞天"。他的七月七的生日，必命宫女用红白罗纱百余卷做成月宫天河的形状，有一次，生日夜宴过后，他醉了酒，他抱着她。他说你有没有看到光。小周后有些诧异，问道，陛下说的是不是月光。李煜就摇头，李煜说是天上的光，连月亮也被它照耀，星辰也向它膜拜。正说着，忽然就下起雨来了，雨点噼啪而下，把几百丈的罗纱溅湿了，雨夹着风，风又把湿淋的罗纱吹起又落下，纱幔往下滴着水，有着一种人间的狼狈与尴尬。

　　小周后知道，李煜同样深爱着姐姐娥皇。在她渐长人事，甚至于更在娥皇病故之后，小周后常常还会这样想道：一个男人，同时深爱着两个女人，这真实吗？当然，他是个皇帝，是皇帝便能够同时拥有许多女人的肉体。但一定还存在着肉体之外的东西。有时候，夜半睡来，有月色袭入窗棂，小周后看着身边赤身而卧的李煜，不免会有些恍然。他显得那样真实与安详，真实得几乎让人感到了一丝柔弱。若是月色更明一些，他或许便会被月光刺痛了双眼，倦然醒来，然后轻轻地在她耳边讲上一些情话，他的手苍白而柔韧，在她凝脂般的体肤上轻轻滑动，却总令她颤动不已。这是一位君主的爱，一位有梦的、柔弱的、同时又爱着许多女人的君主的爱。他和她，在江南的故国，随时都可能陷落敌手的故国中酣眠与欢爱，有时候她仿佛能够看到时间在天空那里走过去。它慢慢而行，不似闪电那般急驰，也无若骤雨那样的迅疾，都以为那样的时间是不会带走什么东西的，都以为韶华如水，不圆满也便是不圆满了，却没想到那点光原来也是要带走的。那点光，不论是看到了的，还是未曾看到的。她记得有一次他哭了，他说他又听到了城外的兵马声，他把头枕在她的怀里，他说这世间变化太快，他什么实在的东西都抓不到。而她，则有些怯怯地安慰他，她说，你是皇帝呵！

　　在晚上他们也曾谈起过大周后娥皇。娥皇至死都不肯转过身来，她面壁而卧，不愿再看一眼这世间至亲却又令她心碎的亲人。有时候，他们会觉得娥皇就像一个冤死的鬼魂。她在晚上就轻轻地来了，坐在他们的床头，幽幽地看着。她对他们说，外面下雨了，雨打在梧桐叶上，你们听。他们便侧耳静听。确实有梧桐的声音，幽怨，哀婉，雨声淅沥，打在梧桐叶上，打在他们三个人的心上。娥皇一坐便会是挺长的时间，他们三人便这样坐着，总是会听到一些哭声。从城外面传来的，从宫墙内传来的，或者就是从他们三个人的心里发出来的。总是无法分清楚这些。但不管怎样，这样的时刻总是会让小周后觉得心里很干净，她夺了她亲姐姐娥皇的爱，在娥皇垂危将死的时候，但就在他们三人平静地在雨夜坐在一起的时候，却仍然觉得有些东西还是那样干净，虽然心痛，却是干净而真实的。倒是另外有什么东西，有时候他们就听到了，听到它来了，悄悄地站在他们身后，悄悄地站在所有人的身后，那才是他们真正惧怕的东西呵！

他们无数次地想到过死。在小周后被太宗赵光义强留宫中数日回来的时候。她总是大哭，然后大骂。她说你为什么不去死！她抓着李煜的衣服，就像一只凶猛的母兽。

李煜不说话，只是低沉着头哭。

小周后又说，你还讲什么项王！

李煜仍然不说话，是的，他应该跳到井里去，跳到河里去，他应该用剑砍自己，用刀劈自己，他凭什么还活着，一个连自己的女人都保护不了的男人，一个连自己的妃子都保护不了的曾经的皇帝，一个被欺侮了还一声不吭的降了的君主！但他又觉得小周后的声音仿佛很遥远，他觉得一切的声音仿佛都很遥远，这遥远让痛苦变得迟钝了，变得是用来咀嚼的，是麻木了的痛苦，是放在刀尖上血淋淋见出经络的痛苦，但死亡的暴烈却还远远未来。这痛苦是既定了的凌迟，是与重瞳一起降临的李煜们必须接受的方式。

你让我去死吧！小周后见李煜沉默垂泪，又大叫了起来。你让我去死，就像虞姬那样！

李煜掩面。李煜的眼泪从他重瞳的双目里慢慢落下，有着一种说不清缘由、让人不忍目睹的悲哀。

我不是项王呵！李煜死命地拉住小周后的手，哭着说。

两人抱头痛哭。总是暗夜，总是伸手不见的暗夜。小周后哭着哭着就说自己脏，要脱去衣服一遍遍地洗。李煜脸朝着墙，听见哗哗的水声，这水声突然让他想起七月七生日时噼啪而下的疾雨，那是江南故国的疾雨。小周后的罗衫淋湿了，显得那样美，他们在同样湿淋的红白罗纱下相拥。那时，他是她的王，她是他的妃——这样想着，他恍然又坠入了梦中。他走过去，拥起正哭着正拼命洗净自己的小周后。他抱着她，他能感觉到她的颤抖，她抖得就像一片风中的叶子。他抱着她，他对她说他爱着她，他说他怎么能不爱着她呢。他讲着讲着就自己哭起来了。他说她是不知道自己是怎样爱着她的，她永远都将不会知道这个。他轻声低语，他说她是他相依为命的女人，他说她一点都不脏，她就像他自己，他们都一点不脏，他们生来就是不脏的，他们生来就要相爱。

他把她放到床上，月亮很美，她赤裸着身子，他把自己也脱净了，月光照在他们的身上，就在这时，他们如此清晰地看到了对方，他们忽然明白，可能他们也就只能这样活着，在他们的这样的"活着"里面有着某种秘密。就像项王与虞姬的"死亡"里面同样包含着某种秘密一样。他们是天上派来的，肉体只承担某种义务。他们赤身相拥，当他把自己的身体放到她的里面去时，她又哭了。她一边哭一边在他的身体底下融化，她说她真的可以去为他死的，她说他总有一天将知道她会为他死的，她不是虞姬，她握在手里的剑是时间，她说她慢慢地会把自己一刀刀地割下来，献给他，献给这个不是项王的男人，然后为他去死。

这样的夜里他们常常彻夜不眠。他们就像一切夜间的梦游者一样，从酣眠的床上起来，他们手牵着手。汴梁的夜里什么都睡了，就如同江南的夜。但唯独他们是醒着的，他们是这世间醒着的一个秘密。这秘密有着自己的花、自己的叶，与非常坚硬的核——世人很难洞穿的核。在很多年以后，有作画的艺人描绘春宫，画了赤身的小周后。在宫里，四肢被捆绑着。那是多么柔美的身体呵，有着光泽的色与银白的晕，艺人描绘它的时候，该是怎样心神摇曳，无法自持，又该是带着怎样的一种隐秘的心思呵。他们猜测着，无数的世人都猜测着，小周后在宫中的数日究竟是怎样渡过的，但总是没有人知道。任何时间都存在着某个断层，人们常常无法洞察秋毫，但一切同样存在着千丝万缕的因果。就如同他们手牵着手，在深夜走到西楼上去，他们是那样安静，就像洒向夜色中的月光一样。他们就是月光。月光接纳一切污秽，但月光又是白色的，因为它本身就是洁白。

　　如果在这样的夜晚，如果站在西楼之上，便能够非常清楚地看到下面的小院。梧桐长得正密，洒下斑斑树影。四周充满了虫声，无边无际的虫声。李煜倚在栏杆上，仿佛看到院门又开了，是旧臣徐铉，他在那个春天的下午带着太宗赵光义的旨意骑马而来。

　　他对守门的老兵说："愿见太尉。"

　　老兵回答："有旨不得见人。"

　　徐铉又说："奉旨来见。"

　　老兵这才进门去通报，过了好久，老兵从里面拿出两把旧椅子，相对摆好。被徐铉在院子里看见，连忙又说："只要一把椅子就够了。"

　　又过了很久，李煜戴着纱帽穿了道袍出来。徐铉伏在地上跪拜，李煜立即上前两步，走下台阶握住他的手。徐铉仍要行礼，李煜说："今天哪有这礼！"说着这话，李煜便握住徐铉的手大哭起来。徐铉也悄悄地抹泪。又过了一会儿，李煜指着椅子让徐铉坐，徐铉不肯，李煜再让，徐铉这才把椅子拉得偏一点,坐了下来。

院子里静谧无声。两人都不说话。然而,就在突然之间,李煜长叹一声,说:"当时错杀了潘佑、李平,懊悔不及呵!"

徐铉走后,李煜就一直躺在床上。小周后以为他睡了,走过去替他盖上薄被。谁知他突然伸出手来,抓住了她,并且把自己的头枕到她的胸口去。她抚摸着他,他便把脸转了过来,转向她。

叫我吧。叫我项王!他摇晃着她的手,大声地叫道。

是的,是的,你就是我的王,你就是我的项王。她被他吓坏了,怯生生地抱着他,有点不知所措的样子。

我的虞呵!他拼命地拉着她的手,把她扯疼了。

是的是的,我就是你的虞,你的虞呵!她应和着他,把自己的脸凑到他的脸上去,让他的眼泪和上她的,然后一同流下来。

他问她是否还记得项王在垓下唱的那只歌。她说记得,他便让她唱,她唱着,他来和。

力拔山兮气盖世!时不利兮骓不逝!骓不逝兮可奈何!虞兮虞兮奈若何!

我是一个柔弱的男子吗?我是一个柔弱的像虫子一样的男子吗?

他好像马上就要垮下来的样子,说话的声音显得很轻,轻得就像几缕游丝一样。

有时候我做梦。他说。我梦见自己骑着骏马来到了乌江。乌江是那样的广阔,到处都是苇草,到处都是水域,一只船也没有,却也看不到追击的敌军。天上有好多黑鸟在飞,就像乌云一样。我不知道该向哪里去。虞呵!我天生就是孤零零一个人来到这世界上的,所以你才是我的虞呵!我的眼里看不到江东,看不到漫山遍野的敌军,我的眼里只看到天一样广阔的乌江了。"天之亡我",我却又听到了一些其他的声音,它们也是从天上来的呀,让我不忍割舍,让我无法随着乌江滚滚而去的那种声音——

那是什么?小周后的声音就像一个梦一样。

是草,草的声音,虫子,无数的虫子。铺天盖地。还有帘外的雨声,梧桐树叶一到深夜便会发出的那种细小的像歌唱一样的鸣叫。还有你。无论你在哪里,我都能听到你的声音。

我?

是的。你。你就像我另外的那只双瞳,你就栖息在那里,我知道你什么时候睡着了,你睡着的时候我还醒着,你睡着的时候就像一位纯洁的天使——

我不是天使,我也不是虞姬,我只是你永远的臣妾,我只是注定了今生今世要和你在一起。小周后忽然沉吟了起来,她把一只手放在李煜的脑后,看着他。你知道我是多么喜欢你的双瞳呵!

可我只是一个苟且偷生的王呵!

她温柔地摇头,她只是摇头,而不说话。她拉着他的手,她拉着他走出了屋子。西楼已经笼在了一片月影里,它是那样安静,那样简单,他们手拉着手登上了安静而简单的西楼。他们谁也没有说话,谁也不再说话了。月亮像钩子一样,把一切的繁华、美、爱欲、痛苦照成了一个静止,一个宇宙的静止。这天上的月亮就是江南的那轮月亮呵,它什么时候也跟着来了呢,跟着他们,千里迢迢,万里迢迢。这样想着,他们心里忽然产生了一种感动,一种豁然的悟与释然的痛,正是一个星光灿烂的夜晚,满天的星星,在重瞳的他的眼里,在明澈的她的目中,有一些星划过去了,也有一些掉下来,更多的则灿然在天空中,他们欣然快慰地相依相拥着,在这一刻,他只是她的男人,她也只是他的女人,他们忘记了故国,家园,战事与仇恨,在这一刻,他们与世界远了,与天上的神近了,那是多么宽容多么博大的天上的神呵!

那一定也是一位双瞳的神。

她凑在他的耳边,轻声说道。她的话讲得那样轻,轻得只能是讲给相拥的两个人听的,轻得令这世上一切的局外人都感到那仿佛只是一阵风,一场午后的雨,是很快便要刮过天际,很快便要淋湿草、淋湿土地,淋湿在草上在土地上来往的人群的。然后它便没有了。就像它突然的来一样,它就那样突然地消失了。不知道它什么时候还会来,或许它也就永远不来了,它与一切自然万物一起,回复到天上去,留下的是向往着它,看到过它或者从未看到过它的地上的人们。

在后来小周后悲伤的梦里,她时常会回想起那个七月七日的晚上,汴梁的七月七日。有时她忽然会觉得一切仿佛早有预兆,至少在于李煜,对这场暴烈残忍的死亡,他其实早就有着某种预感。他甚至仿佛正在期盼着它。他知道它早晚会来,是为了来偿补他的一切的。他知道,它来了,这一生他才圆满。他知道这一些。他只是领会于心,默然不语罢了。她能记得他那天的快乐与悲哀,她都能记得,她突然感到他那天的快乐与悲哀都是到了极致的。她看着他,心里隐隐地感到了不安。

她走上前去劝他。她对他说,让歌妓们把乐声奏得低一些,不要再唱那首"小楼昨夜又东风"了,她指了指外面,脸上有点担忧。

他忽然笑了。仍然还是那样怜悯柔弱地笑了。整个晚上,他就一直保持着这种怜悯柔弱的微笑,直到太宗遣来的宫人从外面进来,他仍然还是那样笑着。他迎上去,仿佛知道他们会来,而他,则正是在此地迎候他们似的。他仿佛知道,他们,和他们身后的太宗将会成全他,成全他,以一种暴烈的超越他天性的方式,他仿佛知道,有某个时机来到了,他久久等待着的,并且必须得以外界赋予他的。

他从他们手里接过了那碗牵机药,回头看她。他看到她在哭,两个宫女抓住了她,她在哭。她觉得他会受苦,所以她哭了。

喝药的时间延续得很长,因为药确实很苦,他甚至还皱了皱眉。然而幻觉很快就来了,他忽然觉得自己就像草一样地生长了起来,他忽然取得了一种生长飞翔的能力。他感到自己的四肢渐渐伸展开来,就像经受雨露之后的草木,他在生长,他突然就这样生长了呵,这生长伴随着扭曲与舞动,在这样的幻觉中,他终于成了英勇的项王。他梦寐了那么久的,而所有曾经的屈辱与痛苦,都将随着这梦寐的到来而成了虚无。他就这样扭曲着,舞动着,他听到自己对身边的小周后说,我成了项王了,你看到了吗,我是项王了呵!

小周后的梦总是到这里便戛然终止,因为听李煜在极度的全身蜷曲头足相就的痛苦中说出这句话后,她便晕厥了过去。她觉得自己已经死了。早于李煜的死了。所以说,虽然小周后真正悲绝而死是在李煜之死的不久以后,就像他们所预言的那样,他,以一种英勇的项王的惨烈离开了人世,而她,则是看似平和的,凭借着时光的剑,把自己的心割下来,把自己的血剜出来,就像一棵失水的草那样。因此,当这一切最终归于终了之时,他们实际上全都完成了自己由来已久的意愿。

浮生

狐

芸娘取了一枝并蒂茉莉，插在鬓上。刚才洗头的时候，婢女小红在水里放了些桃红花瓣，那是今年春天时蓄下来的。院里那棵老桃树，一夜风雨下来，便是满地的落红，芸娘让小红备了两只陶罐，装满了，一只埋在隔壁沧浪亭爱莲居的屋檐底下，另一只则用来熏茶焙香。当然，夏天时芸娘是不用桃花瓣熏茶的，待得荷花初开时分，说也奇怪，那荷花晚上含苞，拂晓一至便乍然盛开，而芸娘总是用小纱囊裹上些茶叶，把它放置在花心。但不管怎样，用桃红花瓣浸水沐浴，毕竟也不是常有的事情，因此芸娘觉得，今天的头发仿佛就特别松软起来，而头发感觉松软的女人通常是会觉得心情愉快的。所以说，在这个黄昏的时候，芸娘实际上是心情愉快着的。

愉快着的芸娘突然想起了什么，回头对正在花格窗前的三白说道："今天埂巷那边的老妇人又来过了。"

三白嗯了声，并没有答话。他正盯着窗架上一盆茑萝藤蔓看，两只小虫爬在上面，一只是暗青色的蟑螂，另一只则是淡淡的粉蝶。三白忍不住轻轻吐气去吹它们，蝶的翅膀动了，却并不飞走，蟑螂则足踏已呈微红的茑萝叶，细臂稍曲，作环抱状。三白抬头蛮有意味地看了芸娘一眼，心想，可真是个聪明女人，再有谁会想到，用针去刺死蝉蝶之类的昆虫，在它们颈项那里系上细丝线，然后再悬于花草之间冒充活物呢！这样想着，三白便略略地有些走神，心思做出些游移的名状来了。

"你听到了吗？"芸娘见三白不答话，不由得又追问了一句。

"听到了，听到了，埂巷的老妇来过了，她来做什么？"

三白把临河的窗打开来。天是阴的，没有晚霞。对面沧浪亭的石桥那里坐了几个人，远远的能看见婢女小红也在那里，她挤在几个手拿马头篮的妇女中间，从装束上看，那可能是虎丘或者山塘那里的花农。

"她来说房子的事情，听话音她倒是挺愿意我们搬过去住的。"

芸娘走到三白的背后。窗开着，今天已经一整日没有开窗了。而现在，从开着的窗户那里可以非常清楚地看到对面的沧浪亭。暮色给它罩上了一层晕黄，虽然没有晚霞，却仍然是晕黄的，只是在黄的里面，少了平日的微红而已。而这则更使眼下的黄昏时分显得缓慢起来。就像石桥下面的水。这时能够看到石桥上一个挽着马头篮的妇女已经站起来了，有人买花，隔着帘子伸出来一只手。但因为隔得远，又是黄昏，那手的形状便看不分明了。

"她说她能腾出一间卧室给我们住，朝南的，竹篱笆门，附近都是菜圃，还有个小池塘……"

"她当然会把自己的房子说得很好，这些人还不都是这样的。"三白有些不耐烦地打断了芸娘的话，见她不服气地嘟起嘴，又接着说，"当然，我可以先去看看，如果还有一点像沧浪亭的话，我们就搬过去住一个月两个月的。"

"像沧浪亭？"

"是的。像沧浪亭。"

听三白这样讲，芸娘就突然沉默了，不再说话。

天真的暗下来了。一到黄昏，暝色便如游丝覆盖。而总是在不经意中，夜便真的来了。两人临窗而坐，窗开着，略略吹进些晚风，还有一些非常细小的窸窸窣窣的声响，很像是从河对岸的沧浪亭那边传过来的。

"那老妇还说了，"芸娘整了整鬓边的茉莉花，又看了一眼身边的三白，"那老妇说，只是她家那间朝南的屋子里，以前是看到过狐狸的，她说不知道我们会不会在意。"

"哦。"三白正有些无聊地分辨着外面的声音，听芸娘这样一讲，倒愣住了，"狐狸？她说她那屋子里有狐狸？"

"是的。她就是这样讲的。"芸娘用两只手托住下巴，像是尽力在回忆着什么似的。"她说有一次她在灶头那里烧饭，刚起了灶火，就看见一只狐狸从屋子里穿过去了，脑袋小小的，尾巴很长。"

"她怎么就知道那是狐狸呢？"三白觉得这事情倒有些趣味，便又问道。

"她当然知道。上些年岁的人都是认识这些东西的。"芸娘把鬓边的茉莉花摘下来，放到鼻子上闻着，然后又戴上去。

"哦，狐狸。"三白觉得这话题不免显得有些阴郁，便又换作了欢快一些的口吻，他伸手摸了摸芸娘才用桃红花瓣浸过的头发，说道："狐狸，我倒是并不忌讳这些的，以后要是真的搬过去，只要不让它在卧室里跑进跑出的就行了，再说，只要你不害怕——"

"我倒是不会害怕的，"芸娘抢着三白的话头说，"倒是今天，那老妇人坐在厅堂里与我说话，我让小红泡了新鲜的菊花茶来，小红拿了两杯，我便自己喝着，让那老妇人也喝。她坐在那里讲房子的事情，讲着讲着就说沧浪亭好，我说是呵，我也知道沧浪亭好，我说我们也是没有办法才想着要换地方住的。她便不响了，接着就讲到了狐狸，她说她那老屋里是有狐狸的。我记得她说这话的时候天还很亮着，她是中午来的，天气又好，她就在那里讲狐狸长狐狸短的。我有些倦了，懒懒地听着，谁知道猛一抬头，一眼望见那老妇的脸竟是绿的，真把我吓了一跳，仔细再看，原来是沧浪亭岸边的那棵老树，叶子密密层层地遮下来，又给正午的日光照着，闹了个人面皆绿，幸亏得外面游人来来去去的，挺热闹，要不，那一眼我还真以为是遇上了鬼呢。"

讲到这里，芸娘忍不住地想笑，她歪着头又想了想，便真的一个人咯咯咯地笑了起来。

仓米巷

三白让小红取伞出来，一边回头对芸娘嘀咕说，这鬼天气，暑日里还下这样的雨。

芸娘嘴里应着，又问三白拿了伞要到哪里去。

"仓米巷。"三白说，"去看看有没有合适的房子，据说那儿有几处地方等着要更换房主的。"

"怎么又想着要到仓米巷去，"芸娘停了正用麻油白糖拌着卤腐的手，满脸不高兴地抬头望了望三白，"不是说好了，先去埂巷看那处老妇人的房子吗？"

"是的，当然，埂巷那里当然也是要去看的。"三白见芸娘似乎有些生气的意味，便伸手拍拍她的肩，像是哄小孩子那样地哄着。芸娘一别头："别人讲仓米巷有房子你就马上到仓米巷去，别人再说大井巷有房子你又马上到大井巷去，那我说的呢，你什么时候又听过我说的呢？"

"唉，也就只隔个一两日，我便过去，这还不行吗？"三白喷了喷嘴，又哄了芸娘两句，便一手撑了伞，一手提着长衫的前摆，往石板桥上去了。

"我知道了，你还是怕狐狸。"

三白刚往前走出几步，恍然听到身后传来芸娘的声音，连忙又回头，屋门开着，门口却并没有人，只有绿而油亮的几根柳条迎风飘着，雨下得不大，却密集，密麻麻地随着风势斜落下来，有几串滴在三白的脸上，倒也有着麻酥的凉意。三白不由得住了脚步。刚才确实是听到人声的，好像也确实正是芸娘的声音，那声音因着雨势风声，显得有些飘摇与单薄，但声音里确实还是滑过了这样两个字：狐狸。是的，狐狸，这点三白知道自己不会听错，至于组成句子的其他语汇，三白便不敢确定了，但不管怎样，三白确信，刚才确实有人冲着他的背影说了那样一句话，所以，在石板桥上，三白又站了会儿。

桥上有三两个人走过去。有一个三白认识，两人点点头，打了招呼，那人手里拿着锅子，还热腾腾地往外冒着热气。三白知道那是去桥西点心店买点心的，小红也常到那里去买早点，那家卖的馄饨汤里有种调料，鲜美无比，有一次三白就与芸娘开玩笑说，那里面是搁了罂粟的壳与叶子的。芸娘不信，芸娘说那是原汁的鸡汤，起先她老看见店主起早在桥边杀鸡来着。三白就大笑起来，三白说，你可真是个傻瓜！那鸡是刚开始的时候杀的，等到做出了名气便不杀了，就放罂粟的壳与叶子，那比杀鸡可要来得有功效多了。然而芸娘还是不信，三白就只能摇头，觉得芸娘多少有些滞意，而滞意的女人难免就有着怀旧的嫌意了。

想到这里，三白就觉得，刚才他身后的那个声音可能正是芸娘发出来的，三白知道，芸娘非常不情愿他到仓米巷去找房子，那是一条闹市旁边的横巷，那边的房子宽敞倒是宽敞，然而方方正正，无池无水，根本就是没有一点犹如沧浪亭畔的趣味的。但是，芸娘又为什么会那样讲呢，狐狸？三白皱皱眉头，心想，三天两头地老提狐狸干什么！芸娘什么时候也变得那样神神鬼鬼的呢，他们以前可是从来都不这样讲话的呵，再说，她当然知道自己是不会怕什么狐狸的，而离不离开沧浪亭、搬不搬到仓米巷去，又与狐狸有什么关系呢。

这样想着，三白觉得那种清明的心境一下子没有了，并且还感受出略微的烦恼。他撑起伞，顺着石桥走下去。这一路上大多是青石板的路，还有一条是卵石铺的，都在夹缝里集了细密的雨水，继而又生出湿腻的青苔来。而就在这些湿腻青苔的路面上走过一些时间以后，三白拐进了仓米巷旁边的一条巷子，敲响了其中一户人家的屋门。

三白的朋友王医生，正在院子的屋檐下面喂鸟，王医生是个略显肥胖的中年人，头顶有些谢了，却愈发显出平和憨厚的富态，仿佛那人正是玄妙观里的陶泥做的，只是和得稀了点，掺进些水，从而导致的结果是重心下降，步幅微颤，但在视觉上却更有一种国泰民安、风和日丽的效果。见三白进来，王医生连忙让了座，一面满脸生辉地指着檐下挂着的一只鸟笼说："黄头！才买的，凶得很呢。"

两人绕着鸟笼兜起了圈，正聊着话，有家人又拿了只装有"黄头"鸟的笼子过来，两只鸟笼背对背地拼在一起。刚一挨上，两只黄头扑腾着翅膀就冲上来了，隔着一层笼棚，两鸟相争，各不相让，啄头的啄头，咬脚的咬脚，不一会儿，地上便密层层落下羽毛来。三白看得有些心惊肉跳，回头却见王医生乐滋滋地捋着胡子，正在笼子前面踱着方步呢。

三白忍不住问道："你以前是养绣眼的，乖乖鸟一只，怎么现在倒伺候起这种好斗的东西来了？"

"好斗？"王医生胖乎乎的脸蛋歪了点过来，看了看三白，"唉，人都到了中年，也就只能看着畜生斗斗了。"

三白便不说话。这时，雨渐渐停了，天阴晦着。王医生让人搬了藤椅出来，两人在院子里相对坐下。王医生笑眯眯地看着三白，忽然有了大的发现，说："咦，三白呐，你好像瘦了嘛，脸上气色也不大好，很有些阴气呐。"

给他这样一说，三白下意识地抬手摸了摸自己的脸，仿佛要找出一些站得住脚的理由——

"还不是要找房子搬，烦呵。"三白无奈地摇着头，继续说道，"也真是，人到了中年，总觉得有些累了，这头那头都要忙，现在这房子又是当头的一桩,烦呐。"

王医生见三白烦恼,连忙紧劝两句,又说:"芸娘呢,芸娘可是个聪明女人,她倒是能帮你的。"

三白端起桌上的茶杯,把浮在上面的茶叶吹开,喝了一口:"芸娘么,芸娘自然是好的,是的,芸娘自然是好的……"

这样接连重复着讲了两三遍,三白竟然找不着接下去的话讲,既不能举例说明芸娘究竟好在哪里,又并不想着要把这话换一种方式来讲,这几乎让三白自己也感到了惊讶——自己怎么会对芸娘产生这样的感觉呢,这可是从来都没有过的事情呵!三白忽然觉得真的是很烦恼了,简直是烦恼死了,要知道,今天三白正是因了突然生出的不知名状的烦恼,才绕过了仓米巷,拐到朋友家来的呵,但是如果要说三白是对着芸娘有什么不满的话,那确实又是与事实不相吻合的,三白明白,芸娘正是因为舍不得离开沧浪亭,才那样发发脾气,使点小性子的,但是,既然注定了要搬,那么也就只能下了决心在姑苏城里仔细去找。其实三白的心里又是怀着怎样的热望,希望着能够尽快找到与那沧浪亭畔的住址有些相似的房子,然后与芸娘一同搬进去呵!

但是今天早上三白说要到仓米巷来,芸娘又为什么要那样呢,要知道,三白不论是去仓米巷还是大井巷,可都是为了去找房子,三白与芸娘的房子呵,难道芸娘倒是不懂这些的吗?还说什么狐狸!想到狐狸,三白突然就有些生起气来。这些天来,一只狐狸莫名其妙地挤到了三白与芸娘的中间,就像一片阴云。三白倒是更愿意芸娘像以前那样,生了气便捏紧小拳头,狠命地捶他几下,或者躲在房间里呜呜地哭,然后三白再假装负荆请罪地进去劝。芸娘若是使点小妖术或是脾气急起来,也会哇哇哇地讲上一通,譬如说,柳腰一摆,点了三白的鼻子:"再去找个小老婆吧!"当然,那轻轻一点,是如同风过柳絮般的,有着晓风吹过时的暖意与麻酥。再譬如说,嬉皮笑脸地指了院子里正浇花的小红:

"怎么样，怎么样，不错吧。"但是这些三白都是心中有数的，三白把它们看作夫妻间的调笑、磨合，甚至于必不可少的情爱的润滑。但是狐狸就不同了。一讲到狐狸，那就说明在三白与芸娘之间已经发生了一些讲不清楚的事情。狐狸就是讲不清楚的事物的代表。至少在于三白看来是这样的。那么，再换一个角度来讲，也就是说，三白与芸娘的关系，在不知什么时候已经发生了一些微妙的变化……

王医生见三白皱了眉头，一副心事重重的样子，就打着哈哈，说道："三白呐，人生在世嘛，总是免不了会有些烦恼事。还不就是房子嘛，依我看，沧浪亭好固然是好的，但那一带地势低，苏州这地方又多雨，雨季的时候，哎哟，苦不堪言，苦不堪言呐！我看呵，早早地搬出来也好，也好呵。"

王医生边说边让家人端上饭菜，招待着三白吃午饭，三白谢了几句，又说要赶着去仓米巷看房子，刚才只不过是顺道过来看看老朋友的。正站起来要走，又给胖胖的王医生死拉着坐下："不吃饭怎么行！到了吃饭时间就是要吃饭。到了吃饭时间，天大的事情也要放下，不吃饭怎么行。"王医生嘴里叽里咕噜地说了一大串："要养生，要养生呐，苏州人是最讲究养生的。所以苏州人才活得滋润呵。三白啊，不管发生什么事情，吃饭终究是头等大事。苏州人的老话可是有道理的！再说，还不就是换个房子嘛，小事一桩，小事一桩呵！三白，吃了饭再走，就这样讲定了，吃了饭再走。"

给他这样一讲，三白倒有些不好意思了，仿佛再不留在胖胖的王医生家里吃饭，自己便成了个恶俗的、毫不懂得养生之道的粗人，并且还有着与滋润平柔的苏州格格不入的嫌疑。这样一想，三白便在饭桌前坐了下来，这时，饭菜已经陆续拿上，三白一看，都是些吴中地带的家常菜，鲜嫩得很，看上去，清新可喜，绿是绿白是白，娇黄绮红，竟有着吴中人家无可言传的婉转韵致，单单下酒的小碟子，就有花生米、发芽豆、拌芹菜、萝卜丝、豆腐干、酱螺蛳等好多种。王医生一时兴起，说家眷倒是能唱很好的吴歌。说着就把年轻漂亮的王太太叫了出来，王太太倒很大方，与三白招呼过，就站在当院，莺莺燕燕地唱了起来，只听她唱道：

  闷来时，到园中寻花儿戴。
  猛抬头，见茉莉花在两边排，
  将手儿采一朵花儿来戴。
  花儿采到手，
  花心还未开。
  早知道你无心也，
  花！我也毕竟不来采。

出太阳落雨

  三白这顿饭吃下来，已经是下午光景了。王医生贪杯，喝多了些，让家里人扶到里屋去睡了，王太太用手绢擦着王医生额头上的汗，一再地给三白打招呼说："他老是这样喝得稀里糊涂的，你可不要在意呵！"

  三白倒不由得有点尴尬，嘴上客套着"哪里哪里，给你们添麻烦"之类，心里则暗想，那醉酒可是最伤身体的事情，王医生嘴里养生养生的，怎么喝起酒来，倒像没命的样子，又依稀回忆着，刚才王医生喝酒的时候，那眼神醉态，在平和慈厚的福态之外，仿佛又加进了些别样的东西。正胡思乱想着，天上零零星星又落下几滴雨。王太太忙着张罗人把院里藤椅之类的家什搬进房里去，院子里一下子又乱哄哄起来。三白赶忙也站起身来告辞，王太太客气，一定要代表王医生把三白送到巷口，三白推辞不过，两人就一起走了出来。

  两人都各自撑了伞，王太太仍然一再地向三白道着歉，那道歉既真挚又客套，竟让三白有些搞糊涂了，今天，是不是王医生与王太太真的在什么地方得罪了自己？这想法一闪而过，夹杂着微醺时飘忽而感伤的心绪，三白忽然就觉得，脚下的小巷子仿佛也在渐渐地浮动起来，空气中飘荡着浓郁的茉莉花香，三白使劲地用鼻子嗅了几下，那花香时浓时淡，忽远忽近，却是整个近不得身的诱惑。

就这样，三白晃晃悠悠地就到了巷口，站定身，三白真挚而客套地向王太太道着谢，他还非常幽默地说了句笑话，这笑话让王太太快乐地笑了起来，而三白却在眼梢里瞥见，原来王太太胸前的衣襟那里别了串肥白的茉莉，正随了王太太的笑声不住地抖动呢！后来的事情三白就有些记不清楚，三白感到有些头晕，三白想，那可能是酒力的缘故，三白虽然没有喝醉，但毕竟也喝了几杯，天气又热，酒力积郁体内，是很难发散的。感到头晕的三白觉得自己的嘴巴动了动，他张开了嘴巴，动了动，说了句什么话，但正是这一点三白记不清楚了，但好像又是真的，如果是真的话，那么三白就是对了王太太微微一笑——

"王太太，你可真漂亮。"

或许，三白真的是这样说了，当然，或许三白什么也没有说，他只是对着王太太讲了几句真挚而客套的话，便转身告辞了。但不论三白是否讲过什么，就在他转身准备告辞的时候，王太太突然呀的一声叫了起来。她指着天上，瞪大了那双漂亮的眼睛，用她唱歌似的好听的嗓音叫道：

"你看，你看，出太阳了！"

确实是出太阳了，而且不仅仅是出太阳，而是一边出太阳一边下雨。雨一点都没有变小，灰蒙蒙的很有密度，像一张网。也像无数的银针。太阳却是耀眼的，有着灰色的衬托，它忽然显出明晃晃的亮度。单纯有太阳的时候，绝对不会想到太阳会是这样的太阳，单纯下雨的时候，也绝对不会感觉雨竟然会是这样的雨。一时间三白也有些呆滞，看着眼前的光影晃来晃去，街巷顿时就有着不真实的意味了。仿佛整个的就是朵大而白的茉莉，人与物都笼在其中了。

"出太阳落雨呀。"三白听身边的王太太小声地说道，"我还是在小时候看到过一次呢，那时候我母亲对我说，这种出太阳落雨天，可不要出门去呵，会看到奇怪的东西，碰到奇怪的事情的。"

"碰到奇怪的事情？"

"我小的时候，对门邻居家有个小男孩，据说就是在一个出太阳落雨天出去玩，他跑到一个树林里去了，去了就再也没有回来。大家都说他可能是碰到狐狸了。"

碰到狐狸？三白觉得心里突然凉了一下。

"那时大人们都说，在这种天气里要是遇到狐狸，就再也不想回家了。他们还说，狐狸其实就住在彩虹的下面。"

说到这里，王太太非常俏皮地对三白做了个鬼脸，回过身，撑着伞就跑了。

三白一时没有回过神来，他只是一个劲地想着刚才王太太说的那些话，觉得很有意思，又说不清到底有意思在哪里，觉得话里似乎有话，却也讲不明白那话里面的话究竟是什么，但有一点三白却是清楚的，即使说在出太阳落雨的时候出去，会看到奇怪的东西，碰到奇怪的事情，那也只是小时候的事情了。而现在的三白，只要刚才的那种微醺一过，便是一个非常清醒的人，现在的三白只是想着在这街巷里寻找一处房子，像王医生说的：地势高些，雨季时不要引起太多的麻烦；像芸娘嘀咕的：四面有些水，具备着野趣，最好还要与沧浪亭有着一些相似。至于三白的私心里，则还希望着，那地方在夏天的时候能够闻到些茉莉花香，时浓时淡，忽远忽近的——

当然，不管这种种的愿望都是些什么，三白对于自己今天要做的事情还是清楚的，三白具有着明确的方向与目标，所以说，这时候的三白是不会害怕什么出太阳落雨的传说的。

阿明师傅

三白出了王医生家的巷口，向右手拐弯，就上了一顶石桥。桥墩上刻着小石狮，两个小孩上上下下地奔来奔去，嘴里呼呼地叫着。桥下一只乌篷船正泊在桥洞那里，船娘昂了头，招呼三白买她手里的莲藕。

正是苏州安静的下午时分。所有的声音都隐藏在安静的后面。声音也是安静，也是似乎一忽儿便要隐去的。譬如说那两个桥上桥下跑着的孩子，就在三白下桥后回头张望的时候，便发现他们已经不见了。三白继续往前走着，走过一个花鸟集市，几家估衣店，那招牌上都一律写着"××衣庄"。因为正是下午，一家估衣店里正进行着"喊衣裳"的节目，几个伙计在店门前的小台子后面站着，一件件抖落着叫卖的旧衣裳，还有些隔年的年画，也灰蒙蒙地挂在那里，三白眼梢里瞥见一张《一团和气》，觉得那颜色图案倒也很有些喜庆的意味。

然而，走着走着，三白渐渐地觉得有点不对了。他慢下了脚步。三白记得仓米巷正是应该这样走的，虽然刚才王太太送他到巷口时，他本来应该向左手转弯，那么旁边那条巷子就是仓米巷了，但是三白看到那边有户人家正在出殡，好多头戴白花、腰里扎着孝带的人哭哭啼啼地围成一团，于是三白就绕道而行了。但三白知道，在那条巷口往右转以后，过了一顶石桥，再走过一条卖杂货的巷子，然后从一座八角塔的后门穿出去，就到了仓米巷的另一段了。但是现在，三白觉得这路走得好像有些不对了，首先，那座八角宝塔一直没有出现，它好像从地面上消失的那样，忽然就不见了，而且在方圆几里地里，甚至连一座高一些的建筑也没有。三白停了下来，想了想，又看看天，三白确信自己的方向是对的，但是越往前走，三白就越是觉得自己实实在在是走错了，并且，他忽然产生了一种奇怪的感觉，他感到自己仿佛正在离仓米巷越来越远，今天他是再也走不到仓米巷了。

三白犹豫了一下，他想着是不是要回头，回到那个王医生的巷口，然后向左手转弯，或者沿着记忆里的路重走一遍。要知道，苏州的小巷千回百转，说不定在哪个岔道上就走错了，三白知道，这些东西都是说不准的，再说，如果真的是走错了，那么首先，这也并不说明三白原先对于这道路的记忆是错误的，其次，这种错误对于苏州小巷的逛游者来说，实在是司空见惯的事情，而且说不定走着走着，又在哪个岔道上回了来。三白知道苏州人并不怕走错路。因为苏州的路多，就像苏州人讲究养生、讲究吃饭、活得滋润一样。这总是苏州的好处。这样想着，三白就又往前走了，三白心想，反正是找房子，仓米巷、仓谷巷、仓稻巷都是一回事，只要这样想了，就没有什么想不通的了，于是三白就又定下神来，四处留心着可能合意的房子了。

那处带小院的老房子，就是三白在又往前走了五、六百米的时候发现的。大门是虚掩着的，留一条缝。三白在门缝里张望了一下，里面是个小院，几棵槐树，一张石桌，房子是白墙黛瓦，虽然年月久了，发灰的发灰，泛黄的泛黄，但看起来倒也还整洁。三白又看了会儿，见屋门紧闭，非但无人进出，仿佛还不太像有人住的样子，正抬手想推门进去看个究竟，谁知旁边有户人家的门却开了，出来一个老太，手里拎只篮子，满脸狐疑地盯着三白看。

"你找谁？"

老太脸上布满了核桃壳一样的皱纹，眼睛则缩在皱纹的深处。三白看着她的脸，觉得这样的脸似乎更适宜于在夜晚出现。

"这房子的主人——在吗？"三白对她躬了躬身，问道。

"阿明，你问阿明吗？"

老太眯起了眼睛，像是仰望太阳一样地看着三白。

"什么阿明？"为了让自己的行为显得不那么唐突，三白的脸上堆起了笑。

"主人呐！你不是问房子的主人吗？"老妇的眼睛眯得更厉害了，她紧紧地抓着手里的篮子，仿佛三白随时都会扑过来争抢它似的。

"哦，是这样的，"三白尽量采用一种温和的语言，并且让自己凑近些老太的耳朵，"是这样的，我并不认识房子的主人，我只是想问一问，这房子是不是有可能出租一间给我们？"

"房子？你是说房子，你说你不认识阿明？"

"是的，我是说房子，我也并不认识阿明。"

"那我就不知道了，"老太摇了摇头，"那是阿明的房子，你要问阿明去。"老太嘴里叽里咕噜地说着话，"我还以为你认识阿明，还以为阿明要回来了，你不认识阿明，那我就不知道了。"

老太像是忽然失去了与三白对话的兴趣，提着篮子就要往外面走。

"他人呢？他到哪里去了？"三白连忙对着老太的背影大叫了起来。

"当和尚去了。"

老太回头说道："阿明前几年就当和尚去了，就在前面那座桥西的寺里面，你去找他好了，就问阿明师傅在不在就行了。"

小　寺

三白没想到寺前的那条路竟然是条土路。崎岖不平，还很有些尘土，若不是刚刚下过阵细雨，可想而知会是怎样的风尘扑面，令人尴尬不禁。三白一边走一边向四处张望着，觉得路好像在荒凉起来，好像越走就越不像是在苏州了。三白心想，这或许都是因为这土路的缘故吧。苏州是没有什么土路的。土路总是给人一往无前的想象，而苏州多的是曲折的卵石路，石板路，塔和寺则点缀在这些路的两边——所以说，走着走着，三白恍然觉得自己并不是走在苏州了，而前方的那处小寺更像是悬在空中的楼阁,让三白不由得加快了些脚步。

一个小沙弥跑过来开门,对着三白合了合掌便又跑开了。三白在大门那里站了站,不见有人,便沿了寺里的内墙向里面走去。

寺里静极,还颇有几棵参天的古树,叶片也大,厚厚的盖着,让三白无端地感到,仿佛寺里的空气也要更浓些,有着大于寺外的体积与密度。三白站在一棵大树下面,伸了伸懒腰,又踢了下腿,一片早枯的叶子落下来,掉在他的头上。

三白又往里面走。前面便是间大平房,外面连着个小天井,种了些不开花的灌木,屋里高敞却显得很幽暗。几个和尚正在吃饭,见三白进来,都不由得抬了抬头,却又都没有说话,又自顾着埋头吃了起来。

三白有些诧异。心想,自己明明记得,刚才从王医生家出来的时候,正是下午时分,那么,走了一段路,过桥,迷路,然后向满面皱纹的老太问讯以后,不过也就是下午略晚一点的时间,这个时候,午饭时间早已过了,至于晚饭,好像还是显得太早了些。但是,看着眼前这些埋头吃饭的和尚,三白又觉得可能是自己记错了,再不,就是寺里用饭的时间与外面有着不同。但好像这样的解释又是不很通顺的,讲不出个道理与究竟来,三白正胡思乱想着,一位三十出头的和尚搬了条长凳过来,招呼三白坐下,还打了个手势,说道:"碗筷在那儿,你自己拿。"

"我吃过饭了,不客气,我已经吃过饭了。"三白觉得有趣,没想到刚进寺里就平白无故地受到了吃饭的邀请。这些和尚知道他三白是谁吗?从哪里来?到这里又是为了什么?他们什么都不知道,怎么就请他三白吃饭了呢,三白越想越有趣,就在和尚给他拿来的长凳上坐了下来。面前是一张长条木桌,上面放着好几只饭盒与大锅,一盆白米饭,汤好像是青菜汤,零零星星地上面飘了些菜叶,其他的就是咸菜、炒茄子一类的素食了。也不知道怎么的,三白忽然地就想起了中午在王医生家吃的那一餐,也多是些清淡的时素,王医生讲究养生,所以关照好菜里面要少放盐,并且绝无味精的,但是,那菜就是与寺里面的看起来有着不同,或许,那是光线的缘故,光线使色泽产生了变化,就像光使雨的质感也发生变化一样?

不时有和尚吃完饭,站起身去涮碗,谁也没有多看三白一眼,就从他身边闪过去了。没有人关心三白究竟为什么到寺里来,这就使得他在一个短时间里,有了一种误入桃源的感觉。

"你们每天都吃这个吗?"三白觉得应该找些话与和尚们攀谈攀谈,既然他们用那样的漠然大度表示了信赖,那么自己至少也应该显出些和善亲随的姿态来。谁知话一出口,三白立刻觉得,自己好像是讲错了。这是一个不应该问的问题。至少是不应该由一个在俗之人,在这样的场合询问的,它很容易让人产生出一种错觉,仿佛正是三白在影射着自己对于僧侣清贫生活的鄙夷。天地良心,三白可是一点都没有这样的意思呵。这样想着,三白忽然有些羞愧起来,眼里又看到吃饭的四个和尚中,有两个像没听见似的,头也不抬,另一个正好吃完,拿着碗出去,只有刚才给三白拿凳子的那个和尚,他抬头看了三白一眼,脸上闪过一种极为微妙的表情,这表情三白觉得可以用好几种方式来表述:不吃这个,又吃什么呢?这是一种;真正表现鄙夷的沉默,这是第二种,或许还有第三种,那就是让三白心里明白,这问话实在太多余、太愚蠢了。

"这茄子和青菜都是我们自己种的。"

那和尚忽然说话了。三白抬眼仔细看着面前这位说话的和尚,只见他身穿深色袈裟,眼眶很深,竟颇有达摩相。三白一时冲动,忽然脱口而出:"请问,你莫非就是阿明师傅?"

和尚摇摇头,表示三白搞错了。

"那么,这寺里有哪一位师傅叫阿明呢?"三白又问。

和尚还是摇头:"没有叫阿明的,和尚出了家,就没名字了,只有法号,没有名字,出了家,就把前世里的事情都忘记了,不知道了。"

"你就是说，我在这里是找不到一个叫阿明的人的？即便以前叫阿明的，入了寺，非但不叫阿明了，就连以前叫过阿明也不承认了？"

"正是如此。"和尚双手合掌，站起身来，说道。

"可是，可是这不讲情理呵。"三白瞪大了眼睛，有些悬想不通的意思。

和尚看了他一眼，微微一笑，似乎觉得三白悟性不够，也不想再说什么，只是又补充一句："不过天色不早，施主若不嫌弃，可以在寺内吃了饭再走。"

"这又是为什么呢？"三白忍不住问道，"素昧平生的人如果在庙里面乞讨食物，难道说也是必得的吗？"

"是的，因为佛的也就是众生的，你问他讨取什么，他都肯给你。"

和尚说完就走了。把三白一个人扔在饭堂里。三白感到有些沮丧，看来今天是很难找到那位曾经叫过阿明的人了，他很可能就在这座寺庙里面，甚至就在刚才吃饭的四五个人中间，但是三白找不到他。就像分别处在阴阳两界的人一样。这种情况如果用苏州人的大白话来讲，那就是：今天碰到鬼了。三白想，真像是碰到鬼了，但是怎么会这样呢，三白想不通。三白感到非常压抑，好像这寺庙有什么地方欺骗了他一样。

三白走出了饭堂，在寺庙里闲逛起来。饭堂的旁边就是大雄宝殿，殿西有条河，风很清爽，从河边吹过来。几个和尚正走来走去，都穿着长长的袈裟，腿上扎着绑腿，三白心想，穿着这样的衣裳怎么不觉得热呢？但同时在心里又不得不承认，看着这些走来走去的和尚，确实并不觉得他们热，非但不觉得他们热，就连自己也仿佛降了些暑气，有一种冰块般的死寂的凉意。而那衣裳，就像舞台上奇特的戏剧服装一样，演员已经安于如此的怪诞了，它与他们融为一体，而观众，在陶醉之余，则难免附庸风雅，想到一些书本上的词语，比如说寂福，比如说平安。但又有谁知道，三白的心里该是多么的感慨呵！在他眼里，这来来去去的穿着长袈裟的僧众，竟都像着一个个尘世里的阿明。都是阿明呵，三白看着他们，觉得他们好像都在低头谈论着什么，什么呢？无非是家中山茶花蓓蕾的大小，棋艺的进展，以及饭菜的咸淡吧。

三白边想边走，不觉已经出了寺门。三白深深地吸了口气，就像他刚进寺门时伸伸懒腰踢踢腿一样。三白觉得自己真有些莫名其妙，进门与出门的瞬间，他都感到了发自内心的轻松。这是不正常的，三白心想。但不管怎样，往寺里走了一遭，他确实感到了某种压抑与茫然，要知道，三白并不喜欢这样，三白觉得有些事情真的是没有道理的，而且相互矛盾。这寺里究竟有什么呢，照三白看来，无非就是两种东西，其一，乞食必得，其二，忘却在家时的名字。这又算什么呢？三白想，人世间的事情总要讲究一个道理，一种说法，一点情义，这寺里面怎么能这样教人呢，要么是冒着被人打左脸的危险，微笑着伸出右脸，要么就是干脆六亲不认，死活不管，这不是乱了套吗！

白　驹

三白感到百无聊赖了。百无聊赖的三白又回到了寺前的那条土路。而直到向前走出很长一段以后，三白仍然没有回头。这时的三白忽然生出了一种冥想，觉得如果现在回头眺望，那么，那个地里种着茄子青菜，立着参天古树、围墙斑驳的小寺是立刻就会从眼前消失不见的。

在苏州流传着许多诸如此类的传说，传说的开头，总是一个怀了某种目的，或者并没有怀着什么目的的人，他离开了家。然后便有了种种的奇遇，这奇遇被提供一些解释，这些解释形式各异，道理总是相差无几：总是因与果。前世是因，今生便是果，或者倒过来。而这样的奇遇，又往往暂时中断于早上第一滴露水出现之时，然后几次三番，周而复始，等到人们不再以为那是一个奇遇的时候，真正的结局便出现了：大梦初醒，人们被告知说，那是一个梦，前因尽释，定数已知。有的人梦便醒了，有的则再接下去做。在这样的奇遇里面，出现最多的主角是狐，而大家又笼而统之，给这样的故事起了个名字，叫做聊斋。三白知道，苏州充满了这样的聊斋故事，苏州本身就是一个聊斋。聊斋里有传奇，可那都是豆棚瓜架无伤大雅的传奇，有艳情，又是些"自有定数，何待再说"的宿命。所以苏州人不太相信有什么真正的宗教，宗教是走投无路或者心如磐石的人的信仰，宗教是认准一条死胡同走到底。但是苏州有那么多的路，走不通其中的一条，非常容易的又可以择路而行，苏州是个好地方，暑天狗不吐舌头冬天冻不死人，一切都可以游刃有余，沧浪亭不好住了，可以换到仓米巷，人不跟人斗了，可以看着畜生与畜生斗，苏州是出出太阳下下雨，是姑妄言之，是愿意听你就听着吧，所有的一切，在这里都能找到退一步的解释与进一步的可能。三白知道，苏州就是给他这样的人住的，所有的人只要到了苏州，都会演变成为一个三白，所以说，刚才三白在小寺里面感到的压抑，就不仅仅因为他找不到阿明，更是因为，三白忽然觉得，那小寺是不像苏州的，这"不像苏州"就如同一种异物，微微地触动了三白，冥想中三白觉得那小寺是会消失的，就如同一切突如其来、妄想打破既定规则的东西终将灭亡一样。

三白就这样一边想着，一边由土路而平路，由平路而街，三白不知道现在应该到哪里去。这一天的毫无收获，让三白觉得难以向芸娘交代。这是三白古典的一面。古典的苏州的三白在街上游荡着，暮色来了，三白沉着头。

三白知道，这已经是到了应该回家的时候了。苏州人在晚上都准时回家，三白明白自己也是不能例外的。而现在，现在正是芸娘忙着做菜的时候，如果晚上有月亮，并且月亮尚好的话，他们就会搬了桌子到沧浪亭边去，以前他们是经常这样的。芸娘不大会喝酒，但如果勉强她喝的话，也可以来上个两三杯，在一些对月共饮的晚上，他们偶尔也会讲一些其他的事情，比如说，芸娘会问，苏州的外面是什么样子的？三白一时想不出非常概括性的语言，就先说了句，苏州的外面与苏州不一样。芸娘又问，是怎么个不一样。三白想了想，就举例子，三白说："你拌卤腐要用麻油白糖和着，萝卜切得像头发丝一样细，还要放上葱末，而在苏州的外面，萝卜就是萝卜，卤腐就是卤腐。"芸娘就说："我知道了，你在讲苏州人会过日子。"三白又说："还有，外面的夫妻吵架，吵得很凶，还有打起来的，但是他们从来不讲狐狸。"芸娘一听，微微的就把脸拉下来了："狐狸？谁说狐狸了，你看到狐狸了？你看到狐狸了吗？"

芸娘有些老了。三白忽然冒出了这么个想法，怪不得芸娘现在要用桃红花瓣浸洗头发，并且在两鬓插满茉莉花了。三白记得，有一次他们坐在客厅里听评弹，是《宝玉夜探》还有《曾荣诉真情》，芸娘说："我喜欢《宝玉夜探》里的两句话。"三白便问是什么。芸娘说："'我劝你是姐妹的话儿不能听，因为他们是假也是真'，这话讲得实在是好。"三白笑了，说："我倒听不出有什么特别的好来。"芸娘又说："这话是只有女人才听得懂的，而且只有苏州的女人才能听懂。"三白再次付之一笑，并且没有再去深想。如今，一个人走在街上、有些感到疲惫的三白却忽然悟出点什么来了，三白想起第一次见到芸娘的时候，曾经注意到她有两只牙齿是微微外露着的——芸娘长了两只虎牙。回家以后，三白的家里人对这门婚事都表示出反对的意思，理由是苏州人从来不长虎牙，有这样的相貌，恐怕不是什么吉利的事情。他们还专程去玄妙观为三白求了签，摇来的签条上写了八个字：岁月静好，现世安稳。然而，这求签得来的话在三白家里又引起了争论，签条上究竟是说如果三白娶了芸娘就会"岁月静好，现世安稳"，还是告诫大家需要"岁月静好，现世安稳"，所以三白就不能娶芸娘呢？仍然没有答案。没有答案就表示了沉默，所以家里人对芸娘是很有些微妙的态度的，芸娘就像某种隐患。一切都好的时候，就一切都好下去，只要有了一点什么不好，大家总会觉得就是那隐患在起着作用。"她不像苏州人，苏州人是不长虎牙的。"三白常能听到这种窃窃私语的声音，它们充斥在沧浪亭的周围，就像是一句谶语。

所以三白知道，芸娘说的那些，譬如说评弹里的那句话，其实就是对于谶语的些微的抗议——你信吗？当然要信，因为只要发生过的，就是真的，是真的就要相信；你怀疑吗？当然要怀疑，因为那发生的后面有大背景，而大背景则根本不是所有的人都能看到的。就像今天，今天三白出了家门，去了王医生家，听王太太唱歌，王太太再送他出门，指着天上说，下雨了，一边出太阳一边下雨了，然后三白迷路，进小寺再出来，这一连串围绕着找房子而发生的事情，它们像一条链子，环环相扣，但真正连结它们的，却并不是表面的那些东西，它们另有原因。如果说，芸娘不是某一天忽然在镜中发现自己有些老了，红颜将逝，她就不会时常感到心中烦闷，既而用那种狐疑怪异的语气与三白说话，让三白觉得，有只狐狸挤在他们当中，为了躲避看不见的狐狸，三白出了门。三白对送他到巷口的王太太说，王太太，你真漂亮，那是因为王太太不会每天烦着让他去找房子，而只有在这样的时候，苏州的上空才会出现那种又是出太阳又是下雨的景象，那样的不实际，那样的浪漫与虚幻，全是给三白这种人用来做补偿的，这景象，就像芸娘的虎牙，就像土路尽头的小寺，是连在大路两旁的一些点缀，而三白已经被苏州熏陶得具有如此的嗅觉，他微微地感到了异样，这异样终于又让他回复了过来——

在路上奔波了一天的三白现在想回家了，三白觉得有点想念起芸娘来，当然，不是芸娘的虎牙，而是她的其他的一些好处，非常实在的，非常苏州化的那些。她安静而熟练地做饭，把卤腐用白糖和麻油拌起来，在晚上为三白沏一杯碧螺春茶。现在的三白一门心思要回去对芸娘说，大家好好过吧。他心里还想着要告诉芸娘这一天里自己一些零星的感悟，比如说，关于苏州的。不是说"岁月静好，现世安稳"吗，苏州就是个"岁月静好，现世安稳"，其实他们在很早的时候就抽到了一个大签。苏州人心里雪亮透彻，明白前生是不知道的，来世也还太远，唯有今生今世最实在最牢靠，而为了这实在牢靠，就需要打击一切不实在不牢靠的东西。在苏州，有句老话，叫做"人生苦短"。三白想，其实好日子更是不长。

三白现在沉了头，在夜色里赶往沧浪亭畔的家。三白想，他们只是一对平凡的夫妻，他和芸娘。这样想着，三白忽然有些感动起来。正为自己感动着的三白当然不会知道，就在这个夏天过后的不久，芸娘便患了病，这病看来是小，因此三白更没有想到芸娘竟会因此丧了生。在芸娘的葬礼上，三白听到两个前来吊丧的女人在一边聊着些家常事，一个说，昨天在灶头上烧饭，刚起了灶火，就看见一只狐狸从屋子里穿过去了，脑袋小小的，尾巴很长。另一个说，哎哟，白天看到狐狸可不能打哟，要不是会倒霉的！两个人你一言，我一语地聊了很久，但是因为光线的缘故，三白没有看清其中有没有那个来自埂巷的妇人。

万历年间的无梁殿

一

两千零一年的一天，一群人站在一座建于明朝的老建筑前面。其中，有三个人被震住了。

他们分别是：吕明、惠芳和汪琳琳。

这是座位于新建小区内部的建筑。具体地说，它应该属于文物，给保护起来的。不是全国级，也是省级。很了不得的。但不知怎么的，就给圈在了一座小区的里面，成了景观。那天介绍房型的售楼小姐是个矮个子，她用一种略带夸张的语气告诉吕明他们说：它叫无梁殿，是明朝万历年间的一处藏经楼。如果再讲得早些，它最早的雏形可能建于梁朝。后来，后来就遭了火了。周围附带的建筑给烧了，但无梁殿保存了下来。

吕明没怎么听进去。

吕明是个三十出点头的男人，经商。吕明看上去很成熟，中等个头，很扎实，还有点心宽体胖的宽阔。具备些人生阅历的人看到吕明，很容易联想到一些形容词。比如说：人生智慧。再比如说：中产阶级。不管怎样，吕明基本上属于成功人士，所以站在吕明旁边的惠芳，也就很有些成功人士太太的模样。

是惠芳先叫了起来。

"怎么有座殿呵!"惠芳说。其实惠芳说得很轻,顶多是小声地叫。小声叫的时候,还回头看了眼吕明。小心翼翼的。

惠芳和吕明,不,应该是吕明和惠芳,他们准备买房子。已经说过了,吕明是个商人,几年前入行的,慢慢的,就起了家。在入行和起家的中间阶段,吕明娶了惠芳。惠芳比吕明要小五六岁,长得蛮漂亮。不是那种刺眼的漂亮,而是悦目。不是特别出挑,然而齐整。总的来说,惠芳很像广告三人组合——丈夫、妻子、儿子里的那个妻子。这种广告组合是从九十年代中后期开始盛行的,很有三人一体的意思。有时候还会让人想起,当年影星万梓良迎娶恬妞时曾经轰动一时的那句话:

"三个人,一条命。"

吕明和惠芳过得不错。这种不错是平面上的,就像惠芳的长相。惠芳很白,但不是明亮,而是白。也是平面上的。但归根到底还是过得不错。公元两千年的前一天晚上,两个人去寒山寺听了钟声。惠芳在江南阴湿刺骨的冷风里冻得直抖,但等到熬过一夜以后,惠芳又陪着吕明去西园寺烧了头香。吕明相信这个。吕明在自己家里供了财神菩萨,每天上一支香。很虔诚。吕明认为,商人有商人的规则。而商人的有些规则其实是相当高级的。它们甚至类似于信仰。很纯粹,也很坚硬。在内心深处,吕明也非常佩服政客。吕明觉得自己是理解政客的,政客也有政客的规则。只不过,政客的规则与商人略有不同。这不同很微妙,甚至不能言说。

但吕明认为自己能够懂得。

这些东西,吕明从来不和惠芳说。惠芳不懂,但这没关系。两千年后,吕明的生意进展相当顺利,除了扩大再生产的投资,以及流动资金的储备,仍然大有节余。到了两千零一年,吕明决定买房了。

能在一个新建小区里看到明代建筑,这也是吕明没想到的事情。所以吕明怔了一下,感受很强烈。但吕明的表现方式和惠芳不同。吕明非但没有叫,而且不动声色,只是左边的眉毛稍稍跳了跳。吕明的左眉毛很像寿眉,有几根特别长,还垂了下来。作为生意人,吕明很看重这些。

吕明在心里盘算。

这个小区的地段不错,虽然不是闹市,但距市中心不远。整个街区也正处于全面开发的早期阶段。用吕明熟悉的广告用语,叫做:"黄金旺铺,极具升值潜力。"这种类型的房价,现在算起来,要比市中心便宜三分之一,至少也是四分之一,但它的潜质是无法估量的。吕明跟着售楼小姐一起走进来时,就已经注意到,小区里有十几棵很有年岁的老树,都是树身粗约一人环抱的香樟。紧接着,一个小拐角,一座几乎称得上庞大的古建筑没头没脑地站在那里,把吕明吓了一跳。

吕明是个有品位的人。吕明看过一些书。全套的毛选。司马迁的《史记》。拿破仑。还有麦当劳的发家史。吕明也看鲁迅,特别是那篇《狂人日记》。吕明的本事是,如果说那个狂人看来看去,看到的全是"杀人"二字的话,那么,吕明则能从每本书里清晰地看出一个"钱"字。这个"钱"字,有的是横着写的,有的则竖写;有些正写,有些反写;还有些,这个"钱"字被藏在了里面,露在外面的,则是另外的一些东西。比如说,慈善与公益事业。

想到慈善与公益这几个字时,吕明被自己的幽默打动了,笑了笑。

当然,吕明看书,最终的目的只有一个,那就是更好地做生意,更多地赚钱。但是,这并不妨碍吕明成为一个具有高尚品位的现代商人。所以说,当矮个的售楼小姐嘴里"万历"二字一闪而过时,吕明猛的一个激灵。

万历。

是的,万历。吕明知道万历。首先,它是明朝的一个时期。前一阵子,吕明还无意中看到一个姓费的家伙写的《堕落时代》这本书,讲的就是从明嘉靖到万历时期一百年的事情。吕明倒是挺喜欢那个书名。虽然，吕明认为，作为一个商人，本质上应该是严谨的。吕明还一直想开一个古董店，也不管真古董、假古董，反正是以经营明式家具为主的。当然，也兼营些瓷器、玉器、书画。店名早想好了，开始起的是"时髦的怀旧"，后来改了，改成了"摩登怀旧"。吕明蛮满意，觉得挺有文化感。吕明不想给人留下暴发的感觉，虽然说，暴发这个词，与公元两千年这个时间是密切相关的。但吕明不喜欢。他倒是对那些有点来历的古董感兴趣，真感兴趣。那些暗淡、幽深、不动声色却又略显光泽的瓶瓶罐罐、桌椅条几，吕明喜欢把手放在上面——

很凉，有时候是冰冷的感觉。让人心里一动。

当然，在公元两千年，或者两千零一年的年轻商人吕明心里，归根到底，明朝并不是什么文化感，或者"触手微凉"、"心头一动"。恰恰相反，很简单，明朝就是那些线条简洁晓畅、实实在在的桌子、椅子；就是："黄花梨长条几（明）　标价：无价"；就是有些来历、却没有暴发气味的钱。讲到底，到了吕明这里，明朝、万历，就是钱，就是钞票。

实际上，听到矮小而造作的售楼小姐说出"万历"两个字时，商人吕明就在心里牢牢地打定了主意：

"就是它了！"

二

吕明听到了惠芳小声地惊叫。

"怎么有座殿呵！"惠芳说。轻声的，还有些张皇。

惠芳总是这样。只要吕明在旁边，惠芳就会显得很没有脑子。这可能也是现在商界人士年轻太太们的基本模式。穷人的孩子早当家，富人的太太么——往往就没什么脑子。要么太天真，要么极世俗。或许，在一个并非普遍富裕的社会里，财富得到的难易程度，通常是与智商成反比的。不过，吕明对惠芳，应该说是了如指掌的。吕明知道，惠芳刚才说那句话，其实还是有她的出处。

和吕明结婚以前，惠芳在一家台资企业上班。那家公司的老板吕明认识，是个胖而谢顶的台湾人。那人看上去相当谦逊，点了头，还哈腰。他喜欢谈儒家，与人聊生意的事，会说："去沧浪亭喝茶！喝着聊！"那种悠闲正宗的派头，让人联想到，要是他在上海，必定约人去城隍庙；不幸去了北京，则必定拽了客商直奔什刹海。有一次他从泰国度假回来，在一个礼拜内对人大谈佛教。他说你们知道吗，全世界的佛教国家，只有泰国，国王是佛教的转轮王。

那时惠芳是公司的会计。惠芳不懂什么转轮王不转轮王的，惠芳倒是常在吕明面前叽咕："公司的账全是假的！"惠芳那阵子老睡不着觉，担心税务局来查账，然后公安把她带走。因为账是她做的。吕明就安慰她。可是有些话对她讲，又实在讲不清楚，吕明就只能使用最简单明白的语言。吕明说，即便税务公安来带人，也应该把她和她的老板一起带走。因为公司是她老板的公司。所以说，既然她的老板不害怕，那就一定有他不害怕的道理。根本就轮不到她来害怕。

这话已经讲得够清楚了。但惠芳还是害怕，还是睡不着觉。后来就辞了职。但在那个胖而谢顶的台湾老板那里，惠芳已经养成了不少习惯。比方说吧，关于风水的问题。

除了喜欢谈儒论佛，并且做点偷税漏税的事情，这个台湾老板最大的特点，就是相信风水。那种相信呵，几乎很像人的初恋。即便不是初恋，至少也是一次泰坦尼克事件。一提到风水，这个台湾人立刻变得很乖，就像人在恋人面前的样子。还有些迷糊。让人想到迷信之类的词。但确实又不是迷信。你简直讲不清楚那是什么，他就是那样——和一脸虔诚、肃穆、又非常透明的表情，还有从厚厚的嘴唇里不时冒出来的——

各种极具现代科技意味的词汇：什么白虎呵，龙脉呵。

惠芳本来就是个心智不强的人。这种类型的人，无论大事小事，第一，容易计较与纠缠。第二，又常会接受外部力量的暗示。一来二去，惠芳所谓的一些原则也渐渐确立了：

1. 不在庙前、殿后筑屋。
2. 看人要看面相。面相，就是一个人的风水。

做到第一点要容易些。第二点就难了。因为看面相与进行判断仍然涉及一个人的智慧。好在对于惠芳来说，是否拥有智慧倒还不是什么当务之急的事情。但是，这一天，事情突然就变得有些不同了。

惠芳跟着她亲爱的夫君吕明来选房子。前面他们已经看了好几处房了，其中有一处惠芳特别满意。但是吕明都没有表态。吕明和陪他们看房的售楼小姐或者先生随意聊着，问问小区智能化的进展情况；宽带网安装了吗；还有物业，请的是哪家物业公司，品质如何；另外，宠物呢，对于宠物的圈养有没有什么具体的规定？吕明抽着烟。嘴里在应酬，鼻孔吐着烟圈，眼睛则很茫然。后来，后来就不知怎么又转到了下一处。惠芳已经很累了，对于地段和房型都略有些麻木。她一手挽着吕明，和一帮同样看房的人一起，跟在售楼小姐的后面。

就这样看到了无梁殿。

惠芳给吓了一跳。就那样一个灰黑沉沉、上面还长满了乱草、阴森森的大家伙。所有的预售房，那些漂亮、白净、体面，还充满了现代感的高级住宅楼，全都围绕在它的四周。全都密密匝匝地簇拥着那个灰黑的大家伙。这情景，怎么看怎么奇怪，怎么看怎么突然。

一座真正的殿。竟然，它还是明朝的！

惠芳叫了起来。但因为正挽着吕明的手，再加上挺胸束腹紧身衣的限制，所以惠芳的叫是小声的。很像一只受了惊吓的鸟。但很明显，这只受了惊吓的鸟知道，温暖安全的巢就在它的身边。

三

那时候，吕明和惠芳都还不认识汪琳琳。

要等到半年过后，无梁殿旁边的房子装修完毕，又照着吕明的意思，开门开窗，通了一个多月的风；再让专门的"民用住房装修污染检测中心"派了一男一女，抱着一大堆的仪器、交头接耳测量了半个多小时后，几辆搬家公司的大卡车终于浩荡而肃穆地开进了小区。

车子绕过无梁殿时，坐在驾驶员旁边的惠芳扭头对吕明说："那个女人，牵了条狗的，看到了吗，那天我们第一次看房子的时候，她也在。"

这样汪琳琳才又一次地、比较正式地出现在了吕明、惠芳夫妻的生活里。现在，他们是邻居。分别住在无梁殿的东西两侧。汪琳琳比他们早住进来半个多月。汪琳琳养的那条狗是纯种的，光办证就花了好几千。汪琳琳一个人住，家里有个钟点工，一个礼拜来两三次——

这些信息，都是后来惠芳告诉吕明的。奇怪的是，从一开始，吕明却并没有注意到，那天，在一同看房的人群里，还有个手里牵着狗的年轻女人。不过，吕明后来倒是想过这个问题。有人新送给吕明一些上好的雪茄。吕明就一边抽雪茄，一边想这个问题。答案很快就出来了。吕明觉得，惠芳对那个牵狗的女人很感兴趣。而如果要让一个年轻女人对另一个年轻女人感兴趣，肯定存在一些普遍适用的理由。在吕明看来，理由至少有以下两条：

这个女人相当漂亮。

这个女人的手里牵了一条狗。

这第一个是先天条件。而第二个则是后天生活品质的暗示：这女人有钱。要么是有个好老公，要么就是背后有个什么男人。要么都不是，这女人自己能让自己有钱。吕明是个好商人。而好的商人，眼睛都是毒辣的。既然能透过形形色色的表象,透过厚厚的包袋,看到你钱夹的厚度,那么,他们也一定能透过你善良、温厚的表情,看到你灵魂的质地。

吕明偷偷地观察了汪琳琳。从紧靠无梁殿的玻璃长窗后面。

高个,鬈发,神情很冷,手里则牵了条汪汪直叫的狗。这就是吕明对汪琳琳具有总结意义的印象。但不得不承认,汪琳琳确实是个漂亮女人。还不得不承认,汪琳琳牵了条狗显得很合适。

有时候,吕明也会产生些联想。打个比方吧,吕明就不能想象,要是惠芳牵了条狗会是什么样的感觉——惠芳正在喂一条狗吃饭;惠芳慌忙地张罗着,让一条狗爬到客卫的抽水马桶上面去,嘴里还不住地叫着:快!快!乖乖,快过来!惠芳和狗的关系就应该是这样的关系。急急忙忙的,即便是宠物,也要插身到现实生活中间去。但汪琳琳就不是这样。汪琳琳的狗从来就是一副收拾完毕的样子。漂亮,干净。像一种装饰物。

吕明的脸贴着玻璃窗。

吕明手里夹了支烟,烟屁股上则套了只烟嘴。吕明对烟嘴极为讲究。吕明有两种烟嘴,一种是即用即弃型的;另一种,则是吕明常用的,做工精致、质地优良。吕明认为使用烟嘴是一种中产阶级的象征。中产阶级知道爱惜自己。知道烟是要抽的,但又应该抽到什么样的程度。烟嘴虽然小,但是意义重大。生意人吕明在和客户谈生意时,就非常注重一些蛛丝马迹的东西。就比方说烟。对方抽烟吗?抽什么烟?抽烟的时候用烟嘴吗?不用。偶尔用。刻意要用。这些全都大有讲究。

细节,就是一个人灵魂上的小纹路。灵魂有时候可以掩饰,但是小纹路常常泄露一切。就像女人眼角的细纹。所以说,依据着这些断断续续的小纹路,现在,吕明就对漂亮的、手里牵了条狗的女邻居汪琳琳做出了如下的简短判断:

这是个身份有些暧昧的女人。但还不这样简单。身份暧昧的女人吕明见得不少，但不知道为什么，吕明隐隐觉得这个女人还有些不同。至少，唔，怎么说呢，吕明认为她极有激情。虽然她走起路来懒散而走神，牵狗的绳子也是松散着的。

吕明讲不大清楚，因此就更有些好奇。有时候，吕明望着汪琳琳的背影，抽着烟。这女人很肉感，即便从背影来看。吕明觉得她屁股的形状长得非常好。是那种既有激情又不泛滥的形状。商人吕明认为，女邻居汪琳琳的屁股，就是她的灵魂上最突出的一条小纹路。它说明了很多问题。当然，这个感受吕明从来没和惠芳交流过。

四

在搬进新居后的两个月里面，惠芳生了三次病。

都说不出什么确切的原因，就是觉得不舒服，莫名其妙地发烧。还咳嗽。咳也是咳半声，喉咙里哽了一样东西。惠芳就有些抱怨。惠芳说老话还是不能不信的，住在庙前、殿后就是犯忌讳的，何况还是什么明朝的。瞧瞧，现在就给无梁殿克了吧。惠芳还仔细看了看吕明的脸。惠芳说：

"有阴气，还挺重的。"

吕明就给她解释。吕明说，归根到底，问题可能还是出在装修上面。现在的装修污染，有些要维持非常长的时间。大半年，两三年，甚至一个人的大半辈子。发烧、咳嗽、喉咙里哽了东西，都是因为有毒气体的侵入。比如说甲醛呵，氨呵，苯呵，还有氡。吕明说这些都是有科学依据的，不应该胡思乱想。惠芳就说：那你去西园寺烧头香、还供财神菩萨，也有科学依据吗？吕明说：那不一样。你不懂。

只要吕明说出了这三个字"你不懂"，那么，惠芳与吕明短小的争论就一定告一段落了。但接下来，惠芳又说了另外一个问题。

惠芳说她近来一直做噩梦，没有断的，几乎是每天晚上都做。然后，第二天早上，她出门买菜。菜场倒是不远，离开小区也就五六分钟的路程。菜场里的菜品种很齐全，质地也新鲜。不管是平日里吕明喜欢吃的大块的肉（吕明是真喜欢吃肉），还是那些必须的日子，必须的素食，那个菜场全是合适而宽绰的。真正的问题在于，一个晚上做了噩梦的人，每天早上却都要经过那个"灰黑沉沉、上面还长满了乱草、阴森森的大家伙"。惠芳说，有时候她会感到有些怨，甚至是种隐隐约约的折磨。因为她实在不喜欢那个什么明朝的殿。她觉得，这个叫无梁殿的东西和她一点关系都没有。没有什么东西比这个莫名其妙的殿更莫名其妙了。

所以说，最后，惠芳告诉吕明：当时，完全都是因为她爱吕明，才会同意搬到这个地方来的。

有几次，吕明在晚上绕着无梁殿走了走。

吕明对无梁殿的身份很感兴趣。他专门查阅了一些资料，很可惜，地方志上并没有详尽的关于这座建筑的记载。或许，它不是那种特别有名的文物。因为真实的身份无法考证，所以文保单位也会忽视它们。没给评上等级。但不管怎么说，它确实是明朝的，就像那个矮个的售楼小姐说的：它叫无梁殿，是明朝万历年间的一处藏经楼。商人吕明认为：这个身份刻在建筑上，有时候倒要比写在文管会的公文上来得有意义。道理很简单，这意味着潜在价值。换句话说，就好比在牛市上买到了一只原始股。

到了晚上，无梁殿确实有些阴森。吕明发现，无梁殿檐角的花纹很怪，有种狰狞的感觉。在月光下面，它好像是红绿相夹的。有点像兽纹，但又不是兽。还有，殿是深灰色的，有很重的阴气，但走近了看，砖的花纹却细致得让人惊讶。

吕明去参观过苏州附近的陆慕砖厂，吕明觉得，那些砖厂里的砖雕不过也就这点水平，甚至还没有这点水平。所以这很多细节都让人感到：这座殿并不很像明朝时候的东西。至少，还是经过后代改造的。比如说，在民国年间。你再仔细去看它，它身上还有股邪气。蛮不讲理的样子。想到邪气的时候，吕明突然又产生了一些联想：一个词语——激情。一个形象：女邻居汪琳琳肉感的屁股。而在吕明的心里，明朝是清朗的，至少明朝的建筑是清朗的——

吕明在看那本《堕落时代》的书时，还看到一个姓毕的家伙写的序。序里面有句话，叫做："晚明文人有多真？月亮代表我的心。"虽然这句话在文章的后面得到了全方位的否定，但吕明倒是蛮喜欢。吕明希望事情是简单的，比如吕明煞费心思觅到一件明朝的家具，吕明就希望它简简单单是件真货。不是赝品，更不是做假做出来的。它当然老于世故，而且历尽沧桑，但归根到底，还是简单。但现在，摆在吕明面前的这个老建筑却不是。它的身份是暧昧的，气息却相当玄乎。它把有些事情倒过来了，所以相当危险。

有时候，吕明倒是也会把手放上去，放在那些现在灰黑、原先则可能是淡青色、灰青色的砖石上面。

倒也是凉，冰冷的。但确实没有放在那些小古董上面的快感。那些小古董，你一走出这个小区，街道两边就挤满了很多咖啡馆、酒吧、茶座。在那些咖啡馆、酒吧和茶座里面，经常摆满了这样的小古董。有时候，吕明带着酒席上微醺或者烂醉的客商去那里。有时候，吕明和惠芳去。还有些时候，极其偶然的，吕明也会带上个把小姐。

不是小蜜。吕明没有小蜜。吕明对于小蜜的看法，就好比是不戴烟嘴抽烟。就是这样，吕明和他带去的人坐在那些地方聊会儿天。环境很好，身边的条几上、身后的墙上则摆了些小古董。它们的样子看上去很像明朝。明朝的线条，明朝的色泽与质感。虽然谁都知道它们不是明朝的，但它们放在那里显得很适宜，很甜蜜，突然让人觉得：

明朝已经是个大家都很熟悉的朝代了。

但是，这个万历年间的无梁殿，就从没让吕明产生过这种感觉。它就是不像那些摆在屋里的小古董。吕明从它的正面走到背面，再走回来。它的飞檐那里长了很多杂草。有些是荆棘，有些疯长着，还有些则结了果。木格窗半开着，里面是空的。吕明把头探过去看。

一阵风。

有时候吕明也会在心里生出恐惧。吕明倒是不像惠芳那样，认为这个殿莫名其妙。吕明只是觉得它庞大，还有些奇异。特别是从两千零一年灯红酒绿的商业街上应酬归来的时候。吕明坐在出租车里，车里放着歌。是个叫雪村的人唱的。近来这人被称作网络杂耍艺人，红了，还上了中央电视台的春节联欢晚会。吕明在车里听到的歌，就是这个叫雪村的人作词配器并且拉开嗓门唱的，名字是《开，开，开出租》：

开，开，开出租，今儿个随便你要到每个去处儿，我们开，我们开，我们开。挣得不多我的心不坏，招一招手我们停下来，为您服务我是雷锋，少吃一顿也根本不奇怪。我们开，我们开，我们开。

歌唱得不坏。吕明的心情也不坏。吕明眯缝着眼，用左脚和右脚轮流打着节拍。吕明喜欢这种歌。平民化的，对现实虽然也是不大满意的，但还坏不到哪里去。至少幽默的气力是有的。更重要的是，在这种歌声里面，吕明感到了自己的优越。但是，问题在于，进了小区，也就是一个小拐角，车灯雪亮地射上去——

那个幽暗的空间里，无梁殿，没头没脑的、灰沉沉的镇在那里。特别黑，特别有重量，特别的让人心头一沉。吕明觉得，那时候的无梁殿很像一个鬼。怨怼，狰狞，邪恶。一下子就把他的好兴致、一点点艳遇，以及接到几张大单子的喜悦全部冲淡了。

吕明觉得无所适从，还有些难以把握。这无所适从以及难以把握的出处，吕明没法特别准确地做出总结。或许是因为它太独立，不像那些瓶瓶罐罐、桌椅条几，能够很方便地把它们收为己有，放在屋里，成为私人财产与现实生活的一部分？它真的是太庞大了，或许，应该至少把它的一部分，改造成与现实生活和商业行为息息相关的公众场所？

吕明眼前突然一亮。

五

商人是一种见缝插针的族类。吕明对无梁殿偶尔生成的恐惧，很快就成了勃勃商机。

吕明再次去了文保单位。又远兜远转地派人打听。得出的答案是确切的。因为这个无梁殿真实的身份确实无法考证，又鬼使神差地划到了小区里面，所以说就有了很多空子可钻。比如讲，只要和小区的开发商以及物业部门打通关系，事情就成了。就能同时打通新世纪与明朝的那条时间隧道。

接下来的几天里，吕明到无梁殿下面转了几圈，又去商业街的酒吧坐着。有一次，吕明坐在那里想心思的时候，烟嘴也忘了用就开始抽烟。一个礼拜过去以后，吕明把最终的结论告诉了惠芳：

吕明说他准备把无梁殿的底层办成一个画廊、古董兼酒吧沙龙的地方。画廊和古董是陪衬。重要的是人。在一座明朝（不管真明朝、假明朝）建筑里出现的人。吕明说，现在的人都是有猎奇感的。虽然很多人根本就不知道，明朝与万历究竟是什么样的一种联系。"这没关系。"吕明说。吕明还说，里面将放满了明朝时候的假古董，假家具，在那里，会定期举办各种小剧场演出，室内乐，摇滚，行为艺术——

"至于这地方的名字"，讲到名字的时候，吕明忍不住笑了。很得意。吕明说他准备放弃"摩登怀旧",这名字太文气。当然,小资会喜欢。但愤青们就会觉得有点酸。吕明希望未来的场所能够同时吸引小资与愤青。因为这两种人,前者有消费的水平,后者则有消费的欲念,都是时尚的先锋。吕明说,他必须选择一个两者都能接受的名字。他想来想去,突然觉得还是那个写书的姓费的家伙有本事。这不是个现成的名字吗?"堕落时代"。干脆,就叫"堕落时代"吧。有感受的人会觉得贴切,具有力量。没感受的人呢,至少也能无病呻吟、借题发挥一下。肯定有戏。

惠芳被吕明讲得有点迷糊。有很多东西惠芳弄不清楚,但是,在一个最简单、同时也最重要的问题上,惠芳心怀忐忑:

"会有人来吗?能挣到钱吗?"惠芳问。

吕明就给她举了个例子。吕明说,他有一个朋友,也是做生意的。出道早,运气也不错。刚刚跨入新世纪,就新买了别墅,家里还请了个管家。有一天,这个朋友在睡午觉,家里的电话响了。是管家接的。管家对电话里的人说:

"请您等会儿再打来吧,老爷正休息呢!"

吕明说这句话在朋友圈里广为流传。没有人不羡慕,没有人不向往的。为什么?因为"老爷"这两个神奇的字。它代表了金钱、权力以及神秘的怀旧。它代表了二十一世纪崭新的生活方式:与以前有关、但同时又是绝然无关的。

吕明最后说:这个即将诞生的名叫"堕落时代"的地方,也一定会产生同样的效果。

"堕落时代"的装修进行得很快。

吕明急着要抢时间。因为再过一个多月就是圣诞了。一个西方的节日,在中国明朝的建筑里庆贺。吕明这样想着,就连自己都感到了激动。

也出了几件小事。

先是出在装修的时候。吕明还是叫了原先那个装修队，就是把甲醛、氨、苯以及氡带进吕明家新居的那个。吕明首先出示了惠芳的病历记录，然后又对着工头叽里咕噜半天。最后谈成的价钱和完工时间让吕明感到非常满意。但十几天过后，工头告诉了吕明一件事情。

是那些老树。那些围绕在无梁殿周围、树身需要一人环抱的老树。开工以后，工程队忙着在无梁殿四周加添护栏和石阶。老的拆了，破得不成样子，但在拆和建的过程中，动了地气。工头说，有几棵树看样子快要不行了。吕明跟着工头去看，吕明说："救一下。"工头给吕明点了支烟："没法救了。"工头说。工头说这种事情他还是有经验的，这种老树一动地气就算是完了。他以前也碰到过几回。比这些树还要老的。后来就死了。

工头把手做成一个喇叭的形状，放在吕明的耳朵根上。这事情有点麻烦。工头说，至少要比甲醛、氨、苯、以及氡这种事情要麻烦多了。工头还说，按照他的经验，无梁殿有没有盖上明朝的钢印倒无关紧要，因为好多人根本就不明白。但这树——

工头又朝着吕明做了个手势。还挤了挤眼睛。

这天的午夜时分，一辆盖了雨篷的卡车开进了小区。过了不久，又仍然盖着雨篷开了出去。雨篷里面放着两棵连根拔起的老树。这晚的天气，可以用上一个明朝时分的词语：月黑风高。而两棵树的命运则是相当现代而摩登的，叫做：人间蒸发。

还有一件事，则是关于女邻居汪琳琳的。

从台资企业辞职以后，惠芳进了另一家公司。是吕明的朋友开的，蛮老实的朋友，公司做得很规矩。惠芳则仍然做她的财务。假账倒是不做了，但因为老板很节约，财务与行政接待合二为一，所以惠芳便新添了很多应酬。吕明倒是不在意。吕明还跟惠芳开玩笑，说担心惠芳的智商不够用。因为好的应酬是非常高级的，一点都不亚于做生意。

这天惠芳从吴宫喜来登回来。吴宫喜来登是苏州最豪华的五星级酒店。惠芳以前跟着吕明去过一次。惠芳还是蛮喜欢那里的，主要是因为新奇。当然，还有物质的快乐。但惠芳说，每次车子沿着仿造古城门砖墙的通道开上去时，她都会感到有些恐惧。砖墙黑沉沉的，打着底灯。更显出影子的幽深。

"为什么一定要设计成那样呀。"惠芳说。后面还有半句惠芳没说，那没说出来的半句话是："真有点像小区里那大家伙。"

但很快，惠芳就切入正题了。惠芳说，她在酒店的酒吧里看到汪琳琳了。就是那个女邻居，牵了条狗的。她生怕吕明回想不起来，就把那条狗的细节牵扯了进去。当然，酒店是不能带狗进去的，更何况是喜来登。所以惠芳讲了几句狗，又开始回过头来讲汪琳琳。惠芳说汪琳琳今天穿了件白色的毛皮衣服。"吓死人啦！"惠芳并不是动物保护主义者，所以惠芳讲的"吓死人"，指的肯定是毛皮以外的东西。

一个穿毛皮的女人。抽着烟。她的烟都是旁边的男人点的。他们朝她媚笑。而她的笑，有时候是骇人的——这便是总体上惠芳对于喜来登之夜汪琳琳的描绘。惠芳还有些愤愤不平。惠芳说，那些势利眼的侍应生，明显就是在对汪琳琳献殷勤。一个个围着她团团转，还不是想多拿几张小费。"真是见钱眼开。"惠芳说。

吕明忽然就笑了。吕明说："你陪你的客户，她给她的小费，你管那么多干什么！何况，"吕明想了想，"何况这也没什么呵，抽抽烟，穿穿毛皮，你就这么大惊小怪，也太没有见识了。"

惠芳就把她的另一个发现说了出来。

惠芳说，今天她坐的位置，远远的正和汪琳琳面对。凑着灯光，她仔细看了看汪琳琳。"汪琳琳的面相不好。"惠芳说。惠芳看了吕明一眼，继续说道："我看她呀，还真像外面传的，是给什么人包养的。"

吕明没再说什么。

吕明知道，女人对女人，特别是对与自己不同类型的女人，总是挑剔而苛刻的。这没什么。相当正常。吕明对惠芳的感受不感兴趣。至于女邻居汪琳琳的身世——嗯，吕明倒是颇有些好奇。但商人吕明是个能够克制的人。克制的人总是知道事情要做，但又只能做到什么份上。比如说，作为一个克制的人，既应该知道：那些被施工工人乱扔乱放的老石墩是明朝的，保存、呵护必不可少；也应该明白：既然那些老树已经动了地气，那就不如采取主动，斩草除根。同样的，作为一个克制的人，既应该懂得女人厚己薄彼的劣根性本就无可救药、无须辩驳，但也并不影响对于女邻居汪琳琳肉感屁股的浮想联翩。

为了沙龙"堕落时代"的正式开张，吕明还做了相当多的准备工作。

出于一个具有品位的商人的综合考虑，对于"堕落时代"，吕明有着自己独到的看法。吕明认为这里面有着好几个层次。首先是根本性目的，这很简单，就是赚钱、盈利。接下来便是手段。怎样来吸引顾客？吕明觉得，这个沙龙当然是表现艺术的，但它的表现方式却是：日常生活。这个日常生活还不是一般的日常生活。还必须是现在的老百姓最感兴趣的。是二十一世纪普天下芸芸众生的敏感点。

这个敏感点，按照吕明的看法，第一，是钱，第二，还是钱。现在的老百姓想什么，想发财，想有钱，想去五星级酒店，比如说吴宫喜来登什么的喝一杯咖啡。这是一个全民性的问题。属于社会学领域的。吕明曾经看到过一张漫画。四周全是高楼，在高得漫无边际的楼层底下，一条大街的角落里，坐着一个乞丐。这个乞丐手里拿着一件东西。是一本时尚杂志，上面是美女香车、是边边角角都充满了名牌的都市生活。

当然，除了钱，或许还有情感。虽然吕明想到这个"还有"的时候，并不怎么确信。但不管怎样，吕明觉得这毕竟也是一个因素。吕明只是略微对它做了些修改。现在，它们的排列顺序是：

第一，钱。第二，性感。因为性感就是已经朴素化、直截了当化的情感。所以吕明认为这还比较可靠。

遵循了这两个原则，吕明准备把"堕落时代"未来的一系列活动，包括小剧场演出、摇滚以及行为艺术，全都办成一种平民化的东西。平民化，并且充满了"金钱"与"美女"的气息。当然，这里的金钱、美女，一定是带有"堕落时代"烙印的金钱和美女。就说里面的软件：服务员吧，是女服务员，而且是穿着改良的明朝服装的女服务员。露也要露，性感固然也性感，但这性感是以前的，有距离的。若即若离，却并不是触手可及，出了钱就能买的——

当然，也不是说完全不能买，但要出就得出大价钱。这才是"堕落时代"的身价，这也才是明朝万历的身价。

还有背景音乐。古筝古琴、洞箫长笛、琵琶二胡，这些纯古典的器乐通通不要。"堕落时代"的气息不是这种气息。它应该是更现代的，更平民化的。比如吕明在出租车里听到的那个雪村就不错。《东北人都是活雷锋》。东北人都是活雷锋吗？当然不是。人家用的是调侃的姿态，往下降的姿态。大家听着就会觉得舒服。既解气，又出不了什么问题。

还有李宗盛的《阿宗三件事》，几乎就是一个现代商人的忆苦思甜记。歌词讲一个人，他原来是瓦斯行老板的儿子，在还没法证实他有独立赚钱的本事以前，他的父亲要他在家里帮忙送瓦斯。所以说，他就必须利用生意清淡的午后，在新社区的电线杆上贴电话牌子。到了晚上也没有空闲，他还必须扛着瓦斯穿过臭水四溢的夜市。

瓦斯，也就是我们说的煤气罐。在管道煤气还没普及、家用煤炉却已溃败的年代里，煤气罐是每家每户的必备品。吕明每次听这首歌的时候，眼前都会闪过一个肩扛煤气罐、脸色黝黑的年轻人的身影。前途是渺茫的，煤气罐是沉重的。吕明每次听了都很沉默。他喜欢这首歌。里面有种极为简单的力量：一个人在得到金钱与其他东西以前，所经历的漫长的屈辱与忍耐。他喜欢。吕明相信，还有很多人也会喜欢。包括有点品位的小资，与即便没有什么品位的愤青。他们都能在这种平民化、口语化并且已经落到底层的曲调和歌词里找到共鸣。

"堕落时代"里自然还会有些其他的东西。比如吕明就准备在里面陈列一些费氏名著《堕落时代》。吕明认为：这将是这个沙龙的理性之光。当然，真正的目的往往不会只有一个：

或许说，因为猎奇而卖出了一个好价钱？

六

对于那个叫"奔"的乐队，惠芳的第一印象不是很好。这个乐队是因为圣诞演出才与吕明联系上的。是吕明找的他们。原先吕明的打算是，在圣诞夜的八点半到十点钟，在"堕落时代"安排一场小剧场演出。然后，十点半一直到午夜，再安排摇滚乐队。小剧场演出在于新奇。摇滚呢，则是放肆。这两者都会有卖点。

吕明甚至还专程去了次上海。在一个黑洞洞的地下室里，看了小剧场演出的片断。具体剧情吕明不大明白，倒是觉得里面的空气有些问题。吕明带出了一张附有剧照的介绍：一个男人，胳膊上装着钩子。好像是铁的，也可能是钢，或者铜。当然更可能是铁的，因为廉价。这个扭曲的铁家伙搭在旁边一个女人的肩上。看上去特别的怪异。

下面还有几排字：

回头浪子返家了，带着女人回来了。如果说不是两手空空，那是因为一只留在了战场，另一只拉着布里蒙达的手；他是富是穷，这种事无须询问，因为每个人都知道拥有什么，但不知道这东西价值如何。

吕明仍然觉得不知所云。当然，不知所云也未尝不是件好事。问题出在别的地方。价钱谈不下来。小剧场方面要价太高。吕明不接受。吕明说能不能再讲讲价。对方也不接受。对方说，在上海就是这个价，市面上都是认的。吕明就举例子。说上海和苏州有地区差别，薪水是不一样的。更直观些，房价。上海的房价多少钱一平米，苏州的房价又是多少钱一平米。比如说，带有明朝万历年间建筑的新式小区。明朝建筑，上海有吗？看得见吗？

但小剧场方面态度非常强硬。他们说圣诞是黄金档期，一年就这么一次，有多少多少人排队等着他们呢。

吕明就只能把希望寄托在摇滚乐队身上了。

吕明不懂摇滚，但是交游广泛。所以在请乐队前，吕明找来几个朋友商量。吕明说，有没有可能请到与明朝这个概念相吻合的乐队。吕明的哥儿们都摇头。说没有。倒是有个叫唐朝乐队的。是北京的乐队。四个头发披到肩上、又高又大的北方汉子组成的。关于这个乐队，还有些传奇的说法。比如乐队早期一个叫老五的吉他手，据说每天练琴十二个小时以上，有几次还昏死过去。老五的演奏风格凶猛，快速。有人说他像头豹子，也有人说像个疯子。但乐队就在这种速度感中被带动起来了。他们的成名曲就叫《梦回唐朝》。唐朝，那可是盛世呵。和太阳有关的。开阔，宽广，灿烂。但吕明的哥儿们说，人家乐队早就已经是大腕了，轻易可请不动。

至于明朝——

吕明的哥儿们又说，明朝有什么，昆曲？妓女？还有，要么就是你们院里那个破破烂烂的无梁殿？他们说明朝是个让人软下来的朝代。悠扬，颓废，还带点纸醉金迷。而摇滚是必须要有血性的。

最后确定下来的乐队叫"奔"。奔跑的奔。是个地下乐队。成立时间也不长，一两年的样子。乐队有四个人：主唱，吉他，以及贝斯手和鼓手。基本上都是业余的，白天则兼着职。是吕明凭着拐七拐八的关系找过去的。一来，时间实在紧了，能凑合就凑合吧。二来，最重要的，对于出场费，他们倒是没提什么要求，甚至给人完全不讲究钱的感觉。最后谈下来的价钱挺便宜。乐队的主唱阿龙还说："其实没人听的时候，我们也唱。"

吕明很高兴。吕明说：

"你们是真热爱音乐，多好。"

乐队是二十四号中午到的。在上海租了辆客货两用的车，装了一车的器材。咣当咣当来了。下午他们要试音响，并且熟悉场地。还有，他们听吕明谈到了明朝万历年间的建筑。他们很感兴趣。阿龙说，他们希望在白天的太阳光底下先看一看它。然后才是夜晚。诡异的、充满了魔幻气息的摇滚之夜。月亮是倒挂的。剑一样插下来。江河奔走在天上。他们说，做过摇滚的人都知道，白天和晚上的感受是完全不同的。

吕明请他们吃了午饭。惠芳也参加了。后来饭局结束后，惠芳偷偷地对吕明说，她不太喜欢这几个人。惠芳说，她觉得他们很怪。要么头发披在肩上，要么在脑袋后面扎个小辫子。简直就和街上的小流氓差不多。特别是那个叫阿龙的人，有股凶相。脸还一直沉着。好像别人欠了他钱似的。

惠芳近来公司财务的位置坐得蛮牢。作为主办会计，惠芳觉得每个人都应该像月初领工资一样：一手拿钱，一脸微笑。又因为常去吴宫喜来登喝茶，惠芳对于演唱组的期望值也颇高。从外表到风度，从谈吐到气质，一律都应该是五星级的。"简直就像野人。"看着阿龙他们几个的背影，惠芳轻声说。惠芳甚至还怀疑吕明遇上了骗子。至少也是个不上台面的草台班子。

吕明有点不高兴了。说："搞摇滚的都这样，哪个不是疯子！要不，长成你们老板那样的小白脸，也就光能唱唱卡拉OK了"。

吕明顿了顿。又加了句："你不懂。"惠芳就不说话了。

下午吕明没去看阿龙他们的排练。吕明有点累，回去稍稍睡了会儿。对于"堕落时代"的首次亮相，吕明寄予了很大的希望。票房也不错，一小部分的票吕明送了朋友。这些免费入场的人里，还有一小部分吕明关照服务员，饮料、茶水和啤酒费都是全免的。陆续的还真有人来买票。在小区门口，吕明让人树了块两人多高的广告牌。纯黑底色，银色泛光颜料，勾勒出阿龙和他伙伴们的身影。大部分是头像，还有小半个身子。总体的效果有点像囚犯。但吕明满意。吕明说："好，就这样。"

还有个小细节。就在广告牌的右下角，有一行小字："想搞就把我搞死吧"。是从其他摇滚乐队的宣传画上抄来的。开始时吕明有些犹豫。这话粗了点，当然，粗话总是带劲。有煽动性。但吕明担心精神文明办或者公安局刑警科什么的找上门来。吕明还想了个办法，在这句"想搞就把我搞死吧"的后面，加上一个破折号，然后注上：明朝。表示这句话是从明朝时候的什么人那里借用来的。但也不对。明朝人的语言不是这种语言。最后就来了个小妥协。字体小了好多。位置也改了。从宣传画的正中间移到了右下角。偷偷摸摸的样子——

"想搞就把我搞死吧"。吕明在广告牌前面踱过来踱过去，看着。抽着烟。

吕明点点头，说："好，就这样。"

吕明回家小睡的时候，手里拿着一把刀。是把藏刀，阿龙送的。阿龙说他前一阵刚去过西藏。阿龙没说为什么要送刀给吕明。阿龙不大爱说话。但吕明是见过世面的人，知道有些藏刀是很珍贵的。况且送这种礼物，至少也说明了"情义"二字。阿龙送的这把刀，刀柄上的花纹很好看，但有些狰狞。吕明拿在手里的时候，忽然就想起了无梁殿。无梁殿檐角的花纹。它们还真是非常相像。都有那样一股子邪乎劲。吕明拿着它走过中午白花花的太阳底下时，眼前老是出现一种幻觉。吕明把刀从刀鞘里拔出来，看看。又插进去。

刀刃雪白雪白的，在太阳下面闪着银色的光。

刚才吃饭的时候，阿龙对吕明说，他们已经看过无梁殿了。阿龙说和他想象中差不多，但还是把他吓了一跳。

阿龙是个话不多的人。阿龙讲了这句话后，就把一把藏刀送给了吕明。

七

吕明本来以为自己躺到床上就能睡着的。这些天，吕明一直是超负荷运转。接连不断地跑上海，招聘服务员，电路，灯光，小摆设小挂件。事无巨细的。甚至圣诞晚会上要用的那种细长而高的香槟杯——有人建议就用啤酒杯，很大的杯子，木制的，或者陶的。正好配上摇滚乐的粗粝。但吕明不同意。吕明认为还是要准备些香槟杯。一来是开张，二来么，吕明说，到时候说不准会有几个明朝的幽灵出来，手里拿着香槟杯，嘴里说着"圣诞快乐，圣诞快乐"。明朝的人么，总是细气些。总不能让他们拿啤酒杯吧。

有两个服务小姐听得嘴巴都张开来了。觉得老板挺神奇。

但这些天吕明实在是累了。站在镜子前面照照，脸色有点发青，还有些焦黄。反正一点都不像当代人的脸色。嘴唇经常是裂开来的。头发也乱。眼睛里还有游移着的血丝。就连和惠芳之间有规律的夫妻生活，近来也少了。偶尔有，吕明也觉得勉强。幸好惠芳在这方面的要求不强。

刚结婚的时候就不强。吕明一直怀疑惠芳有洁癖,有一次,吕明问惠芳:"你会不会有些性冷淡呵。"惠芳的脸刷的就红了。惠芳说:"什么呀,瞧你说得多脏呵!"

开始的时候吕明还做过些努力。吕明搞来些黄带,让惠芳和他一起看。惠芳不肯看。惠芳还是那句话:"这多脏呵。"吕明就说,中国的好多夫妻都偷偷地看这个。这是个公开的秘密。几乎相当于一种文明素质教育。吕明还说,黄带一般有几种。港台的低俗些,为黄而黄,没什么情节。而欧洲国家的,有些黄带几乎就是艺术片。这样说多了,惠芳也半推半就,跟着看了几本。但不管港台还是欧美,惠芳还是整个的不喜欢,惠芳说她看着看着就想吐。有时候吕明看得兴起,一把拉惠芳到身边来。惠芳也附和。但吕明让她学录像里的那些姿势,还让惠芳在床上也学着说点粗话,惠芳就死也不干。甚至还对吕明的品性产生了怀疑:"你们男人怎么会这样!"惠芳说。皱紧了眉头。

渐渐的,吕明也就认了。女人或许有很多种,像水的,像火的,像汽油的。尤物。荡妇。烈女。做了婊子又要树牌坊的——不管有多少种,吕明的老婆惠芳也就是惠芳了。吕明很难把她变成另外一个人:名字不变,性质改变。惠芳就是惠芳了。一个礼拜和吕明上一两次床。注意个人卫生。忙碌而缜密地打点吕明的生活以及部分的私人账户——

吕明认了,但心里还是觉得有些遗憾。

吕明躺在床上,却一直没有睡着。从远处能听到电吉他的啸叫声,是"奔"乐队,阿龙他们。吕明爬起来,点了一根烟。抽了,再点一根。吕明一连抽了两根烟,然后躺下去,翻身。却还是不行。还是睡不着。

在很长一段时间里,吕明睡着了以后就会做梦。各种各样的梦。梦里出现过很多不同的形象。有一种形象让吕明感到惊异。吕明经常梦见刀。雪亮雪亮的刀刃。在太阳光下面,或者在月亮光下面。

吕明偷偷请教过释梦的人。那人看了吕明一眼。说，那是性的意思。刀，其实就是性。那人问吕明："你结婚了吗？"吕明说："结了。"那人顿了顿，又说："那你在性的方面一直没有得到真正的满足。"吕明怔了怔，没有再说什么。临走的时候，吕明给了那人很多钱。

那天晚上，吕明在电脑上搜索一种家具木材的资料。是种仿古做旧的家具。在选用木材的材质上，既要颜色、木纹相近，又要价格适宜。吕明查了一阵，忽然把鼠标一点，在搜索栏里键入了一个字："刀"。搜索结果里立刻出现了一百四十多万条信息。吕明茫然地翻看着。想了想，又键入了四个字："小李飞刀"。这次呈现的信息是一万多条，并且多数是娱乐新闻。又看了会儿，吕明相当随意地敲动着键盘，这次是两个字："藏刀"。

有一条网页信息吸引了吕明。是个故事。题目就叫做"藏刀"。但网上显示的资料是不全的，只有一个开头。后面的东西已经搜索不到了。电脑屏幕上出现了这样一行字：该页无法显示。表示已经被网站删除，或者您的显示器出现了其他问题。但吕明觉得，就是前面的这个开头，也已经很有意思了。这个开头是这样的：

> 有一天，在大昭寺广场，我看见个奇怪的年轻人。他显然是汉人，却穿着黑色藏袍。这种藏袍的一只袖子通常被甩在身后，与下摆一起拖在屁股下面，使人看起来像头年老的牦牛。我看见这个年轻人的时候，他正站在大昭寺广场上一大堆商贩的中间。拉萨九月的阳光明媚地照在他的额头，使他的肤色看起来淡然而明朗。我从他的面前走过，注意到他的长发在脑后结成了一条长长的辫子，一直拖到后背——

然后就没有了。任凭吕明怎样点击，全都毫无用处。这个名叫"藏刀"的故事,在开始的时候便宣告结束了。甚至连刀的形象都没有出现过。但吕明恰恰对这个感起兴趣来。那把藏刀,它究竟会在什么时候出现呢?是商贩手里的贩卖品?还是与那件神秘的黑色藏袍、拖在屁股下面的袖子有关?会有暴力行为吗?因为女人?谁死了?血顺着藏刀雪白的刀刃流下来——

吕明坐在电脑前面胡思乱想。却就是不肯轻易放过这个不知结局的开头。这种情况,几乎都有些不像吕明了。那个现实而又精刮的商人吕明。但这种感觉很奇妙。确实很奇妙。吕明很享受这种感觉。仿佛有根看不见的线在拉他。还有神秘,包含了恐惧的神秘。

对于吕明来说,这种时候不多,真的不多。有时候和那帮哥们喝酒,过了三巡,大家开始掏心窝了。你掏一分,我掏一分。但吕明掏心窝的时候也很清醒:知道自己在掏心窝。自己享受,人家感动,最后自己也被自己感动。只有很偶然的,那条神奇的看不见的界线,啪的一声,越过去了。吕明听见自己心里在说:"糟了!"但已经管不住自己了。人在过山车的顶端,或者底部。皮肤放在冰凉的刀尖上。一只野山豹张开了血口。

"糟了!"吕明听见自己说。但已经晚了。

醉酒是一种。还有一阵子,小区里流传着一件事情。说九幢三楼的一个小男孩,晚上放学回家。因为老师留了训话,所以回家迟了。天黑,下着点小雨,还有些雾气。九幢在无梁殿的背阴面,小男孩从大门进小区以后,就沿着车道走,然后再绕过无梁殿侧面的一片竹林。走在竹林旁边的时候,小男孩抬头望了望无梁殿。他忽然发现,无梁殿二楼的一个小木格窗里有淡黄色的光。是点状光。一闪一闪的。还一会儿强,一会儿弱。小男孩揉揉眼睛。生怕是雨和雾气把眼睛弄湿了。现在的孩子开智早,家庭早期教育又进展及时,所以小男孩虽然刚进小学,对于明朝是个什么概念,却早已心中有数。小男孩倒是不怕明朝的鬼。这种讲法，学校里的小朋友是要笑话的。"世上没有鬼"。不管是唐朝的鬼，明朝的鬼，还是千禧之年的鬼。这是个真理，但小男孩还是感到有些害怕。他揉过眼睛后，又踮起脚看了看。然后就背着书包撒开腿跑了。

后来小区里的人说，小男孩看到的可能是萤火。但大人们，就从来没在无梁殿那里看到过萤火。也没人可以解释。

这件事在小区里传了一阵子。后来吕明晚上站在无梁殿的木格窗前面，殿里又有冷风刮出来时，就也会有种莫名其妙的既恐惧又神秘的感觉。这和供财神菩萨不一样。其实吕明从来就不相信有财神菩萨。但吕明愿意信奉规则。然而晚上，无梁殿的冷风刮过吕明脸上时，吕明忽然觉得：他所有现成的规则一下子都派不上用场了。他孤立。无援。因而恐惧。他感到："糟了。"

或许，这样的情况还有另外一种。女邻居汪琳琳，女邻居汪琳琳肉感的圆滚滚的屁股。吕明第一次站在紧靠无梁殿的玻璃长窗后面，抽着套了烟嘴的香烟。女邻居汪琳琳牵着她汪汪直叫的狗走过来。走过吕明的窗前。

吕明的心莫名其妙一紧。吕明听见自己骂了句粗话。然后说：

"糟了！"

关于女邻居汪琳琳，吕明听到过一些不同的说法。当然，吕明知道，在这样一个配备了宽带网络、红外线探头、家庭报警系统以及二十四小时保安巡视的智能化小区里，对于一个个体的"人"的认知，可能倒要远远落后于上海的石库门、北京的四合院，以及江南古镇的卵石小巷。在这种小区里，"人"是隔绝的，彼此没有关联。就像竹林里的一根竹枝，无梁殿上的一块青砖。

确实闹过不少笑话。曾经有个大门口的大个子保安，对着一位出远门回来的业主热情地说："回来啦！"业主也很高兴，回答道："回来啦！"大个子保安骄傲地转过头，对旁边一个人说："他是个海员。常出海。"没想到，旁边那人正是那位业主的朋友，他诧异地说："海员？谁说他是海员？人家是教授，刚从台湾当访问学者回来。"

　　还是这位大个子保安。有一次，吕明和他谈一件物业上的事情。也不知怎么的，就讲到了狗。吕明问小区里有几家养狗的。大个子保安扳了扳手指，一二三，说也就三四家吧。大个子保安还告诉吕明说，六幢里那个女人的狗最好。吕明一怔。六幢，养狗的，应该就是汪琳琳。吕明给保安一根烟，远兜远转地聊。但保安的话题硬是不回过来，硬是不讲到圆屁股的女业主汪琳琳。职业化得很。也敬业得很。后来吕明想想也对，现在的物业管理，竞争多厉害。即便保安是个色鬼，多么多么喜欢讲女人，也不能在吕明面前讲。这其实并不是职业道德，或者保护公民的隐私，保安要保护的东西很简单：

　　他自己的饭碗。

　　所以，吕明觉得：现代意义上的保安人员，就要比居委会好上很多。

　　倒是吕明有个哥儿们认识汪琳琳。

　　就是介绍吕明找到"奔"乐队的那个哥儿们。有一次，他和吕明在酒吧喝酒。正好喝到你掏一分心窝、我掏一分心窝的当口。一掏就把女人掏了出来。那哥儿们问吕明外面有没有女人。吕明拍着胸脯说没有。"都一把年纪了。"吕明说。那个哥儿们不信。红着脸说："你不把我当朋友。"吕明喝得也稍稍有点多，但说话还是很有逻辑。吕明的意思是说，我再把你当哥儿们，也不能把没有的事情说成有。

　　那个哥儿们倒是真多了。拿起一个杯子就摔。杯子碎了，他的心也碎了。扑在桌子上哭。一边哭一边诉说。他的婚姻出了问题，女人有了外心了。但偏偏他又真喜欢这个女人。哭得眼泪鼻涕的，惨不忍睹。吕明劝了几句，觉得不好劝，就抽烟。

　　哭着的人说了会儿，酒有点醒了。也或许更迷糊了。话题一转。说：

"你知道我为什么舍不得？"吕明有些茫然。摇摇头。那人又说："因为床上好，实在是好。"吕明觉得脸上有些发烫，怕他接着乱说，就想把话题岔开。但那人硬是不让他岔。自管自地往下说。讲得有些下流了。吕明是个要面子的人，就有些不乐意，站起来把账付了，拽着那人往外走。外面风大，一吹酒就醒了大半。那人回过些神来，拉着吕明的手赔不是。酒劲过去，心酸却又上来了。

那天吕明建议去无梁殿附近走走。酒后的人是有点木的，又惊人的灵敏。被无梁殿的阴风几下一吹，那人不知道哪根神经又给拨动了。就这样讲到了汪琳琳。

其实讲得也很简单。汪琳琳是那人一个朋友的女人。两人同居了很长时间。后来就分开了。是汪琳琳要分开。但闹得很凶，还打起来了。

"我那朋友差点把那女人给杀了。"那人说。那人还提示了一个细节，说汪琳琳的左边锁骨那里有条刀痕。是给他那个朋友划伤的。但刀痕不深，没往死里下手，只是当时气疯了。"人到了这份上，都忍不住。"那人又说。

那天晚上回家，吕明接连看了两盘黄带。吕明一边看，一边忍不住想起哥儿们的那句话："因为床上好，实在是好。"再回头看惠芳。惠芳很早就睡了。睡相很安详，鼻息也很均匀。惠芳的睡衣领子耷拉着，吕明看了会儿，再把它往下拉，拉到锁骨那里。惠芳锁骨那里的皮肤很光洁，白净似玉，像平静的大太阳下面的池水。

再后来吕明就也躺下去睡。睡不着。就爬起来抽烟。一根、两根，还是不行。但这天晚上吕明没有去打扰惠芳。后来商人吕明终于睡着了，并且做了个梦。

在梦里，吕明见到了漂亮的圆屁股的女邻居汪琳琳。

八

吕明醒过来的时候,天已经完全暗了。

但吕明向窗口张望了一下,忽然发现,今天晚上的天色有点不对。天是发红的,倒也不是整片发红,就在东北边。也不知道是怎么回事。一般来说,只在夏天会有这种情况。阵雨的前面,还打雷。天也憋足了劲的。但现在,冬天的十二月的晚上,天是红的,红通通一片,边缘还有些暗金色的光。

看上去特别奇怪。

"奔"乐队的正式演出定在晚上九点,但在九点以前,他们还将进行些即兴表演。主唱阿龙说,这属于热身运动。

吕明倒是不反对。但吕明在签订演出合同时附了一条备注内容。表明九点以前的演出,都不在收取出场费的范围以内。吕明低头在括号里填写内容的时候,阿龙无意中看了一眼。笑了。吕明抬下头,说了句:"九点以前是没有报酬的。"阿龙说:"我不在乎这个。"吕明又说:"但我得讲清楚。而且要讲在前面。"

阿龙就也没说什么。

吕明下楼去无梁殿的时候,换了件唐装。是惠芳在喜来登织品部买的。藏青织锦缎,本色亚光团花。吕明穿着相当不错,显富态,还提升品位。但这件唐装价格不菲,连吕明都有些吃惊。吕明没想到惠芳也会有如此身手。惠芳一直是节俭的,一百块钱当作一百零一块钱花,从菜场买把蒜,也恨不得捎带上两块姜回来。吕明做生意,贷第一笔款的时候,惠芳急得脸都白了。惠芳对吕明说:"咱们宁愿穷点,别冒这个险……"

吕明很不乐意,狠狠抽了口烟——

那时候吕明还没用烟嘴,不管是即用即弃、还是常用的那种。那时

候吕明的烟屁股上光秃秃的,透着股烟丝的焦黄。说话也比现在狠。心里一阵焦躁,那次吕明没说:"你不懂。"而是说了句:

"你懂个屁!"

穿了唐装的商人吕明,穿过东北部发红的天空、走进无梁殿时,阿龙已经在唱了。

灯光打得不错。吕明塞了红包,请电视台灯光组的人调过两次。总体来说,现在的灯光是暧昧的。暧昧不算,还显得人美。几个服务小姐在里面走来走去,就很有些尤物的意思。让男人心里起主意。吕明也专门按照钟点付钱,请了大学艺术学院的人传授步态。有个问题引起了争议:明朝的人是怎么走路的?特别是,明朝的漂亮女人是怎么走路的?

没人能回答。艺术学院的人也同样。最后,大家决定把结论搞得简单些:男人喜欢看女人怎么走路,女人就应该是怎么走路的。不管是唐朝女人,明朝女人,或者扮演明朝女人的小姑娘们。

陆续有人进来。

吕明让人在门口准备了些面具。有些是大家熟悉的。比如说,热播的《大明宫词》里那张昆仑奴面具。《东北人都是活雷锋》里的雷锋像。一个明朝武士。穿高跟鞋的美女。还有一个肩上扛着煤气罐哭丧着脸的年轻人。也有大家并不熟悉的:一个胳膊上穿着铁钩子的男人。旁边是他的女人。女人的胸口贴了张白纸,上面写着一行字:

我发誓再也不看你的内心。

大家进来后就分散着坐了。听阿龙唱歌。很少有人真的戴了面具进来。因为每个面具旁边都有张小纸条,上面标着小数字:"出租,5元/小时","6元/小时"或者"8元/小时"。那个铁钩子男人和女人倒是不要钱。但大家都觉得不太吉利。有人向吕明提了个建议。说用 100 元面值的钱做个面具，10 元每小时出租，沙龙结束后，就永久赠送。吕明笑了。在心里骂了句：放屁。

阿龙唱得很好。

阿龙唱歌的时候，头发就飞了起来。从肩膀上飞起来。还在脑袋四周晃动。阿龙的样子，从正面看有些似笑非笑，从侧面看又有点呆滞与邪恶。像一个在故事里大家都很熟悉的傻瓜。但没有疑问的是，大家都喜欢听阿龙唱歌。唱到一半的时候，阿龙闭上眼睛，抱着话筒，身体开始扭曲。

跟着阿龙一起扭曲的还有很多人。有的摇头，有的耸肩。吕明有些怀疑阿龙吃了摇头丸。但不能确定。但即便阿龙真吃了摇头丸，吕明也能肯定他不是在"堕落时代"里买的。开张以前，吕明就与人探讨过这个问题。就是在吕明面前哭过、掏过心窝的那个哥们。

那哥们说他最近吃上摇头丸了。在酒吧里。偶尔吃，还不上瘾。但那一刻的感觉确实不错，让他忘掉了很多烦恼。那哥们还给吕明讲述了很多细节。他说，吃摇头丸"行话"叫做"嗨"。人称"嗨哥"、"嗨妹"。他说，有一次在酒吧里看到两个年轻女孩使劲摇自己的头，近半个小时，她们竟然没睁开过眼睛。后来有个身材壮实的男人过来，拉其中一个女孩跳舞。那女孩没动。男人忽然就用手拍打她们的头，五指张开，出手很重的。两个女孩竟然一点没有反应，仍然狂摇不止。

那哥们说，这就是典型的吃摇头丸后的反应。但也并非所有摇头的人都是吃了药的。吃药的人一般都眯着眼睛，面无表情。而且头摇得极为疯狂。因为吃药以后，一般来说，吃药的人都会很难受。如果不做激烈运动使身体出汗的话，药力就会使人昏迷，甚至呕吐。讲到这里，那哥们还从口袋里拿出个小塑料袋，满脸神秘地拿给吕明看。

里面有些药丸。粉红、粉绿、深褐或者白色。就这样看上去，也并没有什么特别的。

　　吕明说:"这就是?"

　　那哥们点点头:"这就是。"

　　那哥们还说,这种摇头丸学名叫做二亚甲基二氧苯丙胺。里面含有冰毒成分。能让人产生幻觉,其实是种兴奋剂。"但少吃点没事的。"接着他又补充了一句。

　　他建议吕明对这种事情眼开眼闭。因为现在好多地方都有这种秘密买卖。歌厅、舞厅、俱乐部、迪厅。有人手里托个盘,里面放了烟,角落里还有摇头丸。或者就是偷偷放在塑料袋里。眼开眼闭,有时候生意就来了。那哥们说,他第一次吃的时候,虽然不太舒服,但很爽。好事坏事全给忘了。

　　"这就很好。"他说。"就是要达到这种感觉。"他还凑在吕明耳边讲了句悄悄话:"他妈的,比女人还好。"

　　但吕明不干。

　　吕明说这种事情他是不干的。而且坚决不干。吕明说他坚决不干的原因有两条:

　　第一,聪明人不干傻事。摇头丸早就给禁了。眼开眼闭的结果就是迟早要引火烧身。就像你明知道抽烟有害身体,却就是不肯套上个烟嘴。那么,咳嗽就是难免的了。多痰和气短也会经常出现。还有胸闷。嘴唇也会发乌。要是和老婆或者情人亲嘴,她的视觉和味觉立刻就会产生作用:看,一眼就看到你牙齿上的烟垢。闻,马上就会闻到你嘴巴里的异味。

　　第二,吕明认为,人还是要有底线的。这是吕明引以为豪的地方。"堕落时代"的底线就是不卖毒品。其他的,吕明可以睁只眼,闭只眼,比如说,小姐和客人调调情呵,陪陪酒呵。有人醉酒摔摔杯子呵。吕明甚至都可以不要他赔。但毒品就绝对不行。这是吕明的力量无法到达的区域:邪恶,狰狞,无法控制。就像那个只有开头没有结局的网页故事。

那把神秘的藏刀。

那天讲到后来，吕明还问了那哥们一个问题：

"明朝的时候，有毒品吗？"

那哥们的神情有些茫然。他说可能没有吧。那时候鸦片还没进来，摇头丸，也就是二亚甲基二氧苯丙胺，这种高科技的产物就更不可能有了。他想了想，又说："当然，总是会有些什么的。是吧。比如说——"他又把头凑到了吕明的耳朵旁边，叽里咕噜说着。然后自己也忍不住笑了。

九

上座率倒是不错。

不断有人进来打听。问问价钱，看看阿龙什么的。有些是小区里的居民，每天晚上要在无梁殿附近散步的。还有些就不是。还有些是从附近商业街上吸引过来的。手里拿着花花绿绿的气球，上面写着"圣诞快乐"，或者"恭喜发财"。圣诞夜的晚上，街上到处站着分发这种气球的人，有的戴着圣诞老人的帽子，还粘了个蜡制的红鼻子。他们的工作，就是把气球送给恰好经过的路人。送完了，拿报酬。然后再送下一批。

有很多拿了气球的人，就站在小区门口的广告牌下面。两人多高的广告牌。他们看着上面泛出银光的阿龙和他的伙伴，有些还看到了下面的一行小字："想搞就把我搞死吧。"

就来了兴趣。

吕明站在门口。有些问问价钱什么的就首先问到了吕明。有个年岁不小的老头，戴了顶瓜皮帽。探头探脑的。开始时，吕明还以为他是物价局、卫生防疫站什么的，或者干脆就是个暗访"摇头丸"的密探。吕明主动迎了上去，还递了支烟。聊了几句后，吕明发现自己搞错了。老头就住在这个小区附近，住了好几十年了。老头说他小的时候就常到无梁殿附近玩。

"你是这里的老板？"老头可能刚喝了点酒。身上呲呲向外冒着酒气。吕明没说话。笑笑。老头就继续说。"有件事，也就讲讲的。但你是老板，心里要知道。"吕明一愣，稍稍有点紧张。

老头大致地讲了讲。

说这个地方，也就是无梁殿周围一带，原先是个乱坟岗。当然，这个时间嘛，是在有了无梁殿以后，但距离造这个小区，则要有很长很长时间了。那时候，斩杀了犯人，就给葬到这个地方来。"很荒的，特别荒。"老头说。老头还说，他小的时候，进来玩。那时已经不葬犯人了，但还是觉得荒。大人都不让他们进来，就偷偷的。第一次进来的时候，是两个人，还有一个比他更小的孩子。矮矮的，比他矮小半个头。是个有月亮的晚上，特别白的月亮。天气也好，没有风。两个孩子手拉着手进来的。嘴里还含着大人给的水果糖。才走了没几步，那个小孩忽然哇的一声哭了出来。然后撒开他的手，跑了。

"后来，那个逃出去的孩子说，他看到两个人，就在那个黑乎乎的殿的旁边，也是手拉着手的。也不知道是两个男的，两个女的，或者还是一男一女。反正是黑乎乎的两个人影。但那孩子说他怕死了，以为碰上了鬼。"

老头说，后来那小孩的大人也进去看过一次。怕真有什么，把孩子的魂给吓破了。大白天进去看的。出来的时候嘴里说着："没什么，没什么。"但头一直在摇。老头说他也很长时间没敢再进去。虽然那天他并没看到什么。但那个地方太荒凉了，难免不会产生幻觉。"现在好了"，老头把吕明给他的烟抽完了，又问吕明要了一支。

"现在好了，造了小区。有人气了。"老头说。

今天的无梁殿是明亮的。

檐角和轮廓线那里都挂上了彩灯。真是彩灯，五颜六色的。吕明让人去附近灯饰总汇买。吕明关照说："颜色要杂。越杂越好。"结果买回来的就果然很杂。杂到你搞不清楚到底有几种颜色。杂到那些奇怪的颜色奇怪的毫不合理的分布着。没有任何规律。反正就是张灯结彩，喜气洋洋。很有了些烟火气。就像春节年夜饭，最后端上来个大杂烩。里面什么都有，什么都看不清，但就是喜气。就是热热乎乎的。当然，还是有不同。无梁殿各个楼层的飞檐那里，原先爬着草和藤蔓，楼顶还长着小的杂树。冬天没叶子，但树枝的形状是清楚的。现在，杂乱的彩灯一照，殿的轮廓与树的轮廓混在一起，殿模糊了。树也模糊了。反倒有种人间的喜剧色彩。再不是那个灰黑沉沉、上面长满乱草、阴森森的大家伙了——

惠芳很喜欢。惠芳跑进跑出看了几次。嘴里不住地说着："热闹，真热闹。"惠芳小心翼翼在吕明的左脸上亲了一下。还红了脸。惠芳说，那个殿要是平时都这样就好了。就不会那样让人害怕了。惠芳想了想，又说：

"这恐怕要费很多电吧？"

后来吕明就坐到了一个小壁炉的旁边。是个关系户经营的小壁炉。装修房子的工头，那个把甲醛、氨、苯以及氡带进来，又把老树斩草除根的那个。壁炉就是他的小舅子代理经营的。那辆盖了雨篷的卡车开出去后的第三天，工头就对吕明谈起了壁炉的事。是个欧式壁炉。很洋气的。吕明皱皱眉头。"明朝不会有这东西吧。"吕明说。工头不回答。抽烟。眼睛成角度地看着吕明。工头的烟屁股上没套烟嘴，所以说，他看吕明的样子就显得特别潇洒。

壁炉送过来的时候，吕明心疼了好几天。扔了，心疼。不扔，还是心疼。最后还是装上了。装在进门的那面墙上。又作了些处理。总算不扎眼了。但吕明出门进门时总扭过些脸。不想看到它。作为商人，吕明一看到它，就想到了两个字：失败。

吕明觉得声音很吵。阿龙一直在唱。先是阿龙一个人唱，后来好多人都跟着一起唱。还摆动手和脚。两只手臂抱头，两只手则在脑袋后面交叉着，握得很紧。好像要从背后痛苦地拔出自己的脊柱。

吕明看着，觉得有点好笑。特别是阿龙的尖叫。阿龙唱着唱着，就会在台上跳几下，翻个滚，跪下来，然后就尖叫。人和人真是不同。吕明想。有人做生意，有人唱摇滚，有人则硬要往明代建筑里塞一个西洋的壁炉。

吕明记得，中午吃饭的时候，阿龙对他说过这样一句话。阿龙说："有些时候，人真想跑呵。"吕明说："是呵，所以你们就叫'奔'啊。"后来就又讲到了西藏。不过，吕明想，高原缺氧，其实是不能奔跑的。高原上的奔跑很可能会有生命危险。但吕明在无梁殿四周就从没有奔跑的感觉。也会有些形体动作。比如说，那个推销壁炉的工头，歪着眼睛，抽着烟，看吕明的时候，吕明就很想上去给他一巴掌。狠狠的。

吕明累了。很想休息一下。音乐是这样猛烈，让吕明产生衰老的幻觉。吕明用手撑了一下头，突然发现旁边的位子上有对十七八岁的小恋人。正抱着亲嘴。小女孩的头整个看不见，男孩子也只露出半个脑袋，倾斜得很厉害。还能听到叽叽喳喳的声音。鸟叫似的。

吕明手里拿了只细长形状的香槟杯。里面放了些烈性酒。吕明累了。阿龙的声音越大，越嘈杂，他就越是觉得累。觉得手和脚都瘫软了下来。老了。吕明想。但不——吕明拿起手里的杯子，喝了一大口。然后又直起身，向着阿龙的方向打了个响亮的榧子。

"好！"吕明说。

后来恍惚就听到了狗叫的声。

吕明手里细长的香槟杯泼出了两滴酒。

吕明的手抖了一下。就一下。吕明以为好了,但回头朝门口看的时候,吕明的手忍不住又抖了一下。

是女邻居汪琳琳。她戴了那张奇怪的面具。女人,旁边是个胳膊上穿着铁钩子的男人。女人的胸口贴了张白纸,上面写着一行字:

我发誓再也不看你的内心。

女邻居汪琳琳。女邻居汪琳琳烧成灰,吕明也认得她。女邻居汪琳琳正面走进来,吕明的眼里也是她漂亮的圆屁股的背影。

吕明向她走过去。手里拿着细长的不断泼出酒来的香槟杯子。

"你好。"吕明说。

汪琳琳仍然穿着毛皮。好像还是白色的。汪琳琳看了吕明一眼,然后从随身的小包里取出烟。吕明把手里的杯子放下来,拿出打火机。啪的一声,没点着。又啪的一声。

"火。"吕明说。

十

吕明想象过很多次与女邻居汪琳琳的见面。地点也有很多。无梁殿附近。小区门口。街上。吕明甚至还想象过,他站在玻璃窗的后面,正偷看着汪琳琳,可突然的,她一抬头,看到了他。还有一次,吕明在喜来登谈事。谈完了,客人先走,吕明就在那里多坐了会儿。吕明抽着烟,看着进出的人。心里有种莫名其妙的期待。后来吕明的手机响了。是惠芳。在电话里,惠芳小声问了一句话。其实答案就写在家里的时钟上。惠芳问吕明:

"现在几点了？"

惠芳一直担心吕明在外面有小蜜。起码有两三次，吕明发现，自己随身带的那只黑皮公文包被人翻过了。很细密的手迹。边角，里外，翻得很细心。翻过，再理好。就像平时给吕明整理衣物那样。还有西装口袋。皮夹的里层。上面都插满了女人的手。纤细，紧密。疏而不漏。

惠芳还给吕明办公室打电话。吕明公司有个女秘书，一次吃饭时惠芳见过。女秘书长得不错。上海人，说话很嗲，还有股媚气。也会看人眼色。但眼色看着看着又忘了，当着惠芳的面，不经意朝吕明甩了个眼风。回家后，惠芳半天没说话。一双手却把家里的东西碰得乒乓直响。

"现在上海也不怎么样嘛。"惠芳说。声音还是小的，但有了些底气。吕明正翻着当天的报纸，抬起头，"嗯？"了一声。"也没什么地区差别了，上海人也来苏州找工作。"吕明就有点懂了。皱皱眉头，顺手把电视打开了。那几天电视正放《来来往往》，康明远正来往到时尚又会讲黄段子的时雨鹏那里。惠芳拿过遥控板，调高声音，嘴里不停说着："女孩子还讲黄段子。女孩子还讲黄段子。"吕明知道，她接下来肯定要对上海女秘书的面相进行评价，就先说了句："她颧骨高，克夫。"惠芳就笑了。

但吕明觉得很无聊。

有时惠芳做过分了，又正逢上吕明心情不好，吕明也会发火。脸铁青的。板着。特别阴沉。吕明一发火，惠芳就软了。很惊慌。不断地端茶递水，眼神怯怯的，像是受了惊吓的动物。半夜里，吕明醒过来，发现惠芳在被窝里窸窸窣窣地动，一只手伸过来。也是惊慌的，软塌塌的。试探地抓住吕明的那只。这类事情的最后，总是由惠芳告诉吕明说：真的，真的全是因为她爱吕明，才会这样做的。

然后吕明再表示：

他已经原谅了她。并且，这同样也是真的。

吕明和上海女秘书的关系确实有点暧昧。但也仅是暧昧。没上过床。有些重要场合，吕明会带上女秘书。作为一种生意场上的秘密武器。

老板与漂亮女秘书的关系——在生意场上，这是公开的秘密。吕明的几个老板朋友都有漂亮的女秘书。当然，选择的标准各有不同。有的喜欢唐朝的漂亮，有的是明朝，也有喜欢白俄式的，或者"手掌里的宝贝"。吕明的取向则要实用些。吕明的女秘书是个精明女人，长得有点像《围城》里的苏文纨。或许因为数次围城未下，结果，这公元两千零一年的苏文纨成了个独身主义者。

女秘书对吕明不错，有些事也能替吕明拿点主意。吕明多少有些依赖她。吕明最终决定建造"堕落时代"的那一个礼拜里，去商业街的酒吧坐了五个晚上，其中，又有三个晚上，是和女秘书在一起。吕明把她当哥们，因为她懂事，见过世面，并且也有头脑。但她又毕竟是女人，温存，媚气，细软。这两者的叠加，便成了只精致而安全的烟嘴。

吕明和这只烟嘴也有过些微妙的瞬间。有一次，经过三天的艰难谈判，吕明签下了一张大单子。烟嘴一直陪着。已经很晚了，吕明又喝了酒。喜悦加上疲倦。突然就感到了虚无。因为虚无，就希望要抓住点什么。吕明拉住了烟嘴的手，说了句动情的话："多亏了你。"两人缠绵了会儿。烟嘴的眼睛很亮，湿湿的。烟嘴也说了句动情的话。烟嘴说："你真不容易。"

烟嘴还说了些其他的话。

烟嘴说，她其实一直挺佩服吕明的，真的佩服。烟嘴说，她觉得吕明像条汉子。当然，烟嘴没用"汉子"这个词。她用的是上海话，"侬像格男人"，烟嘴是这样说的。她还表示：替这样的人做事，她愿意。烟嘴说这话的时候，脸蛋红红的，看上去不大健康。她把头凑到吕明的脖子那里，一动一动的。吕明把手伸出去，想把烟嘴的头发抚开。没有成功。烟嘴挣扎着。挣扎的时候，烟嘴的衣领不小心敞开了些，皮肤很白，细腻，红润，有光泽。可能是灯光的关系，或者是阴影，吕明发现，烟嘴左肩靠近锁骨的地方有条伤痕，可能是划伤，但也有点像刀痕。吕明愣了愣。想看得再清楚些。但这时烟嘴已经不挣扎了，她把头发理理好，衣服整整齐，还朝着吕明勉强地笑了笑。

烟嘴笑着的脸上全是眼泪。糊了，并且还在吧嗒吧嗒往下掉。

后来烟嘴做了些解释。

关于左肩靠近锁骨的地方，烟嘴说：那是小的时候，有一次玩得不小心，给一根树枝的尖梢划到的。

至于吧嗒吧嗒的眼泪，烟嘴则表示：没什么的，只不过想到了一些以前的事。

到了第二天，烟嘴拿了一叠资料走进吕明的办公室。吕明在抽烟，抬头看了看烟嘴。两人停顿了一两秒钟，都没说话。空气里充满了香烟的气味。缭绕，暧昧，还多少有些危险。烟嘴穿了身极为正式的职业装。别说锁骨，就连脖子也难见端倪。后来，烟嘴把资料放下，说了句："中午侬有个饭局，工商局格，座位订好了。"就出去了。

发乎情。止乎礼。这便是二十一世纪烟嘴和烟嘴的情义。但商人吕明还是有些感动：

真是的，时间长了，你瞧——即便是和一只烟嘴，也会产生感情。不过，即便产生了感情，想看清楚一只烟嘴左肩靠近锁骨的地方，到底是划痕还是刀伤，却仍然不是件容易的事情。

商人吕明倒是梦见过女邻居汪琳琳的锁骨。

一点都不像梦。就在无梁殿的前面。就像无梁殿的白天可以见到的那样。几个孩子在玩旱冰游戏，其中就有那个看见过萤火的小男孩。因为是白天，也没有萤火了。小男孩玩得很开心。他穿着黄色彩条的短毛衣，笑着，下巴不停地朝上仰。

　　现在看上去，无梁殿一点都不荒凉，也没有杂七杂八的彩灯照着。看到这样的无梁殿，是没有一个孩子会哭的。树还是那种叫做香樟的树，但上面有鸟。也不知道是什么样的鸟。但听得见鸟叫的声音。孩子们围着无梁殿跑。但就是跑。不是奔跑。跑着跑着，他们过去抱住了那些香樟。结果发现，如果让孩子去抱，那些香樟不是一人环抱的问题，而是一人半，或者两个人。需要整整两个人，才能把它们一棵棵的抱住。玩到后来，他们又有了新的主意。三个两个的，走到无梁殿那里。无梁殿的飞檐那儿还是有很多杂草。荆棘。疯长着。有些还结了果。底层的木格窗仍然半开着，把头探进去看，会有一阵冷风刮出来——

　　孩子们便全都尖声叫了起来，笑着。然后，就像抱香樟树一样，互相紧紧地抱在了一起。

　　阳光真好。

　　温暖匀衡地照在无梁殿上。有种细细的光芒。那些杂草呵，荆棘呵，走近了看，却是一个个小小的鸟窝。给盖住了。能听到里面有些响动。细小羞涩的。还有些慌张。但是，不管怎么说，看到这样的无梁殿，真是没有一个孩子会哭的。

　　就在这样的无梁殿前面，商人吕明见到了女邻居汪琳琳。

　　汪琳琳说，她刚从无梁殿的背面走过来。她一直想上无梁殿的二楼去，一直都有这个愿望。因为要看清这个地方，不上二楼是做不到的。但她说她不知道怎样才能上去。看起来好像很难。她还说，她刚才试着想推门进去的时候，有颗砂粒突然钻进了她的眼睛。一点不知道这砂粒是从什么地方来的。粗糙，坚硬。还很疼，疼极了，眼泪都流下来了。她说，这样的疼法简直是没法让人忍受的。

　　然后女邻居汪琳琳就真的哭起来了。哭得一塌糊涂。惹人怜爱。女人一哭，吕明就立刻想到了她们的锁骨——

就在这时，商人吕明突然听到了太太惠芳的声音。先是很闷，接着就清晰了。

惠芳说："你说梦话了，还尖叫。你都梦到什么了？"

惠芳的脸色变得很不好看。吕明迷迷糊糊睁开眼睛的时候，发现她像看一个怪物似的看着自己。

"你哭了？"惠芳说。惠芳这一说，吕明才发现，自己眼角那里有点湿。还冷冰冰的。感觉很奇怪。惠芳的眼睛瞪得很大，盯着吕明。就像刚从黑皮公文包里搜出了东西——

"你刚才到底梦见什么了？"

惠芳把脸凑到吕明跟前去。还发出猫一样的呲呲的声音。

"是粒沙子。"吕明说话了："一粒沙子掉眼睛里了。很疼。"

吕明说。

为了哭不哭的事情，惠芳一直追究了很长时间。

"真是沙子吗？"过了好几天，惠芳还这样问着。晚上睡觉，门窗又关着，眼睛也是闭的，怎么会有沙子掉进去呢。这就是惠芳的疑问。惠芳倒是真想逼问出个究竟来。比如说，吕明梦到了"烟嘴"，或者干脆就是那个叫汪琳琳的女人。但如果吕明真讲了那个梦，还有锁骨之类的东西，惠芳可能反倒会糊涂了。所以吕明就咬定青山不放松。就是沙子，就是沙子跑到眼睛里去了。而且越说越像，还使劲地揉着。

商人吕明倒真是很久没哭了。

前一阵陪惠芳看片子，里面有个人猿泰山，和一个漂亮小姑娘告别的时候，亲她的脸。那小姑娘正流着眼泪。泰山说了句话，意思就是，那是什么东西，怎么会咸的。对于眼泪，吕明现在的感觉就和这个泰山差不多。首先，它不一定代表悲伤了。当然，它也不是不悲伤。怎么说呢，它现在成了种很复杂的东西。就像三十多岁、住在无梁殿前面的商人吕明的心，它变得有些浑浊。但有些事情是不浑浊的，它们在商人吕明的心里铭刻、隐藏。当然，或许说，也很快就要埋葬了：

1．在认识惠芳以前，吕明有过一个女朋友。那时吕明坚定地相信：两个人，一条命。

2．后来就散了。风刀霜剑。后来就认识了惠芳。但吕明的相信已经改了。现在吕明坚定地相信：一个人，一条命。

3．再后来，吕明在玻璃窗后面偷偷地看女邻居汪琳琳。

吕明吓了一跳——汪琳琳真像他的那个"两个人，一条命"。但吕明的视线有了变化。从前的吕明注视对方鼻子以上的那部分，而现在，商人吕明感兴趣的，是女邻居汪琳琳漂亮肉感而又充满激情的屁股。

十一

谁都没想到，圣诞夜的晚上会打雷。

谁都更没想到，打完雷后竟然还会下雪。

先是天色发红，后来就越来越红。连无梁殿檐角和轮廓线那里的彩灯都显得黯淡了。红色变得很壮观。女邻居汪琳琳的狗使劲叫唤起来，开始还是小声的，接着就变成了狂吠，像疯了一样。它还窜到阿龙身边，拼命咬他的裤角，恨不得把阿龙的肉都给咬下来。

眼睛都有点红了。

已经临近午夜，"堕落时代"里的酒差不多都快供应完了。但酒兴正浓。好多人拍着桌子要酒。有的要啤酒。有的要香槟。还有的用嘶哑的嗓音叫唤着要烈酒。那些刚借来的香槟杯已经打碎好多只了。其中有一只，碎片飞起来时特别明亮。雪花一样落下来。也有点像太阳。好多人因此尖叫了起来。有人在哭。开始还小声的，压抑着，后来就放肆了。不断有骂声，还有甩耳光的声音。耳光响亮。好些面具，东倒西歪地横在地上，包括那张有点奇怪的白纸，上面写着：我发誓再也不看你的内心。也横在那里。好多人从横着的内心上踩过来，踩过去。也没有人管它了。

没有人再觉得这地方与明朝有什么关系。浸满了酒气的明朝桌椅，更多的像酒气，而不是明朝。当然，是不是明朝、是不是桌椅也没有关系了。不断有人从"堕落时代"里消失。很嘈杂的不成形状地出去。也有人进来。进来时是成形状的，清醒的，后来就也变得不成形状起来。当然，如果过了一段时间，还是成形状，还是清醒，那就再出去。

就是这样。

汪琳琳一直在抽烟。一根接一根的。抽得很凶。除了抽烟，汪琳琳的手机不停地响。有的接了，有的她拿起来看一下号码，又按掉。她也不大搭理吕明。很冷艳的样子。倒是阿龙后来坐了过来。坐在汪琳琳的旁边，开始聊天。另外几个吉他、贝斯手和鼓手正凑在角落里喝啤酒，喝了几口，就把厚玻璃的啤酒杯碰一下，发出很响的声音。明显也是喝多了。

后来就有人叫了起来："打雷了！"

倒是真没听到雷声。但闪电凭空地划了过去。很雪白的、刀剑一样的亮了一下。好多人都奔到窗口去看。张大了嘴巴。嘴巴里吐着酒气。第二道闪电又划过去的时候，那些探出在窗口的脸全都照亮了。邻近两个一回头，突然看见张雪白的脸，几乎没有轮廓的。吓住了。

一个不知道从什么地方冒出来的小孩子，哭了起来。一会儿叫"妈——"一会儿又喊着"鬼！"他在桌椅之间跑动着，碰倒了好几根小蜡烛。光暗了很多。又有个酒鬼大叫起来

"断电了——"

反正都很混乱。大人还好说。孩子哭起来就真的是忧伤，还让人心酸。这个孩子哭着哭着就跑了出去。吕明虽然喝得不少，但脑子还是清

醒的。随手拉了个服务生,让他去追那个小孩。

"危险。"吕明说。

但服务生很快就回来了。

"找不到。"他搓着手,一副为难的样子:"一下子就不见了。跑得真快。"他说。

吕明就跑到窗口看了看。确实看不到。闪电已经停了,但天的颜色非常奇怪。那些漂着的云彩,红里面夹着黑。还带着速度与声音。在天上飞着,啸叫着。吕明喝了口酒,再揉揉眼睛。不是梦。但那个孩子,却像梦一样地消失了。吕明想,如果他是向外跑的,说不定就会绕过无梁殿侧面的那片竹林,这样的晚上,又是闪电又是打雷的,恐怕他是见不到萤火了。但要是他一时害怕,很可能根本就没有走出无梁殿,他很可能会沿着破烂的楼梯,走上无梁殿的二楼——

明朝万历年间的无梁殿。

破烂的楼梯。吱嘎的声音。有点潮湿的,从明朝万历年间传来的声音。

像梦境一样,公元两千零一年的圣诞夜,一个名叫吕明的普通商人,喝了点酒,带了点难得的梦想,想着关于萤火的传说,沿着明朝万历年间的楼梯,上了无梁殿的二楼。

窗外已经开始下雪了。本来就是异常的天气,打了雷突然又下雪的。但吕明没有看到。

楼梯很静。静到能让人产生幻觉。所以在二楼的楼梯口,吕明突然听到狗叫声时,就几乎以为是种幻觉。

但不是。确实是狗。女邻居汪琳琳的狗。还有一男一女的对话声。

"六百,不能少了。"女人说。

"婊子!"男人叫了起来。

吕明听出来了。那是阿龙的声音。

贤惠端庄的太太惠芳在无梁殿的西侧找到了吕明。

惠芳很惊慌,说她急死了。原先嫌"堕落时代"吵,先回去睡了。后来就听到了打雷。吓醒了。但服务生们谁都不知道吕明去了哪里。

"你到底去哪里了?"惠芳问。她把脸凑到吕明跟前去。还发出猫一样的咝咝的声音。

"你的眼睛,你的眼睛怎么啦?"因为凑得近,惠芳突然发现了什么,又惊叫起来。

"没什么。"商人吕明说话了。

"一粒沙子掉眼睛里了,真是一粒沙子。"吕明说。

图书在版编目（CIP）数据

凝视玛丽娜/朱文颖著.—济南：山东文艺出版社，2014.9

（身份共同体·70后作家大系/孟繁华，张清华主编）

ISBN 978-7-5329-4485-9

Ⅰ.①凝… Ⅱ.①朱… Ⅲ.①短篇小说—小说集—中国—当代 Ⅳ.①I247.7

中国版本图书馆CIP数据核字(2014)第051429号

凝视玛丽娜

朱文颖 作品

主管部门	山东出版传媒股份有限公司
出版发行	山东文艺出版社
社　　址	山东省济南市英雄山路189号
邮　　编	250002
网　　址	www.sdwypress.com
读者服务	0531-82098776（总编室）
	0531-82098775（发行部）
电子邮箱	sdwy@sdpress.com.cn
印　　刷	山东临沂新华印刷物流集团
开　　本	700毫米×1000毫米 16开
印　　张	23　插页/2
字　　数	280千字
版　　次	2014年9月第1版
印　　次	2014年9月第1次印刷
书　　号	ISBN 978-7-5329-4485-9
定　　价	38.00元

版权专有，侵权必究。如有图书质量问题，请与出版社联系调换。